建五来鸿

马国馨 编著

天津大学出版社
TIANJIN UNIVERSITY PRESS

图书在版编目(CIP)数据

建五来鸿 / 马国馨编著. -- 天津 : 天津大学出版社, 2025. 4. -- ISBN 978-7-5618-7974-0

Ⅰ. I267.5

中国国家版本馆CIP数据核字第2025ZJ6572号

JIANWU LAIHONG

图书策划 金 磊 苗 淼
编辑团队 韩振平工作室
策划编辑 韩振平 刘 焱
责任编辑 刘 焱
装帧设计 董晨曦

出版发行 天津大学出版社
地 址 天津市卫津路92号天津大学内(邮编:300072)
电 话 发行部:022-27403647
网 址 www.tjupress.com.cn
印 刷 北京盛通印刷股份有限公司
经 销 全国各地新华书店
开 本 700 mm×1000 mm 1/16
印 张 24
字 数 401千
版 次 2025年4月第1版
印 次 2025年4月第1次
定 价 139.00元

目录

前言

《建五来鸿》是一本清华大学建筑系建五班（1959—1965）同学间的书信选集。自1965年毕业以后，建五班同学之间来往聚会仍十分频繁，体现了“同窗六载一世亲”的深厚情谊，并先后出版了《班门弄斧集——清华大学建筑系建五班(1959—1965年)诗文集》《班门弄斧续集——清华大学建筑系建五班(1959—1965年)书画集》《班门弄斧三集——清华大学建筑系建五班(1959—1965年)入学50周年纪念集》《画忆百年清华》《清华建五纪事——毕业50周年（1965—2015）纪念》等正式出版物，以及《建五纪念册》《夕阳无限——毕业五十年到入学六十年聚会活动纪事》《清华建五在校六年纪事》等非正式出版物，以及各位同学个人的出版物及纪念光盘等，这些出版物为我们留下了珍贵的回忆和难得的历史资料。

机缘巧合，我最近陆续看了几本以收集的来往书札为主体内容的书，一本是三联出版的《范用存牍》，收录了出版家范用收存的385人的来信共1800余通。还有一本是李经国先生编辑的《谢辰生先生往来书札》，其中编选了文物学家谢辰生先生同25位友人和领导的往来书信110通。邵燕祥先生编辑的《旧信重温》编选了118位友人的来信224通。由此想到在电话、电子邮件、微信还没有普遍使用之前，书札就是人们互相沟通交流的主要方式，其历史源远流长，内容除表达亲情、友情外，也和时事、学术等有密切的关系，许多内容是对特定时代和社会的宝贵记录，是重要的史料，因此也成为历史事件、人物和群体等相关研究中的重要佐证。如钟叔河先生评点的《曾国藩家书》，鲁迅先生的《鲁迅书简》《两地书》等，都是书札出版和研究中的权威之作。当然，书札的收集和研究也有其难点，一是收集困难，许多人没有存留的习惯，且书札发到四面八方，造成目前许多所谓《全集》中，书札部分经常缺失；二是书写者也不常录副，因此增加了收集的困难。如学者程千帆先生的书札专集《闲堂书简》收录了他自 1942 年至 2000 年的 1563 通书信，那是几代人经过 20 多年的努力，才从 242 个个人或单位那里收集整理出来的，可见工作的难度。

由此我想到，建五班在毕业之后的近 60 年中，有着相当多的书札往来，当然后来的电子邮件、微信的交流更不待言。我存有的同学之间的来往信札几百通，其内容主要有以下几类。

· 建五班在历次集体活动筹备过程中发出的各类通知和公告。

· 在编辑各种出版物以及出版通讯录的过程中，建五同学给我发来的信札和资料。

· 一些同学给我的私信（所幸大部分我还都能找到。）

应朝为笔者保留了一部分给同学去信的复印件，本人也把一些较重要的信件留了副本……

在这样的原始信札条件下，我考虑将本书分为两大部分。一部分是班级集体活动的历次通知和集体文稿，共 57 通，虽然不能说是全部，但可以说是绝大部分了。另一部分是同学给我的来信以及我的部分回信。在此中还附上了极少数老师、学长及有关人士的信札，其内容都与建五班的活动及人物有关，此部分共收集了 82 人的信札 348 通。在建五班正式出版物中收录过的部分信札在这次编选中没有收入，以免重复和书稿篇幅过长。

严格地说，这些信札中并没有什么惊天动地的大事，但“纸短情长”。之所以要把它们编辑起来，无非出于以下考虑：一是这些信件充分表现了建五同学对这个集体的关注和热爱，对班级活动的大力支持，表现了同学间的互相关心，表现了这个优秀的班集体的凝聚力和吸引力；二是从这些信札中，读者也可得知在许多班级集体活动后面，许多不为人知的内容以及许多同学为此做的付出；三是读者可以从中更深入地了解建五班一些同学在不同时期的内心世界。从建五班的历史回顾看，经过大家共同努力，我们已经出版了许多正式出版物，但对于完整的历史文献而言，还需要补充更多历史和时代的记忆，需要更多细节和碎片来对这些记忆加以丰富和具体化。我想这本小书是否能起到一些补充和辅助的作用？在此希望看到本书的同学、师长、友人能够提出批评和改进意见。

钟叔河先生在编辑书信集时，认为像《两地书》那样有往来的通信，读者阅读兴趣会更高。在本书中，相当多的同学来信是对集体通知的响应，这从书信的日期上可以发现。对我来讲，与同学的往来信札中，多存有他们的来信，而很少保有我的去信。但幸好应朝兄特意保留了我写给他的大部分信件，这样和我手中应朝兄的来信可以有一点儿往来的呼应，这也是这本书信选的可取之处。另外，还有许多同学的节日贺卡，为了节省篇幅，就没有一一收入。

本书编撰及整理说明如下。

1. 本书收录与建五班有关的来往信札，已在其他建五班正式出版物中收录的，本书不再重复收录。

2. 除手书信札外，本书还收入了少量电子邮件和班级微信群中的信息。

3. 信札编排按以下原则：

· 集体通知和文件按日期排序；

· 其他信札首先按通信人的姓氏音序排列，其信札则按日期编号、排序；

· 日期不太明确的信札注明年份和月份。

4. 信札按照原件分段和行文。

5. 信札中的小字、空格或拼音、外文都按原件排版。

6. 信札中提及的名称（包括但不限于人名、书名、文件名）具有口语化、多样化特征，本书原汁原味收录，不作统一及规范化处理。

7. 对信札中的地址、通讯方式、账号等内容作删减处理，对涉及个人隐私的部分也作适当的技术处理。

8. 对通信人的简介和涉及信札中需说明处，编者通过注释予以说明。

9. 对信札中较为明显的表述不清晰的存在语病之处进行修改及润色。

10. 根据排版需要适当增加插图或信札手稿影印。

11. 在编辑过程中，向部分通信人说明了将使用其信札这件事，但来不及向所有同学一一征求意见，特此致歉。

在本书的编辑出版过程中，北京市建筑设计研究院股份有限公司、《中国建筑文化遗产》《建筑评论》编辑部、天津大学出版社给予了大力支持和帮助，另外大学同窗张思浩教授为本书题写了书名，建五班同学们提供了部分插图，在此一并致谢。

马国馨

2024 年 8 月

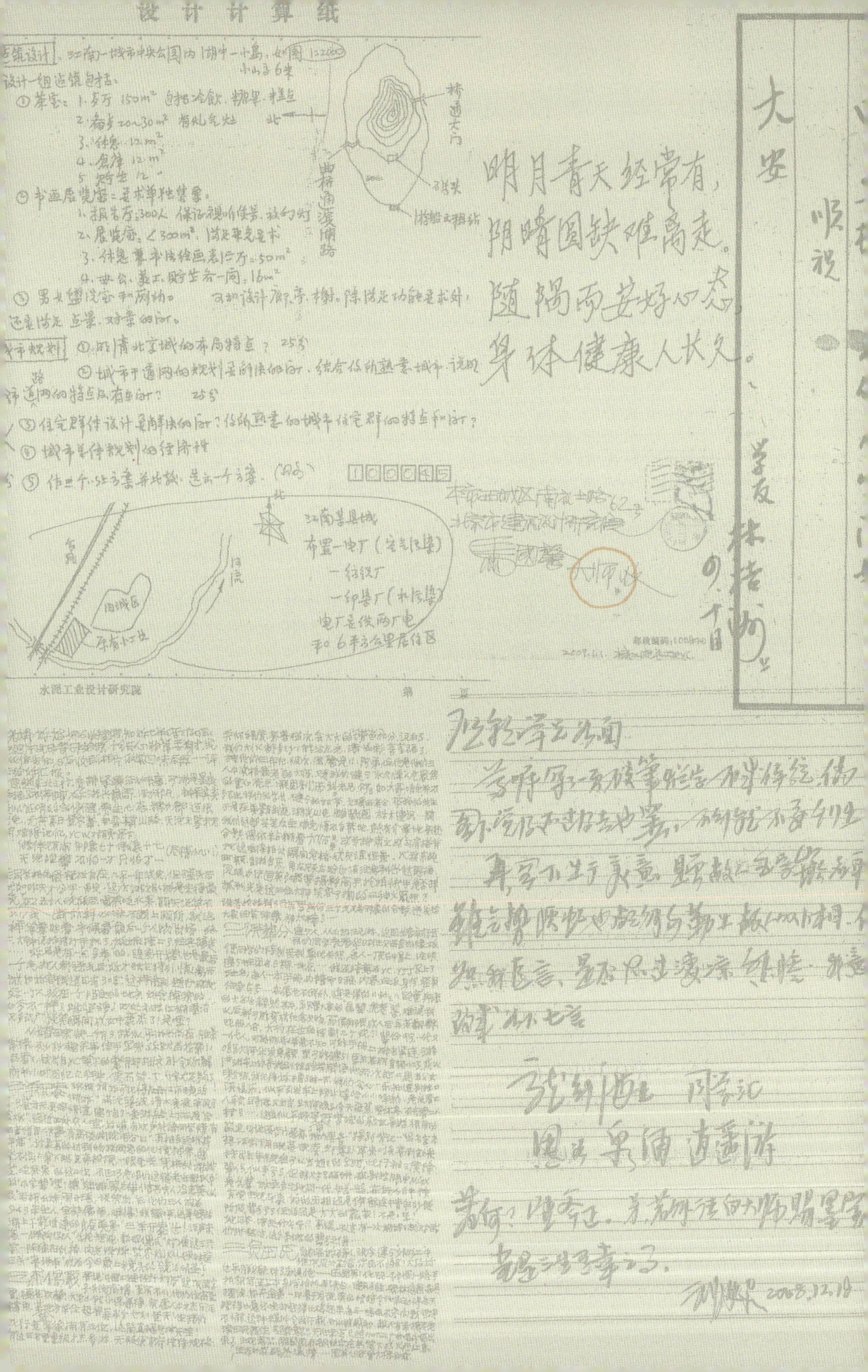
设计计算纸
明月青天经常有，
阴晴圆缺难离走。
随遇而安好心态，
身体健康人长久。
大安
收
学友 林培 收
北京市西城区南礼士路62号
水利工业设计研究院
2008.12.18

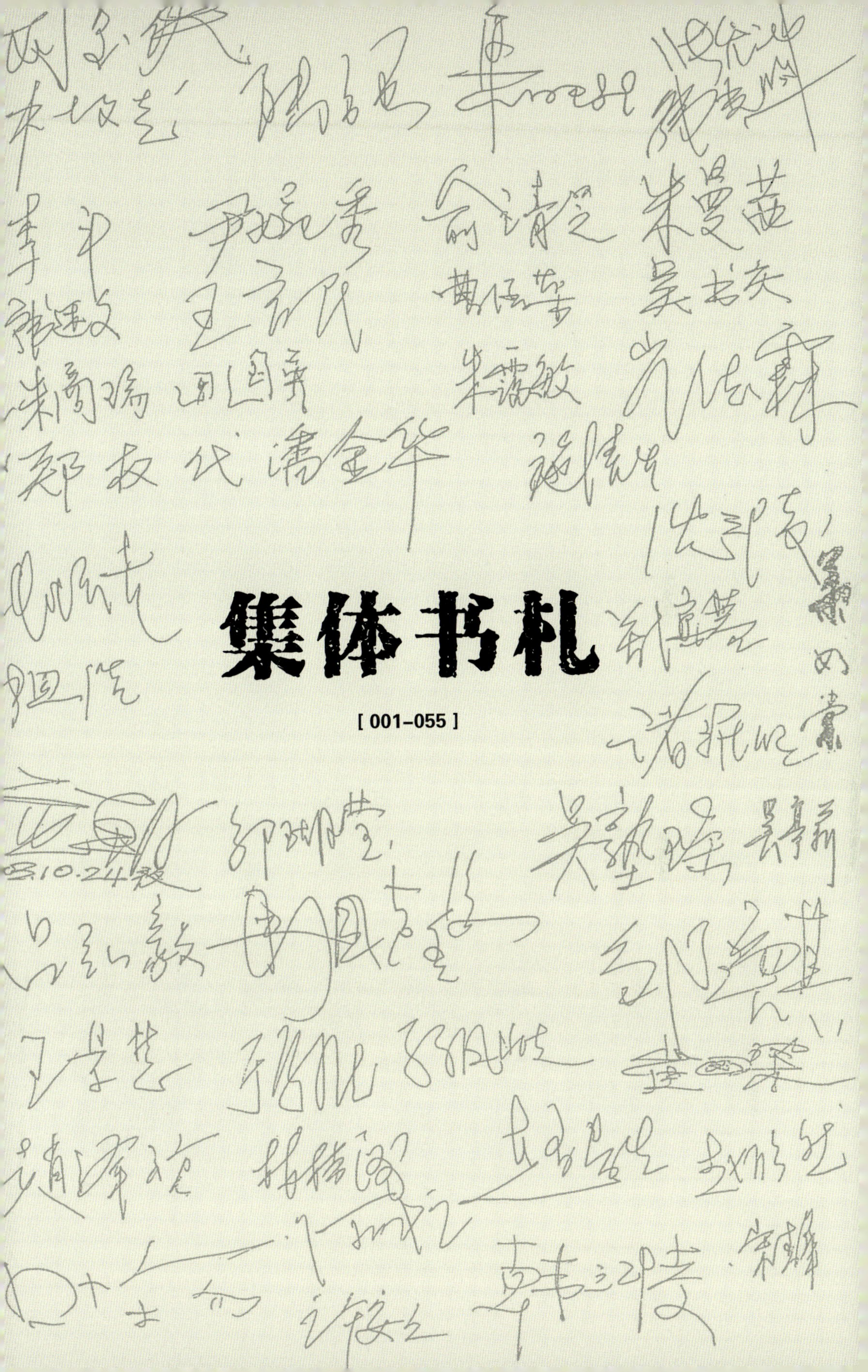

集体书札

[001–055]

编号：0-1

日期：1979 年 8 月

题目：通知

同学：

应您的要求，为便于建五同学之间联系，特编辑本通讯录，受条件所限，通讯录还很不完备。望收到后，将您所知其中错漏不当之处，来信补正，并将您的工作、生活简况做一介绍，以便同学之间交流。

另据今年校庆日聚会同学决议，今后每年校庆日，建五同学于上午九时在主楼前集合活动，风雨无阻，欢迎偕眷前往。

本通讯录视需要与可能，每两年修订一次，望您大力支持。顺致敬礼。

责任编辑：应朝　特别助理：陈尚义

1979 年 8 月，于北京

编号：0-2

日期：1985 年 4 月

题目：通知

同志：

为纪念建五班毕业 20 周年，定于校庆日（4 月 28 日）上午 9：30 在清华大

1985 年校庆日聚会

学主楼建筑系举行纪念茶话会、摄纪念照、植纪念树等活动，请出席并互相转告。

* 欢迎提出新的动议和设想。

* 参加茶话会时，请酌情自带少量糖果类小食品以活跃气氛。

* 能否出席请回信寄至北京市建筑设计院马国馨处，并附寄本人工作单位、通讯地址、家庭住址及电话号码，以便编印新版同学录。

编号：0–3

日期：1986 年 12 月

题目：通知

在各位同学的支持下，我们完成了建五班通讯录的 1985 年修订版。因编辑及印刷条件的限制，内容不够充实，也较粗陋。如发现错误、遗漏之处，或通讯处变更时，望及时通知北京市建筑设计院马国馨。

根据 1985 年校庆日同学们的讨论结果，每年校庆日活动照常，另外准备在 1989 年组织入学 30 周年的庆祝活动。

1985 年 11 月，1986 年 12 月修订

编号：0–4

日期：1987 年 3 月 16 日

题目：通知

同学：

为纪念建五同学入校 30 周年，白福恩提议、马国馨同学附议，拟印制纪念册，将每位同学之小照、作品（建筑、书、画、印、塑或其他）以及服务单位、职务等集于一册，在 1989 年 4 月完成并发到每位同学手中。

预计每册成本 10 元（16 开彩印，36 页，每页编排 3~4 位同学的内容，并留有广告位置）。考虑到最低限度的印数及实际需要，预计印 1000 册，费用约 1 万元。每位同学发 5 册，要收 50~100 元成本费（视广告收入多少而定）。因数额较大，是否可行，现征询你的意见，请将你的意见于 3 月底前寄至深圳蔡屋围大酒店 602 室陈尚义，以便于 4 月份校庆前我向马总管汇报结果。

毕业 30 周年纪念册封面

你所在单位是否需要在纪念册上登广告，也请商量回复。黑白半页 200 元、黑白全页 400 元、彩色半页 500 元、彩色全页 1000 元、彩色封底 1500 元。纪念册除每位同学发放 5 册外，尚有学校有关部门及老师、各同学所在城市的基建部门及其主管部门，有关系的知名人士，到时由同学提名赠送。登广告的单位亦视广告费金额酌情发一些。

马总管事务较忙，且将来之编辑、印刷、发行业务均在深圳进行，故委托本人代办征询事宜，请予支持。

顺致敬礼！

陈尚义

1987 年 3 月 16 日

编号：0–5

日期：1992 年 9 月 10 日

题目：通知（心谊）

心　　谊

痛悉清华大学建五同学顾冬梅的丈夫——高级工程师聂振升校友不幸因病去世。

（　）同学远在外地，不能北上面慰，现捐助人民币（　）佰元以表心谊。

1992 年 9 月 10 日清华大学建五同学会深圳分会

经手人：应朝、陈尚义

（签字）____________

并委请北京马国馨同学面交

编号：0–6

日期：1992 年 9 月 26 日

题目：慰问信

顾冬梅同学：

惊悉聂振升学长不幸英年早逝，建五班同学们在深感痛惜的同时，决定以实实在在的行动来表示慰问。经在北京、深圳、香港的同学以及在美国的同学大力襄助，历时数月，现已集得人民币肆仟叁佰元整（内含外汇券叁佰元），港币肆佰元整。虽然是杯水车薪，于分难解困无大助力，然而同窗谊厚，情深无价。尤其是深圳、香港的同学以及在美国的诸同学，远在千里之外，一片诚挚之心，令人深感建五班的集体友爱和凝聚力。

捐助的同学有：（排名不分先后）应朝、陈尚义、祝狄英、张允冲、许安之、汪统成、黎旺秋、胡运治、孔力行、黄邦杰、侯士荣、兰柏林、叶如棠（刘文镔）、刘海泉、吴塾瑶、杜文光、田国英、吴书庆、沈三陵、孙凤岐、曹涵棻、袁镔、邹瑚莹、俞靖芝、周文瑶（刘力）、韩光煦、王育民、施清生、赵泽堃、关滨蓉、马丽、吴亭莉、马国馨等共三十三人。

今后望您善自珍重，继续为改革大业贡献才智，在 1995 年毕业三十周年之际让我们再度欢聚。

清华大学建五班同学会

1992 年 9 月 26 日

编号：0–7

日期：1994 年 7 月 20 日

题目：清华大学建筑系 1965 届毕业三十周年纪念及学术活动简报（一号）

为加快有关筹备活动的进展，组织委员会于 7 月 20 日下午召开会议，现将有关情况通报如下。

一、组织委员会组成

主任委员：叶如棠

副主任委员：林峰（第一副主任）、白福恩、许安之、陆强、俞靖芝、张允

冲（以姓氏笔画为序）

委员：马国馨、王景慧、孔力行、叶筠、田国英、孙凤岐、沈三陵、陈尚义、应朝、赵春生、张思浩、高寿荃、崔国樑、谢超常、谢兴达（以姓氏笔画为序）

秘书长：马国馨

副秘书长：王景慧、孙凤岐

二、日常工作机构

1. 秘书协调部：日常工作，联系协调。

负责人：马国馨，北京市建筑设计研究院。

2. 财务集资部：集资筹款，财务收支。

负责人：沈三陵，清华大学建筑学院。

3. 活动组织部：活动安排，内容筹划。

负责人：田国英，冶金部建筑研究总院设计所。

三、纪念及学术交流活动

1. 参加范围：建五班所有成员（包括按期结业、延期毕业、中途辍学、病退、留学生以及移居海外的同学等）。

2. 活动时间为1995年4月28—30日，主会场在北京，分会场待定。

3. 活动内容：①在建筑学院系馆处敬立梁思成先生雕像（王景慧策划）；

②编撰毕业三十周年纪念画册（应朝策划）；

③开展校庆日学术活动（俞靖芝策划）；

④纪念活动全程录像（张思浩策划）。

所有活动总体框架、内容及经济预算须待下一步提出详细报告后再讨论决定。

四、公告同学有关事项

1. 接本简报后速与秘书协调部联系，提供本人最新工作单位地址、家庭地址、邮编、电话、传真号码。请寄给北京市建筑设计研究院马国馨。

2. 请帮助联系目前情况不明的同学（如阮日清、范青霄、拉卡沙、毛林芳、张永珠、倪德先、李峰、宋修业等）。

3. 同学捐助活动经费。以300元/人为起点，上不封顶（用于制作纪念雕像、纪念册等）。从即日起可寄清华大学建筑学院沈三陵处。

4. 积极提供有关财务集资的信息和渠道。银行账号另行通知。

5. 结合学术和纪念活动的内容安排以及本人届时出席的可能性等提出建议。

编号：0–8

日期：1994 年 12 月 8 日

题目：清华大学建筑系 1965 届毕业三十周年纪念及学术活动简报（二号）

________ 同学：

新年好！

1994 年 12 月 8 日下午，组委会召集会议，出席的在京组委有叶如棠、俞靖芝、马国馨、王景慧、叶筠、田国英、赵春生、张思浩，现将有关情况通报如下。

一、梁思成先生雕像

已委托中央美院司徒兆光教授创作，教授在六十年代留苏时曾与梁先生会过面，并对目前提供的各种照片资料表示满意，现已开始构思创作。准备创作 1 ∶ 1.2 的头像，铸铜，待泥稿完成后征求各方意见。

学院方经研究，同意将铜像安放于新建系馆北侧大厅中，基座部分将由清华设计院胡绍学教授提出方案，基座上将镶嵌“梁思成先生（生卒年月）”的铜牌，侧面镶嵌刻有“清华大学建筑系（1959 级）全体学生”字样的铜牌，并注明雕刻家名字及建立时间。

二、毕业三十周年纪念画册

策划人应朝已提出了初步框架意见，经研究后初步决定以下事项。

1. 题词的师长初步确定六人：王大中，方惠坚（现任校长及书记）、汪坦、吴良镛（原系主任）、林贤光、崔克摄（原班主任）。已落实专人去办。

2. 纪念册规格为大 16 开，每位同学一页（按学号顺序），除要求有本人三十年前在校时照片及近照外，其他内容由本人决定，版式待与应朝研究确定后即发大家，望准时寄回，以便早日付印。

3. 为加强纪念册的编辑和印制工作，会议同意增补许安之与应朝一起为纪念册总策划。

4. 同学的通讯录将统一附在纪念册后。

5. 纪念册中将附入毕业时及毕业以后几次代表性聚会或校庆合影，望持有资料者踊跃提供。

三、校庆日学术活动

1. 为方便各位学友届时请假来京，研究以“学术讨论会”名义，由清华大学向各位发出邀请函，不知有无问题，望及时反馈。

2. 校庆日学术报告会将邀请校友做学术报告（约半日），内容待定。

3. 举办建五展览会，内容不拘：建筑设计作品、书法、篆刻、建筑画、摄影……均可，每人的新设想可及时向俞靖芝反映。

4. 与系里师长的会见聚餐活动。

5. 大班或小班的聚会活动。

四、纪念录像

1. 尽快拟出录像拍摄大纲，有条件时先行筹拍有关资料。

2. 征集同学手中有关班上以前活动的录像，以便编入。

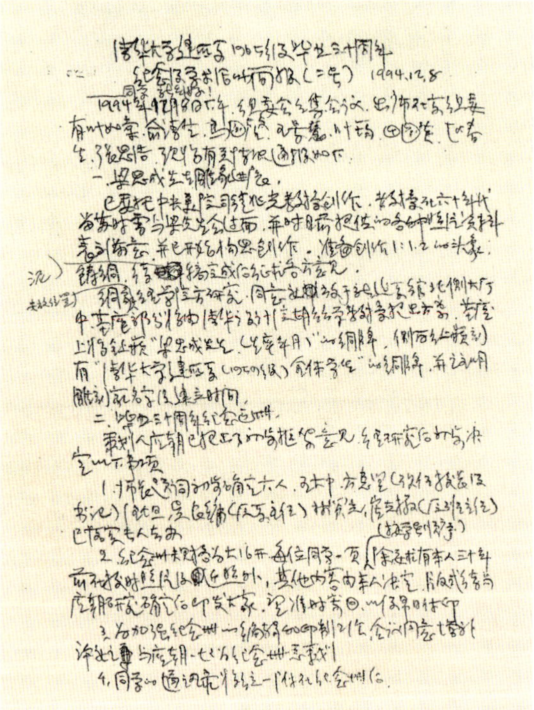
清华大学建筑系1965级毕业三十周年
纪念活动筹备小组通报（二号） 1994.12.8

毕业三十周年通知手稿之一

五、筹资

组委会用相当长的时间讨论了纪念活动的筹资问题。

1. 一号简报发出后，同学们反应热烈，许多人来信提出了意见和建议，并有许多同学捐赠活动经费，现已收到 28 人捐款共计 18000 元。（名单下略）

2. 除同学捐助外，我们还要广开门路，多方寻求有关单位和企业的赞助和支持。为此，组委会提供了有关银行账号，现通知大家。

收款单位为建设部电教中心，账号（略）。汇入行名称：工商银行。汇款用途注明：经费（清华）或资料（清华）。收款后由电教中心开具发票。

至今，还有一部分同学尚无回音，不知是没有收到简报还是无暇回信。因时间紧迫，希望大家收到简报后互相转告，尽快联系以保证筹备活动的顺利进行。

编号：0–9

日期：1995 年 1 月 23 日

题目：清华大学建筑系 1965 届毕业三十周年纪念及学术活动简报（三号）

______ 同学：

恭贺新春！继一、二号简报之后，现寄出三号简报，因校庆日迫近，万望各位在百忙之中，按照要求尽快操作。

一、应朝提出有关纪念册要求全文

读到此信，恳望你立即忙半天，找一下，写几句，并快速寄出来。时隔三十余年，我们会有这本纪念册作保存、留念、了解、交流，如果少了任何一位同窗的版面，都会显得有缺憾。

纪念册规格为大 16 开（约 190 mm × 280 mm），竖向翻阅，彩色精印，每人一页（版），内容自定，但为了方便大家寻寄素材，提出以下建议供参考。

1. 你在三十年前的照片及近照（大小、色彩不拘）。

2. 你在大学以前的陈年旧照或毕业后的自己家庭成员合影或近年与同学师长相聚时的留影。

3. 你从事建筑设计工作或其他工作取得的业绩的照片、录证，如设计作品、建筑画、模型、工作场景、摄影创作、书法篆刻、工艺美术、家居陈设、装饰装修、文体旅游活动的踪迹等。

4. 三十多年来，你想对大家说的，包括对自己聊聊、对后人谈谈的任何话语（文体不拘；字数不限，但需考虑版面容量）。

5. 其他任何可供补满你专版的文字图照等。

6. 若有时间、有兴趣，你可按 190 mm × 280 mm 尺寸自行排版设计，也可由编委会代为布局，形式不限，内容任意，只盼你马上动手，快快投寄。

7. 因纪念册后还要刊登校友通讯录，希望准确提供以下内容：姓名、单位名称、单位地址、单位邮编、单位电话、单位传真号、家庭住址、家庭邮编、家庭电话。

8. 以防万一，不妨挂号寄出，我们会妥善保存，须退还者万望注明。

9. 无论如何，希望在 1995 年 2 月 20 日前寄出。

10. 请寄给北京应朝。

二、筹资问题

1. 二号简报发出以后，又陆续收到许多同学的捐款，因沈三陵出差，拟待下次开列清单。尚未寄出的同学望速寄清华大学建筑学院沈三陵处。

2. 对于单位和企业的赞助和支持，可按二号简报提供的单位和账号办理。

三、其他问题

时至今日，由于地址不详、久未联系、工作变更等各方面的原因，有的信被退回，有的至今没有回音，现将有关姓名列出，望同学们能互相转告，代为联系。

阮日清、范青霄、拉卡沙、毛林芳、倪德先、李峰、宋修业、吴庆林、兰柏林、汪统成（地址不对，信被退回）。

编号：0–10

日期：1995 年 3 月 6 日

题目：清华大学建筑系 1965 届毕业三十周年纪念及学术活动简报（四号）

______ 同学：

您好！利用林丙棠同学来京与同学聚会的机会，组委会研究了各项工作。由于校庆日益临近，各项活动均已进入倒计时阶段。为及时沟通消息，现将有关情况汇报如下。

一、梁思成先生纪念像

已邀请梁先生家属林洙、梁从诫等多次看过，系里教师也曾前往，拟在三月上旬最后定稿并准备翻铸。已与胡绍学院长研究了纪念像基座的位置、尺寸、材料以及做法，由土建设计院出图。

二、纪念册

三号简报发出后，广大同学十分踊跃，寄来了本人的材料，还提供了宝贵的集体照片，足以引起大家美好的回忆。

为加快进度，除委托马丽、张思浩、赵春生分小班将已寄来的材料进行排版整理外，还希望外地同学黎旺秋、白福恩、何惟增、朱纯华、侯士荣、张允冲、祝狄英、许安之、张寿海、爰居、王崇礼、汪统成、李峰、吴庆林、兰柏林、罗玉阁、张桂茹、翁苓、丁莹莹、胡正凡、高寿荃、毛林芳尽快寄来，在京同学更不待言。组委会准备以 3 月 20 日为最后期限。为使纪念册不出现空白，将由编委会代为处理，当然最好还是本人寄来更为理想。

三、校友集资

除一号简报开列名单外，现将陆续收到的捐款开列如下：（名单略）

四、赞助和支持

除同学们捐款外，我们还希望大家广开门路，争取社会的赞助和企业的支持。如叶筠同学联系的厂家，准备以在纪念册上刊登一页广告的方式提供赞助，还有的同学也提供了支持。

为此我们再次重申：赞助款收款单位为建设部电教中心，账号（略），汇入地点：北京，汇入银行名称：工商行（略），汇款用途注明：经费（清华）或资料（清华）。收到款后将由电教中心开出发票。

五、纪念活动

今年校庆日为 4 月 30 日，但 29 日也是休息日，因此纪念活动初步定在 29、30 两日，详细日程安排、邀请函的发出以及邀请信的写法都将在下次组委会会议讨论，并争取在校庆前一个月发出开会邀请函。

校庆期间还将举办建五班纪念展览，为准备展出场地和镜框等，请有意者尽快把参展内容、数量、展出场地及设备要求通知清华大学建筑学院俞靖芝。

编号：0–11

日期：1995 年 3 月

题目：邀请函

值我院 1965 届学生毕业三十周年之际，定于 1995 年 4 月 29—30 日在清华大学建筑学院举行学术研讨会。内容为：总结该年级毕业生在各方面所取得的成就；交流在市场经济条件下规划设计、建筑设计、房地产开发与经营管理等方面的经验和信息。借以推动和促进毕业生今后的工作。届时还将举行梁思成先生纪念像揭幕仪式。特邀请贵单位同志出席会议，望给予大力支持，并为其解决交通与住宿费用。

此致

敬礼！

清华大学建筑学院

1995 年 3 月

注：为便于同学前来参加活动，以学院名义出具公函。

编号：0–12

日期：1995 年 3 月 31 日

题目：清华大学建筑系 1965 届毕业三十周年纪念及学术活动简报（五号）

_______ 同学：

您好！ 3 月 23 日下午，组委会成员俞靖芝、王景慧、崔国樑、谢兴达、张思浩、赵春生、田国英、马丽、马国馨等人开会，现将有关事项通报如下。

一、校庆活动初步安排

·4 月 28 日（周五）

外地同学报到，会务组安排住宿，布置展览，领取会议日程、会议文件和纪念册等。

·4 月 29 日（周六）

上午举办信息交流会（地点待定）。

中午用工作午餐。

下午举办学术交流会（大会发言，地点待定）。

晚上与教师共进晚餐，餐后举行卡拉 OK 等活动（招待食堂）。

·4 月 30 日（周日）

上午游览校园，参观法国建筑展及建五班展览，11 时新系馆剪彩，梁思成先生雕像揭幕（新系馆）。

中午在留学生食堂用餐。

下午举办联谊活动或小班活动。

晚餐全班聚餐（可带家属），餐前有保龄球、台球等游艺活动（地点待定）。

希望对以上初步安排提出建设性意见。

二、纪念活动的准备工作

1. 随五号简报发出学术会议邀请函。为了外地同学请假方便，针对外地同学附有两种格式的邀请函，外地同学本人可根据情况决定采用其中的一封。

2. 为预订住房，请同学们收到简报后，以最快的方式通知俞靖芝同志（清华大学建筑学院）以下事项：①能否与会；②能否报销；③是否在校住宿，以便及早安排。

学术活动期间的餐费由组委会支付。

也有同学提出，庆祝活动期间能否全班同学都住在一起以便于交流，现正在联系中。

3. 同学来参加学术和庆祝活动还望做以下准备。

①准备好足够数量的名片以备交换（不少于 80 张）。

②每人准备一件有意义的小小纪念品（交会务组编号，以抽号方式交换）。

③如果本单位、企业、公司有介绍材料、产品说明等资料欲在学术活动上交流，请准备 100 份交会务组分发。

4. 为记录这次学术活动和庆祝活动的盛况，望有摄像机的同学大力支持，并预先通知张思浩同学（北京展览路 1 号北京建工学院建筑系）。

三、纪念雕像

方案已最后定稿，即将翻铸。

基座上“捐赠班级”字样已由书法家白福恩以碑体书就交建筑学院。

四、纪念册

在同学们的支持和编委会的努力下，版面已全部排完，应朝同学携全部材料于 7 日去深圳，只待植字后即可制版印刷。如果还有什么需更正、补充，请联系应朝，深圳华强南路下步庙北 20 栋核工业部二院；或高寿荃，电话（下略）。

大家寄来的材料和照片最后均退还本人。

在同学来信中不乏热情洋溢的诗词话语，由于纪念册版面有限，编委会准备将这些文字另行排印成册。

五、捐赠和集资

同学的捐赠，数目十分可观，财务部沈三陵已列出清单发送给大家。

集资也取得了一定的进展，还望同学们继续努力，广开门路。汇款时用途一定要注明“清华资料”字样，以免差错。

六、建五班纪念展览

展览会所需场地和镜框已安排好，除已收到的资料外，同学们拟参展的内容、数量望通知田国英（冶金部建筑研究总院设计所）。如能先期送来更好，以便及早布置。

未尽之处，还望大家提出宝贵建议。

编号：0–13

日期：1995 年 4 月

题目：请柬

__________ 先生：

您好！

今年是建五班毕业三十周年，同窗学友欢聚一堂机会难得，现定于一九九五年四月三十日（星期日）下午四时起在德宝饭店（西直门外大街）举行联谊活动（游艺及晚餐等），敬请阖家光临。

建五班毕业三十周年纪念活动组委会

1995 年 4 月

编号：0–14

日期：1995 年 4 月 18 日

题目：清华大学建筑系 1965 届毕业三十周年纪念及学术活动简报（六号）

______ 同学：

您好！4 月 17 日组委会林峰、俞靖芝、沈三陵、谢兴达、张思浩、叶筠、马丽、吴亭莉、马国馨等人开会。校庆活动筹备已进入最后阶段，除前五号简报开列各事项外，现将讨论的主要情况通报如下。

1. 梁思成先生纪念像已由雕塑家完成，只待最后现场安装。

2. 建五班纪念册在以应朝为首的组委会和深圳各位同学的艰苦努力下，尤其是在高寿荃的全力支持下，已制版完毕进入印刷阶段。高质量的成品可望由深圳同学携来北京与大家见面。

3. 因住房十分紧张，所以无论是外地还是本市同学欲在校住宿者，请尽快按五号简报要求通知清华大学俞靖芝以便统计人数，否则临时订房很困难。

4. 外地同学需预订返程火车票的，望尽快将日期、目的地、票种等信息通知谢兴达，因订票至少需要提前一周。

5. 外地同学及本市需住宿者可于 28 日（周五）去清华甲所报到（会务组房

毕业三十周年二校门前合影

号见服务台示）然后分配住宿地点。本市不住宿的同学28日（周六）上午8时前在主楼914报到，报到时领取文件和日程安排，同时将交流的资料、文件、同学间交换的小纪念品交会务组。

有关纪念活动的简报到此告一段落，让我们校庆日重逢在清华园。

编号：0-15

日期：1995年4月

题目：清华大学建五班毕业三十周年纪念及学术活动日程

时间	上午	中餐	下午	晚餐
29日（周六）	9：00—10：00 信息交流会 （主楼9资料室） 10：00—12：00 在校园照集体照	12：00 招待食堂 （静斋北）	1：30—5：30 学术交流会 （环境工程系报告厅）	6：00起 师生联谊会 （招待食堂） 9：00 乘专车进城
30日（周日）	9：30起 梁思成先生纪念像揭幕 （新建筑系馆） 11：00起 新建筑馆揭幕 （新建筑系馆）	1：15 招待食堂 （静斋北） 餐后可小班活动	3：15进城专车开车 （二校门西停车场） 4：00起学友联谊游艺 （德宝饭店五楼多功能厅，西直门外大街） 7：00起用自助餐 8：00乘专车去清华	

建五班捐赠的梁思成先生纪念像揭幕

注意事项：

1. 因活动内容较多，望准时到达；

2. 为保证集体照的质量和节约时间，照相聘专人负责；

3. 会务的接待活动到 5 月 1 日中午截止；

4. 有关会务情况，请电话联系如下方面：

俞靖芝、沈三陵、邹瑚莹、曹涵棻、王景慧、马国馨、甲所服务台、清华附中培训楼服务台（号码略）。

5. 早餐及 30 日以后用餐在招待食堂；

6. 有关活动的临时变更，注意随时通知。

编号：0–16

日期：1995 年 4 月

题目：1965 届庆祝毕业三十周年捐款名单（按捐款数额、姓氏笔画排列）

10000 元	邹瑚莹	林桔洲	索奎琰	李平
孔力行	沈大锺	施清生	姚坚	吴书庆
张允冲	沈三陵	600 元	彭应运	吴塾瑶
侯士荣	林峰	爰居	邹之麒	张寿海
2000 元	俞靖芝	翁苓	叶筠	张桂茹
许安之	袁镔	550 元	400 元	范玉庆
高寿荃（转账）	韩江陵	应朝	王景慧	罗玉阁
1500 元	诸耀明	500 元	白福恩	孟金玲
林丙棠	黄邦杰	王鸿	宋春华	郝允昇
1000 元	曹涵棻	王育民	张增贵	侯增俭
马国馨	盛允伟	王惠章	300 元	殷亘龄
艾泉成	谢兴达	孙凤岐	马丽	韩光煦
叶如棠	谢超常	刘宝侠	王崇礼	崔志霖
朱治安	黎旺秋	何惟增	尹婉秀	崔国樑
朱曼茜	900 元	张思浩	毛林芳	外汇
关滨蓉	于厚维	周文瑶	吕弘毅	祝狄英 400 美元
杜文光（转账）	田国英	陆强	朱商瑞	
李峰	888 元	赵泽堃	朱霭敏	朱纯华 100 美元（票还未兑现）
吴亭莉	韩述文	赵欣然	伍文玮	
邱秀文	800 元	赵春生	刘海泉	

总计：现金 6.1988 万元，雕塑工作暂用 1.5 万元，余 4.6988 万元现金。

编号：0–17

日期：不明

题目：请柬

谨定于一九九五年四月三十日上午九时半在清华大学东门外建筑馆大厅内举行梁思成先生铜像揭幕仪式。

敬请光临。

清华大学建筑学院

梁思成先生铜像由建筑学院 1965 届校友捐资敬立。

编号：0–18

日期：1996 年 2 月 1 日

题目：1996 年建五深港学术研讨会组织计划简报（第 1 号）

1996 年 2 月 5 日，侯士荣召集深港建五同学讨论研讨会组织计划，参加者有张允冲、许安之、陈尚义、黄邦杰、高寿荃、汪统成、兰柏林、胡运治、翁苓、黎旺秋、施清生、孔力行。郝允昇因事请假，林丙棠未及通知。会议就今年在深圳召开学术研讨会之事进行了初步研究，决定如下。

一、时间

1996 年 4 月 27—29 日。4 月 26 日开始报到，4 月 27 日上午 9 时正式开始，4 月 30 日早上退房。

二、地点

深圳大学，粤海门客舍。

三、人数

连家属约 100 人，每位同学可带 1~2 位家属。（不包来回路费）

四、活动内容

1. 介绍、交换名片、照相、录像。

2. 学术研讨：（1）深圳文化广场方案评审。

（2）新型建材介绍。

（3）新型空间网架介绍。

（4）楼宇自动化设计。

（5）全国房地产形势分析。

3. 参观：深圳大学、地王、深业中心、保税区、国贸。

4. 游览：世界之窗、野生动物园、沙头角。

5. 参加深圳校庆活动。

五、经费

由深圳和香港同学负责筹集。

六、组织机构：

筹委会主任：侯士荣　　副主任：张允冲、许安之

秘书长：陈尚义　　司库：胡运治

联络：黄邦杰　　总务：汪统成

七、邀请单位

深圳建筑学会、深圳大学建筑系。

八、准备时间

请每位同学于2月10日前答复是否参加，来多少人；如不能来，理由是什么，是工作忙，是身体欠佳，还是经济问题，以便落实安排经费。

联络处：陈尚义、黄邦杰

编号：0–19

日期：1996年4月30日

题目：清芬吐艳　鹏城生辉（清华建五深圳聚会纪实）

四月最后几天的南国，阳光明媚，清风和煦，鸟语花香，天如人愿。在如此美好的日子里，清华建五深港同学，按一年前约定的日期，迎接来自祖国四面八方的同学及其家属到深圳聚会，交流学术心得，研讨专业课题，参观建筑工地，游览市容名胜。如此盛会，机会难逢，特撰短文，以志永存。

为了做好此次盛会的准备工作，今年初，成立了以侯士荣为主任，张允冲、许安之为副主任，陈尚义为秘书长的组织委员会，对活动安排、资金筹措、人员分工等做了详细的讨论和策划，并向全体同学发出了两次邀请，得到许多同学的

积极响应。

1996年4月26日是聚会报到日期，此前，王崇礼、吴庆林已先期到深。当天，陈尚义同学代表组织委员会多次来回穿梭于机场和深圳大学之间，迎接了一批又一批同学及其家属。同学见面，自然少不了一番问候和感慨。特别是去年因故未能参加毕业30周年北京聚会的王崇礼、胡正凡、李峰和孙凤岐四位同学，更是被大家团团围住，询问近况。四位同学见到分别多年的老同学，情绪更加激动，总有叙不完的话题。

27日上午9时，同学聚会活动正式开始，侯士荣、张允冲、许安之分别代表组委会及东道主向外地来深的同学及其家属表示衷心的欢迎，希望大家在深圳期间过得愉快，留下美好的印象。外地同学代表王景慧、沈大锺也做了热情洋溢的讲话，感谢深港同学为此次活动所做的精心安排。为此次聚会提供赞助的展鼎公司和中国迅达电梯公司分别介绍了自己的产品。郝允昇同学介绍了空间网架目前的最新技术。张寿海同学报告了关于大基坑护壁的喷锚技术。许安之同学介绍了深圳大学建筑设计院的业务简况。随后，陈尚义同学简述了深圳特区的发展历程以及目前进行第二次创业的决心和前景，希望到会的同学更多地关心和支持特区的发展，同时简介了本次活动的策划过程及注意事项。最后，叶如棠同学讲话，他说：之所以要选在深圳聚会，是因为深圳确有许多值得我们看的东西，参观考察对我们搞建筑的人来讲也是业务进修的需要，希望大家在深圳能看到更多好的东西。他还向大家转赠了一瓶王炬副市长送的美酒。他最后提议在2000年我们毕业35周年的时候在上海聚会，他的提议得到全体到会同学的热烈响应。

组委会为个别经济上有困难的同学资助了路费。

参加此次聚会的外地同学有：叶如棠、王景慧、崔国樑、张增贵、侯增俭、王宗礼、张寿海、爰居、吴塾瑶、杜文光、胡正凡、谢超常、沈大锺、吴庆林、孙凤岐、应朝、艾泉成、彭应运等共18位。另有10位家属，加上深港同学12位，参与活动的家属7位，总共30位同学，17位家属。达到这样的规模，也算很不容易了。

许多同学原准备要来的，终因各种原因不能来。特别要提到的是上次北京聚会未能参加的范玉庆同学，因身体不适，不宜远行，只好取消机票；陆强同学因

建五班 1996 年在深圳聚会

出差石家庄，与此次聚会缘悭一面，深表遗憾；孟金玲同学喜得外孙，姚坚同学丁忧；关滨蓉同学母重病，临时取消了行程，只好寄希望于下次了。世上的事，总是难料。

此次活动之所以能成功举办，是全体参与盛会的同学和家属共同努力的结果，这充分体现了我们建五集体的活力。

天下无不散的宴席，聚会结束了，4 月 30 日深圳下起大雨，同学们在风雨交加之中，陆续离开深圳，带着欢乐，带走了美好的回忆，也带走了小小的遗憾，更憧憬着下次更丰富多彩的聚会。

是为记。

陈尚义执笔

1996 年 4 月 30 日

编号：0–20

日期：1997 年 12 月

题目：通知

同学：

九五校友欢聚，倏忽已是二载，其间工作进退，住所乔迁，电话升级，设备增添。原 1995 版通讯录内容变化较多，急需修订，故请尽快提供最新信息，并望互相转告，以便提供 1998 版通讯录。

来信请寄：北京市南礼士路 62 号，北京市建筑设计研究院马国馨收。

编号：0–21

日期：2001 年 12 月 27 日

题目：唁电

甘肃省建筑设计院：

惊悉范玉庆总建筑师不幸病逝，我们十分悲痛。他在西北工作数十年，为西北地区建设做出了自己的贡献。他的去世不仅是贵院的损失，也是有着数十年情谊全体学友的噩耗。在此向贵院表示我们的悼念之情，并请向杨桂馨女士及家人转达我们的慰问。

如举行仪式，希望能以“清华大学建五班（1959—1965）同学会”名义敬献花圈一个，以寄托我们全体同学的哀思。

如有事需我们协助，请发电报至北京市南礼士路 62 号，北京市建筑设计研究院马国馨收（100045）

此前已发过相同内容唁电一份，因恐传送过慢，故再发此传真，谢谢。

清华大学建筑五班（1959—1965）同学会

编号：0–22

日期：2002 年 1 月 4 日

题目：唁电

清华大学建筑学院：

惊悉徐伯安教授因病逝世，我们原建五班（1959—1965）全体同学十分悲痛。徐教授为建筑历史的教学和研究贡献了毕生的精力，他的去世是继汪坦先生后历史界的又一损失。请向徐教授的家属转致全体建五同学的慰问，并望在遗体告别时以“清华建五班（1959—1965）全体同学”名义敬献花圈一个。

清华大学建筑五班（1959—1965）全体同学

编号：0-23

日期：2002 年 4 月 28 日

题目：通知

因工作疏漏，校友通讯录 2002 年版中漏印施清生同学，除向施清生同学致歉并乞请原谅外，现补充通知如下：施清生单位及家庭通讯内容均同原通讯录。

特此告知。

2002 年 4 月 28 日

编号：0-24

日期：2002 年 5 月

题目：演出预告

著名京剧大师李金泉先生高足，清华大学建五班校友，京剧名票白福恩先生将于 2002 年 5 月 18 日晚 7：30 或 8 时莅临北京彩扮演出，剧目为《吕布与貂蝉》（一折）、《宋江题诗》《廉锦枫》《盗御马》《状元媒》等，演出地点为朝阳区东营机场辅路，北京朝林科技发展集团（359 路汽车和平农场东站下车，问发展集团即可），演出结束后可能有车送大家进城。欲了解详情，请致电白公馆。

2002 年白福恩在京演出

编号：0–25

日期：2003 年 1 月 24 日

题目：再通知

去岁发出有关建五诗文集的通知后，反应热烈，除书信、电话、网上互相往来切磋外，已有近十位同学提前把一部分稿件寄来（我们摘编一小部分附后供大家参考）。看来大家热情高涨，内容形式多样。诗人江陵两次编选了诗稿；思浩夫妇网上大块文章从入学写到毕业，从出生写到花甲；光煦稿纸用去十八页；旺秋填词早至 1976 年；韩述文回忆核弹爆炸；朱霭敏十二“步”成诗；部长送来好梦日记；应朝谜语嵌名联；吴亭莉、吴塈瑶都有佳句送来。老师里贤光老师扬鞭向前，德啟、克摄老师都答应将稿送来。看来文集前景很好，现将有关事宜进一步通知如下。

1. 同学稿件可否于四月初以前寄来北京建院，以备编辑排版。

2. 有的同学看了“通知”中“尽可另出专卷”一句，以为只需寄一首或一篇即可，其实通知本意还是多多益善，只要不像尚义同学那样几十万字即可，因为有了数量才有分量。

3. 应朝在电话中强调：本书就像 1995 年的纪念册一样，关键在于大家参与。只要是文字，不拘长短，不拘形式，主要是彼此的笔谈交流。

4. 马丽建议：如可能，配一些与文字呼应的照片更能说明和表现，哪怕印成

2003 年聚会，《班门弄斧集》出版

黑白的。这是一个好主意，也可使诗文集更加生动。

5. 为了使文字更容易理解，建议在必要处加以充分注解。同时，最好附上本人简单工作经历，也便排印时附在上面。

6. 诗文集的名称还望大家提出建议。

7. 在筹备过程中，已产生若干同学的诗词唱和之作，相信收入后文集会增彩许多。

8. 待诗文稿大致齐备后，将组织一个临时编辑班子从事日常工作。最后祝大家春节愉快，万事如意。

2003 年 1 月 24 日

编号：0–26

日期：2004 年 3 月 26 日

题目：再通知

去年小试“弄斧”　最终顺利出版

分赠师长亲友　反馈各种观感

鼓励支持颇多　缺点毛病难免

同窗意犹未尽　提议趁热再编

拟出书画专集　内容体裁变换

形式限定单色　只为印制简单

各体书法艺术　软笔硬笔不限

剪纸装帧构成　内外设计表现

透视速写均可　铅笔或者墨线

漫画版画小品　篆刻木刻拓片

国画最好焦墨　摄影下次再谈

望附简要文字　欣赏理解方便

来稿最好多送　以便编者编选

既能保证质量　重复也可避免

原班人马继续　事务思浩承担

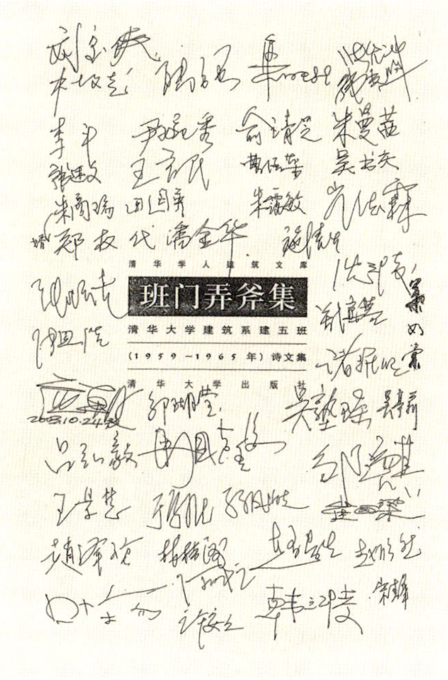

《班门弄斧集》出版后同学签名

稿件直寄他处　地址请看下边
复印或者原物　欢迎电子邮件
现在即可供稿　“八一”截止时间
同学再次笔会　时机万勿拖延
众人齐心协力　只争朝夕去办

附：张思浩收稿地址（略）、电子信箱（略）、电话（略）

编号：0–27

日期：2005 年 1 月 13 日

题目：班级汇款事宜

各位班友：

关于班庆的 1 号通知想已收到。通知中对缴费方法说得不够清楚，现作补充如下：

为方便各地班友汇款，我们已在中国工商银行设立了一个“理财金账户”，大家可在各地工商行办理现金入住或存款转账手续（可能外地需缴 0.5% 手续费），每笔资金汇入后请及时通知我们对账登记即可。我们将在网上经常发布收款情况，大家可以随时核对，以免差错。

以下是账户信息。户名：赵欣然（下略）。

顺问近好！

张思浩、赵欣然

2005 年 1 月 13 日

注：此件为电子邮件。

编号：0–28

日期：2005 年 1 月 24 日

题目：班庆筹备工作通报 2 号

各位班友：

清华大学建五班（1959—1965）毕业四十周年纪念活动通知（第一号）以及

班庆交费事宜作为通报1号已于1月10日和13日发出。现在发的是通报2号。

1.《班门弄斧续集》终审稿的全部电子文件已于本月初编辑完成送出版社。作者包括林贤光先生共70人，作品计326页。现向未来得及投稿的同学表示遗憾。个别同学来信要求撤下某篇作品，编者碍难从命，在此道声对不起了。印刷出版事宜由马公张罗，具体进展尚无消息，估计很快将大功告成，大家等着瞧好吧。

2. 集资工作正在进行，现将收款情况在网上公布，请大家查对（下略）。

另有2位同学1月23日通过银行汇款1000元和500元两笔，没有告知姓名，无法登记。请两位及时报来，并请今后从银行汇款的同学注意别忘了通报大名。从银行汇款办法简便，可免邮局汇兑手续，但对账时见不到汇款人名，有劳大家通告一声。

3. 老照片征集工作须加紧进行。已有尹婉秀、姚坚二位成功发来电子文件30多个，看来网上传送办法可行。为保证工作质量，现将照片扫描的技术标准统一如下：能有底片透扫最好；用照片扫描的话，请掌握分辨率：135片最好用2400点100%，至少用600点200%；120片可用600点，当然用2400点50%更好；放大照片和5~6寸彩照用600点即可。黑白照片用“灰度”模式，文件比较小一点。电子文件格式可用JPG。网上传照片，一封信的大小不宜超过五六兆，发到我的新浪100邮箱好些。

张思浩

2005年1月24日

注：此件为电子邮件。

编号：0–29

日期：2005年2月16日

题目：清华建五毕业四十年纪念活动筹备情况通报第6号

建五各位班友：

春节已过，五一在即，班庆活动筹备工作进入倒计时。现将筹备工作最新进展情况通报大家。

A. 筹款情况：建五班毕业四十年活动筹款清单（下略）（共43人54800元）。

* 说明：两项款已到位而迄今无人认账。请汇款人速来信或来电认账。

B. 此前马大师要求代发的通知有一项重要遗漏：学校新建紫荆公寓在校庆前几日对五字班校友对折优惠，并要求于三月以前预订房间。请大家尽快将参会与否反馈回来。

C. 老照片收集工作已有姚坚、尹婉秀、杜文光、崔志霖、吴书庆、吴庆林、赵春生、吴亭莉、朱纯华等同学积极响应，送来了约 200 张珍贵照片。希望更多同学参与，特别是上海、深圳、四川和海外同学能参加进来。根据大家建议，建五纪念相册（光盘版）将由两部分构成：其一为“建五班集体”，其二为“个人与家庭”。前者包含毕业前后各种同学聚会的留影，多多益善，尽量收齐；后者将按人头编排，收入每个同学入学前后和毕业后的个人和家庭照，以及同学私下来访的留影，这一部分要求精选，同时也尽可能做到人人有份。目前，个人部分收集的面还太窄。就连毕业照还没收齐。现在网上征集以下同学的毕业照：王育民、崔国樑、朱霭敏、朱曼茜、刘海泉、伍文玮、张允冲、爰居、吴庆林、兰柏林、顾冬梅、吕弘毅、盛允伟、郝允昇、胡正凡、周文瑶、宋春华、王鸿、高寿荃、毛林芳、拉卡沙、阮日清。此外，所有老照片扫描后的剪裁与处理工作量较大，希望大家尽早提供资料，时间不多了。

思浩、欣然

2005 年 2 月 16 日

注：此件为电子邮件。

编号：0–30

日期：2005 年 2 月 17 日

题目：清华建五毕业四十年纪念活动筹备情况通报第 7 号

建五各位班友：

为了配合建五毕业四十年纪念活动，前不久我们曾在网上发布了一份大家都来清华校友网注册并建立建五班级主页的倡议。由于受学校放寒假的影响，清华校友网上的建五班主页暂时还建立不起来。今天终于接到网络管理员通知，咱们班的主页开通了。我们特此通报大家，请还没有在校友网注册的同学尽快去注册，已经注册成功的同学可立即登录校友网，并到建五社区报到。在建五主页上，你可以看到我们已经发出的全部通报和通知，还可以看到几张同学聚会的照片，甚至还可以看到姚坚的一篇专业论文。你也可以在上面贴照片、发议论、通消息、聊大天。总之，希望大家抽点时间，加入我们的社区。

马国馨、张思浩

2005年2月17日

注：此件为电子邮件。

编号：0–31

日期：2005年2月24日

题目：清华建五毕业四十年纪念活动筹备情况通报第8号

建五各位班友：

现将毕业四十年纪念活动筹备的最新情况通报如下：

A. 集资情况：建五班毕业四十年活动筹款清单（下略）

从上表可见，已有56位同学交来集资款，总计人民币67900元整。有三笔银行汇款没有告知汇款人姓名，计2500元整。请已经交款的同学查对一下自己的账目有无遗漏，特别是这三位从银行汇了款而未认账的同学，见此通报后尽快与我们联系认账。

B. 加入清华校友网问题：清华校友网的建五班级主页已经建立。但目前只有5位同学加入，需要鼓动鼓动。从最近入网同学的情况看，注册和登录都遇到一些障碍。主要是学校前段时间放寒假，网站工作不大正常。为帮助大家顺利加入，根据近期入网者的经验，特作以下提示。1）注册：按以前通报中提供的网址，打开清华校友网主页应当没有问题。接着点击“注册”按钮。在弹出的对话框中填写必要的信息，其中“学号”一栏如果记不清了也不要紧，可填入5910××或5911××。注册时你会得到一个5位数的注册号，要记下来。接下来就要等待一周左右才会得到开通通知。如果想快一些，可立即打电话给校园网管理员，告诉他们你注册的用户名和注册号，一般可在几分钟后开通。2）登录：开通后可立即用校园网给你的“口令”（可能就是你注册填写的学号）登录校友网。3）

加入：登录后进入建五主页，点击“申请加入”按钮。你就会进入“待批准”状态。等网页管理员批准，问题就解决了。

C. 老照片收集问题：关于收集工作的有关意见，以前的通知已经明确。只是深圳、上海方面尚未响应。望抓紧。

D. 书画集出版问题：春节前排印稿已送清华大学出版社，据说将在三月份出版发行。

纪念活动筹备组：张思浩

2005 年 2 月 24 日

注：此件为电子邮件。

编号：0–32

日期：2005 年 3 月 17 日

题目：建五班校庆活动筹备会纪要

建五各位班友：

距四月清华校庆还有一个月的时间。2005 年 3 月 17 日上午，在叶如棠、马国馨主持下召开了建五班校庆的筹备工作会议。现把会议讨论的主要意见通知如下。

1. 校庆活动初步安排

4 月 21 日（周四）全天，在清华紫荆公寓报到，为此我们已预订了 120 个房间（全部为单床间，有浴卫设备），同时领取本次校庆活动的纪念品（《班门弄斧续集》、老照片纪念光盘、新版通讯录）。

4 月 22 日（周五）上午，全体乘车去北京植物园（园址大，景色好，游人不多，便于畅叙），中午在植物园用餐，下午全体乘车去颐和园，晚上在清华附近安排班级聚餐。晚上联谊活动拟邀请我班书法家及书法爱好者挥毫互赠。纸墨由班上准备，笔和印章希望各人做好准备。

4 月 23 日（周六）上午，在校园西区拍集体照。10：30 到建筑学院开会，放映老照片精选，老师、同学讲话。中午与老建五班一起邀请老师聚餐。下午在校园内继续照相。晚上吃便餐，之后展示全部老照片，回忆旧日的好时光。

4月24日（周日）校庆日。上午10：00全体五字班同学在主楼门前集会，举行“常青松景观”捐赠仪式。建五班为此活动捐赠一万元（由班费支出），此后即转入个人自由活动。下午在蒙民伟楼（西区体育馆南）由清华艺友合唱团为1965届校友专场演出。有多位1965届校友如吴亭莉的独唱等，演出票在演出厅门口发放。

2. 各位班友到校以后的全部活动费用（住宿、吃饭、门票和乘车等）均由班费支出，来往旅费由本人负担。

3. 如果需要单位报销车费，可及早告知筹委会，以便提前把正式学术会议邀请函寄去。

4. 因活动大部分集中在学校，工作内容也比较繁杂，故筹委会邀请在校同学袁镔、邹瑚莹、俞靖芝、沈三陵、曹涵棻一起参加筹备工作，以减少孙凤岐的负担，同时使筹备工作更为细致完善。

5. 筹委会再次重申，欢迎同学偕老伴或亲人一起与会，目前已预订了校紫荆公寓120个房间，并将通过电话尽快认定来校参加活动的准确人数。

6. 筹委会观看了建五老照片纪念光盘的样片，认为十分珍贵，极有价值。为保证光盘质量，决定校庆时推出《老照片1》，主要收录大学六年的老照片及毕业以后的重要集体照。校庆后再继续编辑《老照片2》，主要收录同学个人的相关照片（如儿时照、全家照、亲友照、结婚照、工作照、与同学一起的有趣照片），篇幅拟控制在每人20~30张为宜。《老照片2》准备于2006年推出。

7.《班门弄斧续集》和新版通讯录均进展顺利，但同学通讯录如有新的修改还望及早通知。

8. 为本次纪念活动准备专门制作纪念袋，其平面设计拟邀资深设计师何川（吴亭莉女儿）担任。

9. 此次毕业四十周年原拟向系里赠送永久性纪念品，但因内容和时间等各种原因未能实现。2006年10月是建筑系建系60周年，因此有较充裕的时间进行筹备，准备工作正在逐步进行中。

10. 对以上活动安排如有新想法，也望及早反馈。

11. 热烈欢迎大家踊跃参加毕业四十周年活动！让我们再次聚会清华园，回忆同学们的缘分，回忆四十年前发生在这儿的一切……

建五班校庆工作筹委会

2005 年 3 月 17 日

编号：0–33

日期：2005 年 4 月 5 日

题目：建五校庆活动通知

2005 年 4 月 4 日下午在叶如棠主持下召开了建五校庆筹委会会议，研究并决定以下事项。

· 由于学校紫荆公寓规定从 22 日起优惠，但外地同学需在 21 日报到，所以决定所有外地同学和在京家住较远的同学可以在 21 日入住，其他同学 22 日入住，对此将逐人进行落实。

· 筹委会将随本通知尽快同时发出入校出租车（或私用车）车证、学校及公寓总平面路线图。请同学来校时务必携带。同时勿忘随身携带老年证、身份证（公园门票可半价）。

· 日程安排及具体负责人如下。

4 月 21 日（周四），外地和在京部分同学入住（安排住宿、购买餐券、发放纪念袋、熟悉地形）。负责人：邹瑚莹、殷亘龄。

4 月 22 日（周五）早 8：00 集合去北京植物园（首汽包车）。校内负责人：沈三陵。校内上车地点：紫荆公寓。人员：住紫荆公寓及清华附近的同学。城内负责人：叶如棠（负责解决建设部停车位）。召集人：王景慧、杜文光。城内上车地点：建设部门前。人员：城内同学。

此前需确定各地上车人员名单。如因故赶不及上车可打联系人手机，之后自行直接去北京植物园。估计 9：00 前后包车可达植物园。

9：00—11：45 植物园内叙谈、照相，并可酌情参观温室（门票统一购买）。

12：00—13：30 在南植物园小木屋用自助餐。由俞靖芝联系，另临时推选一人具体负责。

13：30 乘车去颐和园（北宫门或西门待定）。由俞靖芝联系，另临时推选一人具体负责。活动内容及路线待定。

17：30—20：00 乘车去圆明园东墙外农家院用餐。负责人：俞靖芝。

20：00 乘车去紫荆公寓或进城（北京同学可入住紫荆公寓畅谈，均有房间。）

4 月 23 日（周六）10：00 建筑学院二楼多功能厅举行纪念会，邀请学院领导、老师参加。

议程：· 播放老照片精选，忆往昔。

· 建五代表讲话（一、二、三班各一人）。

· 学院领导和老师讲话。

· 老师和同学自由发言。

· 向老师和同学赠《班门弄斧续集》及老照片纪念光盘、纪念袋。

场地和设备准备、请帖发放负责人：孙凤岐。

会议主持：马国馨。

事务工作人员若干，临时邀请。

12：00 在建筑学院二楼多功能厅用自助餐，同时播放全部老照片。餐后请建五书法家挥毫赠字。纸、墨、印泥、镇纸等准备：应朝。叶如棠、白福恩、高寿荃等自备笔、印章。

14：00 全体集合，步行游览校园并拍纪念照。摄影负责人：谢兴达、何惟增。路线：建筑学院—主楼—二校门—清华学堂—大礼堂—图书馆—工字厅。

18：00 在静斋招待餐厅聚餐，邀请老师参加。负责人：曹涵棻。

晚上，全体同学可留宿紫荆公寓，继续畅谈。

4 月 24 日（周日）早晨，自由参加校庆活动。

10：00 全体在主楼前广场集合，出席 1965 届校友向母校捐赠常青松园剪彩纪念活动。此后转入自由活动。

15：00 清华艺友合唱团为 1965 届校友

1965 届校友捐赠的常青松园

演出。

地点：蒙民伟楼（老体育馆南侧）。门口领票。演出时间为一个半小时，有大合唱及吴亭莉等数名1965届校友独唱、独奏节目。

●若有不尽之处，还望大家尽快指出，以利本次校庆活动圆满进行。

建五校庆筹委会

2005年4月5日

编号：0-34

日期：2005年4月9日

题目：清华大学建筑系1965届校友纪念毕业四十周年活动日程

21日（周四）全天

外地来京同学和北京路远同学入住清华大学紫荆公寓（附交通图）。

地点：五道口向北轻轨线西侧路入紫荆门（东北门）。

联系人：邹瑚莹、殷亘龄。

22日（周五）

早晨，乘车去北京植物园（全体请带老年证）。

住清华的同学8：00在紫荆公寓门前上车。联系人：沈三陵。

住城里的同学早7：30—8：00在建设部前广场上车。联系人：王景慧。

2005年建五班毕业四十周年合影

9：00到达香山北京植物园。

9：00—11：45植物园内叙谈、照相，并可酌情参观温室。

12：00停车场上车前往南植物园小木屋用午餐。

13：30上车去颐和园游览。联系人：俞靖芝。

17：30从停车场上车去圆明园东墙外农家院用晚餐。

19：45上车返回紫荆公寓，或进城。

23日（周六）

10：00举办小型纪念会。地点：建筑馆二楼多功能厅。马国馨主持。

学院领导、老师讲话。有赠书、致辞、题词等多项纪念活动。

12：00用便餐。老照片展示。负责人：张思浩。

14：00校园漫游，集体合影留念。负责人：谢兴达。

18：00宴会。地点：招待餐厅（静斋北）。叶如棠主持。

24日（周日）上午

10：00 1965届校友捐赠常青松园剪彩。地点：主楼前广场。

14：30老文工团校友演出。地点：蒙民伟楼（西大操场）。

注：此件为电子邮件。

编号：0–35

日期：2005年4月

题目：关于在清华大学校园建梁思成林徽因雕像立项报告

北京市城雕建设管理办公室：

兹为在清华大学校园内建梁思成林徽因先生雕像事，请示报告如下。

在城市化的过程中，城市雕塑是营造人文景观，提高城市文化品位，体现先进文化的重要内容。尤其北京在2008年将举办奥运会，“人文奥运”的目标也对城市雕塑的形式和内容都提出了更高的要求。本报告的提出即欲图通过对现代人物的纪念为首都增加人文色彩的内容。

清华大学是具有近百年历史的名校，目前正在向国际一流名校的目标努力。在近百年的历史中，学校大师辈出，人文日新，形成了学校宝贵的精神财富。这也是激励后来学子的重要资源。尤其是在学校由理工科大学转型为综合性大学后，更应进一步加强校园的人文气氛，塑造学校独有的品位和性格。

梁思成先生是清华大学建筑系的创办人，是我国著名的教育家、建筑学家，是中共中央审定的《中共党史人物选》中涉及建筑行业的三位人物之一（另两位是刘秀峰和刘裕民）。邮电部在1992年曾专门为梁思成先生发行了纪念邮票，其贡献和评价已有定论。林徽因先生是梁先生的夫人，在建筑系的创办和教学、建筑历史的研究、中华人民共和国国徽和人民英雄纪念碑的设计上均做出了重要贡献，在文学上造诣亦深，二人在国内和国际上具有一定影响力。2006年适逢清华大学建筑系建系60周年，为了表示清华学子对二位先生的纪念，故拟为二位先生建纪念雕塑。

有关纪念雕塑操作的初步设想如下。

1. 雕塑形式：梁思成和林徽因先生的全身像，初步设想为铜质。

2. 安放地点：学校东区建筑馆附近室外。

考虑到清华大学已有室内纪念雕塑十数座，已建室外雕塑有闻一多、朱自清、吴晗、马约翰四先生，但都集中在学校西区，而目前学校教学区重心已东移，并形成了以主楼为中心的校区新轴线，但该区域只有一些绿化、喷泉景观上的处理，与西区比较人文色彩相对薄弱，因此雕像的设置对目前东区的状况会有所改善。

3. 资金：初步估算将在15万元以上，拟由建五班校友负责筹集。

4. 创作：准备邀请北京具有从事该项工作资质和证书的雕塑家作为主创，景观部分拟请清华大学建筑学院景观园林设计研究所负责设计。

5. 审批：如本项目获得主管部门的批准，将按照城雕有关审批程序请主管部门和清华大学校方在创作的各主要阶段审定，并邀请梁、林先生的亲属和好友提出意见。

6. 署名：雕塑上除注明作品名称外，将署捐赠者清华大学建筑系建五班（1959—1965）和雕塑家的名字。

7. 完成日期：2006年10月清华大学建筑系建系60周年前完成。

以上报告请贵办公室批示。因创作和制作时间十分紧张，望能尽早复示为盼。

清华大学建筑系建五班（1959—1965）全体校友

编号：0-36

日期：2005 年 4 月 25 日

题目：致校长办公室信

清华大学校长办公室：

清华大学建五班《在清华大学校园建梁思成林徽因雕像立项报告》已经首都规划委员会陈刚主任、邱跃副主任批复。北京城市雕塑建设管理办公室也发出了《关于同意梁思成林徽因雕像前期设计的函》。现将有关文件的复印件寄上，以便下一步工作的尽快展开。

此致

敬礼

清华大学建五班

2005 年 4 月 25 日

抄送：清华大学建筑学院

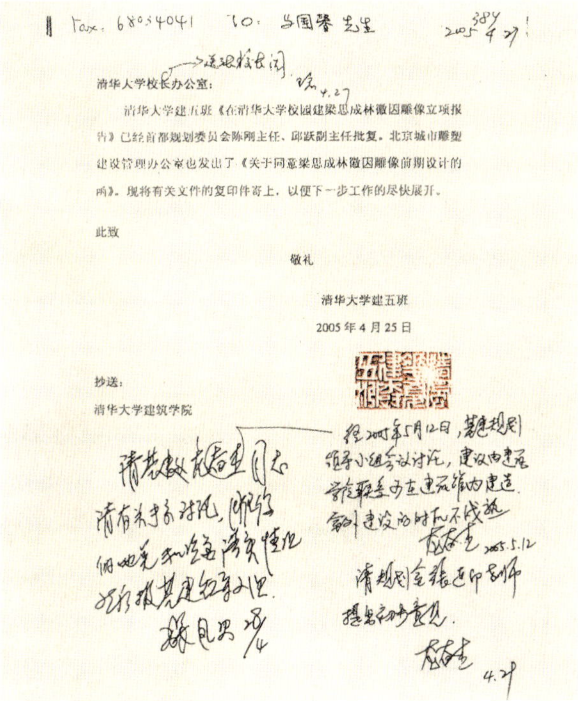

Fax: 68054041

清华大学校长办公室：

清华大学建五班《在清华大学校园建梁思成林徽因雕像立项报告》已经首都规划委员会陈刚主任、邱跃副主任批复。北京城市雕塑建设管理办公室也发出了《关于同意梁思成林徽因雕像前期设计的函》。现将有关文件的复印件寄上，以便下一步工作的尽快展开。

此致

敬礼

清华大学建五班

2005 年 4 月 25 日

抄送：

清华大学建筑学院

2005.5.12

4.27

2005 年建五班为捐赠梁思成林徽因塑像，向校方提交书面申请及有关批示

编号：0–37

日期：2005 年 6 月 8 日

题目：致校领导信

陈书记、顾校长：

你们好！

我们是清华大学建筑系建五班（1959—1965）的校友，在今年年初，我们曾向北京市城雕建筑管理办公室、清华大学校长办公室和建筑学院发出立项报告，提出为体现北京“人文奥运”精神，使母校加快迈向国际一流名校以及迎接建筑学院成立 60 周年，准备由校友捐资在东区建筑学院附近室外建梁思成林徽因先生雕像（可详原立项报告）。在各方面的关心和支持下，北京市城雕建设管理办公室已于 4 月发函做了同意开展前期设计的批复。建筑学院通知我们，校基建规划领导小组会议经讨论，也提出了初步的意见。为了将此工作更快地推进，故写信给你们，希望就几点问题做进一步研究。

一、关于建立梁思成和林徽因先生全身雕像问题

北京市城雕办和校基建规划领导小组达成共识，对此项提议并无异议。

二、对于雕像的安放地点，目前看法还不尽一致

校基建规划领导小组建议建在建筑馆内，认为室外建设的时机并不成熟。我们的看法是：

1. 建筑系馆内已有梁思成先生头像（也是我班在毕业 30 周年（1995 年）时捐赠给学院的），且目前系馆门厅空间十分狭小，还要经常举办各种专业展览和学生作业展，对安排双人全身像来说不是理想的环境。

2. 我们和学院方对系馆外的环境也初步进行了踏勘。从目前东区主楼前的规划建设现状看，主楼中轴线及两侧步道布局较严谨，且并未与建筑系馆有密切的横向轴线呼应关系，因此中央大道上并不是布置雕像的理想地点。

在系馆南面的一块草地，已建有不锈钢雕像，其西面尚有开阔空间，周围没有障碍物，和中央大道主轴线、喷泉等有较好的对位关系，相对来说是可为人接受的地段。当然，如果放置雕像，还要有相应的景观设计。

3. 关于时机问题，我们认为 2011 年清华百年庆典之前对学校来说都是难得的好时机。尤其是学校的教学和建设重点东移以后，虽然目前建设量很大，高楼林立，但与西区已有的人文色彩相比相差较多。当前正可以建立梁林二人的室外雕像为契机，逐步开创东区人文内涵建设的新局面：在已有中轴线布局的基础上，陆续增加清华名人的雕像或纪念物，弘扬清华精神和学风，扩大影响，从而形成国际一流综合性大学的新氛围。

当然，对东区要有一个整体规划，想来学校不会没有考虑。事情总要有个开头，迈开了第一步可能还会对此有所促进，所以我们认为如果条件具备即可付诸实施，不必大家凑在一起同时上马，或是考虑各方面的“平衡”。更何况距百年校庆也只有短短的6年时间，距建筑系60年庆典只有1年多一点的时间，现在着手已经不能说是很早了。虽然雕像小稿的工作目前还可进行，但安放地点将对雕像的构思和处理手法起决定作用。此前我们也通过简短的汇报向你们提起过此事，希望书记和校长能充分理解这批清华老学子的心情，帮助使本项工作能尽快推进。

此致

敬礼

清华大学建筑系建五班（1959—1965）全体校友

2005年6月8日

召集人：叶如棠

联系人：马国馨、张思浩

编号：0-38

日期：2005年6月

题目：通知

同学：

通讯录即将在新世纪内修订，请将以下信息尽快寄至北京市建筑设计研究院马国馨处。

姓名，单位，单位地址（邮编），单位电话，单位传真，家庭住址（邮编），家庭电话，手机，电子信箱等。

谢谢。请转告。

编号：0–39

日期：2006 年 4 月 25 日

题目：军乐队九十周年贺信

清华大学军乐队：

欣逢清华大学军乐队建队九十周年，我们建筑系 1959 级的 11 名老军乐队队员在此表示最诚挚的祝贺。

清华大学军乐队有着光荣的传统，九十年来在清华的各个时期都发挥了重要的作用，成为学校的重要品牌和形象代言人。我们在大学六年的学习中，有幸成为这个光荣集体的成员，和其他队员一起训练、演出、宣传、活动，见证了 20 世纪的那一段历史。这段经历不仅提高了我们的艺术素养，增进了同学间的友谊和团结，并且在同学们全面发展的进程中起了重要的作用。军乐队的难忘体验使我们终身受益。同时，参加乐队的经历对我们从事建筑设计工作也有极大的启发和帮助。人们常说："建筑是凝固的音乐。"音乐和建筑相通，我们的系主任梁思成先生就是军乐队最早的成员和小号手，他已经为我们做出了榜样。另外，周乃森先生也为军乐队的成长贡献了全部心血，我们永远怀念他们。

我们虽然已经毕业四十多年，但我们一直关心学校和校军乐队的发展和进步，我们为军乐队的好传统世代相传而高兴，为军乐队的兴旺而欣喜，为军乐队取得的成就而鼓舞。最后，再一次预祝我们的军乐队青春常在，活力常在，名扬五洲，播种四海。

清华大学建筑系 1959 级全体军乐队员

沈大锺（大号）　施清生（大号）　汪统成（打击）

何惟增（黑管）　孙凤岐（长笛）　蒋钟堉（长笛）

谢兴达（长笛）　张思浩（小号）　张增贵（次中音）

王　鸿（黑管）　马国馨（萨克斯）

2006 年 4 月 25 日

编号：0-40

日期：2007 年 9 月

题目：“清华校友励学金”捐赠协议书

为鼓励清华大学在校家庭经济困难学生努力学习，成才报国，清华校友建五班集体（以下简称“捐赠人”）与清华大学友好协商，捐资参与“清华校友励学金”工程。

一、捐赠人设立本励学金的意向

1. 捐赠人希望将所捐赠的资金定向用于建筑系，主要资助低年级那些家庭经济困难、学习勤奋、生活俭朴的学生完成学业，成才报国。

2. 捐赠人冠名意向：冠名，名称：清华校友建五班励学金。

二、捐赠金额、期限及个人捐款方式

捐赠人年均捐赠 30000.00 元（人民币，下同），捐赠期不短于 5 年，总金额不低于 150000.00 元；

分期捐款安排：2007 年捐赠不少于 50000.00 元，2008—2010 年完成其余捐赠额；

建五班全体校友除由班费按每人 100.00 元集中向学校支付外，个人的捐款直接汇寄至校友总会，但必须标明“建五班励学金”字样，以便收款方定向统计与使用。建五班校友以外的个人或单位参与本协议且其捐款标明“建五班励学金”的，一并计入捐赠人总金额。

三、评定办法

清华大学奖助学金管理委员会依照清华大学奖、助学金管理有关条例，并根据本捐赠协议在新学年开始时进行评定。

四、受助人条件

1. 家庭经济困难，符合我校家庭经济困难学生认定条件；

2. 热爱祖国，拥护中国共产党和社会主义；

3. 学习刻苦、勤奋，生活俭朴、节约；

4. 遵守国家法律及校规校纪，自觉履行公民基本道德规范。

同等条件下，优先安排老、少、边、穷地区的学生和一、二年级学生。

五、资助办法

每年从申请特困资助的本科生中选出约 10 名受助者，每人 3000.00 元。

六、管理办法

“清华校友建五班励学金”由校友会负责监督管理。捐赠人指定一位在建筑系任教的建五班校友适时了解本励学金汇集和使用情况，并在班级网上公布。

七、捐赠人或校友个人每年 12 月 20 日前将本励学金款项汇至以下账号：

1. 账户名称：清华校友总会；开户行：北京银行清华大学支行；账号（略）；汇款用途：“清华校友建五班励学金”。

2. 外币汇款，户名为：清华大学教育基金会（Tsinghua University Education Foundation）；开户行为：中国银行总行营业部（Bank of China，Head Office，Swift Bank Code：BKCHCNBJ）；账号为：（略）；汇款用途为：“清华校友建五班励学金”。

收款后，清华大学将及时给付收据。对个人一次捐款达到 1000.00 元或单位一次捐款达到 5000.00 元的，清华大学将开具所得税抵扣相关证明材料。

八、本励学金从 2007 年起开始实施，协议有效期为 5 年。当捐赠总额超出 150000.00 元时，本协议可适当延长，至总额使用完毕时自然终止。

九、其他未尽事宜，双方友好协商解决。

编号：0–41

日期：2008 年 5 月 18 日

题目：清华大学建五班（1959—1965）入学 50 周年班庆活动的通知

2008 年 4 月 9 日，由叶如棠、马国馨召集，建五班在京联系人共 8 人，就 2009 年入学 50 周年、毕业 44 周年的纪念活动进行了初步讨论；4 月 28 日在京同学颐和园校庆聚会中（共 32 人出席）就此问题又进行了讨论。现将主要设想汇报如下：

一、2009 年班庆

1. 经叶如棠联系，上海现代集团已同意作为我班班庆活动的赞助单位。故我班活动初步确定在上海、杭州二地，时间由 2009 年 4 月 10 日起，一周左右；

2. 日程初步确定为：上海 4 日（包括集中、参观上海、参观苏州及答谢现代集团），杭州 2~3 日（包括参观杭州或周边及疏散或自由活动）；

3. 组织工作：上海地区请以沈大锺为首成立筹备小组并尽快与上海现代集团指定联系人建四班学长项祖荃联系，研究上海活动日程、住宿等细节，并就杭州 2~3 日游询价或拟定具体方案；

4. 建五班同学接此通知后尽快用各种手段（电话、电邮）向沈大锺表明自己的初步出席意向（欢迎偕老伴同往），以便尽早确定规模，此事截止时间定为 2008 年 6 月 15 日；沈大锺家庭电话、手机、电邮（均略）。

5. 费用：去上海、杭州的往返交通费自理，去杭州旅游费用自理（待询价）。

二、《班门弄斧三集》的出版

1. 准备在入学 50 周年纪念活动前编辑出版《班门弄斧三集》；

2. 三集内容：结合新中国成立 60 周年、入学 50 周年，在前两集内容和体例的基础上，以文字为主（可附插图），宜尽量体现综合性和可读性，具体内容不限；

3. 三集力争全班同学均有内容入选，已故同学争取由家属提供相关文字；

4. 由于编辑出版工作量很大，故将截稿日期定在 2008 年 8 月底，为后续工作留有余地，如可能请尽量提供电子文件；

5. 文稿请寄张思浩处。电邮、地址、家庭电话（略）。

三、照片光盘和通讯录

1. “1965 年前同学旧照光盘”已在毕业 40 周年时完成并分送各位，“1965 年至今的照片”光盘正在编辑，部分同学已提供照片，希望尚未提供照片资料的同学继续提供自己独有的 1965 年以后的个人照、家庭照、建五小集体照（限每人 20 幅），原照或电子文件均可，也请寄张思浩处（地址见上）；

2. 争取 2008 年出新版通讯录以代替 2005 年版，凡内容有修改的，望及时通知马国馨，办公电话、手机、电邮、地址（略）。如不通知即视为内容不变，此事望于 2008 年 10 月底前完成。

四、建五班活动基金

1. 为筹备各项班庆活动以及出版费用等，建五班现有余款可能不够，决定再次筹集活动基金供班集体用；

2. 此次集资定额为1000元／人，上不封顶，欢迎多集善款；

3. 建五基金除供2009年班庆活动支出外，节余将提取适当部分作为“建五班励学金”捐助母校建筑学院贫困学生；

4. 集资款请寄张思浩处，邮局汇款地址见上；也可异地存入中国工商银行，存款账号：（略）。户名：张思浩。存、汇款后请及时通知存汇款时间、金额、存汇款人、存汇款地点，以及励学金额度，以便登账户。

五、关于继续筹集“建五班励学金”的意见

建五班与校友总会签订的协议规定，捐助总额不低于162500元。目前只完成了40%。为此，拟作如下安排：

1. 欢迎有捐助意愿和能力的同学，在汇寄活动基金的同时，附带寄一笔励学金捐款；

2. 明年的聚会结束后，从结余的班费中再提取适当比例转为捐款。

六、班庆筹备及集资进展情况将适时公告全体同学，并希望见此通知后尽快提出反馈意见，以便补充修改。

建五班班庆活动筹备组

2008年5月18日

2008年建五班校庆聚会

编号：0–42

日期：2008 年 6 月 22 日

题目：清华大学建五班入学 50 周年班庆活动的通知 02 号

01 号通知发出后经广泛征求意见，特别是听取了身处南方的多数同学的意见，并与活动赞助单位协调后，现决定将活动日期延后至 9 月；此外，01 号通知发出后发现集资账号有误，必须更正。特发 02 号通知如下：

一、入学 50 周年班庆活动时间改为 2009 年 9 月 18 日至 24 日。其余计划不变。

请上海沈大锺等同学尽快与上海现代集团指定联系人建四班学长项祖荃联系（宅电），研究上海活动细节，并就杭州 2~3 日游询价或拟定具体方案。对于杭州活动的票务等问题，叶如棠将委托有关单位帮助办理，可解后顾之忧。

二、前发班庆活动集资账号有误，更正如下（略）

由于我们的工作疏漏，给大家造成麻烦，抱歉！

三、纪念光盘照片搜集工作进展

2005 年以来，提供照片的同学已近 30 人，我们在清华校友网建五班级社区的论坛里开专栏陆续刊出了 27 位同学个人和家庭的照片节选，请大家浏览。还没有提供照片的请继续提供，已提供的同学还可以补充。

四、纪念文集《班门弄斧三集》组稿情况

现已收到叶如棠率先提供的散文数篇约万余字，在校友网论坛中刊出了节选，意在使大家有所启发，请大家浏览，并请抓紧时间撰文投稿。截稿时间可适当顺延。

五、集资进展情况

现已收到田国英、孟金玲、白福恩、邱秀文、李平、沈三陵等 6 位同学的集资款 12000 元，其中包括 4000 元为集资人指定作“励学金”用。集资款清单将在建五班级网的通知栏里公示并及时更新，请注意核对。

建五班班庆活动筹备组

2008 年 6 月 22 日

编号：0–43

日期：2008 年 7 月 7 日

题目：清华大学 1965 届校友入学五十周年纪念文集征稿启事

2008 年 6 月 30 日，清华大学 1965 届各系校友代表召开了入学五十周年纪念活动筹委会第一次会议。与会代表认同采用出版入学五十周年纪念文集（书名为《相识五十年——清华大学 1965 届校友忆母校》——这是暂定的名称，希望大家提出更好、更精彩、更贴切的书名）的方式来表达我们对大学六年同窗生活的怀念。大家认为，回忆大学六年学校生活中对自己五十年来影响最大的事，并借此总结母校教育在自己成长过程中的影响，很有必要。1965 届是清华大学自招生就确定并顺利完成六年教育全过程的年级，在清华六年期间，学基础理论、学专门技术、教学实践、科研培训，真刀真枪毕业设计以及学工学农学军等各个教学环节都按计划进行，既避开了 1958 年“大跃进”的浪潮，又未受到“文化大革命”的冲击。这六年，是清华大学（南翔同志）教育思想最活跃和经受考验的关键时刻。通过近五十年的历史和用今天新时期的标准来回顾 1965 届校友的成长历程，再现我们当时的成长环境，是一件十分有意义的事。

我们要通过这次总结来向世人表达：大多数清华校友之所以在各条战线上取得优异成绩，主要是靠他们在清华大学六年学习期间受到的良好教育和严格训练，他们掌握了扎实的基础理论和宽厚的专业技术知识以及较强的分析问题、解决问题的能力，培养了自己较强的社会工作能力。此外，清华“自强不息、厚德载物”的校训和“团结拼搏勤奋创新”的校风对他们也产生了深刻影响。这是以蒋南翔校长为首的全体清华教职员工教育栽培的结果。我们也有责任以感恩的心情把受教育的成长过程加以总结，告诸世人。

稿件内容要丰富多彩、引人入胜，形式要生动活泼、图文并茂，思想要有较高的深度，所有同学一律平等，不论当“官”做“长”，还是平头百姓，先进或“落后”，都欢迎投稿，既可写成绩和经验，也可写教训和挫折。对为党和国家做出重大贡献的领军人物，要组织专访，稿件要有思想深度和较高的艺术水平。

请各位校友将关于这次纪念活动的稿件（形式多样不限，文章、书画篆刻、新老照片均可）投至下列电子信箱（略），或将稿件邮寄到清华大学校友总会（清华大学教育基金会小楼一层），或各系召集人。请在信封上写明“1965 届稿件”，信中注明文章名、原毕业班编号、作者姓名、电话、邮编以及地址，以便联系。1965 届纪念活动办公室在收稿后会将其登记后转给各系召集人。各系在自己组织出版纪念册的同时，挑选其中有代表性的优秀作品投稿给筹委会，由筹委会纪念文集编委会经遴选后入围，与著名出版社合作做成精品正式出版发行。

本次活动同时还制作一件入学五十周年的精美纪念品给每位 1965 届校友珍藏。也欢迎各位校友就纪念品设计踊跃投稿。

截稿日期：摘要（300 字内摘要或书画照片小样）为 2008 年 9 月 30 日，正文为 2008 年 11 月 30 日结束，入围作品在 2008 年 12 月 31 日以前公布。

希望各位 1965 届校友踊跃投稿，也希望大家喜欢此次纪念活动。祝各位校友身体安康、精神愉快。

2008 年 7 月 7 日于清华大学

编号：0–44

日期：2008 年 9 月 28 日

题目：清华建五入学五十周年活动初步计划安排

请旅游公司报价

清华大学建筑系毕业生入学五十周年活动

共 90~100 人，其中男生 45~55 人，女生 40~50 人。

活动参加者年龄在 66~72 岁。

活动时间：6 天；报价按天和按住宿用餐用车门票分别计算。

第几天	地点	活动内容	旅游公司安排
第一天（星期五）2009 年 9 月 18 日	上海	报到 自由组合 自由活动	上海住宿参考： 50~60 间 3 星级标准房 地点南京路圈（金门、一百假日）、徐家汇圈（金轩）、淮海路圈（东湖）、四川路圈（天鹅），其中有 2~3 套房可兼同学小聚用 报到后用餐，中午自助餐方式，晚上自助餐方式或包桌

第二天（星期六）	上海	现代集团与建五同学聚会（马主持，严致辞，叶答辞，专题报告人：宋、何、马等20分/人） 半天参观人民广场，进规划馆，漫步上海博物馆、大剧院、南京路步行街、浦江夜游	150人聚会场所 参观用车 参观上海规划馆 浦江夜游门票 全天用餐
第三天（星期日）	上海	上午10：00走马观花，乘车看上海 用午餐 下午半天参观浦东陆家嘴圈进环球金融漫步东方明珠、金茂、正大广场	适当大小茶座，大小由之自由组合 参观用车 上海进环球金融大厦游门票 全天用餐
第四天（星期一）	苏州	上海出发苏州一日游 苏州园林：拙政园、留园；贝氏设计的苏州博物馆 当天晚餐后由苏州赶往杭州住宿（杭州住宿地点近西湖）	上海—苏州和苏州游用车 苏州游门票用餐 苏州—杭州用车
第五天（星期二）	杭州	游杭州西湖 当晚聚餐、联欢	游杭州吃住游车服务
第六天（星期三）	杭州	半天游杭州 午餐后个人或自行返家或继续各人旅途	游杭州吃住游车服务 提供返家订票服务 费用个人自理

住：三星级标间（上海住宿地点仅供参考）。

餐：早餐包括在住宿内；午餐、晚餐每人每餐40元。

2009年建五班沪、苏、杭聚会

行：50座金龙、宇通凑成两辆大车。

票：上海规划馆、环球金融大厦、浦江夜游、拙政园、杭州博物馆、杭州游船。

联系人：沈大锺

注：此件为电子邮件。

编号：0–45

日期：2008年12月16日

题目：清华大学建五班入学五十周年班庆活动的通知03号

建五班庆活动筹备组及《班门弄斧三集》编委会在京全体人员于2008年12月2日下午在北京市院召开会议。现将议论之有关情况通报如下：

一、《班门弄斧三集》组稿进展

01、02号通知发出后，大家投稿踊跃。现在已有30位送来稿件，有的还配有照片插图。建五校友网中已摘登了大部分文字。从已有来稿可以看出，这些作品题材广泛，内容多样，文字生动，可读性强。在京编委对本集作为“收官之作”，在水平上超越前两集充满信心。

由于班庆活动时间后延，故02号通知中所定的截稿时间也应后延。经研究决定，2009年2月15日为投稿截止日期，以为编辑、排版、校对、印刷留出时间。因此，希望尚未来稿者抓紧时间，利用这一机会，尽快把稿子寄或发到张思浩处。

在最后截稿之前，已来稿同学还可以适时调整、补充或改写，个别学术性过强的稿件也望作者自行压缩篇幅，或补充大家普遍感兴趣的内容以供交流。在一、二集中尚无稿件的同学，此番一定不要错过。至于留学生以及故去的同学，编委会将采取各种措施，力争均有记录留下。我们希望在这三册集子里体现建五班全体同学的大团圆。2月15日后，将由编委会对来稿进行全面编辑和整理。三集版式与一、二集相同，以黑白为主，局部套红。彩色图片将做“去色”处理。

二、班庆活动筹备

经过叶如棠的努力和沈大锺等在沪同学的具体操作，目前已有48位同学向沈大锺表示了参加班庆的意向，连同家属，估计至少70人将出席明年9月在上海的活动。可能还有一部分同学准备参加活动而迄今没有向沈大锺报名。从班费集资名单看，以下已缴纳班费的同学名字没有在沈大锤早前发来的55人报名名单里找到：田国英、李平、林丙棠、黄邦杰、孔力行、胡运治、黎旺秋、王育民、吴亭莉、吕弘毅、袁镔、邹瑚莹、应朝、朱治安、俞靖芝、王惠章、陆强、施清胜、吴书庆、吴塾瑶、彭应运。其中不少肯定会参加活动的，不知后来是否向沈大锤报了名。此事也请大锤注意。

沈大锤等同学为此次活动进行了多方询价和联系，拟定了初步的活动方案。筹备组对他们的努力表示感谢，也希望尚未联系的同学尽快向沈大锤表明自己的意向，以便进行安排及预算。

三、纪念光盘编辑

本次纪念光盘拟收录建五毕业后至今的同学聚会以及个人家庭生活与工作照片。目前已有30多位同学提供了材料，并在建五校友网上选登出来。未交材料的同学也望在2月15日前提供20张以内的照片，可直接发至张思浩的邮箱。

四、集资及励学金

迄今已有53位同学向张思浩处捐资RMB 139809.00元，其中62800.00元捐资人明确作清华建五班励学金用。以上捐资明细账目已在建五校友网上公布。希望愿意捐资而尚未行动的同学尽快动起来。建议采用银行汇款的办法，将款项直接汇入中国工商银行北京车公庄大街支行（账号（略）户名：张思浩）。

五、通讯录修改

已有赵泽堃、吴书庆、张允冲、祝狄英、沈大锤、朱纯华、姚坚、孔力行、王崇礼、艾泉成、许安之、高寿荃、刘宝侠、朱曼茜、韩江陵等提供了新的资讯。为避免今后联系不便，望地址、电话、邮编有变化的同学尽早通知马国馨，以便及时修订。

六、2009年校庆

因班庆活动主要安排在明年下半年，而明年4月98周年校庆时我班是否要对建筑学院有所表示，如赠一些纪念物之类，也请大家提出建议，以便尽早议定并付诸实施。筹备组提出，明年下半年的班庆活动可能是建五大班的最后一次有组织活动，考虑到大家的身体、能力和可能，之后的班级活动将趋向小型化或自由松散。因而希望全班同学要群策群力，特别是在深圳的3位筹备成员，务必多多提出建议和意见，大家共同努力把这次活动筹办得更令人难忘、更圆满。

建五班班庆活动筹备组

2008 年 12 月 8 日

编号：0–46

日期：2009 年 3 月 30 日

题目：清华大学建五班入学 50 周年班庆活动的通知 04 号

2009 年 3 月 3 日和 3 月 10 日，建五班庆活动筹备组及《班门弄斧集》编委会在京全体成员开了两次会。现将班会议情况通报如下：

●《班门弄斧集》征稿进展顺利。到目前为止，已有 56 位同学供稿（计五一班 22 位，五二班 21 位，五三班 13 位）。加上林先生、崔先生和范澍恒（范玉庆之子）的文稿，有稿人数已达 59 之多。编委会北京及深圳成员已分头对来稿进行了一次校编，全部稿件即将送出版社排印。为此特紧急通知：

稿件未完成者，见通知后请于一周内结稿并送张思浩处。已交稿者如需在文中补充插图照片或调整修改文字的，也请一周内报送张思浩处。

●应朝编委建议于《班门弄斧三集》中设“班门弄斧大家写”专页，希望全班同学提供手书“班门弄斧”字样。（毛笔硬笔不限，字体不限，宜有书者落款）已有十余位交稿，望大家积极参与。来稿可交应朝，也可直接寄到张思浩处。

●班庆的南方活动，经叶如棠及在沪的沈大锺、王惠章等多方联系，已大致落实就绪，日程基本定下，考察了住宿的旅馆。希望尚未报名的同学尽快将有关人数等信息通知沈大锺。

●纪念光盘已有 52 位同学提供了个人和家庭照片，尚未提供的望尽快准备并送张思浩处。

●今年清华校庆日（4 月 26 日）班级不准备组织活动，为了在入学 50 周年时对学院有所表示，商定以建五班名义向建筑学院赠送巨玺一方（80 mm × 80 mm 龙形钮）。由张思浩篆刻“清华大学建筑学院”朱文字样，并由孙凤岐加配水晶章盒，准备校庆时正式赠送给建筑学院。

●班费加励学金已有 68 位同学交来 161309.00 元（其中班费 91309.00 元、

励学金 65000.00 元），为保证活动顺利进行，望同学抓紧交纳。

●为纪念入学 50 周年，全校 1959—1965 届同学编印了大型纪念文集，准备在校庆前一日，即 4 月 25 日（星期六）下午两点在大礼堂召开新书首发式，并向校友赠书及合影留念，望我班同学踊跃参加，并互相转告。

另：该书共收入 1965 届 74 位同学的回忆或访谈文章，建五班有 8 篇文章收入。该文集预定每位校友赠送一本。

2009 年 3 月 30 日

建五班入学 50 周年治印

编号：0–47

日期：2009 年 4 月 8 日

题目：清华大学建五班 2009 年校庆活动紧急通知

今年校庆日（4 月 26 日），建五班原不准备组织活动，但因 1965 届（五字班）入学五十周年活动及相关要求，经研究后紧急通知如下：

1. 校庆前一日（4 月 25 日，星期六）建五班安排集体活动如下：

· 早 10：00—10：30 在建筑学院一楼王泽生厅集合，同学联谊；

· 11：00 举行仪式，向建筑学院赠送巨玺。建筑学院院长参加并简短致词；

· 中午便餐之后游览校园；

· 下午 1：45 左右，在西区大礼堂前，1965 届校友与新老校领导合影，50 年后又聚首，机会难得；

· 下午 2：00，在大礼堂召开《半个世纪清华情》一书首发式，会上刘冰同志将介绍为本书出版与胡锦涛通话的内容，以及各界代表讲话，并向与会者赠新书。

2. 因五字班同学毕业后聚会机会不多，加上新书首发（这次也是上海聚会前的热身），故请同学及早安排，以便届时前往。

建五班庆筹备组

2009 年 4 月 8 日

2009 年清华校庆合影

编号：0–48

日期：2009 年 8 月 16 日

题目：9 月份上海活动安排预报

清华大学建筑系毕业生入学 50 周年活动行程安排与预算

预计人数：100 人

活动安排：

日期	城市	交通	行程	早餐	午餐	晚餐
9/18 周五	上海	巴士	各地同学抵上海，机场接机（需提前告知航班，以便于我社安排车辆接机），或自行入住（我社安排工作人员在场签到）酒店休息，在餐厅用晚餐（根据到达人数再议）	×	×	●
			住宿：上海新梅华东大酒店			
9/19 周六	上海	巴士	8：00-8：30 酒店五楼餐厅用自助早餐； 8：45 酒店大堂集合前往现代设计集团； 9：00-11：30 半天会议（学术交流等）； 11：30-12：30 集团餐厅享用自助午餐； 13：00-16：30 前往陆家嘴金融中心，外观东方明珠电视塔、中华第一高楼 88 层金茂大厦	●	●	●

			外景、国际会议中心，登环球金融大厦100层，到东方艺术中心参观（由设计院联系）； 18：00由现代设计集团宴请（丰收日酒店）； 晚餐后送回酒店休息			
			住宿：上海新梅华东大酒店			
9/20 周日	上海	巴士	8：00-8：30酒店五楼餐厅用自助早餐； 8：45酒店大堂集合； 9：00出发参观上海城市规划馆、大剧院外景及上海世博会展示中心； 11：30-12：30午餐（景区附近团队餐厅）； 13：00-17：30漫步新天地及豫园城隍庙商业区、上海老街及自由活动； 18：00-20：00晚餐（豫园老饭店）； 晚餐后车游外滩夜景，后入住酒店休息	●	●	●
			住宿：上海新梅华东大酒店			
9/21 周一	苏州	巴士	8：00-8：30在酒店餐厅用早餐； 8：30-9：00酒店大堂退房集合出发前往苏州（1.5小时车程）； 10：30参观贝聿铭设计的苏州博物馆（由主办方联系）； 12：00-13：00午餐（景区附近团队餐厅）； 13：00-16：00漫步苏州园林——拙政园、平江路老街； 入住酒店，晚餐在住宿酒店用餐； 18：00-20：00在竹辉饭店用晚餐； 晚餐后自由活动，可外出游览逛街（需注意安全）	●	●	●
			住宿：改为四星的竹辉饭店			
9/22 周二	杭州	巴士	7：45-8：15在酒店餐厅用早餐； 8：15-8：45酒店大堂退房，集合，出发前往杭州（约2小时车程）； 11：00-12：00乘船环游西湖，远观小瀛洲、三潭印月； 12：30-13：30午餐（红泥餐厅或其他团队餐厅）； 13：30-15：00漫步苏堤、白堤、花港观鱼，眺望雷峰塔，观钱塘江； 15：20-17：30集合前往钱塘新景（设计院联系）； 18：00-20：00在醉白楼面湖餐厅或花中城酒店用晚餐； 晚餐后前往客人安排的卡拉OK娱乐城，结束后送回酒店休息	●	●	●
			住宿：杭州栖霞山庄大酒店			

9/23 周三	杭州	巴士	8：00-8：30 在酒店餐厅用早餐； 8：45 酒店大堂集合； 9：00-11：30 前往西溪湿地（含游船）——国内唯一的集城市湿地、农耕湿地、文化湿地于一体的国家湿地公园； 12：30-13：30 在花中城酒店或楼外楼用午餐； 14：00-17：00 前往梅家坞（梅家坞茶文化村，正在以“十里梅坞”自然山水环境为依托，以茶文化为底蕴，成为杭州对外的一块“金字招牌”。穿过梅林隧道，便见山上、田里处处是茶，路边茶社连着茶社，漂亮的房子在青山的衬托下，美得像一幅画）； 18：00-20：00 晚餐品尝当地农家菜； 晚餐后送回酒店休息	●	●	●
			住宿：杭州栖霞山庄大酒店			
9/24 周四			早餐后，我社人员安排客人退房，各自返回出发地，结束全程旅游	●	×	×

报价包含：

1. 交通：53 座国产空调旅游车（2 辆）；

2. 酒店住宿：以上标明酒店双人标间（出现单间需补房差）；

3. 膳食：6 早餐 8 正餐（团队用餐不含酒水）；

4. 门票：行程所列景点第一道门票；

5. 导服：全程优秀导游服务；

6. 旅行社责任险、旅游意外险。

编号：0-49

日期：2011 年 3 月 2 日

题目：“百年清华园 · 古稀建五人”活动通知

今年是母校百年华诞，建五人也陆续进入古稀之年，3 月 2 日在京同学代表在叶如棠主持下经讨论初步议定事项如下：

1. 因校庆活动主要集中于 4 月 24 日（周日），故建五班活动定于 4 月 23 日（周六）进行。活动安排为：早 10 时在建筑学院集合，之后在校内新老景点照相留念，中午在校西门外午餐及餐后联谊，下午去城内中山公园，在园内用晚餐，餐后解散。

2. 清华艺友合唱团于 4 月 25 日（周一）下午在六部口北京音乐厅举行专场音乐会，同学可视情况自由参加。

3. 活动费用在京同学每人 200 元（可于活动当天交）。外地同学除往返交通费自付外，其在京住宿费用由班费支出。市内交通拟租用巴士和动用同学座驾。

4. 见此通知后，外地和在京同学需及早做好安排并及时通知是否参加、人数以及是否要安排住宿等信息，请通知孙凤岐。是否需音乐会票及张数请通知吴亭莉。截止日期为 3 月 31 日，最好提前。

5. 活动细节安排将陆续通知，因系百年一遇，请尽量参加，并望互相转告。

6. 学校校庆活动安排据悉 23 日晚为校友招待会，24 日上午为庆祝大会，晚为联欢晚会，估计没咱们的事。24 日下午建筑学院有院庆 60 周年活动。

建五班校友会

2011 年 3 月 2 日

2011 年清华百年校庆建五班合影

编号：0–50

日期：2012 年 3 月 12 日

题目：通知

建五班联络组 3 月 9 日在叶如棠主持下研究了以下事项，现简要报告如下：

1. 去台湾旅游事

初步拟定于今年 10 月前后组织，时间约一周到十天，费用估计每人一万元以内。当前首先要了解准备前往的人数、性别、所需房间数（单人能否合住），以及户口所在地。去年校庆时初步统计有六十人左右，现需进一步确认。见通知后有意参加者请用方便的方式通知孙凤岐教授（老孙辛苦啦）。

大致人数确定后，将确定组团方式及办理赴台通行证事宜。组团目前有两种设想：①单独组团，在台湾找一个邀请单位；②由国内旅行社单独组团，均需看操作的方便性和可能性。

2. 今年校庆安排

拟定于校庆前一两日聚会（避免校内交通拥挤），先在校内学院集合，中午

2012 年台湾行合影

去圆明园内会所午饭叙旧（孙凤岐已预订好）。具体安排见四月份正式通知。

3. 毕业五十周年安排

虽然距2015年还有三年时间，但如安排出版物则需提早准备。

会议初步决定继续出版《班门弄斧四集》，主题暂定为“五十年人生感悟”，形式内容均可自定，也可于今年校庆时进一步讨论。

见通知后请尽快行动并相互转告，经常上网同学就不另发书面通知。

联络组向全班同学问好，并祝大家身体健康，全家幸福。

2012年3月12日

编号：0–51

日期：2013年3月20日

题目：说明

（根据3月6日在京编委意见初步拟定）

1. 建五班毕业五十年时（2015年）拟编辑一册可以反映建五班班集体及个人在五十年中的一些活动的专集。

2. 专集按编年体例，自1965年起到2015年止逐年收录该年的集体或个人活动，再配以图片，以照片为主，图文并茂。

3. 本集文字为马国馨、应朝根据手头材料初步编辑而成，很粗糙，不全面也不准确，但作为起步的稿本，可不断补充、修改、增删，以日趋完善。

4. 照片部分将根据文字框架逐步收集。

5. 建五同学尽可对专集的创意、内容、编排提出自己的看法和意见，增删自己认为必要或不必要的内容，全书最后将由建五在京和外地编委（必要时扩大）逐条、逐年、逐图审查议定。

6. 准备在2013年校庆聚会时，先征求在京校友意见，然后在网上或文字上发出通知，以正式启动。

7. 定稿后将正式由出版社出版印行。

8. 目前尤其缺少前二十年的内容，急需大家回忆补充。

2013年3月20日

编号：0–52

日期：2014 年 4 月

题目：文字录入要求通知

1. 按自己熟悉的方式录入，如能统一成 Word 文件更好。

2. 文字按年份排列，可按以下格式：

年份　　　　　　　　按日期顺序排列（需对原稿加以调整）

○………………　　△有月份日期的排在最前面

○………………　　△有月份没日期的排在后面

○………………

年份

3. 文稿中的 * 号√号都不用管它。

4. 有问题与马国馨联系。

5. 照片及插图部分由张思浩、赵欣然负责。

2014 年 4 月

编号：0–53

日期：2014 年 6 月 12 日

题目：说明

1. 自 2013 年 3 月份以来，《纪事》初稿已先后经建五班三十余位同学审阅，提出意见并陆续增删修改。

2. 初稿电子版已经俞靖芝、韩江陵、吕弘毅克服诸多困难陆续录入完毕。

3. 电子版将通过电子邮箱陆续发给建五全体同学进一步审阅，并提出修改补充意见。

4. 待同学反馈意见集中后，将由扩大编委会对初稿进行最后审定。

5. 在文字稿基础上将陆续完善照片和插图。

6. 文中手写部分尚未录入电子版。

2014 年 6 月 12 日

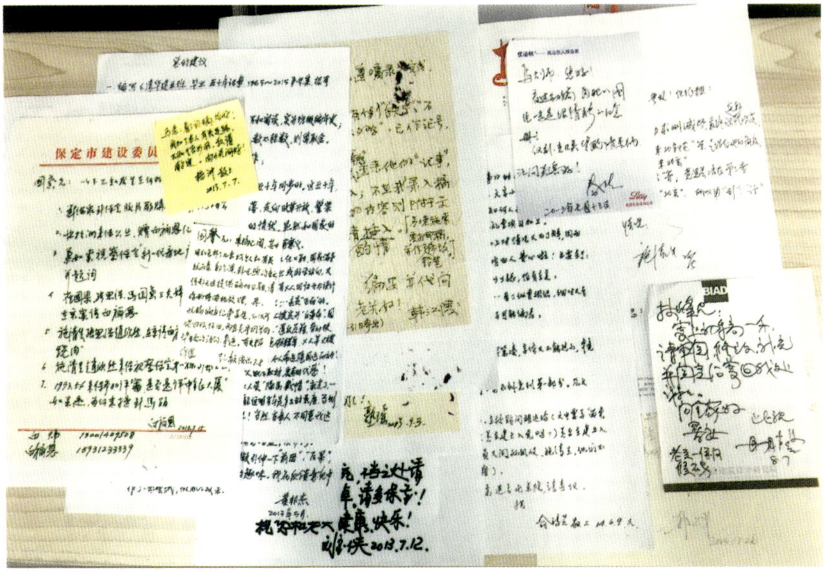

建五同学对《清华建五纪事》一书的反馈意见

编号：0–54
日期：2014 年 6 月 21 日
题目：通知

诸位海外班友：

寄上马国馨主编的《清华建五纪事》征求意见稿，请提意见。此稿附上照片后计划于明年毕业 50 年纪念活动前正式出版。

思浩、欣然

2014 年 6 月 21 日

注：此件为电子邮件。

编号：0–55
日期：2014 年 7 月 31 日
题目：说明

1. 本稿为 2014 年 7 月 31 日版本，自 2013 年 3 月以来，初稿已先后经三十余位同学审阅修改，2014 年 6 月 17 日在校友网上公布以后，又收到二十余位同

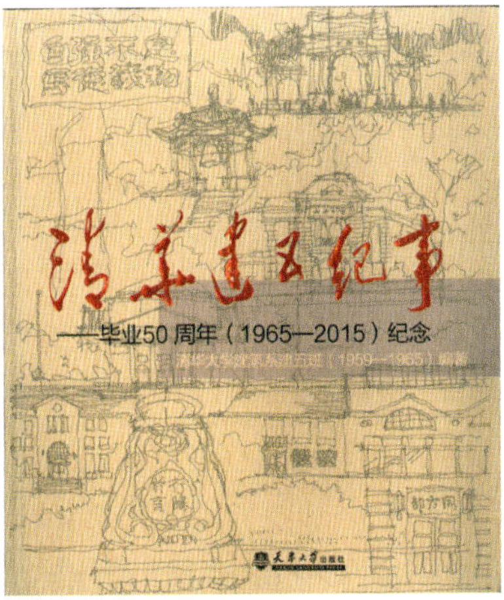

《清华建五纪事——毕业50周年（1965—2015）纪念》书影

学的反馈意见，都已反映在本稿之中。

2. 编委会准备8月中旬召开审定会议，故将文字稿首先发到北京和外地编委手中，外地编委望尽快提出书面意见发张思浩或马国馨处（我和几位同志的意见就是不必劳顿来京了）。

3. 照片部分也经浩然整理，按年头分类，并试排出版面样张，已在校友网上公布。

编号：0–56
日期：2014年8月19日
题目：预通知

2014年8月15日，在京筹备小组就建五班毕业50周年纪念活动进行了讨论，现将主要内容预通知如下：

1. 毕业50周年活动定于2015年4月24—26日（周五至周日）在北京举行（24日报到、26日在清华活动）；

2. 为纪念活动的筹备成立了执行小组，三个小班的成员为朱曼茜、孙凤岐、田国英，由孙凤岐负责统筹，其他活动将陆续聘请志愿者。

3. 预通知后请建五班同学按小班通过短信、微信或通话，尽快分别与上述三

建五同学在香山饭店合影

位联系，说明自己参加活动的意向（可否参加、人数、性别，需要的房间数），以便尽早预订住宿，欢迎携眷。

4. 为纪念活动用（住宿、交通、出版等内容），议定班费集资方案，即参加活动的同学每人 1500 元（如携眷，一人另加 500 元），欢迎多捐，上不封顶，将和原有班费一起用于纪念活动。

更为欢迎专款捐助。

集资款银行转账请转至赵欣然处，中国工商银行账号。转账同学望用短信或电邮及时通知赵欣然，说明金额以便登记及及时反馈本人。如现金支付可待 2015 年 4 月参加活动时交出。

5. 交通和住宿：原则上参加活动的全体同学均集中住宿（包括在京同学）。住宿费用由班费支出，便于同学交流联谊及统一活动。外地来京交通费用自理。

6. 其他活动（出版、交通、保健、通讯录、纪念品等）细节有待进一步商定。（通讯地址、手机、电邮最新消息望尽快通知马国馨，以便修订通讯录新版）

7. 见通知后望同学互相转告，为不上班网的同学尽快发出书面通知。

2014 年 8 月 19 日

编号：0–57
日期：2024 年 5 月 20 日
题目：通知

2025 年是建五班毕业 60 周年，为纪念这一事件，叶如棠、马国馨和张思浩初步商议，内部出版一本摄影纪念集，暂定名为《难忘师恩——建五班毕业 60 年纪念》，用以表达全班同学对老师们的敬意和怀念。

1. 本书主要收集建五班同学从 1959 年到 2024 年间和老师们的合影；

2. 老师包括建筑系的老师、校系各级领导、辅导员、文体及其他专业老师等；

3. 收集照片内容需注意：

· 凡在建五班以往各种正式及非正式出版物上发表过的集体和个人的相应内容可不必提供。

· 兴达兄的硬盘上的内容也可不必提供。

· 大家提供的照片主要为保存在大家手中的个别人与老师的合影。

4. 照片可通过微信将电子文件发送到张思浩处，如是照片原件，最好用手机翻拍后通过微信发到建五班群，没在群里的同学也可将文件发到邮箱：（下略）。

5. 照片应注明时间和地点。

6. 照片收集时间暂定到八月底止。

希望同学们大力支持，尤其是收存照片较多的同学，请互相转告。对于未在微信群的同学，将另发通知。

有关出版事宜以后再定。特此通知。

2024 年 5 月 20 日

注：此件为微信。

《难忘师恩：清华建五毕业六十周年纪念画册（1959–2025）》封面

设计计算纸

造景设计 江南一城市中央公园内湖中一小岛，如图 1:2000，小山高6米

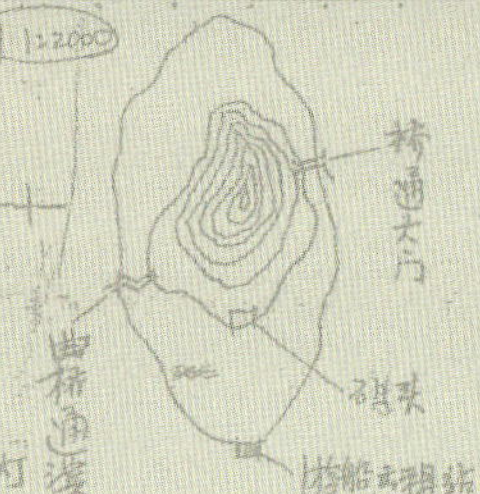

设计一组造景包括：

① 茶室：1. 大厅 150m² 包括冷饮、糖果、糕点
2. 备餐 20~30m² 存乳气灶
3. 休息 12m²
4. 仓库 12m²
5. 厕生 12m²

② 书画展览室：要求单独装置
1. 报告厅300人 保证视听条件、放幻灯
2. 展览室 ＜300m²，满足单元要求
3. 休息兼书法绘画表演厅 50m²
4. 办公、美工、贮室各一间 16m²

③ 男女盥洗室和厕所。 可加设计廊、亭、榭。除满足功能要求外，还要满足点景、对景的需要。

城市规划 ① 称清北京城的布局特点？ 25分

② 城市干道网的规划是解决什么？结合你所熟悉城市，说明路网的特点及存在问题？ 25分

③ 住宅群体设计要解决的问题？你所熟悉的城市住宅群的特点和问题？

④ 城市总体规划的继承性

⑤ 作出个小规划方案并比较，选出一个方案。（50分）

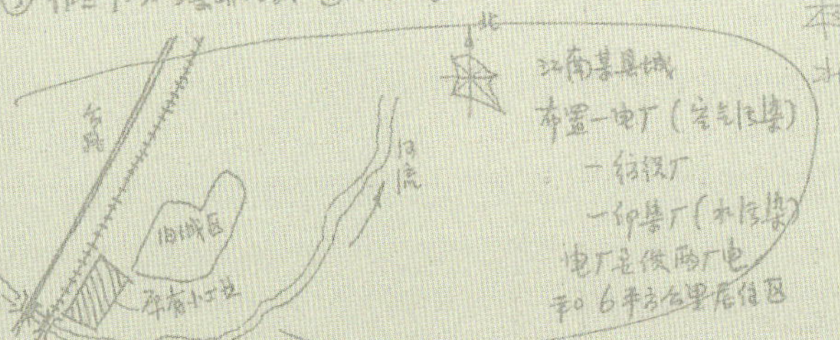

明月青天经常有，
阴晴圆缺难离走。
随遇而安好心态，
身体健康人长久。

大安
吟祝

学友 林浩 同志 留 | 北京市……路62号 ……

水泥工业设计研究院 第 页

[illegible]

张毅学长为勉

当年 [illegible] 仍不出去安慰，能 [illegible]

[illegible]

张毅学长 同学记

[illegible]

[illegible]

刘 [illegible] 2008.12.18

往来书札

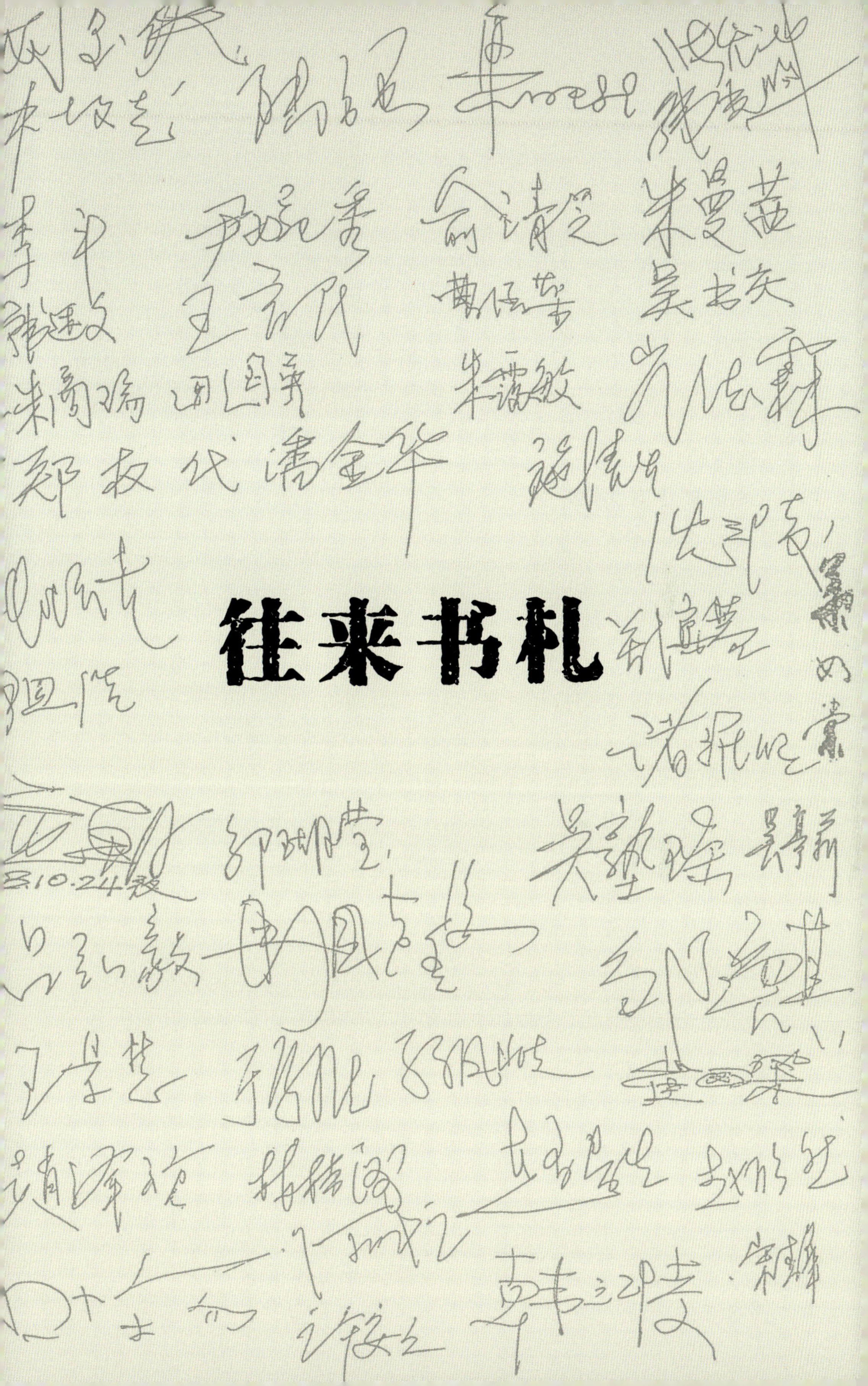

01 艾泉成（书札 3 通）

艾泉成夫妇（2005 年 4 月）

福建人（1940—），1959 年起在清华大学建筑系建五二班学习，毕业后分配至五机部五院。2000 年退休，现居北京。

编号 1–1

1988 年 12 月 28 日

国馨、滨荣（蓉）：

你们好！

已有一年多未见面，收到来信，很高兴，谢谢！

一年忙过头，快过年了，还不得安宁，明日还得出差，也算是幸运，二天就可返回。不过，比起你们来，也算不了什么，亚运会把你们压得够受的吧！请多保重，万一垮了，自己倒霉。滨荣（蓉）身体一直不好，更应注意一些。对了，工作调动问题，后来是怎么安排的，请来信谈一下。

两个孩子不争气，爱玩，不用功，今年高考成绩不好，只好就近凑合再念几年了事。一个大专，一个本科，都在钢院分院，离家不远，走读。小宝贝是明年高考吧！见过几次，脑子不错。祝愿他明年清华榜上有名。

兰州妈妈好吗？已有十几年未见面了，最后一次见面的时间是滨荣（蓉）抱着小宝贝回山东的那一次，十几年过去了，我们都变老了，妈妈就可想而知了，但愿老人家健康长寿，代我们向妈妈问好，也向弟妹们问好。凤云最近身体还好，她的工作也很忙，对你们的问候她表示谢意！请转告她对妈妈的良好祝愿。

若搬家了，把地址告诉我，有机会的话到家里看看，原来的那间房实在太小了。

晚安。

泉成

1988 年 12 月 28 日

编号 1–2

2002 年 2 月 21 日

国馨：

您好！

已有几年未见面了，节前收到来信，因出远门，今日才回信，抱歉。

我已办理退休手续，原单位为中国兵器工业第五设计研究院，目前在深圳分院。再过半年返回北京，到时再联系吧！

家庭住址不变。

节前听到范玉庆已病故，节后又从其儿子应范澎恒得到证实，太可惜，又少了一位。

代向小关问好！

祝全家好！

艾泉成

2002 年 2 月 21 日

编号 1–3

2003 年 7 月 15 日

国馨：

您好！

代问小关好！

本不想动笔，最后还是克服了自己，写出一点同学们过去不知道的事，仅是一点素材，您看后，可根据需要删改，拜托了。

艾泉成

2003 年 7 月 15 日

把磁盘一起寄上，不清楚可通过邮件进一步联系。

02 白福恩（书札5通）

白福恩（2023年）

号愚斋（1939— ），保定人。曾在建五一班学习，毕业后分配至重庆八机部三院，后回保定，先后在保定胶片厂、市建委工作。喜收藏，擅书法，唱京剧，通茶道，现居保定。

编号 2-1

1985年5月23日

马兄：

你好！

惠书收悉勿念。只因工作繁忙，未能赴京，甚憾！俟有暇去京，再拜望各位。今将通讯地址复下（略）。

祝合家达安。

福恩敬启

1985年5月23日

编号 2-2

2003年3月25日

国馨：

您好！

余不才之作，奉命完成。应朝欲“先睹为快”，故寄去请他修改。今应氏来电告曰：初步通过，并已将稿件转交与您，请您最后把关审查定夺。恕不再重寄。

现将配图原照寄上供选用。

顺颂春祺。

福恩

2003年3月25日

编号 2-3
2013 年 7 月 1 日

应朝善作诗，行行藏启迪。
国馨巧增字，五言升七律。
路行脚下动，事在手上成。
俯仰对天地，无愧慰平生。

读应朝、国馨有感而吟打油诗一首。

福恩

2013 年 7 月 1 日

编号 2-4
2014 年 8 月 28 日

国馨同窗：

你好！

寄来“通知”收到，勿念！

因未查询到你所寄之书，故也不知写封面之事，迟复见谅！

今寄上奉书“常系师友情”拙笔，请教正！如不妥可再写！

另，通讯录中我手机号已改（下略），请纠正为盼！如需要白炜手机号可添上（下略）。

问候夫人安好，顺致秋祺。

福恩敬上

2014 年 8 月 28 日

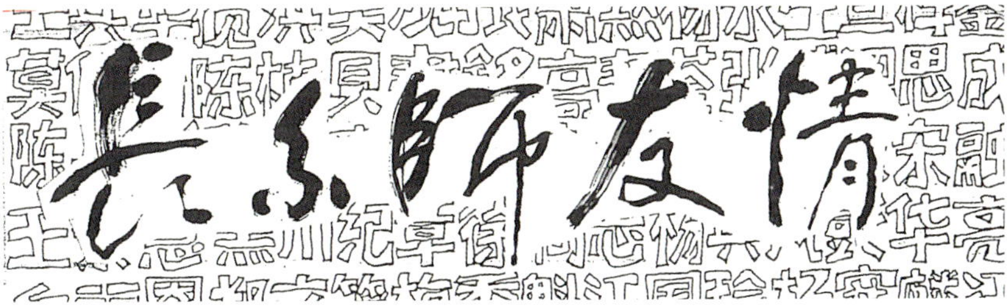

白福恩题写书名

编号 2-5
2021 年 6 月 28 日

老马：

您好！

书及所附纪念文章均收到，只是今乃老伴周年忌日，心绪烦乱，几番动笔，脑中又空空如也，终难成文。现暂寄数语，待情绪稍好转时，若能成文再奉上，请见谅！问候老关好！

敬颂文祺。

福恩敬启

2021 年 6 月 28 日

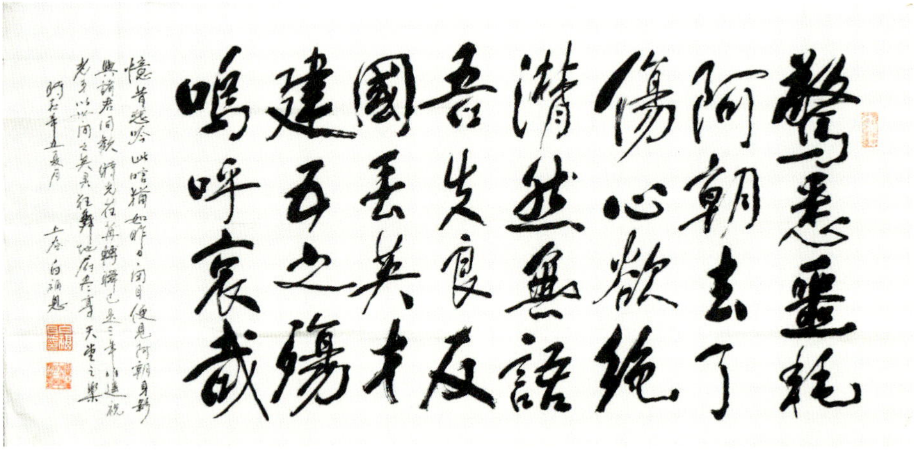

白福恩书法：忆昔悲吟

03 曹涵菜　孙凤岐（书札5通）

曹涵菜、孙凤岐夫妇（2024年）

曹涵菜：（1942—），生于江苏常熟，1959年由上海考入清华建五三班学习，后在航天部北京第七设计院和清华大学建筑设计院工作，现居北京。

孙凤岐：（1940—），出生于北京，1959年起在清华大学建筑系建五二班学习，1968年到清华大学工作，1979年到瑞典作访问学者，现居北京。

编号3–1
1985年4月14日

马：

你好！

通知和来信、照片均已收到，谢谢你们，为校庆活动费心了。

孙出差南方，约下旬方可回京，不知借教室等事联系情况如何，请再详细吩咐吧！有事，请来电话。下周可能外出较多，但星期二、三下午，星期四全天，星期五上午会在办公室的。就此结束，有空再联系。代问关滨蓉好！祝工作顺利。

曹

4月14日

编号3–2
1990年12月25日

老马同志，深切地祝愿你们俩新年快乐！

希望在不久之后能和你共事，该多么愉快，高兴。

孙凤岐

1990年12月25日

编号 3-3
2003 年 8 月 18 日

老马：

现将陈先生的稿子送上，其他的事再催办。

如王乃壮先生愿赠书法一款也好。

祝好。

孙凤岐

2003 年 8 月 18 日

编号 3-4
2013 年 5 月 25 日

马兄如面，问候！

初稿看过几遍，搜寻资料，已做补充。

前面的还需多加充实，后面的部分比较详细。

总之听你们调遣，齐心协力，做成为盼！

保重！

凤岐

2013 年 5 月 25 日

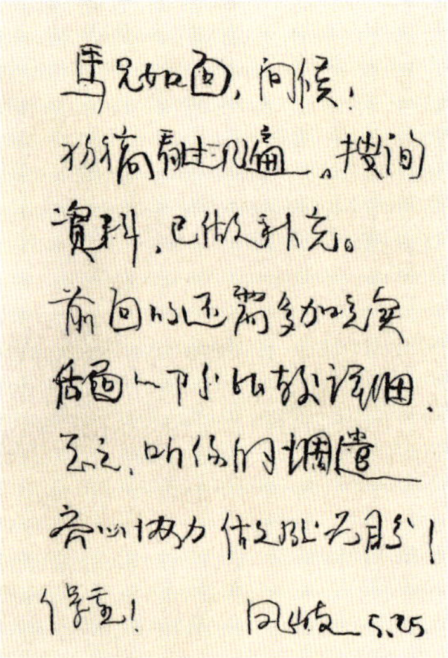
马兄如面，问候！
初稿看过几遍，搜寻
资料，已做补充。
前面的还需多加充实
后面的部分比较详细。
总之，听你们调遣
齐心协力做成为盼！
保重！ 凤岐 5.25

孙凤岐信影

编号 3-5
2021 年 11 月 19 日

纪念应朝学兄一书收到，这么厚重的纪念，兄付出的艰辛和努力，功德无量，十分敬佩。望保持健康，顺致问候。关滨快乐安康。

凤岐握手。

注：此件摘自短信。

04 陈尚义（书札5通）

（1942—2020），广东佛山人。出生于云南昆明，1959年起在清华大学建筑系建五二班学习，毕业后分配到核工业部二院工作。1981年后去深圳，2002年退休。

陈尚义（2019年10月）

编号 4-1

1992年9月9日

国馨兄：

您好！

如棠兄及阁下通知之事，本来五月份已传达到深圳诸同学，大家都深表同情，深表支持，这也是我们建五同学的一项希望工程。

其后我因工作需要，两次出差哈尔滨、青岛，一去几个月，就把这事耽搁下来了，八月夜，我回到深圳，接到许安之的查询，我立即派人寄去1500元，又因深圳几个月来邮局寄钱十分拥挤，我的秘书办了几天，终于到昨天上午才寄出，望查收。

昨天晚上，张允冲、祝狄英夫妇来深圳，建五同学借机又聚会了一次，到会的有：侯士荣、应朝、胡运治及太太、孔力行、许安之夫妇、黄邦杰、兰柏林、汪统成夫妇、黎旺秋、翁苓及其先生及鄙人。还有出差在深的吕弘毅、建三的沈庄等。聚会十分热闹，据说北京的聚会有三十余人，十分羡慕你们人多势众。席间我又提起此事，大家当即解囊相助，每人300元，祝狄英也交了。因事出匆忙，有些同学未带在身边，也答应日后补交。还有高寿荃、郝允昇两位出差在外，未能参加聚会，他们都早已答应相助的。这样预计总共可筹集4000元以上，第二笔款何时寄合适，数额是否足够，请来信告知。

请转达我们在深同学对顾冬梅及其公子的诚挚慰问，并请询问两位公子的姓名，所在学校及专业，年制及毕业时间，以便有机会向襄助的同学有个交代。

席间也提到 1995 年毕业 30 周年的庆祝问题，大家相约在 1995 年校庆时，到北京一聚，再热闹一番。有什么事需要我办的，请尽管吩咐，我当努力完成。

我因工作需要，两三年内要经常去哈尔滨和青岛，有可能会到北京拜访诸位。六月底我就路过一次，只有几个小时，来不及找你了，以后有机会的。

我办公地址是（下略），其余资料名片上都有了，钱收到后请来封信。

我们这里各人均好，工作也算称心愉快，同学人数也逐渐增多，时有同学来深，大家聚会一下，也很高兴。回忆在学校的日子，弹指一挥间，30 年过去了，同学们音容依旧，感情依然是深厚的。

关滨蓉身体好吗？贵公子情况如何？请代问候。

祝你们愉快。

陈尚义

1992 年 9 月 9 日

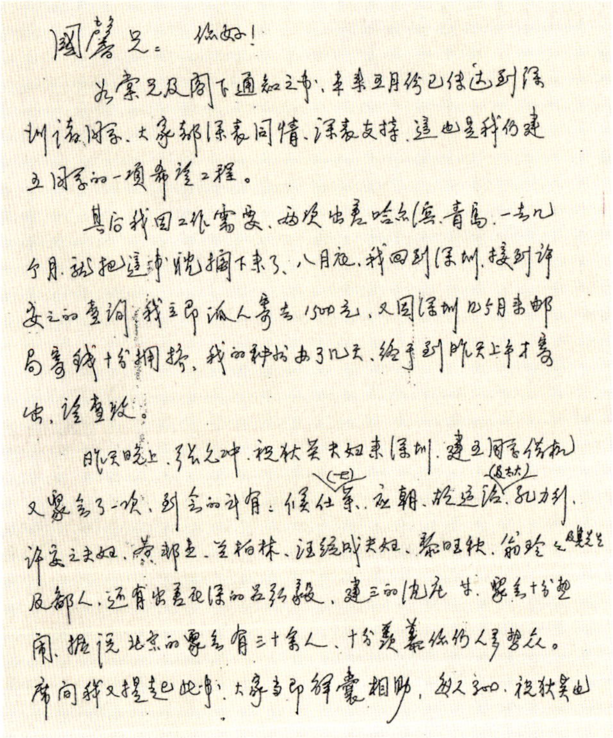

國馨兄：你好！

为宗兄及阁下通知之事，本来五月份已传达到深圳诸同学，大家都深表同情，深表支持，这也是我们建立同学的一项希望工程。

其后我因工作需要，两次出差哈尔滨、青岛，一去几个月，就把这件事搁下来了。八月底，我回到深圳，接到许安之的查询，我立即派人寄去 1500 元，又因深圳几个月来邮局寄钱十分拥挤，我的[illegible]了几天，结果到昨天上午才寄出，请查收。

昨天晚上，张文坤、段秋英夫妇来深圳，建五同学们又聚会了一次，到会的计有：侯仕（一七）荣、应朝、程运伦（及太太）、孔力利、许安之夫妇、黄[illegible]、兰柏林、汪德成夫妇、蔡[illegible]、俞玲之[illegible]及部人，还有出差在深的吕弘毅，建三的[illegible]等，聚会十分热闹。据说北京的聚会有三十余人，十分羡慕你们人多势众。席间我又提起此事，大家当即解囊相助，无人[illegible]，段秋英也

陈尚义信影

编号 4-2

1994 年 9 月 15 日

马老：

来信收悉，对建五毕业三十周年之活动我深表支持，本人荣任组委会委员，不胜荣幸之至，亦深感惭愧，今后定当尽力，弥补过往之不足，有何派遣，请秘书长吩咐。

我的工作单位、地址、电话见名片（略）。

顺祝安好。

陈尚义

1994 年 9 月 15 日

编号 4-3

1995 年 3 月 17 日

马国馨先生：

来信悉，我最近工作有变动，现将最新资料通知您，请予订正（下略）。家庭资料不变。

另，欧仪公司想赞助一个版面广告，需费用多少？一万元够吗？望告。

欧仪公司的开业庆典订于 4 月 12 日举行，我将另发请帖。

编号 4-4

2003 年 8 月

文稿中错漏之处甚多，主要经邦兄校对，总数达数百处，勘误表不堪承担，只好将原稿之校对本寄回，请查收。

另黄邦之“绿色的梦”篇幅太长，与本书体例相悖，也与“小说不收长篇”的原意不合，可否考虑“另出专卷”。

此议我已与邦兄面述，彼意由诸编委定夺，特报。

陈尚义又及。

注：此信附于 2003 年 8 月黄邦杰信之后。

编号 4–5
2004 年 10 月 29 日

马老并转诸位编委：

《抛砖引玉集》之初稿及注释文字已先后收到，因先收到的是注释文字，我已分别致信思浩和马兄，现再收到书稿，特将本人意见奉告，以尽编委之责。

第一是篇幅问题，有些同学的作品篇幅占得太多，使整本书可能超过 400 页（连师长作品），比《班门弄斧集》厚多了，特别是□□□同学，一个人就占了 28 页。在京编委可能不便取舍，我觉得有所割爱方能尽编辑之责。其他同学作品如有必要也可以考虑适当删节。

第二是注释。我想凡是行书、隶书、楷书，凡一般读者可看得懂的就不必注释了，否则反而显得累赘。

第三，有些文字最好用原稿，如朱纯华的信。

第四，高寿荃篇内的深圳同学名录，可移至本人名下，因为整个创意是本人进行的，移出后可减轻高君所占分量。

第五，有些作品是彩色的，印成黑白就没味了，如高兄的三合一对联，“旭日”对联，“流水”对联等，不如不选。而且解释文字过多，校不清是作者自述还是编者所注。

总的来看，这里汇集了在京编委的大量心血，特别是马老及思浩兄，我这是鸡蛋里挑骨头，是否采纳，由兄等定夺。

顺颂台绥。

陈尚义

2004 年 10 月 29 日

05 崔国樑（书札2通）

（1941— ），1959年起在清华大学建筑系建五一班学习，毕业后分配至二机部乐山西南物理研究院，1988年搬到成都，1994年到北京中核地产公司，现居四川成都。

崔国樑与女儿（2015年）

编号 5-1

1985年4月18日

国馨、如棠、关滨、文彬（镔）：

你们好！

关于校庆聚会，我力争前往。因我长子今年升学考试，我离家前去尚有些困难，但我争取能快去快回。这次廿周年相会于母校是十分不易的事，我想力争赴会。如果可能的话，4月26日、27日我赶到北京！过完“五一”就返川。

别不多叙，到时再叙。

我的工作单位和通信地址无变化。由于我的单位定在成都建开发部，我经常在成都工作。

祝全家快乐！

崔国樑

1985年4月18日于蓉

编号 5-2

1994年11月22日

凤岐学友：

应朝起草了一个建五毕业三十周年有关活动的提纲，刚好我来京出差，他给我传阅了一下，并嘱咐我看过后转交给你。因我今晚乘车返川，来不及去母校见你，故用信寄给你。还请你们在母校工作的学友多尽一些地主之谊。更多详情可与应朝联系获悉。

我建议活动不放在校庆日，以九月份为最佳，九月正值北京的黄金季节，建五同学三十年前又是在八、九两个月相继毕业的。我是肯定会来赴约的。还需定一个校友最低交付的活动费用，大款们可多赞助些。

此致如握。

崔国樑

1994 年 11 月 22 日

2019 年崔国樑（前排中）与建五同学于成都

06 崔克摄（书札10通）

（1933— ），天津人，1953年清华大学建筑系毕业后留校任教，曾任建五班班主任。1969年后在化工部、首钢设计院、北京住宅设计院工作，1993年退休，现居美国新泽西州。

崔先生夫妇与外孙

编号 6-1
1985 年 4 月 16 日

国馨：

你好！

寄来的通知和照片均已收到，谢谢你！

除非有特殊情况，我一定参加这一次有意义的纪念茶话会，借校庆之机和建五班的同学们聚会，畅叙别情！

同学录确实需要编印新版了，现将本人情况提供给你（下略）。

我相信建五班的同学会将这次活动安排得很好的，因此不再提供其他的建议了。祝全家好！

克摄

4月16日

编号 6-2
1992 年 2 月 20 日

国馨：

这些年很少和你见面，但每年都能收到你寄来的贺年卡，我感到非常温暖！我在校任教十年，接触的同学不少，但三十年来始终保持联系的却为数不多，所以我认为，我们之间的情谊是十分可贵的，希望它能不断延续下去。

如果我没有记错，今年 2 月 28 日是你五十岁的生日，我衷心地向你祝贺！愿你身体健壮、精力充沛、心情愉快，在事业上取得更显著的成就。

我现住东单北大街南楼，邮政编码是 100005，家里电话号（下略），转新宿舍楼再转（下略），望随时联系，更多交往！

最后请代向滨蓉和全家问候！

克摄

1992 年 2 月 20 日

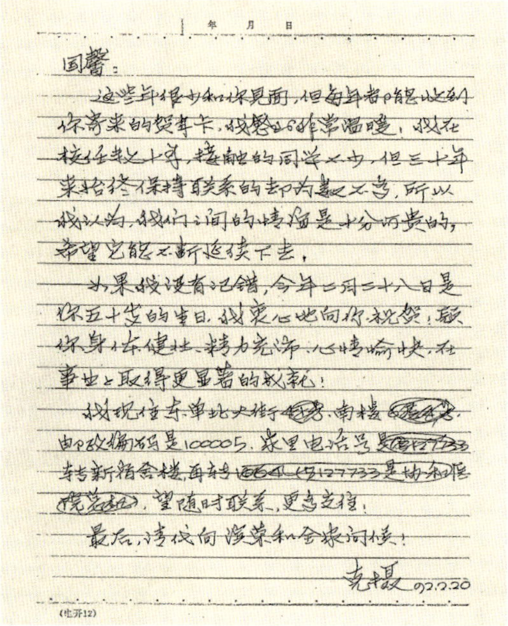

年 月 日

国馨：

这些年很少和你见面，但每年都能收到你寄来的贺年卡，我总是感到非常温暖。我在校任教三十年，接触的同学不少，但三十年来始终保持联系的却为数不多，所以我认为，我们之间的情谊是十分可贵的，希望它能不断延续下去。

如果我没有记错，今年二月二十八日是你五十岁的生日，我衷心地向你祝贺！愿你身体健壮、精力充沛、心情愉快，在事业上取得更显著的成就！

我现住东单北大街[illegible]、南楼[illegible]，邮政编码是100005，家里电话号是[illegible]，转新宿舍楼，再转[illegible]，望随时联系，更多交往！

最后，请代向滨蓉和全家问候！

克摄 92.2.20

（北京12）

崔克摄先生信影

编号 6–3
2012 年 8 月 6 日

国馨：

多年未见，甚念，八月三号终于收到了你寄来的快件，太高兴了！谢谢、谢谢、谢谢！

这两三天我匆忙浏览了一遍这四部大作。其内容之广让我看得简直是目不暇接，惊叹不已，看后真是百感交集！这四本书，特别是《清华三宝》和《班门弄斧三集》让我大开眼界，明显地拓宽并加深了我对清华大学和建五班的了解。我突然意识到自己在清华生活的时间、自己和建五班同学接触的时间和那一百年、七十年、五十年相比，是何等短暂，尽管清华大学建五班对我来说是多么值得留恋。我实在钦佩建五班的同学付出这么大的努力为我们这些对清华有深厚感情的人、对建五同学特别关心的人，为中国的教育界、建筑界、文艺界，乃至社会科学界的人们提供这么多真实生动的史料和艺术佳作。我很荣幸在你们成长的过程中，为你们做过一些我责无旁贷的事，尽管这是微不足道的。你们对我的厚爱我在有生之年绝对不会忘记！谢谢你们！

这些年来限于时间和精力，未能与你们联系，让你们好找，实在抱歉，请予以宽恕！希望有一天能和建五班的同学在北京见面，希望有一天和你们大家在我们现在住的桥水镇见面！书中提到你毕业时曾送给同学一本抄录的小汽车造型，现将我绘的一张小汽车的水彩画给你，随信还给你寄去我在2010年金婚时拍的纪念照一张。望有空时常通信！祝你们全家健康，快乐！请代我们家向建五同学问候！

别嘉（俄文）

彼得（英文）

2012年8月6日

崔克摄先生手绘贺卡

编号 6-4

2013 年 2 月 26 日

国馨，滨蓉：

你们好！

说来也巧，你们寄来的包裹，UPS 直接送到我们的房间，正巧我们在家休息，立马可以知晓其中内容。太高兴了！你们这次来，住得离我们那么近，实在难得，我本来还以为能再和你们见几次面，等了好久没有音信，春节前给贵公子府上去了电话，说你们早已回京。无论如何，你们这次能挤出时间到公寓来看看我们，也该心满意足了！

这些日子，我正细读《班门弄斧》第三集，颇有感触！今天收到这三本书，只是大致翻阅了一下，那两本《班门弄斧》内容也相当丰富，涉及面也非常广，真不愧是建五同学的手笔！那本《礼士路札记》确实别开生面，居然集序成书，特别是那个后记写得那么坦率，虽说此书有点借题发挥，但比起建筑方面的文章来说，更让人感到见文如见人，更是独具匠心！看到有的照片中我那目瞪口呆的样子，我不禁哈哈大笑！尽管很难看，但终究是真实的，感谢你们把这几张照片寄来，提醒我不要把自己看得太年轻而不加保重、虚度光阴。听说建二的书里有些同学的文章中提到我，但愿有朝一日能有幸一阅，说实在的，我也很喜欢建二班的同学，他们有点像建五班，人才也很多，兴趣也比较广。建二是我首次辅导民用建筑设计的班级，好像也是我首次讲授画法几何、阴影透视的班级。和他们相处的时光也是很值得怀念的。

我们这个年级有那么多同学留校任教，实属形势所迫。因 1953 年国家开始大建设，急需人才，自 1952 年开始大学招生人数猛增，学制也由原来的四年改为五年、六年，师资急需补充。我们班是提前一年改为三年毕业的，我因被送往哈尔滨外专学习一年俄文，实际在系内学习也仅仅两年，若非系里给我机会进修一年，实在难以任教，正因如此，我特别理解“教学相长”这四个字的含义。直到今天，我们要从我的“学生”们那里汲取丰富的营养，这营养绝不限于知识和技能。

好了，先写到这儿吧！谢谢你们！见到班里的同学，请代为问候！告诉他们我无时不在思念他们，愿他们和家人的生活充实健康，心情舒畅！

克摄

写于 2013 年 2 月 26 日

编号 6–5
2013 年 4 月 4 日

国馨：

这么快就收到你寄来的第三、四本书《建二 50 周年》和《建筑学人剪影》，太高兴了！大致翻阅了一下，激起我许多对往事故人的回忆和怀念。自从我 1950 年考入建筑系到退休后拿到教授级高工和国家一级注册建筑师证件，在我的学习和工作上给过我热情有效帮助的老师有：梁思成、汪坦、戴志昂、马大猷、金承藻、宋泊、华宜玉、程国英、胡允敬、王炜钰、周卜颐、张守仪、黄报青、李道增、关肇邺、林志群、高庄、张昌龄、莫宗江、巫敬桓、林乐义、赵冠谦、宋融、罗小未、杨秋华、车世光、齐铉、汪国瑜、毕树棠、时天春，以及刘承娴、吴永福、何重义、殷一和、林贤光、竺士敏、徐伯安、谢玉明、张家璋、冯钟平等人。

在建二班中印象较深的同学有：何玉如、李泽勋、吴观张、黄中兴、徐建得、陈衍庆、徐锐、耿长孚、姜中光、刘思绪、庄念生、莫宝璧、周逢、李颖、周庆琳等人。

我一直认为建二和建五有很多相似之处，没想到看过他们毕业 50 周年纪念册后，似乎感到比看了《班门弄斧》后心情沉重一些。特别是看到余昌民写的《达观是上帝对生命的祝福》那篇文章，得知我过去的好友李泽勋中风的消息和他在恢复期中那种积极、顽强、快乐的态度，我实在禁不住流下泪来。当初，我教阴影透视课时，他是一个很负责任的课代表。他还热心辅导过我拉小提琴。后来听刘思绪说，他的透视“效果图”（水彩渲染）已经画得非常娴熟，非常漂亮了。我趁到武汉出差之机，到他院里和他见过一面，墙上挂着好多他的作品，果然名不虚传。

莫宝璧突然逝世时，我在赵冠谦那儿工作，是屠舜耕告诉我并带我参加了他的追悼会。谁会想到这么快，屠舜耕也去世了！郝钧一生的遭遇也是很令人痛心的！让我感到惊讶的是在建二同学中已有十四位作古，太可惜了！……

我非常感谢何玉如在文章中对我辅导设计作业的夸奖！难得啊！在他初学建筑设计时，我能助他一臂之力，是很荣幸的。今天我能看到他在工作中取得的成绩，更为他高兴！

这些年，我在美国见到不少从中国来的老人，他（她）们有些在国内都是身居高位、声名远扬的人物，到这里来，什么头衔都是一文不值的，都是“保姆”“当差的”。彼此彼此，不分高低上下。我不禁思考，为什么现在人们都那么看重牌子和头衔？难道这些名位果真有那么值钱吗？假冒伪劣的还少吗？恕我直言，不必过虑！

你来信问我是否收到《礼士路札记》，现在我顺便告诉你，到目前为止，我收到你寄来的书已有九本，书名为：《礼士路札记》《画忆清华百年》《清华三宝》《清华学人剪影》《建筑学人剪影》《班门弄斧集》《班门弄斧续集》《班门弄斧三集》《清华大学建二毕业五十周年纪念》。说实在的，我看到这些书中丰富多彩的内容，真是钦佩作者和编者的功夫、才华和毅力！非常感谢你一次又一次地把这些书从地球那边邮寄到地球这边！我知道你很忙，不敢对你提出过分要求，只望你能多加保重，不要过于劳累，得闲时写点信来。两口子岁数大了更需要互相关心、互相体贴，你说是吧？别不多书。

谨祝

身体健康，工作顺利，阖家欢乐！

克摄

写于 2013 年 4 月 4 日

编号 6-6

2013 年 9 月

国馨、滨蓉：

你们好！

国馨寄来的《学步三稿》《寻写真趣》等大作和应朝的长篇早已收到，直至今日才写此信，实在抱歉！到目前为止，国馨先后给我寄来的书已有十二部之多，其中有《班门弄斧》三集、《学步》两稿、《剪影》两集、《礼士路札记》《画忆百年清华》《清华三宝》《寻写真趣》及《建二班毕业五十周年纪念册》。这么丰富多彩的内容充实我的生活，使我深受感动，谢谢你们的一片真心！听说你们今年会再访新州，非常高兴！希望能早些和你们见面。不久前，我们家由女儿开车到波士顿和罗德岛去了一趟，顺路去看望了殷一和先生及其夫人徐棠仙女士。我和殷先生是大学同班同学，又曾和他住在同一间单身教师宿舍。徐女士是咱们系 1959 年毕业生。二三十年没有见面，这次有机会促膝交谈，实在难得。听说你们班 1959 年入学时就是殷先生负责你们学习的，是吧？最近，我细看了三集《班门弄斧》，发现有几位同学（张永珠、李峰、侯士荣、叶筠、毛林芳、顾冬梅）没有发表任何作品，不知是何原因。请告诉我，好吗？后年（2015 年）是建五班毕业五十周年，不知班里是否有意相聚，若有具体的日程，（打算）和你们班的同学们见见面，好好聊聊。这样的机会不会太多了，是吧？

别不多书，谨祝：身体健康！生活愉快！

崔克摄

2013 年 9 月

编号 6–7

2019 年 2 月 26 日

我是崔克摄，这是我的电子邮箱。我很想念你们，不知道你们近来怎么样？希望尽快收到你们的回音。甚念！

注：此件为电子邮件。

编号 6–8

2019 年 3 月 3 日

国馨、滨蓉：

你们好！

非常感谢你们让我这么详尽地得知你近来的身体状况。人到老年，身体难免异常。只望你们保持开阔的胸怀、乐观的心态，并充分发挥医疗待遇的有利作用，对出现的各种症状及时检查、及时诊断、及时治疗，早见成效！你时而突发晕眩，看来要经常随身携带助步器（walker），以免摔倒致使脑部及四肢等处受伤，后果不堪设想！老夫老妻特别需要彼此照顾。你目前体质较差，关滨蓉更要多加保重了！人到老年，虽然更要珍惜时光，却也不要过于劳累，免得伤害身体。

应朝去世的消息，朱纯华已告诉我。他走的实在太早了。看来人的健康、寿命绝不单靠体育锻炼，家庭长期不和可能也是导致早亡的一个原因。

我上个月已满八十六周岁，除了嗜睡和血压偏低外，其他方面还算正常。好在生活比较规律，病倒的情况极为少见。只是去年末在邮轮上晒太阳引发了一次休克。

祝你们今年情况有所好转！

佩兰、克摄敬书

2019 年 3 月 3 日

注：此件为电子邮件。

编号 6–9

2019 年 3 月 27 日

收到你的第二封来信后，曾给你回了一条短信，不知收到与否？昨天又收到你的第三封信，得知罗玉阁、王春玲去世的消息，甚感惋惜！只望黎旺秋，张桂茹二位同学能保持心情平静，注意身体健康。我的微信号是（略），请大锤让我加入建五微信群。谢谢你的关心！恕不赘述！问全家好！

克摄

注：此件为电子邮件。

编号 6–10

2021 年 11 月 19 日

老马《朝华夕拾》一书发的好，体现了建五同学之间的亲密关系。

注：此件为微信。

07 丁莹莹（书札3通）

1955年起在清华大学建筑系学习，后因病休学，在建五班于1965年毕业，分配到四川石油部工作，现居成都。

丁莹莹（2019年10月）

编号 7-1

1985 年 4 月 20 日

马国馨同学：

你好！

收到纪念建五班毕业 20 周年的请柬非常高兴，碰巧我将在 4 月 24 日出差到北京，有机会能参加这次难得的又有意思的聚会。

我的工作单位（下略）。

我与翁玲玲（苓）经常见面，因为她的爱人是四川省建筑勘测设计院的结构工程师（同济大学毕业），和我的爱人方泽正（清华大学建筑系 1958 级）是同一个单位，翁玲玲（苓）因工作这次不能去，她让我向同学们问好。

祝好！

丁莹莹

4 月 20 日

编号 7-2

2004 年 8 月 22 日

马国馨同学：

您好！

昨日（21 日）收到您的来信，知道建五班书画集将编辑出版，短时间内我也写不出稿件来，就算了。

想当年我因患病从建一班到建五班，虽然在建五班仅就读一年半，但建五班同学和系里老师对我的关照使我终生难忘。明年（2005年）是建五班毕业四十周年，值得纪念。我原来所在的建一班和我先生方泽正所在的建八班分别在2001年和1998年出版了毕业四十周年纪念册，每个同学占一页，内容有新老照片和随笔，很有意思，经常可翻阅。我们建五班明年不知如何纪念，望告知！

问候全家及建五班同学。

丁莹莹

2004年8月22日

编号 7-3
2004年10月22日

马国馨同学：

您好！

来信及《清华大学建五纪念画册》收到，国庆节前林贤光老师来成都时，陆强把《班门弄斧集》带给我，看到这些照片使我回忆起在校时许多难忘的时空，其中在1965年二校门前毕业照中找到了我的留影（在邱秀文的旁边）。书画集的编写我就不参加了，有事常联系，祝同学们身体健康，全家幸福。

丁莹莹

2004年10月22日

08 杜文光（书札3通）

（1940— ），1959年起在清华大学建五三班学习，毕业后分配到部队，1969年复员，1979年开始建筑设计，现居北京。

杜文光（2023年）

编号8-1
2003年8月15日

马国馨先生：

您好！

来信收到，除已校出错处外，我又改了两处，望查阅。其他均可。遵嘱今将打印稿寄回。大师辛苦了！

此致，全家康好！

杜文光敬上

2003年8月15日

编号8-2
2013年7月20日

国馨兄：

您好！

《清华建五纪事》的初稿昨日收到，略作补充！

不知妥否，现快件寄回，谢谢！

祝合家安好！

杜文光

2013年7月20日

编号 8–3

2021 年 11 月 20 日

《朝华夕拾》收到，令人有一种心潮涌动的情感，老同学的才华风貌历历如在眼前。这本书我和老伴儿会细细阅读，永远珍藏。谢谢。

注：本件为短信。

杜文光画作

09 范玉庆（书札 4 通）

（1940—2001）河南安阳人，1959 年起在清华大学建五一班学习，毕业后分配到甘肃省建筑设计院工作。

范玉庆（1998 年 7 月）

编号 9–1

1990 年 8 月 18 日

国馨：

你好。

六月来信及寄来的建五同学通讯录收到了，谢谢。并已遵嘱复印了一份给宋春华。现补充几个电话：（略）。

寄去一篇文章请指教。去年 1—3 月，我和建六倪炳森（原建一，因 1957 年的事蒙冤，推迟五年）到上海率领一些年轻人参加真西新村规划投标，参加单位有华东院、上海民院、船舶九院、上海住宅设计院、嘉定建筑设计院和甘肃院。结果我院和上海民用院联合中标。我院中标河滨以东三个地块，民用院中标河滨以西两个地块。现在一号街坊施工图基本出齐，已经开工。

规划方案自己还较满意，上海规划部门评价有新意。以往这种规划，单体手法采用较少，故写一篇东西介绍。在学报上看到编委中你的大名。1990 年重点项目中也有小区规划，特寄去请你先审阅，看看写法上、格式上有何不妥。如无大的不妥，请向学报推荐，随信寄去单位推荐信，如有用最好。还需要什么请来信。

问关滨蓉好！

问马丽、吴亭莉好！

范玉庆上

1990 年 8 月 18 日

编号 9-2

1994 年 9 月 23 日

马国馨：

您好！

祝贺您荣获大师称号！

毕业三十周年活动简报收到，本人一定参加，如能改在九月份举行可能更好，请秘书长阁下考虑。

因参加十月初沈阳注册建筑师试点工作。经费到北京面交。到京后去拜访。

祝好。

范玉庆

1994 年 9 月 23 日

编号 9-3

1995 年 12 月 15 日

马国馨：

共同的事业中友谊长在！

开拓奋进中携手并肩！

愿：新年快乐，事业发达！

甘肃省建筑勘察设计院范玉庆

1995 年 12 月 15 日

编号 9-4

1997 年 7 月 9 日

马国馨：

你好！

在府上见到那么多老同学，有些还是毕业后第一次见面，实在高兴，真得感谢你。都说“北京的马国馨、深圳的陈尚义号召力独一无二”，果然名不虚传。这次北京之行（得到）各位指教、帮助，增长了见识，遗憾的是有些老前辈、老校友没去拜访，以后去再说吧。我在北京已向各位发去邀请，回院汇报时提到此事，几个院长都一致赞同，而且让我再正式点儿。前几天给胡士良主任去了一信，盖了个公章以示郑重。1982年接待周治良、宋融、刘开济、徐镇、张德沛还记忆犹新，再接待怎么也得比那时好。希望你、刘力、胡士良，还有其他总工、院长有机会来一趟。

寄去几张照片，请按人头转交。问夫人及公子好！问各位总工、马工、郑工好！

范玉庆

1997年7月9日

范玉庆夫妇（前排右四、二排右四）到京与建五同窗相聚（1998年7月）

10 方惠坚（书札2通）

（1933— ），浙江杭州人，1950年起在清华大学土木系学习，1955年毕业后留校，曾任清华大学教务长、副校长、党委书记，现居北京。

方惠坚（2022年4月）

编号 10–1
1995年2月22日

俞靖芝同志：

遵嘱写了一张，不知是否合用，如不合用，放在一边即可。

方惠坚

1995年2月22日

编号 10–2
2011年4月19日

马国馨同志：

你送给我的《画忆百年清华》已收到，初步翻阅一下，觉得十分精彩，建五同学的文化素养确实高。正如你那天发言时讲的，建五这个“先进集体”有很多值得总结的经验。

谢谢你！

祝：工作顺利，保重身体！

方惠坚

2011年4月19日

11 费麟（书札1通）

（1935—），江苏吴县人，1953—1959年在清华大学建筑系学习，毕业后留校任教，1970年去机械部第一设计院，2000年退休，现居北京。

费麟先生夫妇（2024年9月）

编号 11-1
2021年11月20日

马院士：

今天收到大作《朝华夕拾——怀念应朝》。非常感谢，这是一本内容十分丰富的纪念册，让我永远怀念他。应朝和我一直同是我国注册建筑师考试出题工作组的成员，又是我的二女费芸在核二院工作时的领导、总建筑师。精力旺盛的一员建筑大将、老朋友竟然意外地离开了我们，非常遗憾。多年来，他每天早上练习长距离跑步，谈笑风生、助人为乐，非常开朗，身体很好。我们出题组中有了他就很热闹。

请代我和费芸向他的家属表示衷心的慰问，保重身体！

注：此件为微信。

12 高雷（书札1通）

原名高玉瑾(1934—),山东黄县人,1957年起在清华大学建九班学习，毕业后留校，1973年去广西壮族自治区设计院，后去苏州城建学院任教，2000年退休，现居苏州。

高雷先生夫妇

编号 12-1
2009 年 6 月 10 日

马国馨学兄:

您好!

您四月底寄给我的三本您出的书于五月初已从学校收发室收到。非常感谢您的关心。阅后感到您的一生非常值得,也可说十分辉煌,人生能如此度过,已足矣。

岁月荏苒，转眼已度过人的一生。与您相比我甚为惭愧，可谓虚度一生。前不久，我班回京为毕业后五十年相聚，人生更是感叹。吾班已有15位同学作古，近10位因病不能前来，或瘫于床，或老年痴呆。人的一生就是如此短暂。见您虽迈入六十高寿，但身体精神极佳，很为您高兴，想必您还能为祖国建筑事业发挥更大作用。

30年改革开放，中国建筑的确突飞猛进，进步甚大，令人鼓舞。这次回京与上次去京虽相距15年，但首都变化之大之美，让人惊叹。（下略）我是老人了，很不理解。人家也不会理睬我们。我希望你们这批建筑大师精英，应该为之把把中国建筑的大关。

本是一封感谢您的短信，却啰唆了许多“废话”。最后祝您事业有成，身体健康，阖家欢乐。有机会欢迎来苏给我校师生作报告，传授宝经。祝安!

高雷

2009年6月10日于苏州

13 高寿荃（书札6通）

（1941—）湖南常德人，1959年起在清华大学建五三班学习，1962年退学，学习油画和工艺美术，改革开放到深圳从事装饰工程和楹联研究。擅书法绘画，现居深圳。

高寿荃（2024年）

编号 13-1
1991年9月6日

国馨兄：

来信收读，谢谢！

向您并夫人问好！

我要编辑部查核了。您的稿费和《现代装饰》16期贰本是与单德启教授、汪国瑜先生的杂志一并寄往北京的。既然您未收到杂志，时间这么长了，可能投递有误或贵单位收发有漏，均无法猜度。故此令编辑部再为兄补寄肆本并用快传。

底片存我档案室，今已取出一并寄予，请查收。因我工作疏忽，办事人不力，底片未按时寄给您，表示歉意。您收到之后，请来信，看是否有缺漏。

本人写丹下健三的王子饭店的室内空间一文，还望老兄多指正。如先能寄两本15、16（该文连载）期的《现代装饰》杂志给丹下先生，也许能听到更多指导意见。

今另多寄二本杂志即15、16二期请您转寄给丹下先生。如这样给您增加负担，是否可以：请您给丹下先生写上一封信寄给我，再由我们直接将两本杂志连同您的信一并用快传寄往日本。如何是好，请兄定夺。

就此布礼。

关于意大利期刊展，我国入选期刊是由国家新闻出版总署组织评选的。我刊第16期、17期、18期代表我国期刊参加国际展出。谢谢您为之出了力量。（您的大作很受欢迎）。

寿荃

1991年9月6日

快传有两件，一件为此信和稿件底片、24张正片、3张负片，共27张，一件为6本杂志。

编号 13–2
2003年4月21日

马兄：

拜读作品，深感愉悦轻松之意。

赠许、黎、孔三学友之诗，开头皆为“曾记”，可否易作曾记、曾忆、曾逾？或一记、再记、三记，请兄斟酌。

《画记》读后劝兄改成七律诗。如按古韵与“年”同韵的有弦、船、旋、仙、前、先、权、缘、圆、天、巅、拳、烟、贤、娟、绢、怜、诞等，可供选用。

1、2、4、6、8句之后最后一字要押韵。3、4与5、6之平仄，对仗要更严一点。吾为兄选了几字，请审处，并将老兄之诗抄录为后：

七律

——《画记》读后

2002年清华校庆，适逢吴师八十华诞，蒙先生新署赐赠《吴良镛画记》，无以回奉，心甚惴惴。拜读所感，联感数句，供先生一哂。

丹青墨韵共双弦，（押）
笔走龙蛇六十年，（押）
对 { 物我两忘情寓景，
理艺并行忙里圆，（押）
对 { 求法孜孜师造化，
悟空兢兢得心源，（押）
登高回首觅真境，
却观灯火正云前。（押）

原“一”字位置应为平声，故改为“双”，“函”“闲”与“年”不押韵，故改为“弦”“圆”，原“中”位置应为仄声，故改为“里”。

“道”之位置应为平声，可改为“空”？

“见”位应平，故改为“观”。用前为押韵也。

七律

——和马国馨《画记》读后

2002年清华大学校庆，正值吴良镛先生八十华诞，马国馨同学返校祝寿，获赠《吴良镛画记》一本，马兄读画记之后，即刻成诗，甚为精彩。吾收到马兄诗稿，则反复吟咏，思潮起伏，颇有感悟，步原韵奉和一首，祈添新趣也。

现抄录为后，先望马兄指导，耿躬请吴良镛老师斧正之。

丹神墨韵抚长弦，
中外笔耘六十年，
物茂人兴情不老，
文通理达艺臻圆，
经天纬地勾城邑①，
博引旁征说“埴”源②，
俯首登机观锦绣，
更蓝更绿更无前③。

高寿荃

2003年4月21日于深圳

注：①吴良镛教授是规划大师，大手笔也。

②老子《道德经》中有空间之说，“以有为利，以无为用”是也。此处取埏埴以为器之，“埴”为代表论述塑造建筑空间理论之源流也。斯句说明吴师学识渊博，理论深宏，作为清华大学教授尽到了传道、授业、解惑之天职。

③意表先生书画享誉中外。

编号 13-3
2003 年 9 月 11 日

马兄：

因国庆有一小工程要交工，故此把老兄所托延迟了一些，抱歉之至。

《班门弄斧集》编得很好，诗文丰富多彩，情真意永。

敝作已校，需改八个字增加五绝三首计 60 个字。麻烦之至。

另简历附上。不过如简介不算简也不算繁，记载从小到老的一些琐事，望斧正。

谨祝

马兄关嫂并全家中秋愉快！

寿荃顿首

于癸未 2003 年中秋

诗文集中，标名为“对联”“律诗”者，望注意平仄和对仗，至于未“标名”者，以“立意为上”，不必拘泥是也。

寿荃又及

编号 13-4
2004 年 7 月 26 日

马兄：

来信收读，谢谢！

您在建筑学方面取得的成就，是同龄人中最高的，近年您又带领我班同学搞些建筑文化的活动，自然更有新的意义。

我的协会聘请您作顾问，目的很明显，“希望与建筑界知名人士的合作，把楹联曾经在中国传统建筑中拥有的，在新建筑中失去了的前工地位找回来。”

我们在赴海外对联书画展的前言中激昂地表示：“楹联要多元化，现代化，以深沉的文化底蕴、现代化的形象走向世界。”

更希望和马兄合作，在北京几位德高望重的荣誉顾问的支持下，在奥运会的比赛场馆用新材料、新形式作几副最前卫的对联来向外国运动员、外国观众展示中国传统建筑文化的现代风采——这无疑是美事、苦事、难事，然而也是令中国艺术形象、中国建筑家、中国文学家、中国企业家们引以为豪的事情。

我们曾在东京街头展示了现代建筑对联，曾在上海文（汇）新（民）报业集团新楼展示了现代装饰对联，现在正在为“东盟博览会”创建天下第一木凿大联。

在北京奥运会建筑装饰环境里，我想有马兄今天对对联的重视和在建筑界的威望，一定会有新的突破。我们的展览会，10 月在香港展出，希望老兄补写一副对联，自撰自书，不亦乐乎？！

我看了您寄来的对联，建议选收“贺武汉《新建筑》创刊廿周年”一联，书写即好，为平仄起见下联换几个字就很完整了。（用古四声）

两江集百川　有容乃大

| ⊖ | ⦶ —　| ⊖ | ⦶

三楚论寰宇　无畏则高

— ⦶ | ⊖ |　— ⦶ | ⊖

其实平仄问题容易解决。最方便的办法是运用平仄杆：

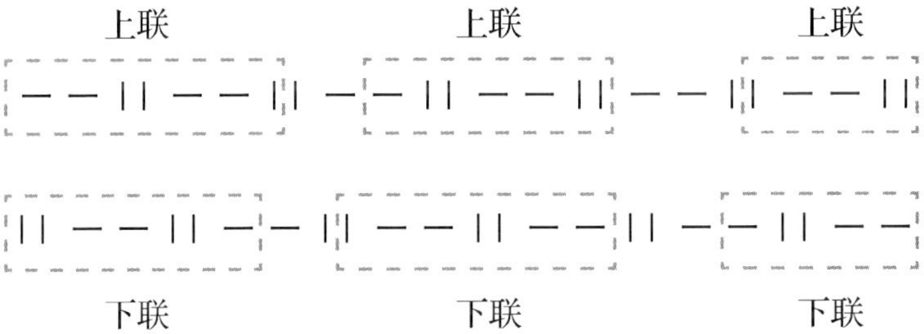

马兄：

细读先生之对联，立意最好，对仗一般，平仄令人注目。

平仄我说一种最简单的办法，就是先画两根平仄杆：

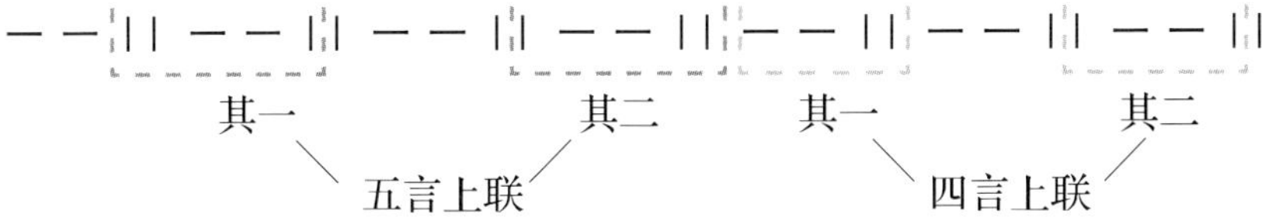

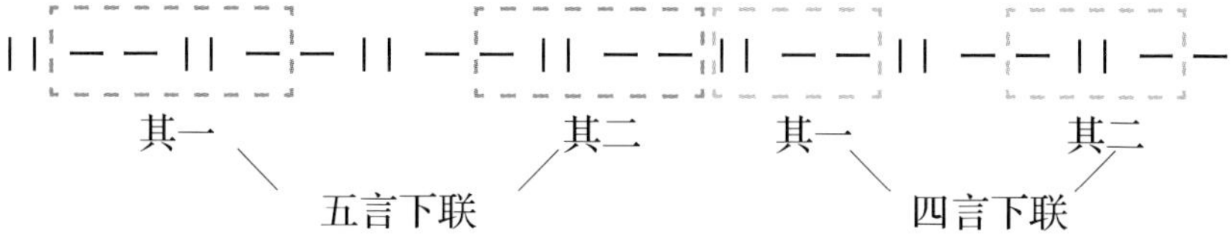

上为标准式，如果达不到以上标准，至少要做到一联之内，第二字与第四字平仄交替，上联与下联的第二字和第四字皆要平仄相对。

上联完全符合要求，下联需要调整：

三楚论五洲，博议自高

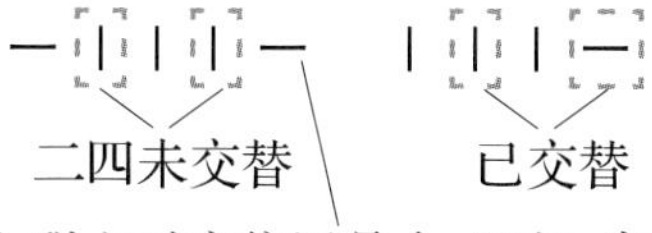

此处应为仄声（因为上联之对应位置是个“川”字，是平声）

可否改为：

三楚论寰宇，博议自高

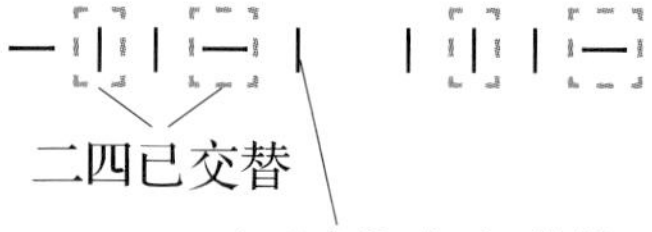

（“宇”与上联的“川”字平仄相对）

这样上下联平仄关系为：

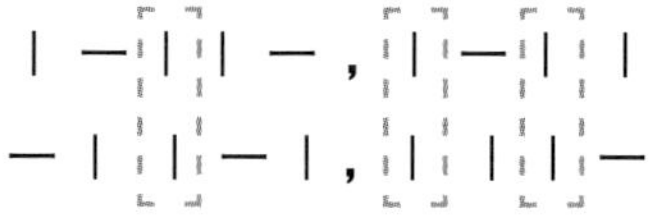

第三字不论　第一字和第三字不论

由此可见，老兄要把对联写得立意完整，对仗工稳，平仄合律，是完全可以的。不过，有时为了找一个贴切的字，花上一天半功夫也是常有的，不信老兄试一试吧。

祝老兄身体健康！

嫂夫人心情愉快！

所欠稿件不日即可发往思浩教授家里。

寿荃顿首

2004年7月26日晚

编号 13–5
2007 年 12 月

马兄：

2008 年元旦来临，祝贺老兄和嫂夫人新年愉快，健康长寿。

一年一度□□□□□□即沿海几个城市与港澳台的对联书画家聚会照例在春节前十天左右举办。通过“中华对联书画家协会”在深圳举行联谊会，展出表演“春联书法”和“春联画”。

今年是为我的“春联画”办一个个人展览，孟繁锦[1]题了“高寿荃春联画展”，左干[2]写了“多维时尚”贺高寿荃春联画展，他们是楹联书画界的名人。

因为楹联春联与建筑家居生活关系密切，故请建筑大师马兄赐一墨宝（建筑界只请马兄一位），并以展览介绍一书之扉页虚席以待。

“春联画”是中国建筑新型的前卫的吉庆文化，望大师多加培育。

谨此布礼。再祝全家新春愉快！

高寿荃

2008 元旦前

附上 2007 年“春联画”上的一些介绍。

注：①孟繁锦（1939—2014），吉林梨树人，空军政治部文化部部长，书法家，曾任第五、六届中国楹联学会会长。

②左干，北京晨歌文化艺术有限公司董事长。

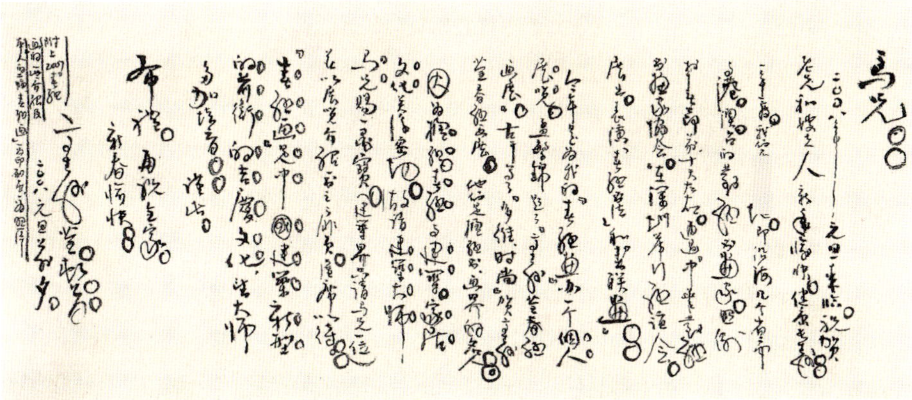

高寿荃信影

编号 13–6

2017 年 3 月

国馨兄、滨蓉嫂夫人：

为二位所制是《金婚之铭》印面呈。“国馨滨蓉”连体之章，边款题健康至上。正面刻腾龙展示你们广行天下也。

印待特快专递，二日至京望笑纳

寿荃顿首

时丁酉畅春三月

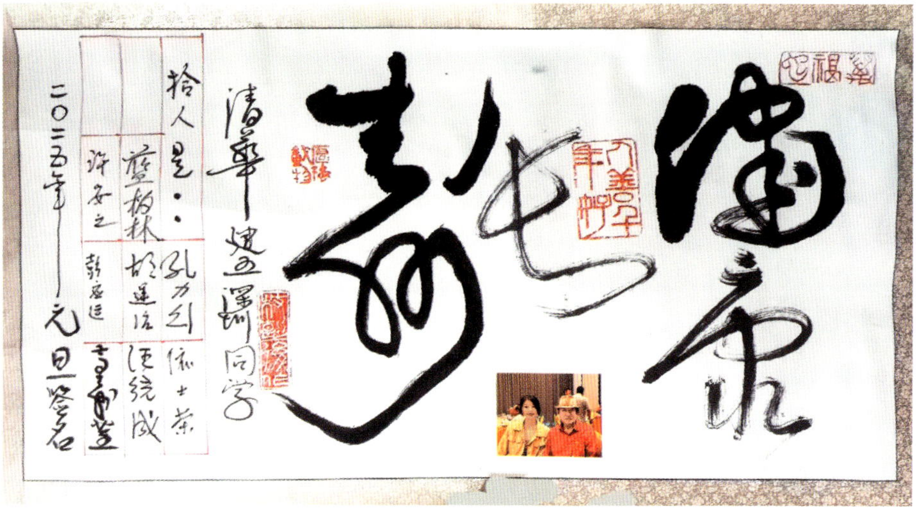

高寿荃书法（2025 年 1 月）

14 韩光煦（书札 4 通）

（1939—）沈阳人，1959 年起在清华大学建筑系建五三班学习，毕业后到煤炭部沈阳设计院，后去煤炭部及机械部华兰德公司等，1994 年到中央美术学院任职，现居北京。

韩光煦夫妇（2024 年 9 月 20 日）

编号 14–1
2002 年 1 月 7 日

国馨同学：

你好！

谢谢你带来相机，希望今年能有机会听你来美院讲座。

现将通讯录有关信息寄上。

光煦

2002 年 1 月 7 日

编号 14–2
2004 年 10 月 23 日

国馨：

应吴亭莉建议，音乐会等二首加了些注解。另瑶族舞曲作曲是否为刘铁山[①]，请协助核实。谢谢。

恭祝阖家安好。

韩光煦

2004 年 10 月 23 日

注：①作曲为茅沅和刘铁山二人。

编号 14-3

2014 年 7 月 12 日

马总：

现将本人有关《清华建五纪事》的文字稿和图片扫描资料寄给您。我因参与集体活动不多，所能提供资料有限，哪些能用，如何删减编排，敬请定夺。

纸印部分只做图文对照用，图片不清，可从新扫描的替换。

我的电脑不行，全凭女儿帮忙，后续工作给您添麻烦了。谢谢。

代问关滨蓉好！

韩光煦

2014 年 7 月 12 日

编号 14-4

2021 年 11 月 22 日

寄来的《朝华夕拾》，对应朝同学是最好的纪念。我们永远忘不了他的乐观、直率、多才又乐于奉献的精神。愿建五班的好传统、好风气永远传承下去。

注：此件为短信。

韩光煦绘年画《军民一家亲》

15 韩江陵（书札7通）

（1941—），四川南充人，1959年起在清华大学建五二班学习，毕业后分配到七机部七院，1979年到国防科工委设计院工作，1994年提前退休，出版多部诗集，现居北京。

韩江陵夫妇（2025年1月）

编号 15-1
2003年4月12日

《诗文建筑师——清华大学建筑系1959—1965届同学诗文集》

此书名明白、平实，副题一目了然。

“诗文”亦谐“斯文”，喻我建五同学皆能“诗”之辈。《诗文建筑师》专指建筑师所写之诗，如此长卷，汇集同学之作，此事在诗坛文坛皆首开风气之先，颇引人关注也。

此题目供诸位同学参考。

韩江陵

12月4日于福州

编号 15-2
2003年8月15日

关滨大作拜读。虽作品不多，但皆好诗。其中尤以《七律》《望月》《自嘲》诗，堪称雅韵。“喜未习柳随风后，恨不效菊立霜前”句，算得上是新格言，真名句也。《自嘲》诗颇有古风，似蔡文姬之《胡笳十八拍》，叙事抒怀，状物言志，直朴真情，可谓文如其人。读此华章，感慨系之，评说不当，尚请见谅也。

同学韩江陵草

2003年8月15日

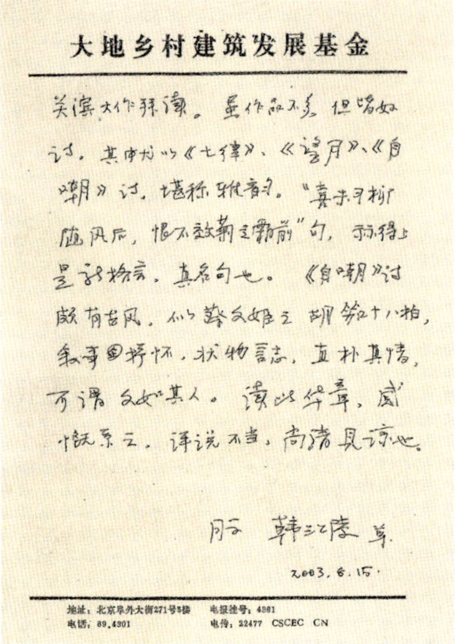
大地乡村建筑发展基金

关滨大作拜读。虽作品不多，但皆好诗。其中尤以《七律》、《望月》、《自嘲》诗，堪称雅韵。"嘉禾弱柳随风后，恨不教菊立霜前"句，称得上是诗格言，真名句也。《自嘲》诗颇有古风，似蔡文姬之胡笳十八拍，叙事因抒怀，状物言志，直朴真情，可谓文如其人。读此华章，感慨系之。评说不当，尚请见谅也。

朋弟 韩江陵 草

2003.6.15.

地址：北京阜外大街271号5楼　电报挂号：4361
电话：89.4301　电传：22477 CSCEC CN

韩江陵信影

编号 15–3
2003 年 9 月 10 日

马主编：

我的文稿篇幅确实过多，甚是不妥，恐叫人厌烦。思之再三，决定去掉以下诸篇：

《故乡的回忆》

《小路》

《独唱者》

《过黄河》

另：请在简历后加如下一小段话：

已出版诗集《国学启蒙》。未出版书稿五部：《往事如烟》（诗歌卷）、《有话直说》（随笔卷）、《诗体道德经》（哲学卷 1）、《点击庄子》（哲学卷 2）、《建筑文化论集》（建筑卷）。尚在写作中的书稿一部：《诗说论语》（儒学卷）。以上书稿，正寻求出版社，借此广而告之。

此外，请在《读思浩、欣然诗词后记》一诗之后，增加《致马君》诗一首。

以上更改，给编辑工作带来不便，实在不好意思，还望见谅。所删之诗，请务必从我之请；所增之诗与所增之文是否得当，全凭主编定夺。

特此致意，顺祝编安！

韩江陵

2003 年 9 月 10 日

编号 15–4

2003 年 12 月 21 日

国馨：

来信收到。信中所附金磊的评介文章和应朝收集的若干评语，读来有益，颇有意义。金文评价甚高（或许有些溢美），不知此文所载何处？我想，似乎还应该多收集一些社会各界（特别是建筑界、文化界）人士的反应，尤其是对直言和批评的意见，要重视。建三学兄周耀良（我不认识）就有直率的批评。

关于再出《钢笔画集》《书法篆刻集》《诗文集续篇》之议，我想，若响应者众多，稿源丰富，是可行的。不过，虽然我班不乏建筑画和书法金石大家，然而能供稿的同学，怕是也不太多，难得达到《班门弄斧集》作者 70 人之众。若作者过少，便缺乏《建五》之集体声势；若动员不擅此道的众多同学勉强凑数，图书质量便难理想。《班门弄斧》之书名，有自谦自嘲之意，是无可无不可的；但再出的续集若质量不高，果真成了班门弄斧，那就不免留下笑柄了呀。

当然，如果下了狠心，竭力动员同学，拿出旧藏佳作和得意新作出来，看来也不太难，只是需要时间罢了。此外，钢笔画和书法篆刻作品，不少需要彩色印刷，会增加出版费用，此事亦当考虑。

若同学们多有此意，我也不妨滥竽充数，做一个积极的供稿人。不过，我倒有一个另外的想法。

可不可以出一本关于建筑短评的文化论集？比如《指手画脚说建筑》《走马观花论是非》《三言两语道短长》之类。我们是同一代建筑师，对每个人所接触和了解的古今中外之建筑文化，我想多数同学肯定都是有话要说、有话可说的。当然，其话语方式，我想最好是：不要说得太多，不要太长，不要太瞻前顾后；不说官话，不说套话，不说言不由衷的话；只说短话，只说真话，只说有趣的话。对同一个建筑、同一种建筑文化现象，同学间可以各抒己见，议论相左；可以争得面红耳赤，针锋相对；对事不对人，一吐心中快；台上踢脚，台下握手。至于语言形式，短文杂感，幽默调侃，诗歌打油，聊天问答等等，均可。

如今，在建筑界，关心建筑文化评论者甚寡，我想这对于建筑学术的发展与进步，并不是什么可喜的事。所以，若能出版一册这样的建筑师学人群体（而且是清华老一届同班同学）三言两语般的建筑文化随感短评，就社会文化价值而论，或许是很有意义的。

我手头就有《建筑诗》和《素描建筑家》若干篇，写了六十余个建筑（及建筑群落）和一些建筑家。就建筑而言，则多数写的是北京建筑。前不久，曾给张思浩发去，张先生在电话中与我讨论，大不以为然。我虽很看重他的意见，但我却仍然想试它一试。你若有兴趣，我可发去，权当引玉之砖吧。

以上意见，供参考。新年将至，预祝新年好，并问关滨好！

韩江陵

2003 年 12 月 21 日

编号 15-5
2007 年 12 月 30 日

大作拜读偶成以谢：

新年收贺卡，学步自成家。

存稿徐徐读，犹如细品茶。

编号 15-6
2013 年 7 月 6 日

老马：

寄还《五十年纪事》稿，稿中略有增补。请定稿后可分 1/3 左右交我打印电子文本。

另：以上《再聚首》诗乃提前为建五毕业五十周年所作。如可，建议可与应朝《建五为什么这样好》及其他同学有关五十周年感怀文字一并收入《纪事》附后。

韩

7月6日

编号 15-7

2014 年 5 月 27 日

老马：

原稿已遵嘱录入完成，请核。

1. 原稿中有个别“缺字”和“不能辨认的字”，已做记号，请补充。

2. 施清生早前送来他的“纪事”，已插入；不在我录入稿中年份的内容则附于文后，请酌情插入。

另：老施索要打印稿并做了铅笔修改。

祝：编安并代问老关好

韩江陵

2014 年 5 月 27 日（5 月 31 日寄出）

另告：电子文档在我电脑里，有需要再发去。

16 郝允昇（书札 2 通）

（1941—），1959 年起在清华大学建筑系建五三班学习，毕业后分配至山西太原煤矿设计院，1979 年去江苏徐州，1990 年到深圳技术发展有限公司，现居深圳。

郝允昇（2024 年）

编号 16–1

1985 年 4 月 21 日

国馨：

您好！4 月 11 日来信收悉。看到通知，我方才知道我们已经毕业二十年了，我们都已进入中年。回忆当年清华园的学习生活仍记忆犹新，令人怀念。

我因所务缠身，28 日的母校纪念会不能参加了，非常遗憾。请您代我向诸位同学转达我的最良好的祝愿，祝各位身体健康，生活愉快，事业成功！另外，还要请您转达我对母校辛勤培养我们的诸位老师的问候。

我的事务所有七个人，除本所的业务之外，还应邀成为“中国建筑科学研究院计算中心特邀徐州业务部”，以经营、科研和电脑技术开发为主，也搞建筑工程设计。因本人水平有限，恳请各位同学多加指导，谢谢。

欢迎同学们来函联系，暂写到此。

致以敬礼。

郝允昇 上

1985 年 4 月 21 日于徐州

又：请将黎旺秋同学的地址转告我，谢谢。

请代问候小关同学好！

编号 16-2

2013 年 7 月 26 日

国馨兄：

你好！关兄好！

1. 根据记忆，毕业分配后同学动向还有：

· 吕弘毅、林丙棠分到煤炭部北京煤矿设计研究院；

· 韩光煦分到煤炭部沈阳煤矿设计研究院；

2. 建五同学 1996 年在深圳的聚会中，还有一次集体参观大亚湾核电站的活动，在 4 月 27 日下午？

叶如棠夫妇当时在此活动中有参与……

顺祝夏安。

郝允昇

2013 年 7 月 26 日

2024 年深圳清华校友会活动，左四为郝允昇

17 何惟增（书札 4 通）

（1939—），1959 年起在清华大学建筑系建五一班学习，毕业后分配至六机部九院，1989 年应聘到美国联合有限公司上海办事处工作，1999 年退休，在摄影社作品及教材方面极有成就，现居上海。

何惟增（2019 年 10 月）

编号 17–1
1991 年 1 月 8 日

马国馨先生：

愿这张迟寄出的卡带去老同学的一片祝贺，祝贺你在 1990 年事业上取得成功，并预祝你 1991 年取得更大的成果！

祝全家快乐！

何惟增

1991 年 1 月 8 日

编号 17–2
1991 年 1 月 8 日

国馨：

你好！

新春愉快，一直想给你写信，但实在太懒，对不起。现在，无论是在电视里，还是学报上，还是在各种场所的学术会议上，提起你的大名，人们似乎都很敬仰，当然我也因为由于是同学而享受到一份光彩，但心里常常也由此而感到惭愧。二十五年的岁月如此快地流过，我们都已是年过半百的人了，但不知为什么，虽然我们从不通信，但我确常常想起老同学们，尤其是每当在电台里、录音机里或舞台上，听到沙克管的悦耳旋律，我就想起了你、我、沈大锺一起在文工团的生活。那时的我们虽然生活很清苦，也没有现代青年的浪漫色彩，但文工团的生活确实令人至今难以忘怀。

对了，差点忘了先向你夫人问候，要不就太不礼貌了。

知道阁下时间很宝贵，但有二事相求，望在百忙中考虑一下。

一、我进九院二十五年，过去一直是搞工业厂房，尤其是洁净室，成果很多，名气也不小，但毕竟离建筑的谱太远。1986 年，我有幸在上海物资贸易中心大厦的设计竞赛中标并主持设计了该工程，经过三年多的努力，工程于 1989 年 10 月 30 日竣工，1990 年 4 月 10 日正式营业，反映不错。当然与阁下的工程相比那是水准很低的，但毕竟是我三年半的心血，何况，由于种种原因，我暂时又要离开设计舞台三年，所以我想写篇文章在《建筑学报》上发表，但听说不开后门学报不收，不知是真是假。又听人说，你是学报编委，因此特写信询问，并寄上该工程设计简况，如果你觉得学报可以刊登并愿意推荐，我准备在 2 月初前完成全稿寄给你。如果不行，也没关系，但此事勿对外声张。

二、我在九院的二十五年应该说还是顺利的。1984 年我去过美国，1985 年我第二次去美国，还先后去过日本、中国香港、新加坡，但由于我的宝贝女儿一心想到国外读书，而我又没有经济实力，只好托人“卖身”到外资公司。1990 年 10 月 15 日起，我应聘担任美国联合有限公司上海办事处经理。我是通过对外服务公司办的手续，每日交 Fec（外汇券）1800 元，虽然我每月只拿人民币 181 元的津贴，但我关系仍在九院，工资也在九院拿，加上联合公司给我的津贴，足以补偿上交服务公司的损失。

在联合公司里我因为是经理，什么都管，经营、设计、工程、外贸，目前问题最大的是经营。我现把公司经营的大概范围寄上，看看在你设计的工程中有没有可用的地方，需要不需要我提供什么资料，或我本人亲自来向你介绍。但这里有二点：

1. 联合经营主要是外汇，人民币只能少量。而且工程要是免税。

2. 工程标准要中等以上（如三星级以上），标准越高竞争力越强，因为公司经营的产品全是上等的。

还有数月又要校庆，二十五年里我一直没有机会来京和同学相聚，很希望这次能有机会去学校。

这些年中，我在业余时间为不少外商做过装修设计，过去由于在设计院，所以不敢声张，现在已名正言顺到外资公司，所以很想总结一下在杂志上发表：如上海宾馆14套特色客房（法国、西班牙、英国、中东、意大利、日本、泰国等风格），山东外贸大厦中西餐厅、酒吧，上海银河宾馆商务客房，海港宾馆多功能厅等等，不知在何种杂志上发表为好，请指点。

总之，看在同窗六年的份上，望在业务上和经营上多多帮助关照。

谢谢。

祝：一切顺利！

惟增

1991年1月8日

马国：我那篇“物贸”文章另外单独寄。

另笔：由于联合公司是一家美国公司，总部在中国香港，在新加坡和中国台湾都有分公司，经营产品很多，这里只寄上一份最简单的介绍，如设计中都要提供什么资料我将立即寄上。

编号 17-3
1991年1月10日

国馨：

你好！

前几天曾给你寄去过一封信，并随信附上一些我现在工作和公司的一些资料，想必已经收到，望能给予帮助！

今寄上我在上封信中所提到的“上海物资贸易中心大厦”的部分有关资料。“设计简介”是为上报优质工程时所写的，该工程目前已申报上海市优质工程金奖、部设计一等奖，并有可能被编入《中国建筑四十年》一书。

由于这项设计整整花费了我近五年的心血，是我大学毕业后唯一设计的一幢比较像样的民用建筑，而且从1979年我在学报上以单位名义写过一篇《洁净车间建筑设计》文章后，一直没有在国家建筑一级刊物上发表过文章，心里一直为此而感到惭愧，加上“物贸大厦”这类建筑在国内也不多见，所以就想动笔试试，但又怕写不好，《建筑学报》不要，或七改八改而变成建筑实录，所以想请老同学推荐一下。

文章已经动笔，文字有6000~8000字，图和照片估计有10幅，内容提要如下：

一、综合性的服务功能：详尽剖析了物资贸易的使用功能，文章从场地提供、信息系统、住宿餐饮、贸易配套等四个方面介绍了大厦如何为各类贸易活动提供服务。

二、合理组织划分形体空间

由于基地狭小，容积率高，设计在一幢建筑内组织划分各种使用功能的空间，使其既分区明确又使用灵活。在组织划分空间中还注意提到如何提高空间利用的经济性，如三角形门厅空间的处理；采用跃层式手法使夹层的管道空间变成使用空间等等。

三、创造适宜的室内环境

物贸大厦既不同于宾馆，也有别于办公楼或展览馆，文章简要地在室内环境设计方面做了一些探讨，包括空间、界面、建筑小品、家具等等。

现寄上照片的复印件都是非正式拍的，过些时候，根据文章内容我将重新拍。

以上所写如有不妥之处，请老同学原谅，如果觉得我的想法可以，我准备二月上旬完稿，后寄老同学指正。请收到信后抽空回复。谢谢！

向夫人致以亲切的问候！新春愉快。

惟增

1991年1月10日

编号 17-4

1995年3月11日

马国馨学友：

你好！

春节前寄来的活动简报（二号）收到，实在是工作太忙，我这人放东西又太乱，简报仍不知道放哪里了，所以只能先寄500元给你，请转交（也不知你是否收到，如没有收到我再补寄）。

我已不住在钜鹿路，1993 年初也离开美国联和上海办事处，现在帮一位香港朋友开发浦东新区大桥地区龙珠广场，约 40% 的时间从事公司和工程管理，60% 的时间从事设计，整个建筑设计由我和我女儿二人完成，我女儿赴加拿大留学已获签证，5 月 1 日开学，这样我将一人完成，做“死”为止，结构和公用委托九院设计。

迟迟回信绝非无瑕回信。其实我每当听到萨克管的乐声，就回忆起文工团的一切一切，学校的一切，以及你吹奏的那种神态。好了，希望四月底能有机会去北京。

来信可按名片上地址寄。谢谢！

何惟增

1995 年 3 月 11 日

何惟增摄影作品（1998 年）

18 侯增俭（书札3通）

（1940—），河北吴桥人，1959 年起在清华大学建五一班学习，毕业后分配至青海 221 基地，1990 年去山东淄博，1996 年内退，南下广东工作，现居山东淄博。

侯增俭（2010 年 7 月）

编号 18–1

1986 年 5 月 24 日

国馨同学：

您好！

您寄来的照片和同学的通讯录已收到。当接到您的来信时，我喜出望外，看到了在京同学的照片，又勾起我二十年前的回忆，同学们一个个都是神采奕奕，使人看了十分高兴。尤其是老弟的风采不减当年，看上去还是那么年轻乐观。我拿出大学毕业时的照片一个个辨认，大都还可以认出，大概有五六人变得认不出了。有的虽然颜延灵会，但还可以一看即知，尤其是五一班的，对五二、五三班的有些同学却略感陌生了。

多谢老弟的关心，虽离别二十余年，同窗之情未忘，深感宽慰。通讯录给我带来大家平安的信息，甚是高兴。健康地为祖国工作五十年，看来会有相当一部分同学能够做到的。当然，听到周美培和蒋钟堉中年作古，也十分惋惜。

我在青海二十年，已为西北贡献出了青春年华，因气候高寒，空气稀薄，身体略显早衰，半头白发杂陈，人家总认为我是五十开外的人了，但自我感觉身体还可。最近我已来青岛疗养，这里是核工业部的一个疗养院，地处燕儿岛端，傍海。条件还算可以，就是伙食差些，每天两块钱，就是菜没有味道，我的适应性比较强，吃得下，睡得香，不像他们那样吃一半剩一半。看来再活二十年问题不大。入院后进行了全面检查，透视、B 超、心电图都还可以，疗养两个月，至六月底。

太啰唆了，耽误了您的宝贵时间，问您全家好！代问马丽好！再叙。祝好！

同学侯增俭

1986 年 5 月 24 日

代问候您能见到的同学！

编号 18–2
1991 年 5 月 4 日

国馨同学：

您好！

北京一聚，匆匆而别，未及细谈，你还是那么健谈、风趣、热情。

我来淄博将会碰到许多困难和问题，有劳之处，还请大力鼎助。

我于4月30日返回山东，匆匆未留通讯地址，现告知，以备来淄博的同学寻觅：山东淄博化纤总厂总工办。再叙。问关滨蓉好！

侯增俭

1991 年 5 月 4 日

编号 18–3
2003 年 2 月 21 日

国馨兄：

屈指算来已七载未见，身体可好！

你在百忙中还在为我班同学出诗文集操劳，炽热之心，实在钦佩。

新年时你发来的短信已收到，谢谢。

趁这次回家过春节之际，回去查寻没见日之习作，无奈因家人整理房间，故物西移，难以寻觅，只好搜肠刮肚，也只得两首，幸好为许安之同学生日做的嵌头报尾歪诗还在，只能凑上三首。见笑，诗文中错讹之处，请斧正。

我已于正月十六日回东莞塘厦，电话和手机号暂没变，有事请通知。

同窗侯增俭

2003 年 2 月 21 日

19 胡正凡（书札 18 通）

（1941—2021），1959 年起在清华大学建筑系建五三班学习，因病推迟于 1968 年毕业，分配至四川三线，1979 年回清华读研，1983 年到华中工学院任教授。

胡正凡（2015 年）

编号 19-1
1986 年 1 月 9 日

国馨兄：

您好！

寄来建五通讯录一份已收到，谢谢！为编制这一“友谊录”，花费了您多年的心血，精神可嘉。从通讯录中多少可以看到同窗学友的近况，实慰我心。尤其是不少多年未见到的学友如郝允昇、李平等这次也有了信息，真令人喜出望外。（他们两位是我的同室）。然而可悲的是，同班两位竟已作古人，岁月蹉跎，老之将至，如此而已。

我现在仍忙于教学，除此之外做些工程，现在在搞武汉近郊一个森林公园的总体规划与详细规划。地质博物馆因投资尚未落实，至今仍在搁浅，好在有忙不完的事，连写稿也只好暂搁一边。所以仍然有一种自我安慰式的充实感。至于当官，我这个人不是料，坚决不干，七品芝麻官、差役之类的官两头受气，实在不感兴趣，每个人的条件不同，应该做出符合自身条件的选择。

你身为北京院栋梁，其忙可想而知，虽然年富力强，但也要善自珍摄。我辈历经磨难，各方面条件实难与那些“高知”相匹敌。每次回到母校，看到单德啟那瘦弱的身影与忙碌不可开交的境况，总会产生一种伤痕式的感触。同济几位朋友来信，最近他们那儿，几位 50 岁左右的副教授（有安怀起）相继作古，学校才急急亡羊补牢，每人发 31 元身体检查费去医院做全身检查。

华工建筑学还是那个样子，陶老师明年将去加拿大探亲，要暂时辞去副主任职务。年轻人忙着出国准备，中年人忙着抢官做，每家都有一本难念的经。我宁可去撞钟，也不愿去念这本经。不管怎样，家庭还算安定，基本的业务条件还算可以，有了打太极拳的地方我愿足矣。

请代问尊夫人好，并通过她转向盛允伟问好。问马丽好！

祝新年万事如意！

敬祝冬安！

学友胡正凡

1986 年 1 月 9 日于武昌

又：通讯录之上姚坚不知为何许人也？

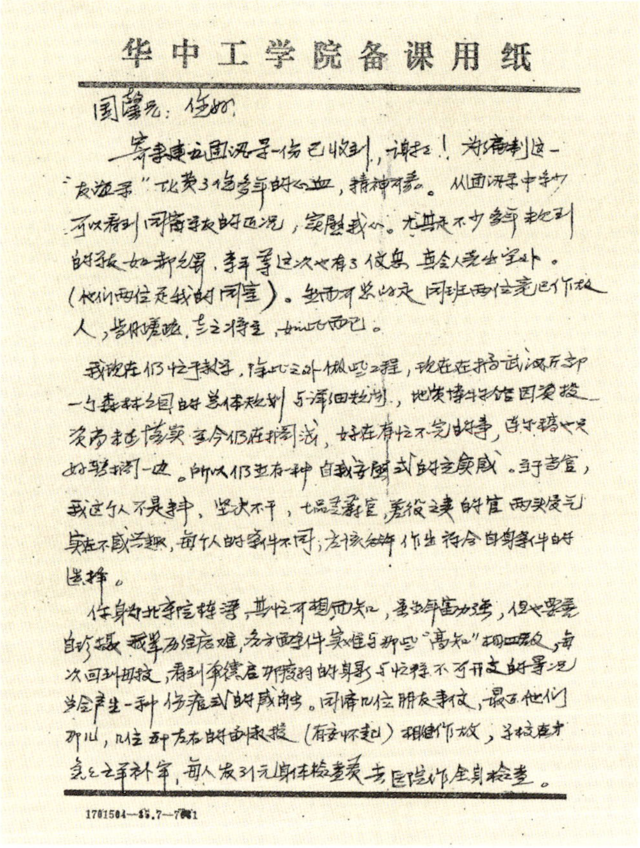

华中工学院备课用纸

国豪兄：你好！

寄来建五通讯录一份已收到，谢谢！为编制这一"友谊录"化费了你多年的心血，精神可嘉。从通讯录中多少可以看到同窗学友的近况，实慰我心。尤其是不少多年未见到的学友如郝之谓、李耶等这次也有了信息，真令人喜出望外。（他们两位是我的同室）。然而可悲的是同班两位竟已作故人，当时嗟叹，言之特重，如此而已。

我现在仍忙于教学，除此之外做些工程，现在在搞武汉市郊一个森林公园的总体规划与详细规划，此外博物馆因资投资尚未能落实至今仍在拖延，好在有忙不完的事，连下棋也只好暂搁一边。所以仍然有一种自我享受式的充实感。至于当官，我这个人不是料，坚决不干，七品芝麻官，差役之类的官两头受气实在不感兴趣，每个人的条件不同，应该各自作出符合自身条件的选择。

你身处北京信息灵通，其忙可想而知，要多注意劳逸结合，但也要善自珍摄。我辈历经磨难，各方面条件实难与那些"高知"相比，每次回到母校，看到南京工学院的身影与忙碌不可开交的景况，总会产生一种伤痛式的感触。同济几位朋友来信，最近他们那儿，几位和我年龄左右的教授（有些比我大）相继作故，学校应当[illegible]，每人发了个身体检查表去医院作全身检查。

1701504—85.7—7[illegible]1

胡正凡信影

编号 19-2

1994 年 9 月 6 日

国馨兄：

您好！

来信收到，现将家庭住址转告如下。（略）

办公室电话是（略），另一电话与名片打印不同，我已告诉马丽。

目前身体尚好，工作繁忙，但仍希望明年能赴京参加活动。

问关滨蓉好，问全家好！

祝工作顺利。

学友胡正凡敬上

1994 年 9 月 6 日

编号 19-3

2000 年 12 月 28 日

祝新年快乐！

问关滨蓉好！

照片收到，谢谢！

学友胡正凡敬上

2000 年 12 月 28 日

编号 19-4

2003 年

“多次催稿，如交白卷，实在有愧，只得匆匆将就，写了一篇短文。如果赶不上付梓，就不必加入，以免耽误出版。”

“由于‘非典’影响，一大堆琐事都挤到了九、十月份，考卷、讲义、讲课、论文，教书匠的日子就是如此。”

注：书札摘录。

编号 19-5

2004 年 9 月 21 日

国馨学友：

您好！

9 月 13 日来信收到。给你添这么多麻烦，实在不好意思。我已给思浩学友处寄去特快专递一份，画稿复印件 63 张（B5）并附信一封。多年来并未注意存档，画稿底稿大部已寄给了出版社、杂志社，自己手上的复印件也散落各处，“只在此屋中，尘厚不知处”。幸有老伴帮忙才找出一些，说是“遗珠”，实在有愧。只能是聊以充数而已，目力已差，已画不了钢笔画，望见谅。

关于通讯录：我的单位为华中科技大学建筑与城规学院，单位地址和邮编未变。家庭住址和邮编未变，家庭电话未变。无电子信箱，电脑已罢工，准备去重新搞一台。

再一次向你表示感谢，问全家好！敬祝秋安。

胡正凡敬上

2004 年 9 月 21 日

编号 19-6

2020 年 4 月 6 日

许多小商店维持不下去了，理发店、药店、便利店（兼收快递）还可以。与快递挂钩是生存之道。我的头发长得像太平军了（俗称“长毛”）。

我住的是女儿给我的房子，复式，有两个阳台和一个玻璃房，我决定用来种菜。这是即将开花的西红柿。韭菜十盆，老两口包了两顿饺子。不错，一茬韭菜可以吃两顿。

注：以下各信均摘自微信。

编号 19-7

2020 年 4 月 20 日

好中医实在太少了，许多所谓名医，一张方子经常有三十多味药，很恐怖！

有的神医连方子都不给，只写1号方，2号方……

编号 19-8
2020 年 5 月 11 日

献给母亲节！

唉，母亲在，知道有个来处，母亲不在了，人生只剩下归程。

编号 19-9
2020 年 5 月 30 日

所提到的人中只认识周卜颐、罗征启、刘小石和梁友松。在武汉讲园林建筑课程时候，曾专门去上海园林设计院向梁总请教过一些与苏州古典园林建筑有关的问题。清华建筑系最大的不幸是“与政治挨得太近太近”！类似□□□式的人物太多太多！

注：看奚树祥回忆《我的同学蒋维泓》有感。

编号 19-10
2020 年 7 月 23 日

过了75岁之后，忽然发现“能记忆的时长”缩短了，五年前校庆在清华聚餐的事历历在目，你、老关、应朝、马丽和我几个人一桌，共同说起了杨鸿勋。但昨天的事却记不起来了。唉，昨天与老伴提起房八的徐锡安（新华社副社长），忽然记起，斯人已逝，弹指一挥间，匆匆三年了。过好每一天，种好我的四季豆（南方菜场中没有架子豆），什么也别多想，方是安享晚年的正道。

编号 19-11
2020 年 7 月 23 日

曾善庆先生教过我，鼓励我用十八笔画一苹果（水彩）。对我影响最大的是中央工艺美院的何镇强老师，他在我的研究生阶段教过我，因为班上才几个人，因此受益匪浅，在钢笔画和水粉画方面有所提高。

我不认识付尚媛和童林旭先生，他们没教过我。纪念画册我就不要了。教我工业建筑的李承祚先生后来去了深大。

注：看了建八班回忆曾善庆先生文后有感。

编号 19–12

2020 年 10 月 17 日

（关先生）没想到这么老了，瘦骨嶙峋！

2015 年校庆时见过他，那时还比较正常。不过，此相貌有罗汉像，如无大病，必定长寿。

（吴先生）男人女相，福泽绵长！

朱自煊先生如西双版纳小乘佛教中的佛像，自在富态，世事皆为烟云。

注：见编者发去关肇邺、吴良镛、朱自煊先生肖像后评点。

编号 19–13

2020 年 11 月 19 日

认识萧大哥已是上个世纪读研的时候。但后来我去了武汉教书，很少与他联系，甚憾！读了此文又想起了对我鼓励有加的汪坦先生，在我走投无路之际是汪坦先生说了一句：好得很，接着搞！愿汪坦和萧默两位先生在天堂安好！2000 年前后，我因肺手术后遗症大咳血抢救，被西医院折腾得死去活来，没有得到汪坦先生仙逝的消息，深为遗憾。后读了你的文章，汪先生的音容笑貌又一次浮现，历历在目！我等在回忆中老去，亦是人生一大快事！

注：看编者的回忆萧默的文章有感。

编号 19–14

2020 年 11 月 19 日

你的头发是老关理的吗？怎么与我的一样，我的是老伴理的，我称之为“新冠式”！

注：见编者发去的照片有感。

编号 19–15

2020 年 12 月 12 日

刚认识郑光复先生的时候，我曾经错把郑光中先生当成他哥哥，说“郑先生，您出差来清华呀！”转眼间，郑光复先生已仙逝多年了，郑光中先生胖得认不出来了。

注：看郑光中先生访谈视频后有感。

编号 19–16

2021 年 1 月 24 日

应朝、罗玉阁、张允冲之后还走了哪些同学？我 90 年代用“河洛理数”算过，我庚子年为“剥挂”（原文如此），命中有一大劫，今年以来身体一直不好，可能难逃此劫！不过心态很好，80 岁了，对于一个右肺切掉大半的人，也很知足！

注：庚子刚过，进入辛丑年的正月十四，正凡兄即因心衰去世。

编号 19–17

2021 年 2 月 3 日

书收到了，谢谢！新春的礼物！老兄多才多艺，深感钦佩。我也写过一些打油诗，发表在微博上，随写随发。最可惜的是大量钢笔速写，在最后一次大搬家时搞丢了。

编号 19–18

2021 年 2 月 9 日

昌化路桥边上有一座“墓地大厦”。我在朝天门边上长大，看不出上海哪里有什么“大气磅礴”。在武汉龙王庙一站，才知道江汉朝宗，气势磅礴。温州也是如此，有江似海，远山奔腾，惊涛拍岸，果真不凡。

注：正凡兄生前发来的最后一条短信。

20 黄邦杰（书札11通）

（1940—），出生于湖北宜宾，1959年起在清华大学建筑系建五一班学习，毕业后分配至二机部二院，1982年去深圳工作，1987年去深圳市建筑设计院工作，现居广东肇庆。

黄邦杰（2009年9月）

编号：20-1

1986年10月16日

国馨兄：

你好！

10月3日信已收到，所需导报（5期1、6期8）已如数挂号寄出。挂号恐怕总要慢两天。

6期印好（在上海）寄往深圳后，我才看到大作。我虽早在导报社工作并听说有你一篇文章也很想看，但由于我一直忙于工程部工作，竟无缘一阅，等到我发现不少完全不应出的错误时，6期已经发行了，那是今年九月的事。而我六月调来编辑部后，开手就作的是7期……可以告诉你，6期在编辑过程中时，编辑部竟然没有一个建筑学专业人才，而张良君又忙于整个经济事务，六月份我和另一同志来编辑部后，才算正式有了专业编辑人员，《建筑导报》的编辑素质竟是这个状态，你信吗？

如果我参与6期的编辑，你的文章必然由我处理，那就绝不会出现来信所讲的后面两条我以为比错别字更严重的“文图错位”之误了。我当时看了，就对那种编排方法觉得莫名其妙（深圳由于主客观上的各种原因，这种“拆滥污”的事绝不鲜见）。我参与编辑部工作后，就提出一个最起码的但并非轻而易举实现的目标：消灭错别字。

收来信后，当即转编辑部主任吴国屏一阅，他极为重视，要我转告你一定寄勘误表来，并要结合6期的问题，分析研究编辑部工作，决心把导报质量提高一步……这个同志的工作态度还是不错的。5期现在已买不到了，因为印刷质量不理想，故印数压掉一半，结果反而“物以稀为贵”了。吴国屏说：“马国馨要买，怎么也要办到啦。”

前次来信，谈及10期北美专辑一事，很感谢你的关心和支持。目前7期编好待印，8期、9期合刊正在紧张编辑收尾，10期业已开售，故来信所谈“三个月”不大好办，但又很愿得到你的指点。所以，如果你能简略地告诉我们北美的哪些建筑师和他们哪些作品是应该介绍的，再由我们就近在导报藏书及深大建筑系资料室中搜集图和照片（不配论文）予以刊介，便很好了（最近大家讨论，导报将来要压缩文字而增加图页），不知你能否赐教。

许安之主持系内教学，忙得不亦乐乎，原单位不放，他想请叶部长出面，不知有效无效。

应朝近日来深主持本单位技术工作，得以面晤甚愉，张良君欲筹组设计事务所，正在网罗诸如陈尚义、建六胡恩水等人，似乎近日返京招兵买马去了……

再次代表编辑部对6期中的工作错误致歉。

祝好！

黄邦杰

1986年10月16日

编号 20-2

1995年2月27日

国馨先生：

你好！组委会各位女士们、先生们，秘书长先生，辛苦了。

三次活动简报均已收悉，之所以未及时回复，主要是因筹划院及深圳各位同学的共同赞助费尚未落实。昨晚我院有关领导已与崔国樑先生见面倾谈，10万元赞助费事宜业已落实，不日即可汇出。特向各位汇报。

在落实10万元赞助费的过程中，组委会的应朝先生和崔国樑先生均出了大力，这是要特别说明的。

我院希望在班级活动中适当场合，说明此 10 万元赞助费有深圳市建筑设计总院第二设计院的力量。我个人的 1000 元费用及印刷资料均已交应朝。

敬礼！

黄邦杰

1995 年 2 月 27 日

请及时发学术论坛会邀请函来，以便请假。

编号 20-3
1997 年 7 月 20 日

马国馨同学：

你好！

近日有幸参加“艺友”公司深圳的同学聚会，才知道有这样一个公司，公司有这样一些项目，项目有这样的效益！那天我和胡运治去了，其他同学太忙，未能出席。

聚会上，听到其他前文工团员讲了一个惊人的消息，即：咱们班的吴亭莉同学将于金秋九月在北京一流的音乐厅举行独唱音乐会！这真是一件了不起的事，我看不仅咱们班，就连文工团、清华都会感到极振奋和荣幸！只可惜我们远在边陲小城，不能亲临现场聆听欣赏，实为憾事！

会后，我立即将此喜讯转告其他同学，并向深圳建五同学会秘书长陈尚义先生汇报，受陈秘书长指示如下：

1. 致函于你及吴亭莉，预祝演出成功！

2. 如有考虑录像，深圳同学可以做什么，请指示。目的当然是通过录像，一睹盛况。

3. 请你（或你安排专人）为我们定制花篮一个，要够档次的，首场演出结束时，代我们送上舞台，以表祝贺，贺词由你代拟，落款为深圳全体建五同学恭贺！花篮费用当然是这边承担。仅此，祝全体建五同学好！

黄邦杰草

1997 年 7 月 20 日

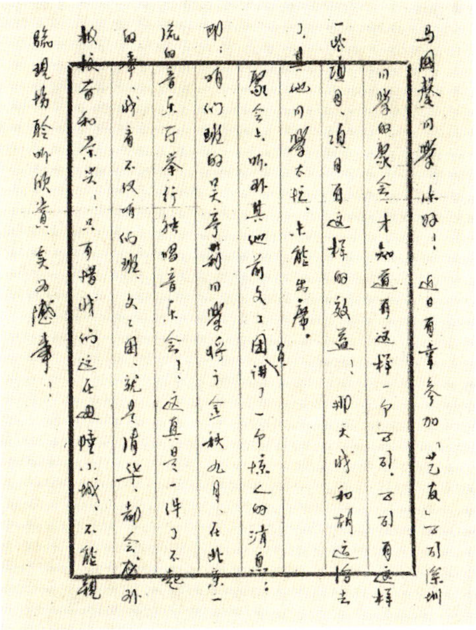

马国馨同学，你好！近日有幸参加「艺友」公司深圳同学的聚会，才知道有这样一个公司，公司有这样一些项目，项目有这样的效益！那天我和胡运骅去了，其他同学太忙，未能出席。

聚会上，听那其他前文工团团员讲了一个惊人的消息：即：咱们班的吴亭莉同学将于今秋九月，在北京一流的音乐厅举行独唱音乐会！这真是一件了不起的事，我看不仅咱们班、文工团，就是清华，都会感到极骄傲和荣光！只可惜我们远在西陲小城，不能亲临现场聆听欣赏，实为憾事！

黄邦杰信影

编号 20–4

2003 年 8 月

国馨，阿朝：

你们辛苦了。

手捧文稿，感慨万千。创意绝佳，操作尤难。反复阅读，沉吟再三。略有小议，敬奉面前。

一曰：不要慌

构思创作几十载，筹谋策划整一年。

如今文稿已初成，仔细校对慢读研。

若有词意把不准，反询作者求意见。

一生心血竟付梓，不教遗憾留心间。

二曰：再发动

交稿已有六十人，尚有高手未露面。

虽说有意再出书，不知期期是何年。

趁热打铁再发动，征文不限建五班（指建五班之配偶、家庭成员）。

清华学子成伉俪，诚邀加盟同开颜。

三曰：易阅读

年逾耳顺视力差，密密麻麻眼昏花。

大字疏行易看清，书分三册好携拿。

有闲东西南北走，谨记以她实箱匣。

余生难喜其他书，只捧此文吟月下。

四曰：论排版

师当在前我在后，拼音排序都应该。

夫妻比肩缘铸就，不要前后两分开。

无论文字多与少，另起一篇讲究排。

若附近照更增色，遥忆同窗慰远怀。

五曰：议书名

“班门”二字是用巧，“弄斧”不如“弄赋”好。

四字相凑显牵强，“人文日新”似更妙。

黄邦杰谨上

2003 年 8 月于深圳

编号 20–5
2003 年 10 月 24 日

国馨兄：

近好！

“《抛砖引玉集》注释文字”校审稿收悉，我的一段需修改者如下：（共三条，略）。

仅如上，不知其他内容，如《特区建筑与文学》四幅画的配字如何？各位辛苦了，问大家好。

黄邦杰

2003 年 10 月 24 日

又：有关于通讯录修订情况下（略），书画集是否需要个人近照？

编号 20-6

2003 年 11 月 10 日

国馨：

你好。

奉上最新一期《月报》，一篇讲话，读后可知我当前的工作状态，一篇散文，阅后可知我现在的心理情结。寄给你，就算是继续“弄斧”吧。

《班门弄斧集》收到，尚义给了我两本。师生共 75 人有稿，建五凝聚力可见一斑。

从字里行间中可以看出，“交流毕业后的情况”之目的完全达到，真是难得。其中吴书庆谈集邮、何惟增谈摄影，都非常感人，没有此书何以知晓？文中有述各人一生成就，兼及“五子登科”情况，了解了前者，就可以说在一定范围里，咱们班一代人挑起了国家建设的大梁；至于后者，虽不可与国外同侪相比，但在我们的国情之下，确也值得书一书。

你在《始末》一文中提到金磊，我曾和他一起开过两次会，交流情报信息工作管理心得。那是一位很有水平、很能干的年轻人，主持贵院的信息情报、出版事务，很出色，我想有他的倾力相助，以及你和他之间的关系，这本书一定能得以顺利出版。

我将于 12 月初赴京，参加 2003 年度全国注册建筑师考试评卷工作，届时有时间的话，会赴贵院拜访诸位同学。

敬礼！向在京的同学们问好。

黄邦杰上

2003 年 11 月 10 日

编号 20-7

2004 年 7 月 14 日

国馨兄：

你好！

7 月 2 日信收到后，便翻检箱底，搜出些旧作，略加整理，以体现重在参与。

书画一道，我本不擅长，故收到“再通知”后，只愿此书早成，未及回复，很抱歉。这次又接来函，蒙您热忱相邀，故有拙作奉上。

我曾通过总院信箱给张思浩发去，通了两次电话，他说未收到，看来还有些技术问题。帮助我的年轻人很热情，刻了光盘，现寄上。

不太了解排版情况，不知寄上的稿件是否合用，任你们编排，可做删节。

出书一事，若有什么我可以做的，请尽管吩咐，能为大家出力，也一乐事也。

问关女士好！

问诸同学好！

黄邦杰

2004 年 7 月 14 日

编号 20-8
2004 年 10 月 31 日

关于（初稿）

1、封面装帧：封面、封底宜和《班门弄斧集》一样，同样的背景图案（马），同样的书法（叶），同样的篆刻（张），只是底色不同，这样两本书可以成为一套。

2、内容：

（1）尚缺：

· 老师、学长和同窗的稿件；

· 序言；

· 目录；

· 跋；

· 页码。

（2）抄录古诗文的作品，难免有错讹。作品下面的注释文字不必予以更正，“将错就错”可也。

（3）诗文作品，稿件中无标点者，作品下面的注释文字不必加标点。“断句”是个复杂的问题，有的原作的标点断句至今尚有争论。

（4）注释文字校对：我的校对意见，均以红笔标注在《初稿》和注释文字稿上了，两相对照，应是清楚的。每校出一条，就在旁边加上 P1……P40……的编号，此编号在初稿上同样编上，以便查找。《初稿》上并无页码，仅以此代之。又：我校对也有校错的，即注释文字是对的，我校错了，就在已圈掉的文字下打上△△记号表示原注释文字保留。

3、关于书名：《抛砖引玉集》不好，因为我们只是表述同学的才情意蕴，并不想“引”什么。应朝兄在“四字经”中提到“艺海弄潮”“艺海拾贝”都不错。我也建议如下供参考：“闲情逸致”“诗情画蕴”“笔下春秋”“诗画春秋”“诗书画印”……“春秋”二字也喻年龄。

黄邦杰又及

2004 年 10 月 31 日

编号 20-9
2004 年 11 月 6 日

△至于“树化玉”

笔者最早见于刚刚落成的“深圳国际园林花卉博览园”中，为昆明“世博园”为祝贺深圳“园博园”落成并对外开放而送来的展销品。“树化石”和各类动物化石，所见颇多，“树化玉”则为第一次见到。据“世博园”送展工作小姐介绍，此次送展展品中有“世博园”镇园之宝，均为缅甸政府送给“世博园”的“树化玉”，仅缅甸和美国有产，经两亿五千万年，方可玉化，目前均已禁止开采，我国没有。

△关于“区文化馆”

我 1986 年在深大编辑《世界建筑导报》时，应邀为建筑系学生绘效果图示范。（这幅作品记得上次投稿时有投，但不知《初稿》为何未收录，故再投一次）。

《敬仰石头》全文见《总院月报》第 34 期。

新投稿两幅（一书法，一绘画）

黄邦杰

2004 年 11 月 6 日

编号 20-10
2005 年 12 月 29 日

恭祝：马大师好！关将军好！

圣诞好！新年好！春节好！身体好！工作好！家庭好！

吃得好！睡得好！玩得好！

今年好！明年好！永远好！

黄邦杰

2005 年 12 月 29 日

编号 20-11
2013 年 5 月

总的建议

· 编写《清华建五班毕业五十年（1965—2015）纪事》，很有意义；

· 编年体例，可使脉络较为清晰，方便编写和阅读，实为班级编年史；

· 近一百人，五十年，集体和个人可记之事，数不胜数，则需取舍。如何取舍？应先定个原则，不然无法操作。

关于取舍，建议如下：

1. 时代性。我们的五十年，是和国家的五十年同步的。这五十年，是国家剧烈动荡，大起大落，走向改革开放，繁荣富强的五十年。集体和个人的情状，显然和国家的情况互为表里，二者配合取材，更有意义。

比如：国家倡导干部年轻化、知识化、故有 × 人任 × 职；国家倡导走出国门，学习取经，故有 × 人赴国外定居创业或游学访问；又如国内经济基本建设大发展，工程多多，便又有 × 人回归开办设计公司；国家设立特区，× 人便赴深圳创业……这是“正面”的。

又：突出时代性，是为读者着想。读者并不限于同学，也不限于同龄人，会有许多年轻人，包括我们的子孙辈。他们了解时代背景，方能明白我们这一代命途之多舛的缘由，而不会留下不明就里的碎片式印象。再，突出时代性，是为提升本《纪事》的社会意义。这五十年的国运，是值得认真研究的五十年，本书会从一个特别的角度，为这段历史留下佐证，相信是研究学者所感兴趣的！

2. 全面性。书名表明是“清华建五班……”就应将尽量多的同学状况纳入其中。《五十年纪事》，是以“事”为线索，还是以“人”为线索？应以确定。客观地讲，五十年内发生在我班集体和个人身上的“事”，其社会意义和影响不同，有“大”有“小”，但不宜因“大”弃“小”，有些同学的经历无“大”影响，也应有他的一段，以免编成“精英专辑”，仔细阅读“初稿”，知道执笔者已注意到此，甚喜。

为达此目标，有些同学的情状，看来还得下番功夫，方可获得。比如三位留学生，可不可以通过什么途径，如该国驻华使馆，或现在可联系上的同一国家后来（现在）的留学生去了解？请他们协助。我想只要讲明编辑此书的目的，对方理解了，会有收获的。

另，有些内容，似可不必反复提及，比如“艺友合唱团”的活动。我个人以为，提多了对本书并无增益，供参考。

3. 可读性。提到某位同学的某一件事时，稍微引申一下“前因”“后果”，马上就生动起来了，可增加阅读的趣味。我在反馈意见中作了一些尝试，似有此效果。

凡“生、老、病、死”应予录入。《纪事》纵贯五十年，横系 100 人。就全面人生而言，开篇中所记的名单中，每个人都应有所表述，哪怕仅仅是“×××五十年来在 ××× 单位勤恳工作”这样的句子，也不可少！否则人们会问：名单中的 ××× 为何不见了？

黄邦杰

2019 年 5 月

21 孔力行（书札 6 通）

（1941—），1959 年起在清华大学建筑系建五三班学习，毕业后分配至五机部五院，1988 年去深圳，现居深圳。

孔力行（2024 年）

编号 21-1
2021 年 5 月 20 日

明天（21 日）星期五晚六时，在南山区钱塘潮酒楼，建五深圳部分同学相聚一堂，与来深公干的马国馨同学见面，特正式告知。请正式报名同学，侯士荣、汪统成、彭应运、翁苓、孔力行、胡运治及夫人们出席。

酒楼 888 号包房，地址为南山区高新区科苑南路与滨海大道辅道的交汇口，南山浪琴半岛花园的底层。

附近地铁站二号线科二站 B 出口，酒楼有专设停车场，车位足够。

编号 21-2
2022 年 2 月 28 日

老马：

今天是你八十大寿的生日，祝福你生日快乐，健康长寿，吉祥平安！这次没忘记，多亏群里同学提醒，哈哈！

老同学了，相互都还能惦记，实为幸事，切记安全第一！老孔念叨了！第一个目标九十再见，第二个百年再祈祷吧！

力行微雪远方之念

编号 21-3
2022 年 3 月 5 日

是的，香港太严重了！防不胜防，我们已是每天做核酸，有七八天了，都不知何时了。疫苗已打了三针，每天都待在家里，只有取快递才到小区门口走一趟，尽量不与外界接触！谢谢关心！

注：以下均为微信。

编号 21-4
2023 年 2 月 6 日

谢谢你！从哪个坑里挖出来的旧照，太有价值了！收藏了。

注：发去孔力行与关先生的合影。

编号 21-5
2023 年 3 月 6 日

马老的大作了不起，既深情又学术。我与正凡同一小班，却不知他生活那么苦，只觉得他独往独来，不大与人亲近。后来也不知他在专业上取得了独树一帜的成就。我也快八十了，一身多病，很向往能像正凡一样，活得能对得起自己。祈请各位同学老师帮助。

编号 21-6
2023 年 6 月 19 日

葡萄收到了！我们找遍了所有的深圳的相关朋友也没有找到主，原来是你啊！谢谢！谢谢！你藏得太深了！哈哈！

你近来还好吗？据说上次没“阳”的人，这次都“阳”了！你怎么样啊？愿你一切安好！

22 黎旺秋（书札 11 通）

（1941—2020），湖南宁德出生，1959 年起在清华大学建五一班学习，毕业后分配至七机部七院，1984 年去深圳。

黎旺秋（2010 年）

编号 22–1

1995 年 3 月 2 日

国馨：

你好！

来信及几次寄来的贺年卡均先后收到，迟复为歉！

近几个月忙得昏天黑地，二月二十日有一份图纸要发出去。在深圳做设计，不敢违背“上帝”的要求，又不能不让小青年回家过春节，只好事事自己动手，年前忙到大年卅上午，年后初二又爬上电脑桌，现在总算大功告成，可以喘一口气，开始准备建五毕业卅周年纪念册的那些东西。这些年来做的设计不少，但没有你在亚运会做的那类大作，且资料大多散失，昨天匆匆去现场拍了几帧照片，不知是否符合要求。我手上只有你的地址，先寄去你那里，由你帮我转应朝（上月寄过 1000 元给你那里，用于建五纪念活动的，想必收到？）

王春玲自去年四月被派驻香港，一星期只回来一次，好在孩子都大了，不需要花费太多精力去照顾他们，家务不多。上星期崔国樑来深，我忙于出图也没来得及去看他，上次他来侯士荣设宴招待，席间有一个深圳建五同学为建五卅周年纪念活动集资十万元的计划，按这次崔国樑来深电话里讲，实现这个计划的可能性极大。

向关滨蓉问候。祝全家安好。

旺秋

1995 年 3 月 2 日晨

找到了应朝地址，资料我直接寄应朝处了。又及。

编号 22-2
2001 年 12 月 24 日

国馨：

收到寄来的照片及卡片，谢谢！

深圳一别，又是几十天过去，深圳同学虽多，但平时大家都忙，难得见面的，也就是有外埠的同学来深时才有机会见面一叙的。我已于今秋办理了退休手续，但仍留在原单位工作，生活及工作的秩序仍如旧，通讯地址及电话亦不变。

问候关滨，祝新年愉快。

我家里有两部电话，上次印错了其中一部电话的号码。又及。

黎旺秋

2001 年 12 月 24 日夜

编号 22-3
2002 年 12 月 22 日

国馨：

耕作之余，常写些诗词以自娱，但这都是一些有感而发的游戏之作，从未想要拿去发表，亦从不示人。正因为如此，所以造词遣句，不合时宜者居多，且随写随撕，现今尚可觅其踪迹者甚少。现寻得几首略作修改，权宜寄上，以不负你长时间操持策划之苦心。最后一首，原作我只记得大意，不能完全背出，只好请你补阙。

顺祝新年愉快。

黎旺秋

2002 年 12 月 22 日（于）深圳

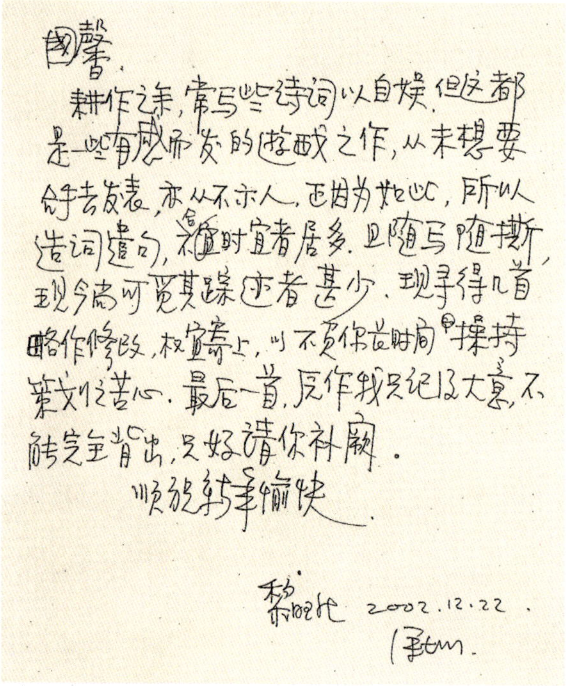

国馨：

耕作之余，常写些诗词以自娱，但这都是一些有感而发的游戏之作，从未想要拿去发表，亦从不示人。正因为如此，所以造词遣句，不合时宜者居多。且随写随撕，现今尚可觅其踪迹者甚少。现寻得几首略作修改，权宜寄上，以不负你费时间操持策划之苦心。最后一首，原作我只记得大意，不能完全背出，只好请你补阙。

顺祝新年愉快

黎旺秋 2002.12.22.

黎旺秋信影

编号 22-4

2003 年 1 月 9 日

国馨：

收到来信及你的大作。

我的那些涂鸦之作，竟能得到院士伉俪如此夸奖，我真是要受宠若惊了。受其鼓舞，又寻得 1995 年返校期间旧作两首，今一并寄去。

读罢你的大作，十分欣喜，王春玲竟看得开怀大笑起来，可见你的那些作品对于我们这些年龄大体相同、经历也差不多的人来说，岂止是“共鸣”，简直都要“共振”了。

提到修改，我以为，最好是一字不改，照原文刊出。我记得当年某媒体准备发表张志新写作的一首歌曲，并将此歌曲寄给了施光南，要他做些修改，光南先生一个音符也未改，并发表了一篇文章，阐述不改的理由，其大意是：若作修改，乐理上也许更臻完善，但一定会抹去原作品的许多固有的光彩，而这种光彩才是最重要的。我看过有一个评论家的文章说李白的诗是他吹出来的一口气，唐人的诗作成就如此之高，其中很重要的原因就是大多数唐诗都是这样吹出来的一口气。宋诗特别重雕琢，和唐诗相比就元气大伤了。其实我们这些人玩诗歌，充其量也就是票友的层次，那其中的意义应在诗歌艺术之外，就像一个碧眼金发的洋妞，粉墨登场去唱梅派名剧《仙女散花》，那其中的意义绝不在京剧艺术本身一样，不知老弟以为然否？

寻得的1995年4月1日稿中还有一首，但你千万不可刊出，现抄录如下，只供你一笑：

独自再游圆明园

1995年4月30日

圆明久未至，曲指三十三
草深林益茂，柱断壁仍残
寻得当年石，曾经夜比肩
今日人何在，当惊两鬓斑

暂此，其余后叙。

黎旺秋

2003年1月9日（于）深圳

编号 22-5
2003年7月15日

国馨：

接到要写一份自传的通知。我想建五诗文集的读者，主要应是建五班的同学及教过建五班的老师。我在大学期间及毕业后的情况，同学老师们均了如指掌，实在不值得再去浪费笔墨，倒是少年时代的经历恐怕不大为同学和老师们所熟知。今寄去本人10年前所做的散文《禾枪先生》，此文真实地折射了我上大学之前的生活，我想以此文及此信来代替那篇实在难以下笔的自传，你看如何？

旺秋

2003年7月13日（于）深圳

编号 22-6
2003 年 8 月 30 日

国馨：

你好。

文稿收到，就个别文字及若干处标点符号做了修正，补充了一个简历，并将（代自撰）改为（散文）。原说要写“自传”，还传说某某人写了多少多少字，我觉得我没有什么可写，不如付诸阙如，此次看到你写的，觉得这样写极好，遂如法炮制。

问候关滨。

黎旺秋

2003 年 8 月 30 日（于）深圳

编号 22-7
2004 年 7 月 14 日

国馨：

你好！

来信及随信寄来的诗稿十分高兴。班上的这次活动，我一直以为应由如棠、福恩、寿荃诸兄去笔走龙蛇，不关我什么事的。读来信，受了鼓动，用隶书抄了一段苏轼的《前赤壁赋》，随信寄去。不直接寄思浩而先寄你，是想让你和关滨先把把关，若勉强可用，便转交思浩，如不行就到你那里为止了。虽说如你所写“重在参与”，但如果因我的参与而使整体水平降一大截，则也非我之所愿，此谓之不能因一颗老鼠屎而坏了一仓谷也。

近一段时间住儿子家。我自己的住房（你去过的）经二十年风雨已很破败，几次想装修一下，都被另外的那一半否决（装修会打乱正常生活秩序，她不愿意）。既如此，我也就只好以孔夫子的“衣敝缊袍，与衣狐貉者立，不以为耻者，其为由与”自慰，任其破落了。记得当时听你说要出《建筑师之家》图集，我害怕极了，心想千万别到我那里去看，两个建筑师，如不是穷得揭不开锅，如此破败，情何以堪？今年儿子买了一套房准备结婚，机会难得，就搬了出来，将原房修缮了一下，现基本完工，不日即可搬回。

因近来少有内地同学来深，老同学多日未聚，亦久未见寿荃，不知他的近况。唯校庆时在清华研究生院深圳分院见到统成、邦杰、力行、运治、应运、尚义诸兄，他们大多工作忙碌，身体健康。

暂此，问候关滨。

黎旺秋

2004 年 7 月 14 日夜

剪纸就撤下来算了，因为很可能是临摹而不是创作。

7 月 15 日又及

编号 22-8
2004 年 8 月 15 日

国馨：

你好！

收到来信。所寄涂鸦承蒙鼓励。孔子曰："巽与之言，谁能无悦？"因之再写一幅寄上，较之前幅书法不可能有多少长进，但内容则是遵嘱选的本人的诗作（九年前建五返校团聚时所作，已收入《班门弄斧集》）

张允冲自京返深，上星期天由他做东，建五班在深同学聚会了一次，除胡运治、侯士荣、高寿荃外，其余同学悉数到齐。

暂此，问候关滨，并祝全家安好。

黎旺秋

2004 年 8 月 15 日

编号 22-9
2005 年 1 月 21 日

国馨：

两次的信都收到。

今年的班级活动，我不一定能前往参加，但我会全力支持。收到电子文件后，已向思浩寄去人民币1000元。另外我的住宅电话只有一个还可用，另一个和原电子邮箱都是儿子的，他搬出另住，电话和邮箱也带走了。我自己的邮箱是(下略)。

在深圳建五同学2004年第四次聚会时（欢迎林贤光先生访深）看到了那本书画集很不错，看得出你和思浩等都付出了巨大的劳动。问关滨好。

黎旺秋

2005年1月21日

编号22-10
2005年12月22日

国馨、关滨：

收到寄来的贺卡及照片，祝新年快乐，并向关滨恭贺寿诞。

旺秋、春玲

2005年12月22日

明信片影

编号22-11
2008年12月24日

国馨、滨蓉：

恭贺新年，并祝圣诞快乐！收到02、03号通知，谢谢！

旺秋

2008年平安夜于深圳

23 李峰（书札 1 通）

（1938—），河北人，1959 年起在清华大学建筑系建五二班学习，毕业后分配至铁道部建厂局，现居北京。

李峰夫妇

编号 23-1
1985 年 4 月 22 日

马国馨同志：

我现在深圳，工程任务紧张，不能脱身，请同学谅解。

李峰

1985 年 4 月 22 日于深圳

附孙冰信

负责组织纪念活动的同志：

可惜李峰不在家，如果他在一定很高兴！他已去广州几个月了，据说“五·一”回深，我马上给他写信，叫他 4 月 28 日前最好能赶回，请你们放心，他一定会千方百计地准时参加。

此致

敬礼！

孙冰

1985 年 4 月 12 日

只是想麻烦你们给我弄一份初中一二年级的数学考试题，平时的、期中的、期末的考试卷都行。多谢！

孙冰

24 李平（书札2通）

（1941—），江西赣州出生，1959年起在清华大学建筑系建五三班学习，毕业后分配至中石化总公司北京设计院，2001年退休，现居北京。

李平夫妇

编号 24–1

1985 年 5 月 7 日

马国馨同学：

您好！

今有二事：

1. 同学录中我单位地址可改为“北京949信箱”，目前暂借四环路旅馆，永久还是以“949信箱”为好。

2.5月底或6月初，我将去中国香港及西班牙共一个月，请你把在香港的同学的地址与电话号码寄给我，有空时我想去拜访，顺便把校庆的盛况给他们介绍一番。

知您很忙，不多打扰。问候小（老）关和您的孩子。

祝：事业顺利。

同学李平

1985年5月7日

编号 24–2

2003 年 9 月 26 日

马院士：

难为你们这些热心的老同学，田国英、应朝和您先后给我来电话，真不好意思。我的简历如下（略）。

布礼！

25 林丙棠（书札2通）

林丙棠夫妇（2019年）

（1940—2021），越南华侨，1959年起在清华大学建筑系建五一班学习，毕业后分配至煤炭部北京煤炭设计院，1973年去中国香港工作，1989年移民加拿大，1993年回香港。

编号 25–1

1987 年 1 月

国馨、滨蓉同学：

寄来同学通讯录，已经收到，谢谢。已经十多年没有见到的同学，在照片上都能见到了，真是感慨万千，请代问候其他同学。

我在此一切都很好，工作很忙，有时间我一定争取到北京去，一定与各位见见面。有机会出国路过香港，也请能到我家做客。

借此新春，祝：合家安好，工作顺利。

林丙棠

1987年1月

编号 25–2

1995 年 1 月 16 日

马国馨同学：

谢谢你寄来的贺年卡及1965届庆祝毕业三十周年活动简报。我十分兴奋，准备四月底经温哥华到北京去参加活动，届时一定热闹非常，真是难得的机会。

这次借王欧阳建筑师事务所侯先生在北京出差的机会，托他带上人民币1500元作为一点参加活动的心意。因为我寄钱去，怕来不及，请原谅。

代问候建五其他同学。祝好。

林丙棠

1995年1月16日

26 林峰（书札1通）

（1938—），1959年起在清华大学建筑系建五三班学习，毕业后分配至北京市建委，1977年任领导秘书，1980年到城建开发总公司工作，1988年到康华公司工作，1990年到市建委工作，现居北京。

林峰夫妇

编号 26-1
1985年4月20日

国馨同志：

来信收到，校庆活动我打算去。

工作单位：（下均略）

通讯地址：

家庭住址：

机关电话：

祝全家好。

林峯

1985年4月20日

27 林桔洲（书札 4 通）

林桔洲（2024 年）

（1940—），福建人，1959 年起在清华大学建五一班学习，毕业后分配至邮电部，先后在重点工程建设处、北京邮政规划设计院工作，2001 年退休，现居北京。

编号 27–1

××年 4 月 10 日

国馨学兄：

为您的成功，非常高兴！以后一定前往拜访请教！听规划局吴庆新工程师说，您又在搞西客站，一定会取得更好的成绩，确是我等同窗的光荣。

今有我的亲戚好友陈□□同志，前去联系琉璃瓦面砖、花岗岩、地砖等事宜，请予关照。该厂质量很好，价格公道，陈□□同志很可靠，您在设计中可以考虑他们的产品。希望您能到福建一游。该厂在北京很多建筑上使用。诸耀明同学设计的北京邮政枢纽是采用该厂产品。陈□□同志也是吴庆新同志的乡亲。所以如采用他们的产品，不会出现其他问题。

向关滨蓉同学及您全家问好！

顺祝大安！

学友林桔洲

4 月 10 日

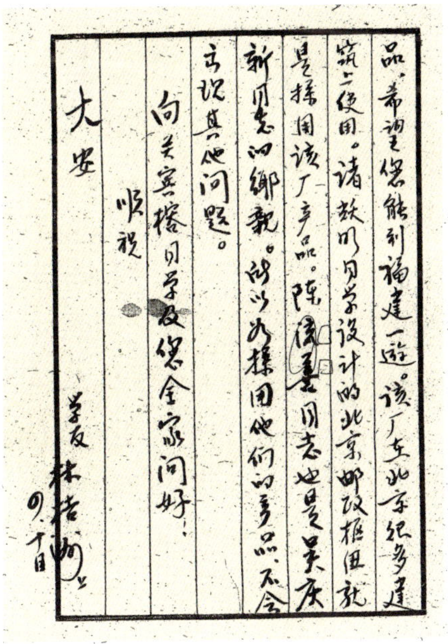

品。希望您能到福建一游。该厂在北京很多建筑上使用。诸耀明同学设计的北京邮政枢纽就是采用该厂产品。陈□□同志也是吴庆新同志的乡亲。所以如采用他们的产品，不会出现其他问题。

向关滨蓉同学及您全家问好！

顺祝

大安

学友林桔洲上

四月十日

林桔洲信影

编号 27-2
1985 年 4 月 19 日

马老：

寄来的通知，诵悉，多谢关照！

我一定争取参加校庆活动，以便学一点东西。恭贺你等在改革之年发财！

小关及小孩一定很好，请代为问候！并请代向叶如棠、马丽等问好。

敬祝家安。

林桔洲

1985 年 4 月 19 日

编号 27-3
2003 年 12 月 28 日

马国馨院士：

新的一年又要来到了，在此预祝您和关滨及你们全家新年好！身体健康！万事如意！

感谢您的召唤，10 月 24 日晚得以参加“厚德福”建五班同学的聚会。每次聚会都享受到同学间亲情的温暖，学到很多东西，多受一次熏陶。因此，每接到您的电话都喜出望外。当晚捧回《班门弄斧集》，全家翻读。《班门弄斧集》编辑有意思，很艺术。老师和同学们的力作都很精彩，真想不到写作水平这么高，无论诗词还是散文都有浓厚的趣味性和哲理性。您工作那么忙，还写了那么多好诗，真是佩服。同学们不论职务高低，都那么坦诚、浪漫、幽默，真可贵。七十多人的经历好像一首史诗，确确实实还了这几十年来一个层面历史的真实。由于历史的误解，有的同学受到冲击，读后不禁泪下。不凡的经历，却是可贵的财富。邦杰的古汉文，应朝的三字经，旺秋写的故事，真是了不起。“是金子在哪里都发光”是真理，历史早晚会给以公正。

我这辈子，最庆幸的事就是能上清华上学和结识这么些好同学。爱建五，爱建筑，爱清华，是永存心底的歌。

我已退休，原单位的事都交给别人了，设计的事还要帮点忙。上网有了困难，只好寄信给您。由于惯性力的作用，思想上还没有回家休息的观念，倒有下海的感觉。建筑的事，还没弄明白就不干了，真有些不情愿。还想多去一些陌生的单位帮帮忙。请多指教。

此致

敬礼！

林桔洲

2003 年 12 月 28 日

编号 27-4
2013 年 7 月 7 日

马老：

看了初稿，很好！我加了本人有关足迹，不知是否可用，敬请酌定。向小关问好！

桔州敬上

2013 年 7 月 7 日

2019 年林桔洲夫妇与林丙棠夫妇在加拿大

28 林贤光（书札3通）

（1932—）福建人，1953年毕业于天津大学建筑系，毕业后分配到清华大学建筑系任教，1992年退休，现居北京。1963—1965年曾任建五班班主任。

林先生夫妇（2016年9月）

编号 28–1
2010年8月6日

国馨：

你好！

几天前在建筑书店看到你的诗集《学步续稿》（第一册已受赠好久了），又发现里面有我的“尊容”，以及在我生日时你送我的那首诗。本想买一本回来捧读，却又变了主意，一定要你送我一本有你签名的。于是便写了这封信，希你惠赠一册。此外，我又在校庆时见到你的那本人像摄影作品，有许多系内老师头像的那一本，能否也送我一本。难得你把那么多老先生的容貌都留下来。我想收藏一本，也是很珍贵的。

预致谢意！向滨蓉问好，很想念你们！

林贤光

2010年8月6日

请寄我一份建五同学的最新通讯录。

编号 28–2
2016年9月28日

国馨、滨蓉：

国馨给我的题字已收到好几天了，我没想到那么快，在艺术博物馆巧遇之后没到一周就收到了，未能及时回信为歉。

主要是老伴的病，13 日在陆军总医院□□科开刀，确诊为恶性肿瘤，后经 10 天左右做出病例分析，认为是早期，尚及时发现，但形状不好，尚需进一步治疗（化疗？），今后进一步治疗方案要到 10 月初方能定下来，现在出院回家休养，然需要每 3~4 天到医院换药，手术后排出的体液管子尚未拔除。其他方面，生活尚能在帮助下自理，只是手术一侧半身行动不便（左手不能动）。

再次谢谢国馨，中英合璧，很新颖，见面时另谢。

祝健康，迟复为歉。

林贤光

2016 年 9 月 28 日

另外送你三张照片留念。

编号 28–3
2019 年 2 月 19 日

国馨、滨蓉：

年前收到寄来的手书贺卡，已多日了，本想也写一幅字回敬，不想阳历年才过即患感冒，步入流感群中，一下子竟然二十多天，随后准备搬家，乱成一团，心总静不下来，一晃竟是元宵了。来不及写东西，只好回信了。

去年在清华艺术馆关肇邺先生个展会上我方知国馨颈椎出了毛病，如今愈否？时在念中。最近，在“建五”群上多系滨蓉代笔，我想可能国馨的头晕病未痊愈，我十分惦念，只好写信慰问，但愿今年你们都健健康康，心想事成。

到 2019 年，我已经是 87 岁了，诸多衰状纷纷显现出来，前年装了一个心脏起搏器，术后反应，剧烈活动后心脏均有所不适，不敢远行，可是偏偏今年三月之后要迁居到新址（海淀区八家清华双清苑），这些天在家一直整理书籍及纸张，烦而且累，故此这半年来，心一直静不下来，连计划中要写的东西也拖了下来。这也是应当向你们致歉的。

盼望国馨早日恢复健康。谨祝：诸事如意。

林贤光

2019 年正月十五（2 月 19 日）

29 刘宝侠（书札1通）

（1941— ），回族，1959年起在清华大学建筑系建五二班学习，毕业后分配至总参工程兵第四设计研究院，2001年退休，现居北京。

刘宝侠（2023年）

编号 29–1
2013年7月12日

国馨同学：

您好！

稿子于7月11日下午收到，编得很好！朴实无华，原汁原味；不像文稿，倒像建五同学的一串串脚印。您辛苦了，谢谢！并请转达我向其他编委的谢意！我所做的补充，不当之处请修改或删掉。

请多保重！祝您和老关健康快乐！

刘宝侠

2013年7月12日

30 刘冰（书札1通）

（1921—2017），河南伊川人，1938年加入中国共产党，1958年任清华大学党委第一副书记，1998年离休。

刘冰

编号 30–1

2009 年 11 月 29 日

马国馨同志：

寄给我的建五班同学的三本著作，收到后我用了几天时间先看书画，再看文章和诗歌，虽然粗略但印象深刻。

这些作品都是从心里发出的声音，感人啊！这是对梁思成同志在天之灵的安慰，是蒋南翔教育思想的颂歌。

谢谢你们，亲爱的建五班同学们！

致以崇高的敬礼（意）。

刘冰

2009年11月29日

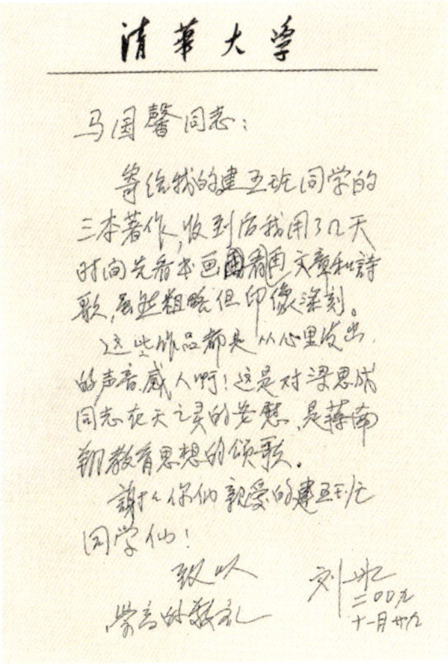

清華大學

马国馨同志：

寄给我的建五班同学的三本著作，收到后我用了几天时间先看书画再看文章和诗歌，虽然粗略但印象深刻。

这些作品都是从心里发出的声音，感人啊！这是对梁思成同志在天之灵的安慰，是蒋南翔教育思想的颂歌。

谢谢你们亲爱的建五班同学们！

致以崇高的敬礼

刘冰 二〇〇九 十一月廿九

刘冰信影

31 刘海泉（书札3通）

（1940—），1959年起在清华大学建筑系建五二班学习，毕业后分配至七机部七院，后任城乡建设部科教片编导，2000年于市政工程设计院退休，现居北京。

刘海泉

编号 31-1

1985 年 4 月 13 日

国馨学兄如面：

纪念建五班茶话会通知收悉。我对您主持这一集会很感兴趣。届时必准时到会。我们已多日不见，我十分想念您。□□□□的冷暖使我更加怀念旧日的同窗——那是在融洽加自由的气氛中度过的六个春秋。像滨蓉同学这样的淳朴而热情的同志同学，为今确实难觅啊。

我由于历史的变迁现已流落到中华公司，由于此公司不景气，虽享有外贸权组团出国等优惠，我还是靠自己的奔波组建了一个事务所，目前叫中华建筑设计事务所，已经拿到北京市建委设计证书并开展工作，今后改名为现代建筑设计事务所，还请阁下及诸多同学多扶持和帮助。我同为日本建筑学会会员，中旬去日进修，不是在黑川，也不是丹下，可能是槙——这个建筑师我并不了解。我准备通过这一年建立与日本建筑界的联系。为此，我也很想能与阁下谈谈。不知您感兴趣否?

我□□了一个设计证书，我们大家是否会能□□灵活的方向？也请您参谋下。倘五字班建立一个网络增加接触，那协力是可观的。您是否在这方面给予支持?

为编新版同学录，请写成现代建筑设计事务所即可，不日将批下来。此告。

顺颂春安，顺问关滨蓉同志好。

刘海泉

1985 年 4 月 13 日

编号 31-2
1995 年 1 月 3 日

马国馨大师：

二号简报收悉。本人同意组委会的各种安排，仅提出一点建议，望酌。

梁先生雕像宜雕得别致一些，请组委会审样时掌握。据我了解，司徒与前雕塑系主任付天仇先生均为学院风格。另外，如雕像拟安置在新系馆北侧大厅中（我不清楚具体地点），请注意尺度关系——1 ∶ 1 不知是否太小？宜考虑。

最好不要太多人题词，意思一下即可，题词多了反而不美。

以上意见妥否仅供参考。随信寄去我捐赠的 300 元，望查收。（照片收到，谢谢）

顺祝春安。

刘海泉

1995 年 1 月 3 日

编号 31-3
2008 年 12 月 18 日

应朝学兄如面：

遵嘱写了一页破笔烂字，不成体统，倘阁下觉得还过得去也罢，不行就不要刊出了。

再，阁下出于美意，赠敝人五字嵌名联，虽气势恢宏，也颇能勾勒出敝人□□相，但恕我直言，是否太过凄凉悲惨，我意改成如下七言：

龙行海上　同学汇

思如泉涌　逍遥游

若何？望斧正。另，若能请白大师赐墨宝，当是三生有幸之事。

刘海泉

2008 年 12 月 18 日

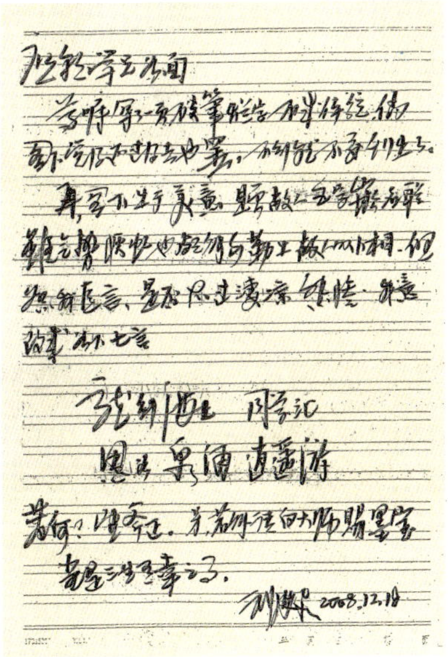
应朝学兄如面

遵嘱写了一页破笔烂字，不成体统，倘阁下觉得还过得去也罢，不行就不要刊出了。

再，阁下出于美意，赠敝人五字嵌名联，虽气势恢宏，也颇能勾勒出敝人□□相，但恕我直言，是否太过凄凉悲惨，我意改成如下七言

龙行海上　同学汇

思如泉涌　逍遥游

若何？望斧正。另，若能请白大师赐墨宝，当是三生有幸之事。

刘海泉 2008.12.18

刘海泉信影

32 吕弘毅（书札5通）

（1940—），1959年起在清华大学建筑系建五三班学习，1965年分配至煤炭部北京煤炭设计研究院，2002年退休，现居北京。

吕弘毅（2010年）

编号32-1
2002年2月1日

马国馨大师：

你好！

谢谢你来信，因为迁了新家，所以邮件误了一个月才收到。借此问候一下你的健康，住院治疗没有？现在感觉怎么样？据我体验，一要重视，二要别担心。这是人步入老年的标志，弄好了，还有很大的余热可以发挥。谢谢你又在为大家编通讯录，若有抄写、打印、发送等需要人手的活，请别客气，我愿效力。

新春快乐，健康长寿！（信息附后，下略）

吕弘毅

2002年2月1日

编号32-2
2003年1月30日

国馨学兄并致滨蓉师姐：

你们好！

惠赐诗作已经拜读。因我家邮箱较远，信也不多，故不常去看，以致延时多日，深表歉意。

此诗遣词似引苏词改制，略受其束缚，大约《所感》在“岁月坎坷，韶华易失”吧！诗写得很好。但仄声韵不是不能用，只是和你们平素乐观向上、事业有成的心境相比，音调稍显低沉了点。劳碌之余，读诗、品诗、作诗、改诗也是人生一大雅好。我本人去雅甚远，在此权且学学雅人的唱酬应答，就你们的原韵和诗以致谢：

天上宫阙信其有，劳筋饿肤寻迹走，

生命之舟瞬息过，蜡炬成灰志长久。

不合格律，仅博一笑。并贺新春！

吕弘毅

2003 年 1 月 30 日

【又附】国馨学兄征稿一事，非我不恭，实在手拙得很。再三督促之下，勉强找出只言片语，一并奉上。

一篇是关于建筑学的，去年校庆日曾分送给部分同学审阅。后来，我自己又改了改，另起篇名《建筑学颂》。近日又为其附文一篇以加强说明。这附文相当于一篇论文的提要，论文已酝酿多日，还没动笔呢。这是我的主打篇章，希望得到收录。第二篇为《登山》，或可算作谈学业奋斗和生活追求的象征性作品。另外是两首情诗，出手未免脸红，希望能给文采的群山送上几片花朵。还有几段小诗，是都市生活的速写，难说有什么主题，也是一种风格变换。

行文的兴趣就像彗星一样，忽而来了忽而去了，多有兴来而未落笔的心动，转眼间就消失了。以上都是旧日的兴来之笔，非诗文专攻。愚本不才且懒，请允许我以下列字行，聊以塞责（详见附页）。

有用我处，尽请差使，比如做点文字校对什么的。我的毛病是有点慢。

编号 32-3

2004 年 8 月 1 日

国馨学兄：

您好！

拙作奉上，请费心检审。

我想写一篇有用的文章，所以请你不要顾及情面，刀劈斧削，杂无尽去是盼。再谢！再谢！顺颂夏祺！

吕弘毅

2004年8月1日

编号 32-4
2013年7月8日

国馨兄：

来稿已阅，其中用红笔补了几条我个人和有关林丙棠、郝允昇、韩光煦的条文，但都无法提供确切日期。请你酌情随机处理。再，此稿编年纪事甚佳，不仅可供回忆、怀旧，而且关乎同学们毕业后的动向、事迹，有史料价值。

弘毅浅识

2013年7月8日

编号 32-5
2014年5月27日

马大师：

您好！

我所承担第三部分及附录一、二均已录入，接来信后，又按信中所示做了修改，现全部完成。但仍有个别词句存疑，已用□及着色凸显之，望察。

我想当一切妥帖后，我还是把电子版邮寄给你，这样便于你编辑调整。

感谢你为班级活动所做的一切，这次录入也是我向你学习，为班级出点小小小力的机会！

此颂夏安。

吕弘毅

2014年5月27日

33 罗玉阁　张桂茹（书札 3 通）

罗玉阁、张桂茹夫妇

罗玉阁（1940—2019），1959 年起在清华大学建筑系建五三班学习，毕业后分配至四机部，1988 年由洛阳迁成都。

张桂茹（1940—），1959 年起在清华大学建筑系建五三班学习，毕业后分配至四机部，1988 年由洛阳迁成都，现居成都。

编号 33–1

1985 年 4 月 25 日

马国馨：

寄来的通知收到。首先热烈祝贺建五班毕业后首次团聚大会胜利召开，我们因不能参加也深感遗憾。我们在“天府之国”的小城祝建五班全体同学以及全家身体健康，事事顺心。

当我接到通知时，很有去北京的想法，可惜没有到北京出差的机会，手头工作又很忙。我们单位建筑专业人员很缺乏，每人都有二、三项任务急待完成。张桂茹正在深圳、广州参观，我也正在忙于成都一个厂洁净厂房的施工图设计，同时又必须参与二个工程的方案设计。当然，众所周知，我每天还必须买菜、做饭、辅导小孩的学习，真是忙得不亦乐乎。

我们很想在事业上有所成就，可惜地方小，交通不便，存在信息差。我想调动工作，本单位坚决不放，真是毫无办法。与同学们相比较，恐怕是大大落后了。所以，望身在大城市的同学多多关照，有什么新的信息、先进的东西，通一下消息。

我可能在 5 月份去北京出差，可惜会议已经结束了，真是遗憾。

我们单位在二三年内要搬入成都，地址已选定。办公楼正在设计。目前，通讯地址还是原来的通讯地址。

能否将你们大家的合影寄一张来，这是我们所希望的。

不多谈，祝大家身体健康，祝关滨蓉及你的全家身体健康。

罗玉阁、张桂茹

1985年4月25日

编号 33-2
2010年1月30日（明信片）

向二位老同学拜年啦！虎年吉祥！

多谢二位的时时关照。

祝新的一年健康快乐

事事随心！

玉阁、桂茹

编号 33-3
2014年8月6日

此文陆强、崔国樑和我们都已看过，委托我改的我已补充在内了，共3处。

张桂茹

2014年8月6日，晚

34 马国馨（书札 55 通）

马国馨与 62 号（2022 年 9 月）

（1942— ），生于山东济南，1959 年在清华大学建筑系建五一班学习，毕业后分配至北京市建筑设计研究院，现居北京。

编号 34-1
1994 年 7 月 25 日

叶部长：

您好。

上次开会，整理了一个简报，现寄上，望审阅后再退给我，我好打印发至每一位同学。

也可让文镔带给我。

此颂夏祺。

马国馨敬上

1994 年 7 月 25 日

叶如棠回复：赞成。叶如棠 7 月 26 日（寄回北京市设计院）

编号 34-2
1997 年 12 月 20 日（明信片）

应朝兄：

久未会见，想在（来）一切均好，甚念。

前不久在城建集团的一份装修人员名单上见到令嫒的名字，但后来一直未见，不知是否在参与机场的工程。深圳不知还常去否，寄来大作已拜读，文风犀利，让我想起年青（轻）时看令尊作品时的风格，似一脉相承，愿我兄更加着意耕耘，定会硕果累累。

马国馨上

老关问候不另

1997 年 12 月 20 日

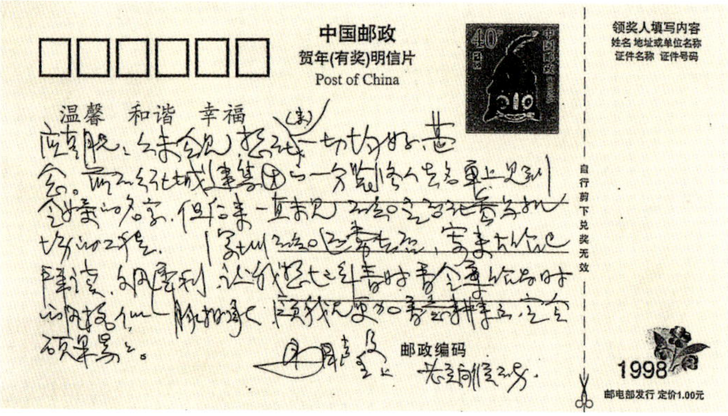

马国馨手写贺卡

编号 34–3
2001 年 12 月 17 日

应朝兄：

您好。

来信早已收到，适逢圣诞、新年，所以赶紧送上我们的问候，祝新的一年里万事如意，身体健康。

关于写些东西的事，其实我兄更为适合。以丰富的经历，尖锐的洞察，幽默的笔法，加上过人的精力，肯定会有理想的成果，也希望能抓紧把文字整理结集，以飨我等之期望。

闲来无事，经常打油自娱，那日陪老关去拔牙，她那儿痛苦不堪，我却凑成数句：

年逾花甲齿渐松，修补剔拔难奏功。

但求翻新高科技，上下满口皆克隆。

一哂

寄上近照一帧，聊作纪念。

顺颂时祺。

马国馨、关滨蓉敬上

2001 年 12 月 17 日

（应朝）随国馨诗“头尾”和句赠关滨：

年犹花季不老松，修身奉侍亦立功。

但求曲新献歌技，上下和谐笑声隆。

YC

2001 年 2 月 1 日

编号 34-4
2002 年 1 月 21 日

惟增兄：

您好。

大作早已收到，谢谢！

拜读全书之后深为我兄的执着钻研精神而感动，在转入摄影一行后，能很快深入其中，积累大量资料，写出这样有理论、有实际，结合紧密的专著真正不易。我们也曾尝试过写文章或出书，深知其中艰难，所以我兄此书的深度和付梓，真是可喜可贺可羡。

当然，在祝贺之余，我也打算谈一些看法，也许会有助于您下一步的更高目标，所以提出一些不成熟的想法，或许也就是我的一些期望值。

一是如何发挥我兄是建筑师的优势。一般人写本书多是摄影家，或教育家，或……而我兄是以摄影家和建筑师的双重身份来写作此书的，所以自然有别人所不及的优势，但这一点在本书中并不突出。我以为建筑摄影的主要作用是发现它的美，通过器材、构图、捕捉时机将其恰当地显现出来，但这种美的观察和表现是有层次区别的。我以为一种就是普通人的视角，一种是建筑师的视角，还有一种是摄影家乃至摄影家加建筑师的视角，这里面是有粗细文野之分的。一般人看去可能是高大雄伟、晶莹剔透、亲切宜人的……种种感受，它是完全被动的。但作为建筑师来观察时，他可能更多要想到设计人的意图、构思、所采取的表现手法，在设计中所考虑的节点、焦点和重点，这里就更需要若干主动、想象、设身处地、联想等等内涵。

而最后的美学层次则更要在此两种观察之上，需要更集中，更感人，更精彩的表现。建筑表现与人物、静物、新闻、风光之区别在于它本身是有其特殊语言、特别的美学内容的，在理解和发现建筑这一点上，建筑师应有其独到之处。由于强调不多，所以本书看来这方面的特色不够明显。

二是关于现代建筑的摄影，尤其是现代建筑，人们更多地指工业革命尤其是包豪斯以来的现代建筑，所以这是有特定所指和含义的。从本书中看来，在以下几个方面似乎欠缺：

1. 名建筑师的名作和经典比较少，且不说第一代的柯布西耶、莱特、格罗皮乌斯、密斯，此后也还有许多名作，都可以成为建筑史上的经典，以此作为例子其实是很有发挥余地的，如不同的风格、不同的定义，其追求的手法和特色也不相同。如密斯的“少就是多”和莱特的“有机建筑”，就应用不同的角度和技法来表现；高技派的光亮平滑和后现代的拼贴多样，也需要不同的表现。长于外形手法和精于室内空间的风格也是不一样的，如能整理分类，从理论到实践是否会更生动丰富？

2. 即以我兄书中所反映的几个城市中，其实也有若干名作，如温哥华的埃里克森的法院、音乐厅、人类学博物馆、大学；蔡德勒的伊顿中心、博览会，澳大利亚的歌剧院、国会等。而且反映这些经典又需要不止一张片子、一个角度。

3. 由于现代技术的发展，现代建筑在类型上五花八门，剧场、博物馆、商业中心、办公、体育、交通、博览……都有不同的特点和不同的表现方法。在取景上会有全景、鸟瞰、细部、室内、夜景等不同表现，这样是否会显得更为系统和实用性强？

三是写作方法上。本书出版后，已经可以解决一段时期人们对技法和实践的需求，但随着时间推移，我兄积累的资料越来越多，将来还是可能再二、再三地出版相关著作的。我以为有以下路子可供参考：

1. 剖析一些名家的名作，抓住一个经典例子，拍上他若干张照片。包括室内、室外、阴晴晨昏、全景细部，由此来理解作品并能具有深度，但又要与工程介绍有所区别。而要紧紧围绕摄影表现的主题，只要有十个以上的例子，一本专著即可问世。

2. 就一个角度进行比较剖析，如一幢建筑已经有了多少经典的摄影作品，但是都是采取什么构图、手法、色彩、情调，经比较后找出其优劣特色，这样便于从比较中得到提高和启发，这当然也可以和上面的内容结合起来，这需要更大量的分析资料。

总之，以我兄的执着追求，如能找准方向和切入点，必将有更大的成就，获奖固然需要，但形成系列、专辑更难。我只是以局外之人冷眼望去谈些体会供参考，肯定有许多地方是不对的，也可进一步讨论。

还有二个小小的意见，一是封面装帧似还可以改进，二是作者的照片也不理想，可能是别人拍的无法苛求了。

拉拉杂杂胡写一气，顺问全家都好。此颂时祺。

马国馨敬上

2002 年 1 月 21 日

编号 34-5
2003 年 1 月

录近作一首，请应朝兄雅正。并祝新年愉快，全家幸福。

清华艺友合唱团排练演出苏轼“水调歌头”有感

2002 年 12 月 20 日

明月青天几时有，阴晴圆缺轮回走。

离合悲欢曾历过，世间但愿人长久。

大作收悉，虽篇幅有限，已足显我兄才思文采，如有少时陈年旧作，对比之下，肯定会更加有趣。

建五文集事我觉得一定可以非常精彩，有意思，关键是大家都要参与。

关滨蓉、马国馨敬贺

编号 32-6

2003 年 12 月 9 日

应朝兄：

您好！

五洲院会上不能细谈，憾甚。先把《建设报》上有关评论寄去，请一阅，另在诗文结集出版时也诌得打油诗一首，一并寄去。

上次田国英来电话说，如果还要办几件事的话就要趁早赶快，因为岁数越大，活力越差，办法也越少，到那时可能困难就会更大些，所以我倒考虑能否筹备以下几件：

（1）钢笔画集（可收录速写或建筑表现图，出黑白单线也比较简单，每人可 5~10 幅，再请编委会最后决定取舍）。

（2）书法篆刻集（也可黑红二色，估计也不会太复杂，书法软笔硬笔均可，书法家们可以 10 幅以下，其他人可以随意，篆刻每人 10 方左右）。

（3）《班门弄斧续集》（可以时间拉长一点，但这次质量都要超过本人在《班门弄斧集》的水准，题材和体裁都可以多样一点）。

其中（3）争取参加人多些，（1）（2）则根据大家自己的意愿，也可和思浩先商议一下，借什么机会把这事给搞定。我感觉（1）（2）可能好办一点，（3）可能费时多些。

问全家好，最近出差，21 日才回来。

顺颂时祺。

马国馨

2003 年 12 月 9 日

编号 32-7

2005 年 1 月 4 日

思浩：

您好，新年好。

稿子在假日看了一下，今附上稿清样请审阅：

1. 错字改正一些，见书，尤其是林丙棠的“丙”字，林桔洲的“桔”字等。

2. 每页标题注法希望能尽量统一，试改了一些，请参考。

3. 还加了一些字，想看去更明了一些。

4. 扇面、中堂、斗方之类我意可取消，因有的对联和中堂很难区分，不如不注。

5. 编者的话写好，已从网上发去，也望审阅。

6. 最近正要约出版社面谈，到时再联系。

本书用完后望还交镝鸣给我，问全家好

此颂编祺。

马国馨敬上

2005 年 1 月 4 日

《班门弄斧续集》马国馨校后主要意见：

1. 释文中有若干处大段遗落，如 P63、P76、P77、P92、P93、P96、P149、P229 等，请看清样所注。

2.P75 排版错误！十块碑记排法希望再做安排。

3.P189 排版望有所调整，以和文字说明相呼应。

4. 字体问题

（1）全书的释文均用了楷体，与本书前一册体例不尽相同，也增加了书内字体的多样性，与全书风格不甚协调，建议改为注解用的方等线体。

（2）P86 和 P294 的长篇文章用了扁宋体，为减少字体，建议也改为注解所用的方等线体。

5. 诗和对联的释文注法，为了表现诗和对联的格律对仗关系，建议：

（1）对联排法为上联○○○○○○○○○

下联○○○○○○○○○

（2）律诗、绝句、古风排法为：

○○○○○○○　○○○○○○○七言

○○○○○○○　○○○○○○○

○○○○○　○○○○○　○○○○○　○○○○○五言

○○○○○　○○○○○　○○○○○　○○○○○

（3）P149 藏头诗排法建议如清样图注

这些诗联句如一口气无序排列下去便索然无味了。

6. 个别错字见清样，尤其 P202—209 的人名一定不能错。

7. 最后的文章“还不想结束语”和编委会名单补齐。

编号 34-8
2005 年 2 月 1 日

思浩先生：

网上可再发以下通知要点（然后我再下载分寄他人）：

1. 同学提出可偕老伴参与，是个好想法，可以明确支持。

2. 全校各系 1965 届准备捐赠主楼前五棵油松及白皮松景观，位置显要，地形优美，树木体量大，建五班也准备参加这一活动。

3. 由于老建五今年适逢毕业五十周年，所以也有一些纪念活动，为减少系内老先生的反复劳顿，因此有些活动可能与老建五班共同举行。

4. 由于紫荆公寓在校庆前几日对五字班校友对折优惠，并要求于三月以前预订房间，所以希望大家尽快将参会与否反馈回来。

另吴庆林复信一封附上供参考。

顺祝春节愉快。

马国馨

2005 年 2 月 1 日

附老关和我的 4000 元整。

编号 34-9
2005 年 5 月 31 日

应朝兄：

你好。

信早已收到，我每次收信后都要和老关赞叹一番你的才思，羡慕你的精力过人。

经思浩、凤岐、大头还有你们的努力，校庆活动大家高兴、满意，真感到班级的吸引力和凝聚力。《班门弄斧续集》，我接触的看过的人都给了好评。（上周去天津市院，那儿的院领导几乎人手一册，因为我院金磊原是那儿的人，所以早送去），也算建五班历史上一笔重彩。

你的大作我也冒昧步韵和上一首（三、四句颠倒了一下），请斧正。

清华相会共重游，指点往事话不休。
长记相识方垂冠，时忆分离正季秋。
学海日夜求布新，谊深风雨难忘旧。
文友德邻真缘分，茱萸登高待重九。

另录《植物园》一首如次：

云淡春晴尽人群，白头翁妪游绿荫。
烟迷碧树花影重，日暖芳草柳丝新。
虬松墓园梁启超，翠竹故居曹雪芹。
同窗频说别后事，相聚恨短笑语亲。

原还有一首写三位书法家的，一下子找不到了，以后再说吧。

节后出差近 10 日，又赶上办公室搬家（现在搬至 B 座对面的 A 座 503，有点鸟枪换炮），所以回信迟了许多，望谅。

顺问全家均好。此颂时祺。

马国馨

2005 年 5 月 31 日

编号 34-10
2005 年 6 月 9 日

如棠：

您好！

林梁二公雕像事校基建小组给学院做了批示（见附件），后我开会见到顾校长，他说可给他们直接写信反映，于是我拟了一封信，现附上看是否妥当，并希望尽快将意见告我以便修改后发出。

此颂时祺。

另：照片是谢兴达洗的。

马国馨

2005 年 6 月 9 日

叶回复：我同意。6 月 15 日。

编号 34–11
2008 年 2 月 26 日

应朝兄：

您好。

来信收到，每次来信我们都看得津津有味，诵读不已，有时文字的魅力要远超口头或短信呢。

最重要的事就是班上责我催促你尽快登录校网。可登录 www.tsinghua.org.cn，用户名是姓名拼音，密码是学号（你是 591110），如忘记用 6 个 0 也可进入。其实只是举手之劳，但趣味万千，内容丰富，有你的加入网上肯定更热闹。

你在上海的消息是我在网上泄露的，我说收到你从上海打来的电话后，自然就被大锤都看到了，于是就……

我那本闲书你大概是看得最仔细的，从数出了 33 个印章即可看出。不像样的东西拿出来，让大家见笑。但从自娱自乐的角度看，脸皮厚点也无妨。我倒是劝你有计划地把文字、画作等逐步结集出版，以飨我等，时间可要抓紧呀。

老爷子日渐衰老，老关一人也费劲，所以我是全力以赴，也不出差，看着老人，想想我们将来也要走这一步，也可能还到不了这步，真觉得时间有限了。

问全家好！顺颂时祺。

（此印）能破译一下否？

马国馨

2008 年 2 月 26 日

编号 34-12
2009 年 1 月 4 日

应朝兄：

新年好！

大礼收悉，每次展读都会给我们带来欢乐和喜悦。去年刻印很少，三十一日那天刻了一个（如右图），最近还将献上一文集，与此二字有关。

海泉兄信内容、书法俱佳，看出是性情中人，只是可惜前二集未曾收入他的文章，看来还是咱们工作未到，如有时间能让他再补充一篇文字可能更精彩。

结语很好，我没什么意见。朝兄妙语连珠常令我们始料不及，回味隽永。关于《班门弄斧》前两集的反馈文字，我复印了寄上，你看那些可用可摘或编辑成一文附后是否也可？找了半天只找到几封，先寄上，记得此前曾有一复印摘编寄给你过，你可找一下，我的不知塞到哪里去了，太乱了。

对同学的文字，我想尽量都录入，因为个人出集子的机会总不是太多，有此机会还是要让大家尽量展现一下，至于排版则是技术问题了。篇幅不够就上下册也可，反正是最后一下子了。

草草，顺问全家此颂时祺。

马国馨

2009 年 1 月 4 日

上班以后试刀。

编号 34-13
2009 年 1 月 22 日

应朝兄：

您好！春节好。

寄上拙作一册，还望多提指点意见。

关于《反馈》一文，老关和我的意见是可否把我班自己的评论去掉，因为自论是否有“抱着屁股上房——自己捧自己”的感觉呢？一笑。

还是要抓紧上班网啊！

顺问全家，此颂春祺。

弟国馨敬上

2009年1月22日

编号 34–14
2010年5月31日

天府[①]先生：

您好！

按春华同志要求，把我们去长春的初步设想寄去，请您提出意见以便与旅社最后签订合同。

1. 可否确定正式活动于7月18日开始，7月17日作为各地人员去长春宾馆集中的时间。

2. 在长春活动原日程安排2天，您看是否要调整？望尽快把意见返我处。我意在长春活动都集中在前面几天完成（包括咨询会），由长白回来后，就各自返回，不再麻烦市里了。

3. 参加人员目前初步定有50余人，其中有20余对是夫妇或带小孩，所以需要客房数待计划全部确定后再告知您。

我因8日要出国，所以如能此前回信最好（快递、传真均可）。电邮（下略），此后联系人为孙凤岐，清华大学建筑学院教授（100084），麻烦您了。

顺颂时祺。

马国馨敬上

2010年5月31日

注：①刘天府：长春市规划局局长，建五去长春游多有打扰。

编号 34-15
2010 年 9 月 24 日

应朝先生：

您好。

出版社已选定清华大学出版社（也比较顺理成章），编辑部催稿甚急，封面小吴爱女处尚未拿出方案，本人也不揣谫陋（借思浩语）抛砖两块，我想你定有更好的立意，还望百忙中关心则个（如有方案咱们几人再商一次）。

问全家好，此颂时祉。

马国馨

2010 年 9 月 24 日

同学来稿已增至 67~68 人。

编号 34-16
2010 年 12 月 17 日

晓飞[①]：

您好。

《画忆百年清华》一书样书快递送回。

张思浩、应朝和我三人都看了一遍，意见大部分都写在书里了，您看时能够分辨出我们三人的笔迹的，综合起来无非是几点：

1. 虽然作者均年届 70，但大家还是想尽量把艺术水准提高，使之表现出一定水准，所以总的意见是，艺术水准较高的作品尽量占更多的版面，书中均写有具体意见，请参考，最后页码可能要突破些。

2. 画面要尽量大，使人对笔触、文字都能看得清楚些（当然质量一般的我们加以合并也可节省些页码）。

3. 封面还是用《班门弄斧集》的底图，表现连续性，也是清华风景。

4. 构图还是按思浩示范的，把人名和头像放到下部，如来得及加 1~2 句作者简介，那就有劳了。

5. 字体、版式等的统一也有劳了。

看来还有不少工作，感谢您的热忱支持。

还有胡的一幅肯定去掉，减少不必要的麻烦。改完后恐怕还要再看一次，以便最后定稿付印。

谢谢您的大力协助，并希望此后有合作新机会。顺颂编祉。

马国馨

2010 年 12 月 17 日

注：①徐晓飞，原清华大学出版社编辑。

编号 34–17
2012 年 2 月 24 日

应兄：

您好。

果真在月底前收到来信，回家和老关共读，老关赞叹应兄脑子真是太好使，每天这样高效运用，是绝不会得什么老年痴呆的。

但年过古稀，终究岁月不饶人，过去体检有点小毛病都不去管，可去年查体之后，年底抽时间去复查，发觉真是要重视了，血压高、眼底黄斑病变、肾功能……所以“保重”二字，恐怕在咱们这岁数时时都得注意了。

汇报一下最近的工作。在《清华剪影》之后，我一直在准备一本《建筑学人剪影》，那就是非清华出身的建筑、规划、教育等界的人士，反正是在几十年来积下的人物中选取了 220 多人，加上文字，现稿子已交出，不知何时能够出版。上次问你范玉庆事，就是我在老照片中忽然找到一张老范的照片，我想就列入本书了（这本书中咱班的人我加入了 10 人左右）。绝大部分都是天大、同济、南工、西安建院、重建工等校毕业的，当然也有些 60 后、70 后（其中有 29 位已谢世）。

这里就有一件事请应兄帮忙，以前出书都是请如棠题字，后来我想把题字面扩大一点，于是就有了宋春华、何玉如、秦中一等学兄的墨宝，这次我的《建筑学人剪影》六字是认定了你了，所以请便中为我题写此六字（毛笔），横排为好，望万勿推辞，此后别的书我还会请老白等题签。谢谢。

一直觉得时间和精力都不够用，书也不敢多看，尤其是最近春节初四以后老人住院，中途还进了重症监护室，最近刚转出，但还没出院，也是很让人费心。

有时间还是上上班网，因为十分好玩，除了班上同学间的交谈外，还能看到许多外班的帖子，内容可丰富啦。

好了，先写这点，祝顺利、平安。

此颂时祺。

马国馨敬上

2012 年 2 月 24 日

编号 34-18
2013 年 2 月 25 日

应朝兄：

您好！

由美国回家已一个多月了，按说早该回信（收到您的来信和贺卡），可是因为一些事未完成，所以拖到今天才把信寄出。

之所以给你写这封信，是因为我想只有你有能力和兴趣来参与此事。在美国时，我曾在网上发表了关于 50 周年毕业庆典出版物的意见。后来我们要全班征稿，我想这事又费劲，意见又不易统一，有人愿写，有人不理，最后让编委会很不好办。于是我提 3 个新建议，就是我们的纪念册。

1. 以建五班毕业后 50 年活动的记录为主线。

2. 集中反映建五班毕业后 50 年的集体活动（全班的、小集体甚至 2~3 人范围的）。

3. 内容仿照清华《匠人营国》形式，以编年体加纪事本末体结合，按年头排序，每年有一个大事记，然后就是集体活动的照片，每年篇幅不等，内容多的就多几页，少的就少几页。

这样操作起来就比较容易了，编辑工作可以少数人进行，而照片收集可以广泛发动。

在校网上发表后有几人呼应赞同（叶如棠、韩江陵、邹瑚莹），大多数未表态，我想可能是未经班里研究，不知如何操作之故。

在美国时，我就抽时间把 2005 年以后班网上的消息和活动摘录出来，然后回国后抽时间我想先弄一个东西做基础，大家可以就此讨论、补充、修改、删节，这样就有了寄给你的这份材料。

寄去的是 1965 年、1990—2011 年共计 13 年我初步整理的一个大事记，因为是草稿，所以写得很乱，顺序有的颠倒，还有的只知年份但没有详细日期……但总是有胜于无。其他各年也有一些，但因日期太久，内容还不全，所以就没给你复印。

之所以找到你，一是你的记忆力超强惊人，可以回忆起许多重要的事件，二是我估计你会有工作记录，也可以查阅一下，当然要一点不遗漏也不可能，但只要能反映大致全貌，那就可以了。（建二班毕业 50 年出了个 380 页的纪念册。前面有一个 1957 年以来的大事记，太简单了，纪念册我已托吴亭莉去要，以备给编委们参考），三是我想你会感兴趣，有时间和精力。

这样我们就可以完成一部以图片为主、文字为辅的 50 年纪念册，如果照片再由你来配上精彩的说明，我想更会吸引人。困难之处就是 1966 年至 20 世纪 90 年代的资料和照片可能少些，但如果努力去找，可能也还会找到一些。

此事我们其他同学均还未详细提起过，北京院吴亭莉、马丽都觉可行，叶如棠虽支持但未细说。我估计就是大事记谁来弄比较费劲，如果能顺利进行我想也能弄个 200~300 页的纪念册，也就算我们最后努一下力了，你看如何？

随信寄上《学步三稿》一册，对打油诗近来已没兴趣了。此前我也在班网上建议把你的多年信件影印加铅字集成一书，我觉得还是很有意义的，也望你万勿推托，也争取在毕业 50 周年时完成（50 周年纪念册恐怕要等纪念活动结束以后才能结集出版）。

拉拉杂杂写些，争取快递早日送到你手上。

问全家好。

此颂时祺。

马国馨

2013 年 2 月 25 日

编号 34–19
2013 年 5 月

邦杰学兄：

您好。

久未问候，今寄上一个材料的初稿请审阅。

今年 3 月 6 日，在京的 8 位编委讨论时比较一致地认为，2015 年的毕业 50 年之后，应有一本记录建五班自 1965 年毕业后 50 年来班集体和个人的活动纪事，以文字为提纲，以图片和照片为主要内容的正式出版物，并从现在起就要筹备。为此，我和应朝根据班上已有的资料和我们手中的一些记录，整理了一个按年份、月份计的编年纪事（奉上的已经是第二稿了）。

当然这个材料还很粗糙，也不尽准确，但我们想还是先凑材料，尽量不要把大的活动遗漏。有些看上去鸡毛蒜皮的活动就等京内外编委在将来看了正式的电子文稿再决定增删。

那天会上，大家还议论同学较多的城市也应有人参与到这一活动，认为深圳市比较合适的人选就是您。所以，您在接到此材料后，一是可以提出自己的看法，二是如觉可行可以补充一些自己掌握的材料，三是如方便，也可请城市相关的同学看看，或复印一份给他们。我们想在今年校庆时向在京的同学先征求一下看法，好将此工作推进。因为涉及 50 年的时间跨度，有许多事年代久远，记忆都模糊了，需要反复核对考证，可能要花上一定的时间才行。

当然也考虑到，一事不落不可能，也无必要，只要能比较完整地反映出这个班集体在毕业以后的 50 年中仍在勤勤恳恳为国出力，同时也是关于每人情况的交流，留下一份真实的记录就行了。

因去美国半年，疏于问候，奉上拙作三册既作节日问候，又可供平时破闷消闲之用。

在深同学将陆续将书奉上。

问全家好，此颂时祺。

马国馨敬上

老关一并问候不另

编号 34–20
2013 年 7 月 1 日

力行兄：

您好。

寄上建五《五十年纪事》初稿，望修改补充后尽快寄回，以便再次利用。

问全家好！老关顺问不另。

马国馨

2013 年 7 月 1 日

编号 34–21
2013 年 7 月 22 日

允昇兄：

您好。

寄上《建五班纪事》初稿，请忙中修改、补充、审阅，并修改后将原稿再寄给我处。谢谢。问全家好，此祝暑安。

马国馨

2013 年 7 月 22 日

老关一并问候不另

目前已补充了 200 余条，但本稿上还未反映。

编号 34–22
2013 年 8 月 7 日

林峰兄：

寄上初稿一份，请审阅、修改、补充，阅完后寄回我处，谢谢。

问全家好，此祝暑安。

马国馨

2013 年 8 月 7 日

老关一并问候不另

编号 34–23
2014 年 6 月 12 日

如棠兄：

您好。

《建五纪事》目前录入工作已初步告一段落，现将下载文字稿寄上，请审阅，我意如没有太大问题即可推进。

1. 将电子文件集中思浩兄处，统一格式后发至各位同学电子邮箱内，并望能在一个月内回复意见或条文补充；

2. 思浩兄以此文件为基础，将原有照片资料按年分类，并能整理出缺失的重要照片目录以发动同学提供；

3. 待反馈意见基本集中后，即请扩大编委（在京、京外、编外）做最后审定，以确定审定稿；

4. 初稿条目比较多，今后任务恐为补充重要条目（如缺失同学的内容），然后将已有条目加以精炼，如可能由您那儿先删改一个稿子以备大家讨论。

目前稿子我先复印后发您及思浩兄处，如可我再复印发若干编委。

从时间上看，已经比较紧张了，而我等电脑技术又很不灵，很多具体操作恐要仰仗浩然二位了，他们会很辛苦。

余待电话中再叙。

问全家好。顺颂时祺。

马国馨

2014 年 6 月 12 日

奉上近日拙作一册望指教。此信同时发思浩兄处。

编号 34–24
2014 年 8 月 1 日

陆强兄：

原想发你信箱，但被退回，只好发文本，望尽快提出反馈意见返回，谢谢！通讯录内容如变也望告我。

问全家好。

马

2014 年 8 月 1 日

老关顺问不另

编号 34–25

2014 年 8 月 1 日

靖芝兄：

几经修改，现把最新稿寄上，望阅后把意见尽快反馈给我，以便审定。

问全家好，另网上有试排的版面示意，也一并送上。

老关问候不另。

马

2014 年 8 月 1 日

编号 34–26

2015 年 3 月 28 日

应朝、思浩兄：

你们好。

3 月 26 日见到《清华建五纪事》的电子版清样，看得出作者和出版方为此书的编辑做了大量工作，甚至多处动了较大手术，辛苦了，也使本书的内容和质量更接近正式出版了。当然其中还存在一些错误和瑕疵，想你们在此前的商谈中可能多已提及，但为备忘起见，还是把我看到的一些意见罗列于后供双方参考。最后由你们审定。

首先还是一些在总体上需统一的地方。

1. 有关字体。目前还有多处不统一之处，如各大标题均用宋体，但 289 页“小家庭”的标题就是等线体。文字部分，主要正文都是等线体，但代前言又是楷体，编辑凡例是宋体，在图片说明中，正文的图片说明都是宋体，而“恩师”“穿越”“小家庭”的说明又是等线体，希望能予以统一处理。

2. 版面处理。在一些主要内容处版面上布置了一些棕色的水平或垂直线，但前后处理不一致，显得很随意，建议简化些，只要水平线，不要垂直线如何？另外“建五纪事”各年份的数字上下左右位置也较随意，距离页边大小不一，要统一。

3. 图片处理。在如此大量的图照中整理出头绪实属不易，但图片说明的繁简和风格不尽一致（具体意见见附后意见）。图片说明基本在图片之外，只有不到10幅注在图中，能否拿出来？还有几幅未注说明！另外有几幅图片的剪裁失去了场所感，希望能修改一下。如P34的照片只有人物没有大礼堂，P83右张允冲照片没有后面的“捉蒋亭”几字，P208中间一图把梅贻琦墓的环境裁掉了，如能加上，效果会更好。

对各部分的具体意见，因为我看得很粗，简单归纳如下（共77条下略）。

还有不足一个月的时间了，最后冲刺就有劳二位了。为了供出版社参考，此件我也发给小苗了。

问好，我4月14日到京，到京后再联系。

此颂春祺。

马国馨上

2015年3月28日

（意见共四页）

编号 34–27

2015 年 6 月 23 日

何先生[①]：

您好，久未问候。

今年是建五班毕业50周年，校庆时班上在香山饭店集中了三天，同学来了有70余人（加上家属有百余人），崔克摄先生夫妇还从美国赶来参加。除回校与师长合影、参观外，我们还筹备了一本编年纪事体的《清华建五纪事》一书，班上同学在毕业后50年中的各种活动（包括吃喝玩乐），这本书在校庆前刚刚印毕，现奉上一册存念。

另有几册拙作一并奉上，因近三年中每年均有半年去美国探亲兼照看双胞胎的孙子，所以积存了几册。

关滨蓉和我情况都还好，还望先生多加保重，50年纪念活动也想再出一本小册子，但至今尚未启动。

另同学的通讯录也奉上一份。

敬颂教祺。

学生马国馨敬上

2015年6月17日

注：①何重义先生（1928—），湖南江陵人，1953年毕业于天津大学建筑系，1983年在清华大学任教，后到北京建筑大学任教。

编号34-28
2015年6月23日

单先生[①]：

您好。

久未问候，从微信上看二老均极康健，令人高兴。唯人生百事，悲喜参半，然仍以高兴事似更多些。

去美国探亲兼照看双胞胎孙子已有三年（每次去半年），所以国内情况生疏不少，奉上拙作几册，都是这几年积存下来的，供您闲时破闷之用。

这次毕业五十周年活动，仍能来了七十多位同学也真不易，三天活动也平安过去，虽大家都提×年后重聚，但如此大规模的活动看来是不太可能了。编了一本《纪事》，留下一些记忆，不想五十年弹指一挥，已成过去了。原想把纪念毕业五十周年的几天活动再弄个小册子，还未得响应，因此也未启动。

新版通讯录也奉上一份备用。

问候全家，内子顺问不另。敬颂教祺。

学生马国馨敬上

2015年6月23日

注：①单德启（1937—），安徽芜湖人，1954—1960年在清华大学建筑系学习，曾任政治辅导员，毕业后留校任教授，现居北京。

编号 34-29

2015 年 7 月 13 日

肖林[①]学长：

您好。

因为从 2013 年起，每年均有半年时间去美国儿子处伺候双胞胎孙子，故疏于问候，还望见谅。想来，您和何老均好吧，十分想念。

今年是我们班毕业 50 周年，在香山饭店三天聚会活动，四川的陆强和崔国樑去了，全班来了 70 多人，加上家属 100 多人，也算平安度过，和老师们也合了影。虽然说是希望以后再聚，但看来搞如此规模的活动会有困难了，我们还遇到上一批老建五在举办 60 周年的活动，他们也来了不少同学。

为此次纪念活动，我们出版了一本编年纪事体的册子，将 50 年来的主要活动梳理一下，收入的条目有 1500 条，插图 1100 幅，现奉上一册，其中也有若干在四川的照片如 P115、P220，请多指教并提出宝贵意见。

50 周年的活动可能要另出一个小册子了，现正在筹备中，但还没有启动。

明年是建筑学院建院 70 周年，我看院方也在准备之中。

另外，这几年陆续出版了一些个人的著作，随信先奉上两册，此后容陆续奉上。

从天气预报看，四川和北京一样也是酷热异常，还望多加保重。

顺问全家均好，关滨蓉也问候不另。

敬颂夏祺。

马国馨敬上

2015 年 7 月 13 日

注：①肖林，1960 年毕业于清华大学建筑系，后到中建西南建筑设计院工作。现居成都。

编号 34-30

2015 年 7 月 14 日

寿荃兄：

您好。

因此前多耽于美国，故疏于问候，还望见谅。

此次 50 周年活动来了 70 多人，加上家属 100 多人，也是盛况空前，惜哉，寿荃兄未到，但信件及书法大家均已见到，由美国赶来的崔克摄先生，还有一信赠你。

另《清华建五纪事》附上，也是 50 年的回忆和小结。拙作一册奉上第一篇即是高兄的，还望指教。近日准备出本小书，名曰《敝帚集》，取“敝帚自珍”之意，望我兄竖写横写各赐一幅为感，A4 纸大小即可，此前拙作已请过叶如棠、宋春华、何玉如、应朝、刘力、白福恩等题签，此次劳动高兄了。

新版通讯录也附上，老关顺问不另。

问全家好。敬颂夏祺。

马国馨敬上

2015 年 7 月 14 日

编号 34–31
2015 年

刘老[①]：

您好。

首先代表我们全班同学祝您身体健康，万事如意！

建五班自 1959 年入学以来，随时受到各位校领导的关心和爱护，这使我们能够健康成长，多次获“四好班”称号。1965 年毕业以后，虽然大家天南海北，但仍时时相聚，关心学校的成就、进步和各位老领导的健康。

今年是我们班毕业 50 周年，除 8 位去世的同学外，其他同期毕业的 83 位同学都健康地为祖国工作了 50 年。虽然大家均已年过古稀，但仍集中在香山饭店活动了三天。同学参加纪念活动的有 70 多人（加上家属有百余人），好几位同学专程由海外归来参加。大家和系里老师照相留念，观看了话剧《马兰花开》，开展了联谊活动，并相约争取在毕业 55 年、60 年时能再次聚会。

为筹办这次纪念活动，我们还筹备出版了一本编年纪事体的《清华建五纪事》，因为此前我班已陆续出版过《班门弄斧集》1~3 集，收集了同学众多的学习和工作、生活回忆文字，所以这次出版则集中表现班集体和大家在这50年中的学术、社会、公益、联谊、旅游、拜访等活动，并逐年列出，想也从一个侧面反映班级在这50年中的成长和发展，也为清华的教育发展史增添一些内容，还希望能够得到您的指教。

另外，随信附上我最近出版的一册院士文集《求一得集》，简要地回顾了一下在专业方面的点滴体会。

问候您和家人，再次希望您多加保重。

敬颂夏祺。

学生马国馨敬上

2015年

注：①刘老系刘冰（1921—2017），河南伊川县人，1938年加入中国共产党，1956年任清华大学党委第一副书记，1978年去兰州大学，1988年任全国人大教科文卫委员会副主任，1998年离休。

编号 34–32
2015年8月14日

文光兄：

您好。

您的画作，我已发出几本，大家都有回音，做一简单汇报。

布正伟的爱人是国画家，他回信说："我和老伴非常感谢您寄送杜先生书画专集，欣赏之中我们都认为杜兄书法颇有大家范儿，画作也充满灵气，甚至有像'蒲公英'这样完美动人的佳作。杜总的艺术修养让我们点赞！庄寿红建议对中国画讲究的'起－承－转－合'构图规律做些了解，专心揣摩一下潘天寿先生的作品。"

苏刚是高班留校校友陈君燕的爱人，陈是暖通专业，金质奖章获得者，苏在解放军测绘学院，极爱绘画（他哥哥和崔克摄先生是中学同学），他认为"作品既有没骨画的技法，也有西画的因素，自成一派，具有个人风格，颇有特色"，并随赠个人画册一本。

《世界建筑》的贾东东认为画风与王乃壮先生有相似之处。

我院熊明总正好出了他的诗画集（4），我赠他一本画册后，他也回赠新的画集一本。

刘益蓉是建一学长（刘永梁的爱人），收到画册后也回赠她的画集一册。

此后我还将看好对象，陆续将大作发出。

暑热之日还望全家多加保重。

老关顺问不另。敬颂时绥。

马国馨敬上

2015 年 8 月 14 日

三本画册同时附上。

编号 34–33
2015 年 9 月 6 日

尚媛[①]先生：

您好。

谢谢您寄来那么珍贵的画册，这对我们来说是太好的礼物了，无法表示我们的谢意，先把手中的部分书籍奉上，请您和童先生哂正。下面我分别简介一下。

1.《设计院书画邀请展作品集》里面有不少清华同学，童先生可能还有印象，如熊明、吴观张、朱嘉录、王玉玺、何玉如、宣祥鎏、叶如棠、姜慧嫌等。

2.《画忆百年清华》是我们建五班为纪念校庆百年出的一本画册。

3. 同学的作品集（都是存放在我这里的）

建一同学刘益蓉的《绘景留情》。

我们班杜文光的《画苑学步》是今年刚刚结集出版的。

我们班林丙棠的《建筑画选集》出版得比较早。他在香港工作。

4. 我的一本建筑论文集《建筑求索论稿》内容集中于建筑设计方面。

因怕太重了，所以先奉上这些，如您和童先生感兴趣，以后还会有些闲书送上，供您老二位解闷休闲之用。

问全家好，望二老多加保重。

敬颂秋祉。

学生马国馨敬上

2015 年 9 月 6 日

内子关滨蓉顺问不另

注：①傅尚媛（1933—）生于北京，是清华大学童杜旭先生的爱人。1953 年毕业于中央美院，任职于清华大学建筑系。

编号 34–34

2016 年 9 月 8 日

《水木清华》编辑部：

你们好！

从《水木清华》杂志上看到有关《清华老照片》征稿的消息，作为清华老校友，也想为贵刊稍尽绵薄之力。2015 年恰逢我们建五班毕业 50 周年纪念，经精心筹备，同学支持，最终我们出版了一本编年体纪念册《清华建五纪事》，逐年记录了我们班自毕业以后 50 年中与母校的联系，同学间的联系，以及一些主要活动。书中收入了这些年的老照片 1000 幅以上，不知对贵刊的新栏目可有帮助，故奉上一册供存念。

如需用其中的照片电子版，可与编辑成员张思浩联系，他的住址是（下略）。

向编辑部同志问好。此颂编祺。

马国馨敬上

2016 年 9 月 8 日

编号 34–35

2016 年 11 月 10 日

邦杰兄：

您好。

久未问候，想来近日一切均好，甚念。

日前和我的高中同学王复东联系上。他大学在清华机械系，早已定居澳大利亚悉尼，这次夫妇二人回国，见面时谈起在初中时与您是极要好的同学，也询问了您的近况，借此我把他的手机号告诉您。

随信附去拙作二册，都是近来把一些冷饭翻出炒炒，还请指教。同时，我想起您历年积存的散文、小说肯定不少，何不结集出版，分赠亲友同好，也是一乐也。

我近几个月身体不佳，房颤、美尼尔、颈椎病时时发作，因此也不敢出差，美国也不去，老老实实在家待着啦。

建五班级微信群十分活跃，您也可加入啊！

顺问嫂夫人。

敬颂文祺。

马国馨敬上

2016年11月10日

编号 34-36
2017年2月8日

旺秋兄：

您好。

春节好，久未问候，不知我兄近况如何，甚念。

从去年下半年起，诸病都找上身来，先是心脏房颤频犯，后来又有颈椎病，医生建议不要看书、不要写字。人们笑谈只适于炒股，天天抬头看显示屏；还有美尼尔也时时侵扰，故时时对付这些病痛，美国也不去了，宅在家里。前一段，老关做了两眼的白内障手术，现在看，老病缠身似已不可免了。

奉上拙作一册，无非是拣了些冷饭放在一起炒一下，还请多加指教。运治兄处一册望代转致，因看地址你们住得还较近，其他学兄望代致意。上月安之兄和新妇来京一聚，也相谈甚欢。

问全家好，望多加保重。

此颂时祺。

马国馨上，老关顺问不另

2017年2月8日

编号 34–37
2017 年 12 月 12 日

丙棠兄：

您好。

自香山五十周年会聚之后，疏于问候，但时时在班级微信群见晤，知您一切均好，甚慰。

此前因不知您是在加拿大还是在港，所以虽有拙作完成，但一直没有奉上。近日从微信得知在港，故赶快将几册拙作送上，还望我兄不吝指教。也顺做年卡问候了。

年过古稀以后身体不理想，包括心脏房颤、颈椎病、眩晕等症频频来犯，因此近况大不如前，节奏放慢许多，基本不去外地，平日多宅在家里了。

顺问全家均好。敬颂时祺。

马国馨敬上

2017 年 12 月 12 日

老关顺问不另。

编号 34–38
2019 年 2 月 20 日

崔先生和崔师母：

你们好。

自回国以后，和朱纯华那里一直有微信联系，因为和您没有微信，又不知信箱，加上诸多杂事，所以一直没和先生联系，很是失礼，还望你们原谅。

自 2016 年以后，我们就再没去美国。一是孙子大了，他们自己也能对付，二来我们身体状况也不理想，我是心脏的房颤时有发作，到时心律 200 次左右，在美时就犯过，后来越加频繁，最后在 2017 年 2 月做了射频消融手术，从术后效果看还可以。但后来又添了眩晕的毛病，犯的时候天旋地转，查了以后，认为不是美尼尔，也不是耳石症，最后比较偏向于颈椎病，医生建议不能按摩，也不能牵引，要少看书，少写字云云。这个毛病的讨厌之处在于找不到发病规律，不知道什么时候就犯，有时一两个月也没事，有时就很密集，所幸发病前会有几秒钟的预兆，便于我作好准备，或马上吃药，躺一会儿就好了。但给人思想上压力就比较大。去年 11 月在清华开关先生的作品展，开幕式刚一半，我就犯病了，给大家吓一跳，后来回家睡一觉就好了。总之随着年纪的增长，毛病就接踵而来。你们都没事吧，甚念。

还要报告的是应朝在去年 11 月 27 日突然去世。大家一直认为他是班上身体最好的，每年还参加马拉松赛。听家属说他头一天感觉不适，去医院查心电图也没有异常，但当天半夜就发病去世了，估计还是心脏的事吧。告别那天，因天气特冷，来的同学不多，一个小班一名代表，孙凤，田国和我，还有朱曼、林桔、杜文光夫妇、老关、林贤光先生也赶来了。应的感情生活也不顺，和原配及家庭一直冷战，一个月前才正式办了离婚手续，和新妇刚登记一个星期，新妇原是一个单位的。不想就发生了这事情，真是太突然了。

您和师母的情况都好吧，还望多保重。

先简复如上。春节元宵的节日问候，只能在此补贺啦。

学生马国馨敬上。老关顺致敬意。

注：此信为电子邮件，致崔克摄先生。

编号 34–39

2019 年 3 月 7 日

志宏[①]学兄：

您好。

几个月前，在建五班微信群中看到您所写的回忆我班应朝的长篇文字，让人十分感动。应朝是我们班上十分活跃的成员，聪明、睿智、机敏、热情、才思敏捷、待人真诚，是班上十分难得的奇才多面手。他的思维如天马行空、电光石火，我们都难以跟随企及，所以他的突然去世真是令大家惊愕，没有思想准备。

和应朝告别那天，因为天气太冷，所以去的同学不多，我作为代表之一和其他七八位同学一起去送他最后一程，谈起应朝的诸事也是一言难尽。

奉上我去年的一本拙作，主要是配合单位改革开放 40 周年在国博的回顾展而出版的回忆单位的人和事，还望指教。

顺问全家，敬颂春祺。

马国馨敬上

2019 年 3 月 7 日

其实应朝留下的文章、书信、画稿极多，我一直鼓动他结集出版，看来困难了。

注：①周志宏，1963—1968 年清华大学水利系学习，后从事水电工程，1985 年起参加核电建设，为应朝核工业部同事。

编号 34-40
2019 年 12 月 24 日

正凡兄：

您好。

久未问候。因不知您是在汉还是居沪，所以若干拙作一直未能奉上，今见到沪上同窗合影后，先寄上拙作二册，料想无虞。

我的地址仍是北京西城南礼士路 62 号。

顺问全家均安。顺颂教祺。

马国馨上

2019 年 12 月 24 日

老关顺问不另。

注：致同班同学胡正凡。

编号 34-41
2020 年 1 月 2 日

春华兄：

您好。

久未问候。日前，胡正凡兄寄来几本他的新作《环境心理学》（第四版），其中一册嘱我转致您处，今特奉上。

正凡兄为四版修订，花了整整三年时间，更新了原书近一半的内容，夜以继日，每天都吃方便面和稀饭、腐乳度日，结果成书后发现自己严重贫血，目前在沪休息、食疗。正凡兄的拼劲儿令人佩服。

上周五沈大锺夫妇为中芭建团 60 周年来京，和同学小聚，照片也发去。

顺问全家。此颂冬春祺。老关顺问不另。

马国馨敬上

2020 年 1 月 2 日

注：致同班同学宋春华。

编号 34-42
2020 年 8 月 9 日

惠坚先生：

您好。

此前曾向您奉上《清韵芳华：张五球纪念册》，后收到您的来信，知您正处于病后康复之中，想来近日必日趋康健，时值暑热还望多加保重。

一直以来有个愿望，就是把自己多年来发表或未发表的涉及清华的文章汇集成书。适值疫情，有了整理的机会，遂将 1996—2020 年间收集的四十余篇凑成一本书的篇幅。内容为回忆清华的人、物、事，其中涉及人物的有 26 篇，上至早期清华前辈陈植老、梁思成先生，下及 47 岁去世的建筑系学生王兵，还有一些老师、校友，另外还有一些曾发表在《校友通讯》上的文章等，拟起名《难忘清华》，准备在年底或明年初清华 110 周年庆前正式出版，以表达年近八旬的老学生对母校的怀念。

为此，烦您能在忙中为本书题签，只用“难忘清华”四字即可，横写竖写各一，以便封面设计，如蒙应允，不胜感激，寄北京市院（见下面地址）即可。

问候全家，敬颂教祺。

学生马国馨敬上

2020 年 8 月 9 日

内子关滨蓉顺问不另。

注：致方惠坚信。方惠坚介绍见本书 104 页。

编号 34-43

2021 年 4 月 12 日

李芳女士：

您好。

自应朝兄去世后，一直没有联系，但我们全家还是时时惦记着你们，所以在去年疫情初起时，抓紧时间写了一篇回忆应兄的文章，利用《难忘清华》一书出版的机会，收入其中，今奉上请指教。（其实在文章完成以后，我又找到许多应兄给我的信件，但来不及放入了）

我一直催促应兄将自己的画作和文章结集出版，但他一直不做回答，但我知道这些内容他肯定都是收集得十分齐全的，所以我也想不知您是否有意将应兄的遗作出版，可以出综合的纪念集（文章、照片、亲友回忆、代表性文章或画作），也可以单独出几册，如绘画作品集、文章诗句对联专集、信札专集等，对他也是

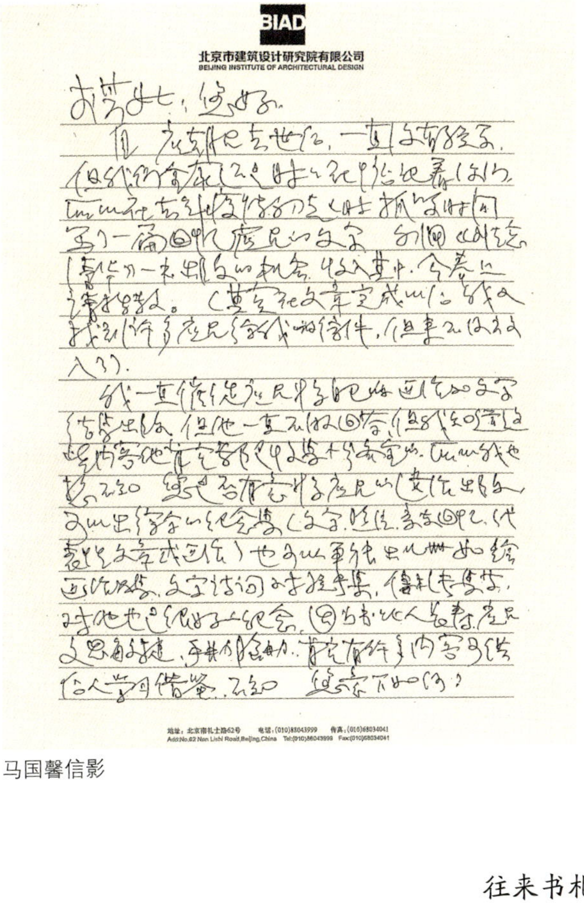

BIAD
北京市建筑设计研究院有限公司
BEIJING INSTITUTE OF ARCHITECTURAL DESIGN

李芳女士：您好。

自应朝兄去世后，一直没有联系，但我们全家还是时时惦记着你们，所以在去年疫情初起时抓紧时间写了一篇回忆应兄的文章，利用《难忘清华》一书出版的机会，收入其中，今奉上请指教。（其实在文章完成以后，我又找到许多应兄给我的信件，但来不及放入了）。

我一直催促应兄将自己画作和文章结集出版，但他一直不做回答，但我知道这些内容他肯定都是收集得十分齐全的，所以我也想不知您是否有意将应兄的遗作出版，可以出综合的纪念集（文章、照片、亲友回忆、代表性文章或画作）也可以单独出几册，如绘画作品集、文章诗句对联专集、信札专集等，对他也是很好的纪念，……

马国馨信影

很好的纪念。因为书比人长寿，应兄文思敏捷，手勤脑勤，肯定有许多内容可供后人学习借鉴，不知您意下如何？

如认为可以，也可先试行整理一部分出版，摸索一下经验，当然也要有一定的经济支出，那时我们也可以一起商量一下，看如何操作更好。

像我们这些都已届耄耋，许多事情必须抓紧去办，虽然你还年轻，但趁我们还在时能有所进展也还是很好的事情。

不多写。祝健康平安。

马国馨敬上

2021年4月12日

注：李芳，应朝妻子，核工业部二院工作，现居北京。

编号 34-44
2021年4月12日

李芳：

您好。

有关应朝兄遗作的出版，我想他的东西内容很多，美术作品、文章、诗词、谜语、印章……一下子不可能都解决，所以想先弄一本纪念集，做个开始，之后再陆续解决后续部分。有关纪念集，此前我曾有过两次操作，一次是正式出版有书号，一次是没有出书号只印了300册，大的框架基本考虑如下几个板块：

1. 回忆文章。这里包括亲属、友人、同事、同学的不同时期的不同内容，最好附有插图，需要向有关的人员约稿，才能保证内容和质量。

2. 应朝的代表性文章。可以是学术性的、回忆性的，也可以是散文，不拘形式，能基本反映他的成就、爱好和追求等，这里也可以附有插图，如篆刻书法。

3. 有关应朝工作、生活、家庭的照片，最好都要附有时间和说明，除应朝本人外，其他有关人员最好也都加以注明。

4. 生平大事记。繁简程度根据回忆的情况，能细则细，实在没有就略过。

5. 前言和后记。这可以等前几部分都完成差不多以后再考虑由什么人来写。

这几部分内容也还可以变通，如回忆部分篇幅已经相当多了，那应朝自己的文章也可以少放或不放。回忆部分应保证几篇最基础的文章，如对兄弟、子女、爱人对应朝的回忆，同学中也要约几位，同事（包括同辈、年轻同志）、朋友等都要敲定人选，不落实人头最后都会落空，因为大家都很忙。

照片和大事记可以分两部分，也可以合在一起，事件和照片互为对照。

我可以寄给您一册我们此前为一位学长所做的纪念册作为参考，可能会使您受到启发。那本书的回忆部分，中学以前比较丰满，大学和工作以后就显得单薄，不够充实。这本书拖拖拉拉，用了三年的时间才完成，但有一条，如果亲人抓得紧，进程就会加快。我们另一本书是正式出版的，像传记一样，传主的儿子也 90 多岁了，但他抓得较紧，所以正式运作大概一年多也就出版了（当然此前也拖了不少时间）。

当然出版还有经济问题，我们那一本正式出版的，因为有单位支持，所以没有问题（应朝这本不知核二院能否予以支持，实在不行，哪怕支持一部分也好）。前一本没有书号的共花了 6 万元，印了 300 册，由家属和同学分别负担一部分解决了（这次附寄一册供参考）。

另外还有编辑上的一些技术问题，我不知道你的电脑编辑水平如何，我是一窍不通，有一位电脑技术很好的同学把文字录入、照片扫描以至初步排版都解决了。实在有困难，这些工作也可请出版单位来做，我这里因经常出书，倒有很熟识的出版公司，也可以委托他们来做，自然成本上就要稍多一点了。

我的出发点是书比人长寿，应兄一生十分努力，起码在立言上还是可以给后人留下不少东西的，这也是对他最好的纪念了。

因患帕金森症，所以写字越来越潦草，平白增添了识认上的困难，还望谅解。

信没写完我又想起，这本纪念集最主要的内容应是反映应兄在核二院几十年工作的业绩和成就，所以这方面的文章应占纪念集的分量最重，也是对他一生工作的总结和评价。您本是二院的人，应可了解谁适于写这方面的文字，恐怕要提早打招呼，约一下稿子。

此前上海的周志宏同学曾在核二院待过，他十分热心，已和二院的张妍妍联系过，张给他打电话说已向主管领导汇报过，领导也很支持。另外有原二院的王丽丽（宣团部主任）和谢芳苏都准备建一个微信群，不知您和他们是否熟识，如能联系上，有组织上的支持，渠道畅通，工作就好开展多了。这是十分重要的工作，这样就是单位的工作内容而不单纯是我们私人的事了。

另外，周志宏已答应写一篇文章，他还认识两位应朝中学的同学，应的母亲也教过他们，是否也可提供，看来趁大部分当事人都还健在，抓紧一下还是有希望的。

当然最终还是要您这儿受累了。

此祝健康顺利。

马国馨敬上

2021 年 4 月 12 日

您是否知道应前妻小张的地址、名字和手机？我准备也给她寄本书去。

我的这一想法还未和多人交谈过，只有很小范围的人知道。

编号 34–45
2021 年 5 月 6 日

慧丽[①]老师：

您好。

我是建筑系 1959—1965 年的马国馨，我们建五班自 1995 年以来陆续出版了若干出版物，其中绝大部分是有正式书号的出版物，过去是只知道要向校图书馆清华文库送去入库，不知道还有别的渠道。时逢校庆 110 周年时，校刊解红岩老师告知，还可向校史馆和档案馆捐赠，为此我们准备将有关出版物陆续寄去，还望予以收藏。

另外我个人也陆续出版了二十多册出版物，有的涉及建筑、城规、环境专业，也有摄影、诗词类的内容，也不知校史馆是否需要，如可也将随后奉上。

敬颂教祺。

马国馨敬上

2021 年 5 月 6 日

通讯地址：西城南礼士路 62 号

注：刘系清华大学校史馆工作人员。

编号 34-46

2021 年 6 月 7 日

海泉兄：

您好。

久未问候。日前与您通话，谈了我的一些想法，为应朝兄出版一集子，是我在他生前就多次向他提出过的，但他一直不予答复，这次开始运作以后，更深感应兄平时的勤奋，在设计、诗、文、联、谜、画、印诸方面均有许多成果，就此埋没了实在是可惜，于是更坚定了我的信心。我与其亲属、好友、同事等多方联系，他们均表示十分支持。从目前的情况看，进展还较顺利，如可能，希望他的纪念集能在今年他的忌日前完成。

随信附去几位同学的稿件。您是他的好友，想来定会提供一些更重要的内容。有关此事，我都是在底下与个别同学交换意见，并未在建五班内声张，也许在适当时机再通知一下。

另附上拙作《难忘清华》。因为一直以为您已搬家，所以迟迟没有奉上。内容大都是过去的冷饭重炒，但后面的若干文章还是新撰，尤其是关于应兄、正凡兄的文字，最后两篇是在样书都完成之后，出版社又大力协助才塞进去的。

问候全家。子昂也许久未见到了。

敬颂时祺。老关顺问不另。

马国馨敬上

2021 年 6 月 7 日

我因患帕金森症，所以写字越来越潦草，还望见谅。另听同学说，在应朝去世时，你曾在班网上发过一篇长文，我一直没见到过，不知此事确否？又及。

编号 34-47

2021 年 6 月 8 日

林先生：

您好。

此前曾给您手机发一条短信，一直未见回音，十分惦念，故利用寄书机会再发一信。

我们几人准备为应朝出一本纪念集子，家属亲友都很支持，几位应朝老友也都来稿，纪念集工作正顺利进行。

不知先生可否为应朝纪念集赐稿一篇，长短不限，万望应允。

随信附去《清华六年》，原思浩兄出了电子版，觉阅读不甚方便，故我找人印为纸质版。

问候全家。敬颂教祺。

学生马国馨敬上

2021 年 6 月 8 日

老关顺问不另。

注：致林贤光先生。

编号 34–48
2021 年 6 月 28 日

海泉兄：

您好。

在大家的大力支持下，应朝的纪念集工作进展还较顺利，一切都在进行之中。

我兄的纪念文章，目前收有两份，一是 2018 年 11 月的文章，一是今年 6 月的文章，今去信征求一下您的意见：

1. 纪念文章采用哪一份，2018 年的还是今年的。

2. 因两篇文章内容也有重叠之处，依弟意见也可将二者合而为一，内容可以取二文的精华，篇幅可增长些，只是又要劳动你们了。

不知您意下如何？

问全家好。敬颂暑安。

马国馨敬上

2021 年 6 月 28 日

二篇文章随信附上。

老关顺问不另。

编号 34-49

2021 年 7 月 13 日

福恩兄：

您好，暑热之中疏于问候，歉甚。

此前收到兄寄来之书法及文章，同学及应家亲属均很感动，将为本书增色许多。

今又有一事相求。应朝这本纪念集名字经与各方研商已定为《朝华夕拾》，一是循鲁迅先生“朝花夕拾”之意，为人们所熟悉；二是“朝”字隐含应朝名字，“华”字不用“花”，虽二字通假，但用“华”字似含义更多些，内含清华、韶华、华年、华彩、华章诸多内容；三来“夕拾”可表达在应兄生前未能出版，而在身后完成。另外还有一个副标题就是“怀念应朝”。故烦我兄题写书名四字，我意，您的字比如棠兄更苍劲有力，故望万勿推辞。副标题就准备用印刷体了。

从封面设计角度，四字横写更宜，当然如便，横竖各一也便于更多选择。

敬颂暑安。

马国馨敬上

2021 年 7 月 13 日

老关顺问不另。

白福恩题写的书名

编号 34-50

2021 年 11 月 17 日

您好，运作了半年多时间的《朝华夕拾——怀念应朝》一书已出版，先奉上两册（如还需要，可来信告知再寄去）。由于有应朝家人、众多同事、同学们的关心和支持，尤其是您的大力支持，本书得以顺利完成。在此，对您的支持表示由衷的感谢。

由于编者水平有限以及编写时间较紧，书中肯定有不少遗漏或错误，还望您能不吝指正，以求改进。

由于编辑单位的大力支持，本书出版共用6.5万元，其中应家1.5万元，建五同学孔力行2万元，叶如棠1万元，马国馨2万元，特此报告。

书比人长寿，希望通过这本书的印行，让应朝同学继续活跃在我们中间。

敬颂冬祺。

马国馨敬上

2021年11月17日

注：此信为发出《朝华夕拾——怀念应朝》一书时，致书中各位供稿者的信件。

编号34–51
2021年11月17日

您好，奉上一册我最近为我们建五班已故同学应朝编的《朝华夕拾——怀念应朝》。应朝是我们班非常活跃、才思过人、精力充沛、待人热情、成果丰富的同学，是建五班五十余年来活动的重要黏合剂和润滑剂，可惜三年前突然因病去世，令我们都十分惊愕。

由于他一直在核工业部工作，涉及业务及设计工作多系涉密，我们只能把他公开发表的一些学术论文、给同学的私人信件（多在班网上公开过），以及他的众多诗联、美术、篆刻等作品结集内部出版，以寄托我们对逝去同学的怀念和情谊。由于水平有限，错漏之处肯定难免，还希望您能不吝指正。

书比人长寿，希望应朝同学的事迹、作品、为人……能更多为人所了解，并活在人们的记忆之中。

谢谢您的指教。敬颂冬祺。

马国馨敬上

2021年11月17日

注：此信为寄出《朝华夕拾——怀念应朝》一书时，致建五班以外人士的一封信件。

编号 34–52

2024 年 4 月 18 日

思浩兄：

久未问候。见贤伉俪每日出游，莺飞草长，优哉游哉，令人羡慕。今有一事相求，我最近编了一本我与建五同学的来往书信集，收入书信三百余封，除同学外，也有少量校友和老师，以手书信札为主，有少量电邮和微信，想请您题写书名，即“建五来鸿”四字，毛笔、马克笔均可，封面与《班门弄斧集》相近，横写即可，料想能获应允，力争明年前能出书。

谢谢！问候全家！

老马

2024 年 4 月 18 日

编号 34–53

2024 年 5 月 4 日

思浩兄、欣然兄：

你们好。

久未写信了，这次又想起一事须先和您商议一下。

今年是建四班毕业 60 周年，从视频看还来了不少同学，也还热闹，但听说给四、暖四集会只有 5 人，房四只有 7 人，想起来也很冷清。清华建筑系 80 周年院庆将在 2026 年举办，原来和建四商量，他们也想建四、五、六一起搞个什么纪念物，请示叶后他也没意见，但建四活动时这个建议也没有机会向学院方提出，因此也就胎死腹中了，这也先不去管他了。

建五活动也有待各位领导研究后再说了。

我想起一件事，需要和你商量一下，看是否可行。我想明年再筹备出一本书，即《夕阳无限》那样的以照片为主的书，不要书号，印出若干册，也算一个纪念，以符“书比人长寿”之意。其内容我初步想以“我们和老师”为题，即收集一下我们同学和各位老师的合影，着重在人数较少的合影，这样反映一下我们对老师们的回忆和尊敬，也把同学的面貌都能反映一下。这一来就要仰仗您的大力支持，就像《纪事》《夕阳》等书，利用一年的时间广泛收集照片，因为同学个人和老师的照片在《纪事》上收集过一部分（我统计了一下可用的约百幅），但大部分还都在每个人手中，如收集起来，我想也很可观，不知可行否？

至于有了原始材料后的具体编法，可此后再研究，是按老师分还是按时间分就再说了。

如果可行，那就是您那儿收集、编辑，我来安排出版，我想如果不要书号，就简单多了，印个几百本各处分分了事，也算有点动静。我想如每页 6 幅照片，起码 50 页，有 300 张照片即可成书。

此事我还未和任何人谈过，是看您二位的意见如何再说。

老师的范围以建筑系的为主，最好教过我们的都包括在内，当然也有其他人，如周先生，别的系或专业的也不排斥。

很不成熟，希望听到二位的意见。

问候全家。敬颂教祺。

马国馨敬上

2024 年 5 月 4 日

老关顺问不另。

书名也可为《师恩难忘》之类！

我只初步看了一下咱们已出版的影集中，《60 年》一书中有近 10 张，《夕阳》一书中有 30 张，《纪事》一书中有近 50 张可以采用，是否可以以此为基础，照片收集起来后，也和前两册一样规格，这样就又成为一系列啦！

编号 34-54
2024 年 5 月 8 日

思浩兄：

谢谢支持！我想如果有意见，我先向有关领导汇报，如无意见，再从网上发通知，只要有人响应，就把一些照片发到网上，大家就会有兴趣。准备用半年时间收集材料，用三个月时间编辑，我想时间还可以，关键是各位老师的照片要收集得较齐全。我初步想还是按时间分段，大学，然后二十年为一段，这样分成四段较好组织，分太细了恐照片没有那么多，名称可暂定为《师恩难忘》。已出版的集子里，我看有百张可用，如和邓雷子一张就很难得，以此为基础，我想问题不大。你我那里就能凑出不少，先看手头已有的，也算咱们最后一哆嗦啦！

问二位均好！

老马

2024 年 5 月 8 日

编号 34–55
2024 年 5 月 17 日

思浩兄、欣然兄：

你们好。

老了以后，办事就拖拉了，请示叶班长时，他还正在潼关拍日落的照片，他表示支持和同意后，一下子又过了好久，也许是时间尚早之故。我初步有个想法。

1. 本书以收集建五同学与清华师长，尤其是建筑系师长的合影照片为主题，以表现在毕业六十年中与师长的往来与互动。内容上：

（1）大集体的照片先不做收入考虑，到最后编辑时再视情况而定（可能典型的还可选入一点，因为张数也不多）。

（2）主要收入小集体（10 人以下），最好是 1~3、5 人与老师的合影，这样更可表现同学个人与老师的关系。

2. 在发出正式通知前，可否先把您那儿可用的照片整理一下，摸一下底，看哪些照片可用，将来发通知时这些照片大家就不用考虑了，着重寻找缺项的内容。

（1）黑白照片部分，大部分都收集在你那里了，估计同学手中的可能不会太多了。

（2）彩色部分，您那里也有不少，另外当时活动时负责摄影的国英、兴达兄手中可能也会有些，我这里也有一些，尤其是校庆活动时拍的比较多。

（3）再就是个别内容在每个人手中，如朱纯华、姚娟，他们手里有老师们去深圳等地时的照片，还有如美国和辜传海先生的照片等，这都是要收集的重点。

3. 如您那里已有 200~300 张可用，再在同学那里收集几百张，我想就大功告成了。

4. 每张照片最好有文字说明，包括时间、人名和地点。前言和后记在书稿编辑得差不多以后再定。

5. 等您那儿家底摸清之后，就可以在班网上发出通知，并附若干样片供大家参考。

6. 为调动大家的积极性，我看是否还要有个班子，仍以叶领衔，您和我常务，再每个小班有一二个人即可（手头照片较多者或沪、深、蓉等地一人），有事线上或电话研究即可。

以上想法是否现实可行，还要多仰仗老兄了。

问候全家。

敬颂编祺。

马国馨敬上

2024 年 5 月 17 日

老关顺问不另。

35 孟金玲（书札 4 通）

（1940—），出生于上海，1959 年起在清华大学建筑系建五三班学习，毕业后分配至上海华东水泥工业设计院，1996 年退休，现居南京。

孟金玲夫妇（2009 年 9 月）

编号 35-1

1986 年 3 月 12 日

马国馨老同学：

您好！

光阴似箭，一晃就是 20 年。去年校庆纪念活动没能参加，非常遗憾！当时因准备出国，所以没有时间写信，后来因故延期。8 月份去北京出差，曾去院里找你，说你外出不在，因我时间有限，后就没再去找你。出国到年底才去成，去丹麦进行设计联络及谈判，又去了西班牙巴塞罗那及马拉加，回来时去了香港，与家人团聚非常愉快。

今年眼看校庆又快到了。我可能 4、5 月份要出差去冀东，可去北京，所以寄此信给您，请告知您及其他同学的所在科室、电话，以便联系。

往后要去广州做现场设计，很少有机会往北走。

我现在工作忙，家务忙。工作一紧张血压就上升，无可奈何。

代向其他同学问候！祝康乐！

孟金玲

1986 年 3 月 12 日草

编号 35-2

1990 年 9 月 7 日

马国馨：

您好！

七月份寄来的我班同学通讯录（修正版）及彩照一张早已收悉，谢了！

当时手头工作比较多，天气又热，一直没回信，请谅！今天欣然写此信向您表示谢意！老实讲，与老同学见面联络的机会不多，所以彩照上我几乎一半以上都叫不出名字来了，实在太遗憾了！而且经常建五、建六的人也混为一谈了。

我现在最盼望的是哪年校庆能上清华园与老同学们团聚一次。

去年吴良镛先生、吴观张、周文瑶、刘力都到南京，上我家来过，那是让人高兴的事。

昨天收到《世界建筑导报》张良君寄来的《北京亚运建筑》一书，使我一饱眼福。我看到了你的杰作，你为亚运建筑立了不少功。真为你为我国的建筑事业做出的贡献和成就感到由衷的高兴和羡慕。

下一步你们又打算忙什么了？欢迎您以后有机会到南京来。向您夫人问候！

我们院办公楼落成，去年已搬入，新地址及电话见名片。家也搬入新居。

其他就不多写了，不浪费您的时间了。祝健康快乐！

孟金玲

1990 年 9 月 7 日草

编号 35-3

1994 年 10 月 27 日

家庭地址：（略）

孟金玲

1994 年 10 月 27 日

顺告：张永珠已于 70 年代病故于上海。

编号 35-4

2003 年 8 月 19 日

马大师：

您好！

稿已改，P60 用红笔勾出！谢谢您百忙之中还在为大家服务。

向您夫人问好！祝全家安康！

金玲敬上

2003 年 8 月 19 日

2015 年孟金玲（左二）在北京建外 SOHO

36 彭应运（书札 3 通）

（1940—），生于重庆，1959 年起在清华大学建筑系建五三班学习，毕业后分配至陕西省建筑设计院，1992 年去广东惠阳，1997 年去深圳工作，现居深圳。

彭应运夫妇（2019 年 10 月）

编号 36-1
2002 年 2 月 24 日

马国馨同学：我已退休，2002 年底家将搬至深圳市罗湖区。

同学彭应运

2002 年 2 月 24 日

编号 36-2
2004 年 11 月 3 日

编委：拜读初稿，知本次收稿内容十分丰富，突现了各位同窗离校后的多彩人生。我个人拙见：以离校后的题材为重，以书画为主，大学时的作品是否可以少一点。方案类的表现图减少一点，精彩的作品放大一点，以展示各位同窗之情趣。

彭应运

2004 年 11 月 3 日

编号 36-3
2021 年 11 月 25 日

感谢你们寄来老马与应明主编的《朝华夕拾——怀念应朝》，可惜“天忌英才”，应朝走得太突然，太早，太可惜。建五才子就这样匆匆地走了，音容笑貌犹在，让我们怀念。三年了，祝他在天国中快乐，健康。

注：摘自微信。

37 邱秀文　周　儒（书札5通）

邱秀文（1942—），1959年起在清华大学建筑系建五一班学习，毕业后分配至北京工业设计院，1978年到建研院读研，1985年到建设部设计局工作，1990年去加拿大。

周儒，邱秀文老伴，毕业于哈尔滨建工学院。

邱秀文、周儒夫妇

编号 37–1

1985 年 3 月 11 日

马国馨同志：

您好！好久不见。校庆通知见到，邱秀文目前还在北也门工作，大约最早也得六七月才能回来，所以你们的校庆活动她不能出席了，请代向同学们致意。

周儒

1985 年 3 月 11 日

编号 37–2

1991 年 1 月 1 日

马先生：送您“羊”年纪念币两枚。

祝羊年如意，代问夫人新年好！

周儒

1991 年元旦

编号 37-3

1994 年 10 月 8 日

马总秘书长：

前不久有机会同学聚会（袁镔、王惠章、何惟增等），收到一号文告，现按要求提供本人通讯地址。

谢谢！

邱秀文

1994 年 10 月 8 日

又：我已设法通过老同事去寻找毛林芳，因毕业后在河南洛阳现场设计时见过她。

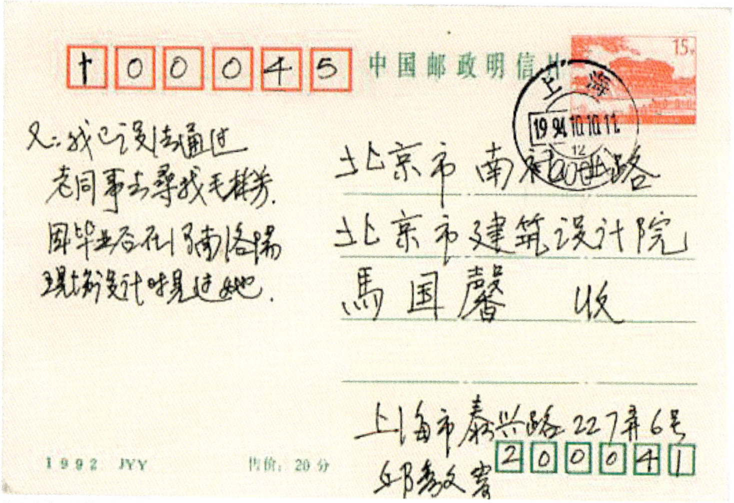

邱秀文明信片影

编号 37-4

2014 年 6 月 25 日

思浩、欣然二位同窗老友：

非常感谢，收到邮件！

建五班有你们几位耕耘人的超级热心和谋略，才有了一次又一次聚会和一次又一次出版纪念物的机会。

这次整理的《建五五十年纪事》征求意见稿，简直是惊人得不可想象，竟然包罗了这么多的详情细节，相信许多当事人自己都忘记或淡漠了，多亏编辑们的有心记录和记忆，我们坐享成果。还需要消化一下才提得出意见，包括核对时间。相信每件纪事都有照片附上，纪事范围也是商议过的。

二位辛苦了，保重！

顺告：我还有一个最常用的电子邮箱（下略）。

邱秀文

注：此件系电子邮件。

编号 37–5
2014 年 6 月 28 日

思浩、欣然二位同窗老友：

关于《建五五十年纪事》征求意见稿，有以下参考素材供编撰：

1. 时间方面的小更正：我从 1983 年 6 月到 1985 年 7 月在北也门工作，不是当年回来的，在建设部设计局工作的确切时间应是从 1985 年 8 月起。

2. 个人工作方面的变更（如不一定要配照片）补充：（下略）

以上是我比照了现有的“征求意见稿”模式所想到的（即使仅同自己有关，也得费神回忆），相信班上还有其他同学也会有补充，邀请他们也再费费神……以前对于同学们的事迹都有不少耳闻，不知时间是否容许再动员大家补充？

还有这本书是仅供五十年纪念活动的内部流通用，还是正式出版用？

邱秀文匆匆写

注：此件系电子邮件。

38 单德啟（书札1通）

（1938—），安徽芜湖人，1960年清华大学毕业留校任教，曾任建五班政治辅导员，现居北京。

单德啟（2024年12月）

编号 38–1
2003 年 8 月 13 日

马国馨先生：

您好，几次索要拙笔，承蒙厚爱不胜惶恐，均因过于兢兢，终未如期呈上。今又接先生亲笔，奈何草就数言，滥竽充数。随着年纪增长，才思已经枯竭，只是一份与建五同窗之感情仍未退化反而随时间久远而益迷念。草草书就以表寸心而已。

代向滨蓉问好。

弟德啟

2003 年 8 月 13 日

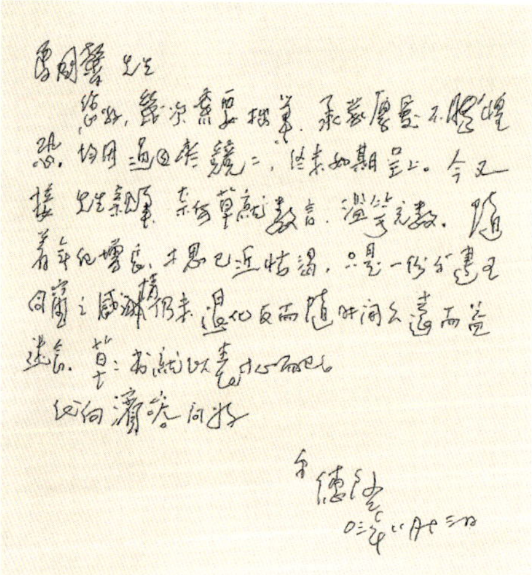

马国馨先生
您好，几次索要拙笔，承蒙厚爱不胜惶恐，均因过于兢兢，终未如期呈上。今又接先生亲笔，奈何草就数言，滥竽充数。随着年纪增长，才思已近枯竭，只是一份与建五同窗之感情仍未退化反而随时间久远而益迷念。草草书就以表寸心而已
代向滨蓉问好
单德启

单德啟信影

39 沈大锺（书札5通）

沈大锺（2024年10月）

（1940—），生于浙江湖州，1959年起在清华大学建筑系建五一班学习，1969年调到二机部二院工作，后调至上海核工程研究设计院，退休后居上海。

编号 39–1
1992年3月12日

马国馨先生：

你好。

今看到《文汇报》上一篇作家写的建筑评论附上供你一阅。想你一切均好，问候你的关滨和孩子。

托你的福，猴年的贺年片中了奖，得了一套猴年邮票。

我一切均好。祝：健康愉快。

大锺

1992年3月12日

注：建筑评论为刘心武在《文汇报》笔会上发表的《不容忽视的五个星座》一文。

编号 39–2
2001年12月21日

祝新年快乐，健康愉快！

大锺、沈培、沈琪同贺

沈大锺全家（2001年）

编号 39-3

2005 年 7 月 12 日

沈大锺全家（2005 年）

编号 39-4

2006 年 10 月 3 日

沈大锺全家（2006 年）

编号 39-5

2024 年 2 月

沈培、大锺给您和全家拜年！

祝新春快乐！健康愉快！

2024 年春节于上海

沈大锺夫妇（2024 年）

40 沈三陵（书札5通）

（1942—），回族，生于重庆，1959年起在清华大学建筑系建五三班学习，1965年毕业后分配至五机部五院，1979年到建设部设计院工作，1987年到澳洲工作一年，1987年到清华大学任教，现居北京。

沈三陵（2024年10月）

编号40-1
1994年9月4日

马总：

请审这些手续当否，还有其他何指示，请直接来电。平素粗心大意，望提醒点，必纠正。

沈三陵

1994年9月4日

附信

沈三陵教授：

寄去我的单位账号等信息，另汇款凭证一份，用途写“清华经费”或“清华资料费”就可以了。沈教授查收！

我办公室电话为（略）。

刘桂芳

1994年9月2日

注：刘桂芳，建五同学谢兴达爱人。

编号 40-2

1994 年 12 月 6 日

马总：

你好。

有几件事情开会时再商议一下，可写在通知上：

· 以什么名义请外地同学来京，可能每个人□□情况不同，逐 -落实。

· 雕刻家到底需要多少费用最好报个价，从同学交来的现金中我提出 2000 元先交给王景慧为预付定金，到明年校庆估计同学交来的现金总额大约将为 30000 元，目前 16 名同学共交来 8700 元（见名单，这是交钱时间的秩序排列）。

· 吴塾瑶同学的工作问题能否在会上商议一下，他来电话找过我（估计也找过你），这种在家单干施工图不是办法，这是我的建议，请你酌情考虑。

· 深圳那边无人有动静，且手脚太小，是否可传老叶出面了。

沈三陵

1994 年 12 月 6 日

沈三陵（2024 年 3 月）

编号 40-3

1995 年 3 月 4 日

马总：

这儿存有一套建三班之前活动的一系列资料，请参考，请收到信后给我打电话，预先统计一下校友住宿人数，争取订好一些的房子（静斋等）（略）。

沈三陵

1995 年 3 月 4 日

编号 40-4

1995 年 3 月 4 日

马总：

名单已拟好，有些字在字库中没有。

谢兴达夫人处的账单我已查清，请见表。谢兴达的 1000 元我已垫付，（她口头上说）仍有同学未交，到时再说。下次开会吗？请及早通知，我定参加。感谢你操这么大的心，这事办得还算较理想。

沈三陵

1995 年 3 月 4 日

编号 40-5

1995 年 9 月 18 日

马总：

请将照片及支票给白老师，我进城取机票怕回不来。

沈三陵

1995 年 9 月 18 日

41 施清生（书札2通）

1959年起在清华大学建筑系建五二班学习，毕业后分配至七机部七院，现居北京。

施清生（2008年9月）

编号 41-1
1964年12月31日

你会觉得心的太阳，到处向你照耀；

当你以自己的心，去温暖别人时。

敬赠应朝小兄。

清生

一九六三年十二月卅一日

编号 41-2
2013年5月28日

江陵、国馨学友：

此稿我看了一遍，边看边有改动，供参考！但很粗！改的意见是：

1. 文稿中多数同学的纪事很少，我的事情也力求删减些，最终视定稿情况定。

2. 文稿是老马起草，有些地方用词如“××来北京院”等，是站在他的角度，由于角度不同，“来”字可否改为“到”“访”等，意思是站在第三者角度来记事，不是站在“北京院”或站在“北京”，所以用“到”“访”或“途经”。

3. 关键是如何能征得多数同学的情况。

施清生

2013年5月28日

江陵很辛苦打印出来，我随意乱改，实在不好意思。

42 宋春华（书札2通）

（1940—），生于辽宁桓仁，1959年起在清华大学建筑系建五三班学习，1968年分配至石化兰州设计院，先后在兰州、甘肃省、建设部、长春市任职，现居北京。

宋春华夫妇（2019年12月）

编号 42–1

1985年1月26日电报

1523

HU4325 LK5039 LX569

P 兰州 LXA2240 22 26 1240

建筑设计院马国新（馨）BEIJING

祝建五诸学长万事如意

宋春华

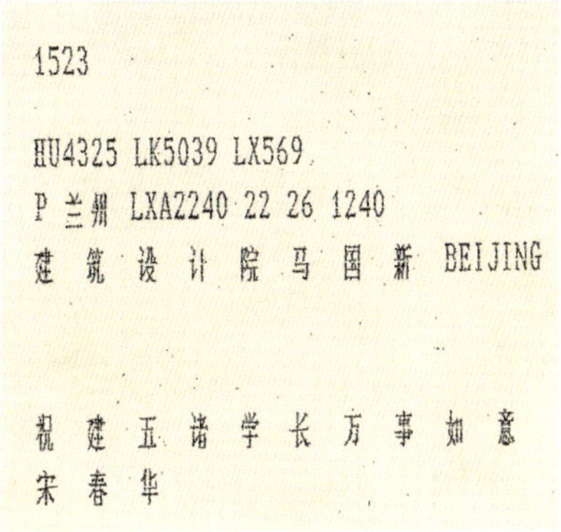

1523

HU4325 LK5039 LX569

P 兰州 LXA2240 22 26 1240

建 筑 设 计 院 马 国 新 BEIJING

祝 建 五 诸 学 长 万 事 如 意

宋 春 华

宋春华电报

编号 42–2

2011年8月26日

国馨学兄：

写了几幅，任你遴选，若不满意，还可再写。

因前几日杂事较多，晚了几天，见谅。

春华

2011年8月26日

43 索奎琰（书札2通）

（1939— ），北京人，满族，1959年起在清华大学建筑系建五一班学习，毕业后分配至五机部五院，1979年调至北京房屋建筑设计院，现居北京。

索奎琰（2024年3月）

编号 43-1
2003年3月2日

马总：

您好！

受多位老师、同学的启发，今寄上所谓“诗”一首，本人实在没有诗、词细胞，比较困难，水平较低。好在目的是交流，大家凑合着看看吧。（下略）

顺祝身体健康，工作顺利！有不妥处，望指正修改，谢谢！

“有感”诗（略）

索奎琰

2003年3月2日

编号 43-2
2021年11月22日

《朝华夕拾——怀念应朝》收到。见书如见其人，音容笑貌如昨。过往的新年前，都会收到应朝寄来的贺卡，简短的祝福，还有精心篆刻的章印。同窗情谊难忘。

谢谢主编，致敬！

注：此件摘自短信。

44 田国英（书札4通）

（1941—）出生于北京，1957年起在清华大学建筑系建五二班学习，毕业后分配至建材部水泥工业设计院，1982年获清华大学硕士学位，1982年到天津水泥工业设计院工作，之后到冶金部建筑研究总院设计院工作，2014年退休，现居北京。

田国英（2024年12月）

编号44–1

1979年2月19日

马老、关滨：

二位好！好久未见，亦未通信。有一年之久了吧？

今有一事，又要打扰一下。即我最近得知，教育部今年招考研究生，年龄为38岁以下，即1941年1月1日以后出生的。我是1941年2月5日生，勉强够格。所以我想试一试。考试范围是基础课、专业基础课、专业课、外语和政治。现在的问题是，建筑学专业哪里招生，我想考清华和北京建研院。不知清华招哪几个专业，（我猜有）城市规划、建筑设计、建筑史、建筑物理，每个专业所考察的科目是很不相同的。如去年的建筑声学就要考统计数学。这是我们在学校中所未学过的。总之，希望你们给了解一下，通过俞靖芝如何？清华建筑学专业招研究生的情况，最好能弄到一份复习提纲。

去年之初，曾给吴良镛先生写过一信，谈到我在水泥院专业不对口的问题。也就是说，我们所学的十之八九是用不上的，想离开水泥院，但我院又不放人。无可奈何，只好走考研究生这条路。吴先生在百忙中给我回了信，并把我的信转给了蒋南翔校长，又把我介绍给邯郸市城建局的局长，但鉴于我单位不放人的情况，别人都不好办。今年我对英语又进行了准备，我对城市规划、住宅、建筑史也比较感兴趣。如果今年能考研究生，亦算一条出路。毕业后已经十四年了，又上了十四年的水泥大学，还未毕业。在前年评资以后回顾了自己的一段历史，写成打油，不怕见笑抄录如下：

廿载寒窗苦读书，百战考场未曾输。
乡间小道踏霜雪，拒马河边迎日出。
古都春色寄篱下，西城冬夜住小屋。
昆明湖边执画笔，清华园内学班斧。
乌蒙山下经风雨，大江东去奔楚吴。
珠峰万丈英雄踩，长征万里先辈路。
一息尚存须努力，百尺竿头进一步。

我 1941 年出生于北京东四钱粮胡同，在东四喇叭胡同念了三年小学，后来回到了原籍河北省保定市定兴县，在农村念的高小，在县里念的初中，后来考入北京四中，受业于刘景昆、张子锷诸位老师名下。后来考入清华，毕业后进入了水泥大学，实际上我们所学的建筑专业知识所用甚少，甚至二者之间风马牛不相及。如曾经接噪声（罗茨风机消声器之事），但也是步上海设计院的后尘。请教于你们北京院项端圻先生名下。没有什么创造，甚至连门也没有入。也设计过一些如病房楼、邮电楼、营业办公楼和礼堂之类的民用建筑，规模是很小的。现在已有两个女儿，大的七岁已上学，小的三岁，自己还是老大不成器。也不死心，仍想去念研究生。你们说是否为时已晚？！去年我父亲在邯病逝，现在老母和小弟弟（已成年）在定兴农村。我的家庭、个人历史基本如此。虽是老同学，但不在一个小班，也未必很了解。所以，请你们给出出主意，一是，我是否报考今年的研究生？二是请向俞靖芝了解今年清华招研究生的情况。老同学了，请不必客气，多多指教。

不知朱霭敏处，北工大是否也招研究生？清华还有哪几位建五同学？林峰的地址你们知道吧？是否为北京市革委会？吴焕加先生、徐亚英先生、吴良镛先生今年是否招研究生？

我院已决定搬到天津，现在正在盖房子。建材总局已改为建材部，部长为宋养初，第一副部长为任朴斋。我院院长为林枫（原给排水设计院的院长）。

祝你们和你们的儿子健康愉快！

研究生4月2—12日报名，请你们尽快给予答复。

此信，你们若认为必要，亦可转给俞靖芝同志。我就不另写了。麻烦你们了。

田国英

1979年2月19日

编号 44-2

1979 年 6 月 5 日

国馨、关滨：

你们好！

6月1日我到邯郸参加研究生考试，经过三天的紧张战斗，总算是过了这一关。考试成绩我估计还算可以，估计每门能在60分以上。题目数量很大，难度较高，这也是意料中的。最近蒋南翔在高考工作会议上说："研究生考试外语不及格者一律不收。"再一次强调了质量和宁缺毋滥的精神。政治题最容易，我估计能在70分以上。外语：上海考题5页，清华考题10页（16开铅印）。当然不能光从题的数量上看，但也能看出清华的要求在各科都更高一些。我用2.5个小时答完，用半小时检查，估计在60分以上。总的感觉是：要求知识是全面的，要求答题反应要快。每天晚上只能睡3~5个小时（睡不着），我是从不失眠的。这次也是对身体和毅力的一次考验。每门课程的题目我都做完了，虽然难免错漏，但总算发挥了自己的所学，能达到及格水平以上，这也可能是过高的估计。如果这次考不上，那只好安心水泥院的工作了。万一能考取，则又出现了新的矛盾和问题。现在招研究生主要为培育高校师资，能否留在清华，也不一定。但不管如何，如果考取，我还是去念，宁愿当一辈子书呆子。

最近一直忙，信到今日才复。你们在很多问题上帮了我的忙，也给你们添了不少麻烦。

附寄去考题一份。建筑设计我画了三张二号图，方案示意如下（略）：建筑史与规划也都答了，但不全。

建筑设计：

江南一城市中央公园内湖中一小岛，小山高6米，设计一组建筑包括：

（1）茶室：1. 餐厅为 150 ㎡，售卖食品类型包括冷饮、糖果和糕点。

2. 备餐区为 20~30 ㎡，有煤气灶。

3. 休息室为 12 ㎡。

4. 仓库为 12 ㎡。

5. 贮藏室为 12 ㎡。

（2）书画展览室：要求单独售票。

1. 报告厅：300 人保证视听质量，放幻灯片。

2. 展览室：< 300 ㎡，满足采光要求。

3. 休息兼书法绘画表演厅：50 ㎡。

4. 办公、美工、贮藏各一间：16 ㎡。

（3）男女盥洗室和厕所。可加设计廊、亭、榭。除满足功能要求外，还要满足点景、对景的问题。

城市规划：

（1）明清北京城的布局特点。25 分

（2）城市干道网的规划要解决的问题，结合你所熟悉的城市，说明城市道路网的特点及存在的问题。25 分

（3）住宅群体设计要解决的问题。你所熟悉的城市住宅群的特点。

（4）城市总体规划的经济性。（3）（4）任选一题。（25 分）

（5）作二个以上方案并比较选出一个方案（略）。

政治：

一、解释下列名词的定义或内容：30 分，每题 3 分

（1）价值；（2）经济规律；（3）资本；（4）资本主义工资；（5）新民主主义革命总路线；（6）新民主主义革命的三大法宝；（7）物质；（8）旧中国的社会性质和主要矛盾；（9）国家阶级；（10）社会主义社会的基本矛盾和特点。

二、1. 为什么搞四个现代化要坚持四项基本原则？（20 分）

2. 什么是真理？为什么说实践是检验真理的唯一标准？你怎样认识讨论真理标准的重大意义？（20 分）

三、任选一题，每题 30 分

1. 什么是辩证法？什么是形而上学？它们的根本对立是什么？举例说明一种倾向掩盖着另一种倾向。

2. 民主与集中，民主与自由，民主与法治的关系（此题不全）。

英语：共 5 题，10 页（下略）

建筑史：

1. 画出德国建筑师格罗皮乌斯设计的鲍豪士学校并说明其新建筑运动的理论是什么。15 分

2. 元大都规划的特点。15 分

3. 法国十七世纪古典主义的建筑理论。

4. 苏州私家园林采用什么手法，能够在较小的面积上造成丰富、变化的空间？22 分

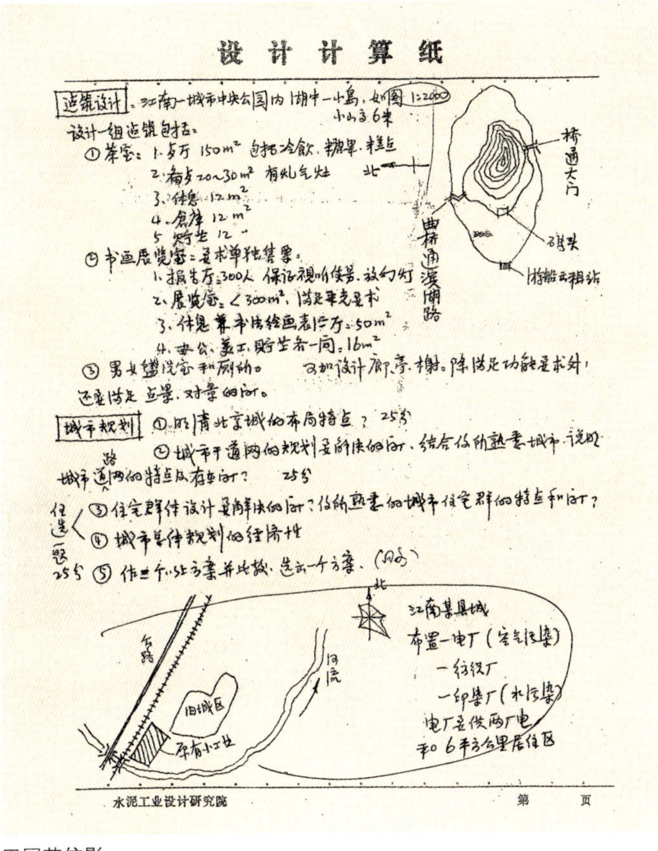
设计计算纸

建筑设计：江南一城市中央公园内湖中一小岛，如图 1:2000 小山高6米

设计一组建筑包括：

① 茶室：1. 大厅 150m² 包括冷饮、糖果、糕点
2. 厨房 20~30m² 有煤气灶
3. 休息 12m²
4. 仓库 12m²
5. 卫生 12"

② 书画展览室：要求单独售票。
1. 报告厅：300人 保证视听质量，放幻灯
2. 展览室：<300m²，满足采光要求
3. 休息兼书法绘画表演厅：50m²
4. 办公、美工、卫生各一间：16m²

③ 男女盥洗室和厕所。　可加设计廊、亭、榭。除满足功能要求外，还要满足点景、对景的要求。

城市规划　① 明清北京城的布局特点？25分

② 城市干道网的规划要解决的问题，结合你所熟悉城市，说明城市道路网的特点及存在问题？25分

任选一题 25分
③ 住宅群体设计要解决的问题？你所熟悉的城市住宅群的特点和问题？
④ 城市总体规划的经济性
⑤ 作三个以上方案并比较，选出一个方案。(同右)

水泥工业设计研究院　第　页

田国英信影

5. 画出罗马的坦比哀多、印度的泰姬·玛哈尔陵、中国的天坛祈年殿，任选两个，比较他们在建筑形式上的相似点与歧异点，并指出它们产生的根源。

（清华 1979 年建筑学研究生试题，据回忆整理不准确）

我给俞靖芝也写了一信，想早一点知道我的命运到底如何，也好早日安下心来。

老同学田国英

1979 年 6 月 5 日

编号 44–3
1985 年 4 月 17 日

马总：

您好！

向关滨问好！请柬已收到。我决定去。大概 27 日到京去看一个展览，28 日到校与诸君相会。这次还准备拜望吴良镛先生。我决心离开天津水泥院，到南京城市规划设计院（苏泽民在那里当院长，孟金玲仍在南京水泥院）。因为水泥院扣住不放，请吴先生和国家建材局局长林汉雄说一下，放我到专业对口单位去。

人到中年，专业不对口，我院周围农药化工厂污染严重，不得已还得离乡背井到南方去，而现在仍是困难重重。我本不愿离开京津地区，但现在进京很难，离开水泥院也很不容易，不知二位有何高见？能否帮忙？到时面谈吧。

祝好！

编号 44–4
2002 年 9 月 27 日

马老：

您好！您的“国馨长短句”已收到，现用拙作打油奉和。请斧正。尚未收集全，有些内容也不宜外传。只给您和关滨雅正。

国英、老田敬上

2002 年 9 月 27 日

浙江纪游

朝游象山港，暮登莫干山。

碧波连千顷，翠竹生万杆。

国共谈判处，中秋月正圆。

一国可两制，何须再铸剑？

莫 干 好

莫干好，夜深桂花香，万顷秋涛伴修篁，中秋明月光。

莫干好，处处是山庄，朝代更迭天下事，环球不清凉。

莫干好，泉水响叮当，山珍佳肴将进酒，细雨飞瀑长。

莫干好，莫邪聚干将，二千年前战犹酣，铸剑成鸳鸯。

莫干好，峰回路转忙，杭州铁头斗京爷，吴语赛京腔。

莫干好，美龄嫁老蒋，四大家族金元券，难得好梦长。

莫干好，百姓论兴亡，毛竹尚分大小年，人民胜帝王。

壬午年八月十五由宁波经绍兴至莫干山，驱车八百里，八月十七日晚返京，同行者八人。

请国馨、滨蓉伉俪教正！

田国英水彩画

45 王崇礼（书札4通）

（1940—2010），辽宁人，满族，1959年起在清华大学建筑系建五二班学习，毕业后分配至中国科学院新技术局，后调至煤炭部西安设计院工作，2004年退休回上海。

王崇礼

编号 45–1
1995 年 2 月 13 日

马国馨学友：

新春好！上次北京一别又是几年未见。你寄到惠州的活动简报已收到。

我1993年在惠州待了一年，开始还可以，后来受宏观调控影响，惠州房地产形势一垮到底，我们活儿不多，1994年我就没再去，回到西安院。由于煤炭行业不景气，最近我又在江浙一带活动，承揽设计任务，准备在那里建点。

今年校庆活动我很想参加，如果有机会，我定回校参加活动。捐资今日寄出，有何消息速通知。附名片一张以便联系。

祝万事如意！

王崇礼

1995年2月13日

编号 45–2
2003 年 7 月 18 日

马大师：

您好！非常感谢您来函通知诗文集一事，本想把几十年以前的几本日记摘抄一下，但日记本放在西安，近日无暇去取，只好临时抱佛脚，胡凑了几句，让大家见笑了。还望你等编委仔细过目，如有不妥之处请予纠正或删除，我再次表示感谢！另外，看了应朝的同学名趣谜，觉得挺有意思，我也再凑上几句：

1. 地中海岛国花飘香
2. 从后向前看秘鲁首都
3. 群臣上殿见皇上
4. 书信介绍韩国（卷帘格）
5. 红色警察执勤
6. 圣贤以身作则
7. 贺信不见踪影（卷帘格音同）
8. 睡觉游览南京（音同）
9. 批准报上户口
10. 什么才是和尚（音同）
11. 北京周口店（音同）
12. 二十只大雁（音同）

祝全家好。

王崇礼

2003 年 7 月 18 日

编号 45–3

2003 年 8 月 24 日

马大师：

你好！来函收悉。稿子清样我改了几个字，同学名谜语又改写了一下，个人简历也已写好，一并给你寄去。如还有不妥之处，我再修改。出版之事一定很烦琐，让您辛苦了，我只表示敬意和慰问。

向全家问好！

王崇礼

2003 年 8 月 24 日

编号 45–4

2003 年 9 月 30 日

马大师：

您好！来信收悉，简历我已校过，重新寄回。您忙于出版之事，肯定很辛苦，仅表敬意、谢意！国庆节已到，代向全家问候节日好！祝安康！

王崇礼

2003 年 9 月 30 日

46 王惠章（书札3通）

王惠章（2009年7月）

（1941—），1959年起在清华大学建筑系建五二班学习，毕业后分配至上海六机部九院，现居上海。

编号 46-1
2002 年 2 月 27 日

马国馨学友：

您好！

我于1998年底已搬迁新居，未及时相告，来信辗转至今才收到，迟复为歉。我于2001年9月底办妥退休手续，2001年10月开始领取社保局发的养老金，目前仍受聘于原单位。按来信要求，将我的通讯联系信息告知如下（下略）。

对您为编订通讯录付出辛勤的劳动深表感谢。

请向夫人问好。

王惠章

2002年2月27日

编号 46-2
2003 年 10 月 7 日

马国馨学友：

您好！

来函及电话通告征集建五文集多时，实因本人文笔拙劣，迟迟不能交稿，又接应朝来电及何惟增转达您的盛意，确实为您热心为建五班的文集费心操劳甚为感动。现将“入学之初的回忆”寄上，不知能否赶上，是否能录用，请予审核。

致以诚挚的敬礼和感谢，并向夫人问好。

王惠章

2003 年 10 月 7 日

编号 46-3
2021 年 11 月 25 日

《朝华夕拾——怀念应朝》一书，由大锺兄送来，谢谢主编精心编写制作，让应朝鲜活的面容和豁达的精神充分完整地展现在我们面前，建五同学永远怀念应朝学友。

注：摘自微信。

王惠章夫妇

47 王景慧（书札2通）

（1940—2013），1959年起在清华大学建筑系建五三班学习，毕业后分配至二机部，1981年去城建总局及建设部，1998年去中国城市规划设计研究院。

王景慧（1995年3月）

编号 47–1
1984年12月17日

如棠同志：

马国馨寄来上次同学开会的纪要稿，请核。他拟打印发给每个同学。

王景慧

1984年12月17日

注：叶如棠回复："已阅。叶1984年12月17日"

编号 47–2
2002年2月19日

马国馨：

送上我的通信地址。（下略）

祝你和关滨蓉及孩子春节好。

王景慧

2002年2月10日

马国馨：

院里的电脑出了问题，电子邮件没发成，还是用原始的方法寄上吧。

王景慧

2002年2月19日

48 王育民（书札1通）

（1941—），北京人，1959年起在清华大学建筑系建五一班学习，毕业后分配至邮电部设计院，1994年以高访身份去日本，现居北京。

王育民（2024年10月）

编号 48-1
1985年4月18日

国馨：

惠柬收到了。

庆祝毕业20周年的盛会，哪有不去的道理。一想起能与同窗六年的你和其他好友见面，足以使人振奋。

还有，有没有什么具体的服务工作，尽管吩咐，活动的具体安排也可来电话告知。

向小关传达问候。

此致

敬礼！

王育民

1985年4月18日

49 汪统成（书札3通）

（1942— ），1959年起在清华大学建筑系建五二班学习，毕业后分配至陕西省建筑设计院，1981年获同济大学硕士学位，并在同济大学设计院深圳分院工作，2024年退休，现居深圳。

汪统成（2011年9月）

编号 49-1
1985年4月20日

关滨、国馨：

你们好！

国馨寄来的关于“纪念毕业20周年”活动的通知已由沪转至我手，阅后十分激动，转眼间我们已是工作了20年的老同志了。20年来全班同学经过了多少变革和波折，迎来了“迟到的春天”，说实在的，真该回到曾经学习过的地方，与诸位老同学们叙谈叙谈。但目前出差在深圳，身不由己，无以赴约，甚是遗憾。只得请二位代我向各位老同学致意，特别是其中尚有些人毕业至今20年未曾相逢，如朱霭敏、韩光煦、艾泉成、孔力行，等等，更得加倍问候。

今天已接到通知，深圳的校友将在后天（21日）去深大聚会，这几位总是可以相见的：胡运治（机械部设计总院深圳分院副院长），高寿荃（深圳中国建筑艺术品公司经理），陈尚义（深喜建筑装饰材料公司副经理），此外还有黎旺秋，至于侯士荣是否去就不得而知了，同时还向香港林丙棠、张允冲发出了邀请。

在收到你们的通知时，也收到了转寄来的上海清华校友会的通知，也将在21日在上海科学会堂举行庆祝活动，届时沈大锺、王惠章、何惟增肯定要前去的，但我将又一次失去与他们聚会的良机。

遵国馨所嘱，将单位及家庭住址列于之后。（下略）

最后，祝愿你们，并通过你们向 28 日所有能够见面的诸位同窗致以亲切的问候和良好的祝愿，祝大家身体健康，永葆青春，事业发达，合家快乐。

汪统成

1985 年 4 月 20 日

编号 49-2

1990 年 7 月 12 日

关滨、国馨如晤：

由沈大锺传来最新版通讯录一份，甚是欣慰，谨表感谢。

今去函还有两事相托：一，本人资料补充如下（下略）；二，手上有一任务拟安排壁球室两间，但有关资料甚缺，不知你处是否可以提供。请在百忙中予以支援。

即此，问安。

汪统成

1990 年 7 月 12 日

编号 49-3

2021 年 1 月 25 日

允昇、士荣、尚义、力行、安之、运治、柏林、应运：

经与如棠沟通，29 日参加聚会的老同学除高寿荃（在医院）、翁苓（骨裂）、谢超常（活动有重叠）外，其余 10 位同学全部都参加，还有 8 位家属共 18 人。地址经多方考察，目前一台能坐下 18 位的只能是上海宾馆 2 号房。时间决定从上午 10 点开始，连早茶带午餐一起，恭请各位准时参加。

汪统成

2021 年 1 月 25 日

50 翁苓（书札3通）

（1942—），原名翁苓苓，四川成都出生，1959年起在清华大学建筑系建五三班学习，毕业后分配至成都西南电力设计院，1980年中建西南设计院，1992年去深圳，现居深圳。

翁苓（2024年）

编号 50–1
1991 年 9 月 4 日

马国馨同学：

你好！

你是个大忙人，从不少报纸杂志上总能见到你的发言或文章，看来已是盛名远扬了。

我知道你是《建筑学报》编委之一，不知你分担什么工作。虽然□□□副总建筑师是我们院的，但由于某种原因，我也不想多找他。主要是我在今年四月底给学报投了一篇稿子，题目是《上海四平开发区虹临花园高层住宅群的规划与设计》，由于我的消息十分闭塞，我在投稿信封上写的是“张钦哲收”，因为学报上署了他的副总编的名，不知他已出国一年多了，所以生怕这篇稿子无人拆封。上月，邹瑚来成都玩，也到我家来了一趟，我才知道有关朱纯华等的影踪，随后她建议我给学报的曹达、范雪写封信，或许她们十分繁忙，无暇回信，或许因人多稿多，无人理睬。所以我想请你抽空去给我找一下，问一问此稿他们是否收到，寄给张钦哲的稿件，他们是否也拆开处置，等等？即一是打听一下下落，二才是了解一下是否打算刊登。虽然我的这个作品有其突出的特点，单体平面也有独到之处，但也许我的文章作得欠佳，或者在他们看来设计没有特色，如若你能给我找到此稿，不妨过目一下，若认为可以，那当然请你推荐一下，如果确认为没什么新意，不能刊登，那也没关系，最好麻烦你把此稿退回，因为这是我用稿纸写的，我还不愿意让他们当废纸扔了，你看能不能抽出时间？

亚运工程的成功，给建筑界带来了不小的影响，虽然已用过了一年多，在此我还是要祝贺你，祝贺你工作取得显著成绩，为我们建五同学争了光。

我的情况或许你也略知一二，我也不想在此啰里啰唆。反正自已问心无愧，不管别人是否承认。前两年病了一场，近年来好多了，或许我会离开西南院，打回老家去，但还不一定，到时候如若更换地址，我会通知你这位义务通讯员的。

近来又在忙什么大工程？我听说你参加编写建筑设计资料集的体育馆部分，不知进展如何？我们的电影院剧场部分正在停产，上面无人过问，不知是否会半途而废。我也参加了编辑工作。

关滨近来怎样？代我问好！

叶如棠在六月份来过一次，我们短促见了一面，由于人多，没谈什么。

好，简单写到这里，等候你去了解后的回音。

祝秋安。向马丽问好。

翁苓

1991 年 9 月 4 日

编号 50–2
2003 年 2 月 21 日

马总：

照片及贺年明信片年前早已收到，谢谢！节后又收到来信一封，两封信都提到写诗、散文什么的，一时我真不知如何是好，似乎脑子里一片空白，所以直到今天才冥思苦想一首干巴巴的诗以凑数。本人对文学的兴趣从小就不浓，所以肚里墨水甚少，写不出什么有血有肉的作品来。看今后吧，什么时候有雅兴了，再看几本小说武装武装再说。

祝你和关滨：羊年吉祥！

翁苓

2003 年 2 月 21 日

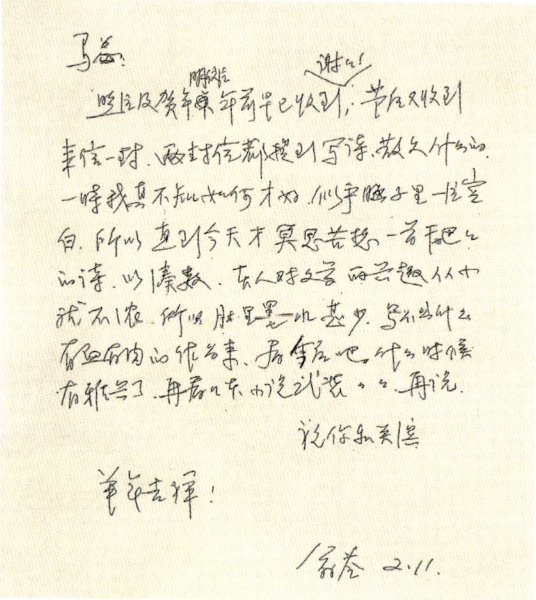

马嵩：
贺信及贺年卡（明信片）年历早已收到，谢谢！节后又收到
来信一封。两封信都提到写诗、散文什么的，
一时我真不知如何才好。我脑子里一片空
白，所以直到今天才冥思苦想一首[illegible]
的诗，以凑数。[illegible]兴趣从小
就不浓，所以肚里墨水甚少，写不出什么
有血有肉的作品来。[illegible]吧，什么时候
有[illegible]了，再[illegible]再说。
祝你和美满
新年吉祥！
翁苓 2.11

翁苓信影

编号 50-3
2021 年 11 月 25 日

刚收到你寄来的大作，追思咱建五班的奇才应朝的文集《朝华夕拾》，很喜欢，可见你是个重情义又闲不住的勤快人！眼睛不好还笔耕不辍，精神可嘉。尽管我的视力也极差（因为我颅内的垂体瘤已大至 3 cm 压迫了视神经），看文字又模糊又错行，很困难，还是抽空翻翻，能看多少算多少，不能辜负了你的心血之作。谢谢。

注：摘自微信。

51 吴焕加（书札 2 通）

吴焕加与最喜爱的曾孙女（2024 年 11 月 8 日）

（1929—2025），江苏苏州出生，1953 年清华大学建筑系毕业后留校任教，1999 年退休，现居北京。

编号 51–1
2003 年 2 月 1 日

得到大作，很是高兴。

足下诗才洋溢，诗意盎然，

建筑与诗书两栖，双艺丰收，

可喜可贺，题作“学步”，过谦了。

寄上拙文一篇，一家言耳。

又打油诗辞一则，一笑。

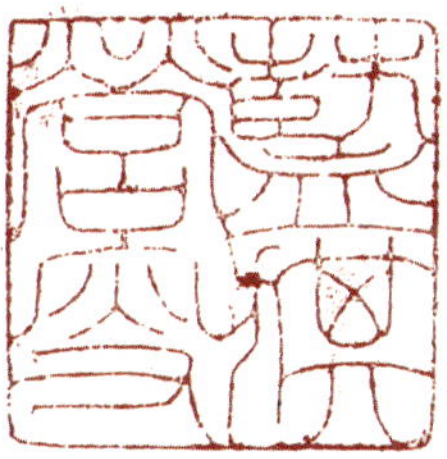

老吴头

2003 年 2 月 1 日

附：无有无辞

庄子（战国）云：“夫大块载我以形，劳我以生，佚（逸）我以老，息我以死。”杨雄（汉）云：“有生者必有死，有始者必有终，自然之道也。”李白（唐）云：“夫天地者万物之逆旅，光阴者百代之过客。”陶渊明（晋）《自祭文》曰：“陶子将辞逆旅之馆。……余今斯化，可以无恨。从老得终，奚所复恋！”张载（宋）云：“存吾顺事，没吾宁也。”先哲斯言，良有以也！

蓝旗营叟——老吴头（21 世纪）乃作“无有无辞”，辞曰：

偶然之间，有生于无

寓形宇内，插队人间。

“存吾顺事”，努力而为。

知足知不足，多为多不为。

有书真富贵，无事小神仙。

大概言之，顺多逆少；

比较言之，欢多愁少。

比上不足，比下有余。

与世无争，怡然自得。

星移斗转，日久岁深。

过程将尽，微笑谢幕。

“从老得终，奚所复恋！”

时限一刻，化为烟气。

乘风而去，无影无踪。

必然之道，有归于无。

……

“没吾宁也”。

阿门！

2003 年 4—5 月作

编号 51–2
2003 年 8 月 18 日

国馨兄弟：

嘱我用钢笔写，试了一下，“墨宝”实在如墨猪，拿不出手，非不为也，实不能也，只好写三个字搪塞[1]。

（其实短信都不是手写）

吴焕加

2003 年 8 月 18 日

注：①吴先生为建五班题字。

52 吴书庆（书札4通）

（1941—），1959年起在清华大学建筑系建五三班学习，毕业后分配至工程兵科研设计院（国防科委工程设计院），爱好集邮，曾获国内外奖项，现居北京。

吴书庆夫妇

编号 52-1
1992 年 5 月 8 日

马总：

国庆节前就约好去工厂的，今天不能与大聂遗体告别，甚感遗憾。请代向顾冬梅致以慰问。另随信附上二十元，以尽绵薄之力。望勿见笑。

此致

敬礼！

书庆

1992年5月8日

编号 52-2
2003 年 3 月 20 日

国馨学友：

上次所交拙文《我的收藏情结》，经我姑姑审阅认为有两处可能与事实有出入，一个是我的出生地（不一定是大陆新村），一个是我父亲收藏银圆的数量（可能不到六千块）。为使文字尽量贴近事实，我已对此做出修改，今将第二稿奉上，望能将初稿换出以免谬种流传。并对给你们造成的麻烦深表歉意。祝康乐！

吴书庆

2003年3月20日

编号 52-3
2003 年 8 月 19 日

国馨学友：

您好！

来信收到，打印稿已校，今遵嘱返回。插图如不够清楚，可由出版社约定时间直接扫描拿去制版（除上海少年宫的那张出入证外，其余的插图都是扫描打印出来的，且已经从《集邮》杂志 2002 年第 6 期出版）。

另，如不出彩图，则文中插图号应作相应调整。切记！

大家的事让你操劳了。

问全家好！祝康乐！

吴书庆

2003 年 8 月 19 日，晨

编号 52-4
2013 年 8 月 5 日

马兄：

遵嘱对《五十年纪事》作了补充。这次颇费了些时日，主要是逐日翻阅了我手头的全部日记，将有关的事补上。由于搬家等原因现在尚有十年（1975—1985 年）左右的日记尚未找到，故难周全。在 20 世纪 70 年代中后期还有两件事可载入。

一是我去长春搞地球卫星长春地面测控站现场设计时，在长春第一汽车制造厂曾遇见在当地出差的袁镔，当时他改行在搞结构设计。

二是我去太原卫星发射中心搞现场设计时，曾去山西省煤炭设计院看望过郝允昇，当时他在搞大同煤矿的职工食堂设计。遗憾的是具体年份记不清了。能为《五十年纪事》添砖、加瓦，是我的幸事。

康乐！（老关均此不另）

吴书庆

2013 年 8 月 5 日

53 吴塾瑶（书札5通）

吴塾瑶（2010年4月）

（1937—），生于湖北黄梅县，1959年起在清华大学建筑系建五一班学习，毕业后分配至二机部青海221厂，1971年到电子部十四研究院工作，1995年到航空部华航设计院工作，现居北京。

编号53-1

1985年4月22日

马国馨同学：

来函收到，非常高兴，届时一定参加纪念活动。

我已调到电子工业部雷达局设计所工作，通讯地址（下略）

谢谢你为了同学们的互相了解而做的努力。

问候关滨蓉同学好！问候叶如棠同学好！问候马丽同学好！

吴塾瑶

1985年4月22日

编号53-2

2002年2月22日

马国馨同学：

我在这里向您拜一个晚年了！顺问关滨蓉同学及你们一家人一切都好！

节前寄来的有关重新修订通讯录的信函收到了。现记录如下（略）：

我于春节后"下岗"了，离开了希埃希设计院，现在家中过着完全退休的生活。可能是因为在此之前一直正常上班工作，生活有规律，而今突然地改变了，成天无所事事，因而也就显得无所适从，有一种明显的也是深刻的难以适应的很失落的感觉。我需要一个过渡期，但我难以找到。我真担心由于生活和工作的突变，从而带来感情和身体的突变，我将努力去淡化它，去适应它。我更希望得到您和其他老同学的各方面的帮助。

我的身体很好，我希望能克服目前的突变可能带给我的不利影响，健康地、愉快地在人生的夕阳期留下意义深刻的印记。

吴墊瑶

2002 年 2 月 22 日

编号 53–3

2003 年 1 月 1 日

国馨、滨蓉二同学：

新年好！

来信及诗作收到了，非常高兴！退休一年来，我已经完全适应了，生活过得很愉快。对国馨的诗作和了一首，自知差距甚远（大），但还是寄来，请予以赐教。

明月青天经常有，阴晴圆缺难离走

随遇而安好心态，身体健康人长久。

吴墊瑶

2003 年元旦

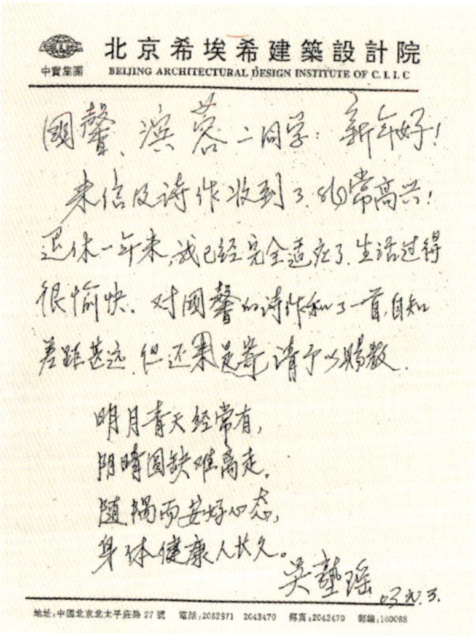

北京希埃希建築設計院
中實集團 BEIJING ARCHITECTURAL DESIGN INSTITUTE OF C.I.I.C

國馨、滨蓉二同学：新年好！

来信及诗作收到了，非常高兴！退休一年来，我已经完全适应了，生活过得很愉快。对國馨的诗作和了一首，自知差距甚远，但还是寄，请予以赐教。

明月青天经常有，
阴晴圓缺难离走，
随遇而安好心态，
身体健康人长久。

吴墊瑶 03.元.3.

地址：中國北京北太平莊路27號 電話：2052371 2043470 傳真：2043470 郵編：100088

吴墊瑶信影

编号 53–4
2003 年 8 月 18 日

国馨先生：

您好！

来信及打印稿已收到，非常感谢你们的辛勤劳动。稿中有几处错漏，这是我的粗心大意所致，现提出，若能改正则更好，若不便也无妨。

顺致秋日问候！

吴塾瑶

2003 年 8 月 18 日

编号 53–5
2013 年 9 月 3 日

国馨同学：

您好，顺问滨蓉同学好！

寄来的《建五班五十年纪事》稿收到并仔细阅读了，觉得非常好。我有三件事可否补记上去，请您酌情处理：

1.1968 至 1969 年，全国刮起“我们也有一双手，不在城里吃闲饭”之风，很多机关、单位迅速掀起干部下放劳动热潮。1969 年，吴塾瑶、王景慧（不记得是否还有于厚维）从四川被送到包钢劳动一年；

2. 吴塾瑶 1993 年借调去广东惠阳建筑设计院工作到 1995 年初，期间曾去深圳参访，受到应朝、艾泉成、侯士荣及其他同学的热情接待；

3. 艾泉成、施清生、吴塾瑶三人先后与天津大学土建系 1965 年毕业的同班三个女同学结婚。

以上三事可记可不记的就不要记上。我只是提供一点素材。

祝身体健康！

塾瑶

2013 年 9 月 3 日

54 吴亭莉（书札 1 通）

（1941—），生于重庆，1959 年起在清华大学建筑系建五三班学习，1968 年研究生毕业后分配至一机部八院，1980 年到北京市建筑设计院工作，现居北京。

吴亭莉夫妇（2024 年 9 月）

编号 54–1
2014 年 7 月 6 日

《建五纪事》

1. 总的大轮廓有了，但感到还须加工，还不够精彩，看到后来有点嫌长了，所以还应该压缩一部分内容。如吴亭莉的《轻诗淡墨集》，只提书名即可，里面有几首诗等就可以删减掉（下略）。

2.2014 年的内容可以补充进去。

3. 具体的一些意见及错别字（下略，共 25 条）

吴亭莉

2014 年 7 月 6 日

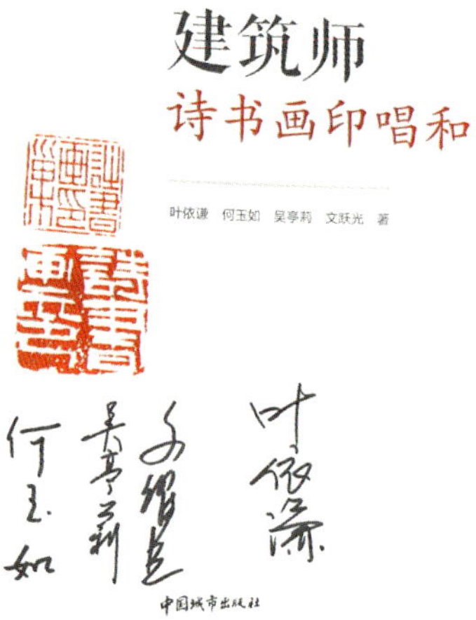

吴亭莉诗作《建筑师诗书画印唱和》书影

55 吴庆林（书札9通）

（1931—），出生于上海，1949年加入中国共产党，1955年起在清华大学建筑系学习，1965年毕业后分配至长沙有色冶金设计院，历经坎坷，1979年底平反，1992年离休，现居杭州。

吴庆林（2019年10月）

编号 55-1

1995年5月14日

组委会的老同学们：

有幸于毕业后第一次参加清华园的校庆活动——我们建五班毕业卅周年的纪念活动，归杭多日，犹萦回脑际，回味无穷，尤其对组委会全体工作人员付出的辛勤劳动铭记在心，感触良深。

俗话说“有钱出钱有力出力”，我自感惭愧，既未出力，又未出钱，由于家庭负担重经济拮据之故。但愿人长久，十年后21世纪的毕业四十周年大庆能贡献微薄之力。

徘徊于西湖畔感慨，深得诗一首：

雾锁青山烟笼树，斜阳影里钟声暮

十载寒窗千里迢，苍茫神州志未酬

吴庆林

1995年5月14日

编号 55-2

1998年1月17日

国馨学友：

来信收到，很高兴，戊寅新岁即将来临，提前拜年，并向关滨蓉问好。

前不久清华校友周公宁教授（建四届）调来浙工大担任系主任邀我担任毕业班设计辅导工作，因一向清闲，也就答应下来，最近正忙于准备工作。

杭州的气候近期出现暖冬现象，至今未雪，连大棉袄也未上身。因常去附近孤山活动身体，见腊梅花已开出点点小黄花，柳叶未凋尽，却绽开新芽。学作拙诗一首，望指正：

层峦浪漫忆犹近，却见枝头点点馨
银鸥翩摇疑似海，群凫逐波拟作萍
梧桐叶冷两三片，杨柳苞暖万千茎
人间沧桑岂难料，莫道此生若浮云

即祝：阖府安泰

老同学处请代问好

吴庆林

1998年1月17日

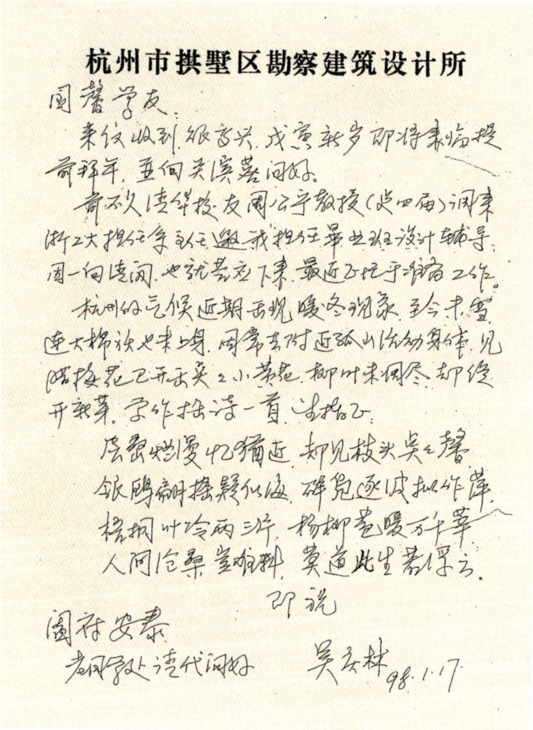

杭州市拱墅区勘察建筑设计所

国馨学友：

来信收到，很高兴。戊寅新岁即将来临，提前拜年，并向吴滨嘉问好。

前不久清华校友周公宁教授（建四届）调来浙工大担任系主任邀我担任毕业班设计辅导，因一向清闲，也就答应下来，最近正忙于准备工作。

杭州的气候近期出现暖冬现象，至今未雪，连大棉袄也未上身。因常去附近孤山活动身体，见腊梅花已开出点点小黄花，柳叶未凋尽，却绽开新芽。学作拙诗一首，望指正：

层峦浪漫忆犹近，却见枝头点点馨
银鸥翩摇疑似海，群凫逐波拟作萍
梧桐叶冷两三片，杨柳苞暖万千茎
人间沧桑岂难料，莫道此生若浮云。

即祝

阖府安泰

老同学处请代问好　　吴庆林 98.1.17

吴庆林信影

编号 55-3

2003 年 8 月 18 日

国馨学友：

16 日才收到来件，正有余暇，即抓紧处理。

得到斧正，恰弥补了我音律方面的不足。因为我对音律不求甚解、浅尝辄止，是很大的弱点。有些字由于我在稿件中字体太草而致误，已纠正过来。姓名是在“文革”开始时就改成吴庆林，沿用至今。

另外，清样的排版似有不足之处：诗词二句一行偏处一旁，留下大半空白。建议可排成四句一行，且字体可适当放大，而总的容量不至增加，看着可能更舒坦些。仅供参考。

此番任务肯定有大量的事务工作要做，我们路途遥远，不能分担，而坐享其成，只能偏劳编委会的老同学们费时又费神。

有诗赞曰：

京华云树牵梦魂，耸秋黄栌烟霞红。
荷塘拾顷溶溶月，闻亭千柳昊昊钟。
半生劳燕何依依，万里征鸿更融融。
今番神交聚芸卷，创编劬劳呈奇峰。

亦请斧正。

即祝俪安并向编委们问好。

吴庆林

2003 年 8 月 18 日

编号 55-4

2003 年 10 月 8 日

国馨、滨蓉二位学友：

你们好。

得赏佳作，不胜欣慰。

10 月 1 日新西湖开放，适苏州亲戚来杭，乃不顾拥挤陪同一转。湖滨改成步行街以大型音乐喷泉为亮点，真正体验了“摩肩接踵”。西湖西进拓开水域面积近一平方公里（千米），西山路复原为杨公堤（明知府杨孟瑛主持修筑）。总体恢复历史上一湖二塔三岛三堤。几日走游，成小诗一首以记之。

杨堤新柳苏堤锦，层波漾涟势拥岑。

轻舟一叶载湖魂，重峦千叠聆籁韵。

千年西湖百年梦，几载勾留终生情。

但恨人生须臾度，难品江山万年情。

料想二位定有机会来杭州重游。

祝：阖府康泰。

吴庆林

2003 年 10 月 8 日

编号 55-5

2005 年 1 月 25 日

国馨学友，滨蓉学友：

新年好。

四十周年纪念即将来临，重叙友情当是大快事。

当然乙酉年将临，而甲申未逝之际传来佳音——“惠更斯”登上“土卫六”，诚特大世界纪录，可喜可贺，小诗志：

甲申金猴亿万里，宾临“土卫”神袛宫。

玄冥飞驰二千五（日），天外电传九十分（钟）

欧盟宇飞争第一，炎黄科技攀高峰。

严惕重施瓜分技，亦同开发宇宙空

去年十月间，二位女儿均自京返杭团聚，同游新湖西景区，此区与传统外湖景区的开阔秀美不同，其特色是幽邃野趣。我们租一小船逶迤行去，沿途胜景绵延不绝，目不暇接，有诗为证：

清溪弯弯荡轻棹，芦花瑟瑟棲流莺。

粼粼波映扁舟影，隐隐风吹弦歌声。

茅亭悄悄幽临水，竹林丛丛碧满村。

灿灿黄花深秋韵，迢迢浪涛流不尽。

抛砖引玉，二位均善诗文，新作务请不吝惠寄。二位有暇请同来杭州游憩，我们当尽地主之谊，热情接待。

所寄“通知”已收悉。

捐赠纪念物，提出建议如下，供参考：

1. 优秀的共产主义战士、政治家、教育家蒋南翔同志是我们的老校长，任职期甚久，可在校园内适宜之处树立雕像。

2. 在清华历任老校长中优选几位（举例如蒋梦麟、顾毓琇等等），树一块浮雕纪念碑在校园内合适地点。

历年的照片正在翻寻之中，将寄何惟增。资金交费已按“补充通知”的要求划到工商银行赵欣然的账号上。老伴黄英得知消息后很积极，希望能一起参加此次活动（自付一切费用），是否可行请考虑。

祝：春节愉快，阖府安康。

吴庆林

2005 年 1 月 25 日

编号 55-6

2006 年 1 月 5 日

国馨学友，滨蓉学友：

新年好。

自去年春季聚会后又是一年将逝，承二位惠赠佳诗与书法大作一帧，衷心感谢之余，拙作一首以颂曰：

春光老兮谊不穷，似歌年华燮琴筝。

鸳鸯双剑或虚幻，诗书合璧见真情。

并回赠习作草书一纸附上，请多多指正。

近学十六届五中文件，引起一些思考，似有豁然开朗之感。继“实践是检验真理的唯一标准”“走中国特色社会主义道路”之后，又是一次指导思想、观念的飞跃，在建设社会主义、共产主义道路上意义重大，试作一杂言诗以抒意，抛砖引玉：

喜迎十六届五中，思想领先臻新境。

“效率要优先，兼顾讲公平”

在初级阶段，起历史作用。

“效率作手段，目的是公平”

共产主义是　最大的公平。

策划“三农”固基策，推进四化兴国运。

共同富裕全民志，社会和谐展远景。

以民为本万事源，“科学发展”创奇功。

前赴后继志士献身，人类解放高度公平。

下面顺抄一首《迎丙戌新岁》以补白：

丙戌来临逝乙酉，隆冬撷趣偕伴游。

山花满目梅花无，葛岭葱茏“保俶”秀。

觅觅未见白沙泉，踽踽不走旧时路。

久历风尘超俗趣，淡然处世吟白首。

即祝：健康并祝阖府安泰。

吴庆林

2006年1月5日

又及：另有一事相求，老马如有可能有暇，请用萨克斯录制一些伴奏录音带，以便我们在练唱时采用，也可供欣赏、收藏。时间无限制，不知可否。如不行，就当未讲。请选择：

1.《草原上升起不落的太阳》G调　2.《赞歌》A调　3.《浏阳河》F调　4.《渔光曲》F调　5.《送别（长亭外）》C调　6.《康定情歌》F调　7.《二月里来》A调　8.《草原之夜》D调　9.《大海啊故乡》G调　10.《北国之春》B调　11.《夕阳红》D调　12.《同一首歌》F调　13.《走进新时代》B调　14.《友谊地久天长》A调　15.《十送红军》C调　16.《美丽草原我的家》E调

编号 55–7

2006 年 2 月 28 日

国馨学友：

你好！

来信收到，喜极。因内容丰富出于意外，拜读欣赏回味之余得拙诗一首抒情达意：

马踏飞燕今古奇，国之栋梁技巧稀

馨传艺荟诚相通，丰才忆否达芬奇

去岁一年之中与老同学们相会，不计本市，竟达六次之多，含建一、建五、市北中学，尤其是市北地下党支部的成员们，在 1949 年新中国成立后分别五十余年得以重逢，欣慰兴奋之情令人难忘，有诗以志：

黄花鹤发碧柳烟，激情聚首笑谈欢。

五五载风云盛衰，八千里游子征战。

银丝漫叹三千丈，赤心犹存一百年。

金秋岁月似水去，难忘峥嵘多慷慨。

韩江陵学友惠赠大作《国学启蒙》，复函致谢：

嘤鸣初闻卌年前，癸未欣研锦绣篇。

百日夏蝉恰恰乐，千秋赑屃沉沉磐。

“启蒙”尖利若投枪，“沉思”精邃拟深潭。

盛事昌隆放怀颂，鹤语尧年憎魑魅。

陈尚义学友惠赠大作《宝石上的皇冠》一书，复函致谢，拙作《渔家傲》一首：

陈历共读几华年，尚存倩影入梦来。义结翰墨性豪迈，

惊同侪，传世华章意真率。　闪闪宝石靓鹏州，熠熠皇冠

射紫魁。梁公高足更奋起，振全威，化身李尔爱丝苔[1]。

注：① realestate（房地产之意）

西泠印社之上为山顶园林，乃九州罕见，小诗以志：

孤山苍翠华塔矗，流泉叠石起高阁。

湖合内外风物奇，浙萃西东人文郁。

汉三老讳名忌日[1]，清一师结社刻石[2]。

西泠桥畔西泠印，千秋金石著翰墨。

注：①山顶有汉三老石室，内藏“汉三老讳名忌日”等石碑。

②廿世纪初吴昌硕创建“西泠印社”。

去岁乘逗留北京之机，就近去向往已久的哈尔滨一转，作《采桑子》二首：

其　一

冰城异姿据江畔，仿欧古典，瑰丽丰采，俄式圆顶闪夕辉。

铺金路岗石百万，遥望江边，巍峨高塔，万众抗洪千古传。

其　二

“索菲亚”旖旎巍峗，千锷向天，圣韵、神坛，美轮美奂胜“如来”。

鸽使宣音纷杂飞，广场、钟声，缤彩靡然，谁为天主真谛传。

偕老伴黄英自黄龙洞侧登宝石山，探寻新路。

“宝石”迤西古葛岺，十余年间步履频。

小经逶迤“黄龙”右，健步同登试涉新。

渐行渐高路渐陡，松柏参天香樟冷。

修篁高耸屏左右，荫翳蔽日少行人。

引吭放歌“二郎山”，谷邃声回响余音。

巨石遮前疑无路，八十老翁修道蹬。

矮身猫步防跌滑，过险处战战兢兢。

倏然失足踩青苔，急中生智把手撑。

俯瞰湖水浮三岛，苏堤蜿蜒玉带锦。

“曲院”“花港”展双翼，玉龙腾飞鸾凤迎。

斜阳透云镶金蛱，落日远山嵌靛青。

视角变异景物奇，相许来日摄美景。

看来对于韵律，尤其是平仄，此生恐很难学成，希斧正，尤其欢迎具体修改。

祝健康！并问滨蓉学友好。

吴庆林

2006 年 2 月 28 日

编号 55-8

2007 年 1 月 20 日

马国馨学友：

新年好！

《意匠集》及贺年片均收到，谢谢！欣赏诸多佳作很高兴，特别是第一、二代老建筑师的诗词大作，甚是难得。

新年伊始，先敬一首贺岁诗，和大作《无题·迎丙戌新岁》韵：

辞旧迎新快事多，祈求世国两谐和。
临池挥洒似奇趣，开卷冥思常有得。
登高骋怀频亲水，运气练声引吭歌。
更喜吟咏唱和乐，神交遥协共伐柯。

另有

调笑令·喜迎杭徽、杭千通车

高速、高速！丙戌岁尾通车。
小轿行云翩鸿，大客骤电奔雷。
飞驰，飞驰！丁亥崛起地铁。

去年有幸出游数地，年初赴苏州共祝舍弟七十大寿。仲春赴洛阳访堂兄，归途陪老伴经西安、武汉一转，深秋赴南京参加高中老同学的二度聚会。选叙事及咏怀诗词若干附上，请雅正。

即祝健康，并问关滨蓉好。

吴庆林

2007 年 1 月 20 日

黄　鹤　楼

焉知何年黄鹤杳，盛世黄鹤翩然归。
楚阁无端屡兴废，汉水有幸拥蛇龟。
古建瞭敌三国吴，今楼揖客八方会。
四海吾家羡鸿鹄，何由戚戚愁乡关？

南　京

大江龙蟠浪淘沙，秦淮“后庭”今已无。
六朝王气黯然收，金陵故国东流去。
太祖遗恨孝陵卫，总督扬威天王府。
雄师百万换新天，后生三五怀古都。

开　封

中原自古争战地，七朝古都遁紫气。
文化风味悠悠熙，历史沧桑沉沉逝。
水患兵祸如烟去，铁塔龙亭巍然立。
自从两帝困北国，遂使汴州江南徙。

大 雁 塔

唐王尽孝报慈恩，突兀苍穹结佛缘。
劲风常伴大雁影，法雨飘洒玄奘愿。
骊山秦陵千秋谜，华岳奇兵百里旋。
俯仰乾坤氤氲气，漫求旷古出世怀。

苏　州

姑苏建制三千秋，地灵人杰文史悠。
玄妙观“三清”宣道，神仙庙纯阳留守。
江南园林夺“世遗”，小桥流水佳客游。
新兴产业开发区，传统宅院老城州。
外资合兴改革初，天堂争先偕杭州。
吴氏吾侪祖居地，毕生关怀臻异秀。

破阵子·洛阳龙门石窟

伊洛双流洛阙，龙门斜照石窟。北魏隋唐越千年，神工鬼斧无数血，安得度万劫。　　菩萨大佛庄严，力士天王狞恶。谁能忘强权掠夺，今却用亿金回赎。可叹公理黩。

满江红·东湖行吟阁屈原祭

屈原被逐，苦行吟，天地间疾。悲愤极，汨罗投江，山川号泣。

宏文《离骚》万代传，杰作《天问》无穷诘。反崇拜，爱国爱民心，千古彻。

身已亡，志未雪，论成败，何以决。念故人，犹忆武穆事迹。屈子投江控悲愤，武穆含冤献热血。躯体灭，爱国情操在，永不蹶。

编号 55-9
2009 年 1 月 23 日

国馨学友：

您好！新年快乐！

今秋同学会在杭州聚，如有需要，可由我联系旅行社。新景点多，如钱江新城、西溪湿地、西湖申遗工程、古运河新生等，组委会定夺选取。

杭城发展战略：由西湖时代迈向钱塘江时代。胞弟伉俪自苏州来，偕黄英一行四人同游钱江新城，拙诗一首以志：

华都广厦织罗网，钱城殊趣独出众。
碧茵无涯点玉雕，秀水萦绕托蓝庭。
黄花盎然牵绿树，通衢灵动驰马龙。
日月同辉[1]翠幕前，燕鸥齐飞烟霞中。
悬台空中观钱潮，地宫迷走觅肴馔。
西湖盛名千年久，钱江大气时代新。

注：①日月同辉——圆球形国际会议中心金色幕墙是为日，弯月形杭州大剧院银白色幕墙是为月。

西溪湿地公园三期建设落成，年前往观。

沁园春·西溪湿地公园

寻梦问幽，天堂杭州，湿地西溪。
看飞雪秋芦，梵音隐寺；火柿映波，观柿芦堤。
竹影环翠，高庄宸迹，清帝巡临高士奇[注]。
探秘踪，涉自然野趣，莲滩鹭迹。
纵横水网幽邃，龙舟争渡，竟会寿堤。

步交芦田庄，洪钟别邺；福字六桥，凌虚福堤。

植物保护，湿地生态，多彩胜景串绿堤。

且留下，赏浪漫仙境，品味西溪。

即祝健康并问关滨好。

春节愉快。

吴庆林

2009年1月23日

又：想必组委会成员等又开始无偿辛劳，在此先致谢意敬意。

注：康熙南巡曾驻跸大臣高士奇府——高庄。

56 伍文玮（书札2通）

（1941—），1959年起在清华大学建筑系建五二班学习，毕业后分配至五机部五院，1991年去佳利德公司，现居北京。

伍文玮

编号 56-1

2003 年 2 月 9 日

答通知：

读老马2003年再通知，似有老有所为志在千里之势，我倒认为更主要的是老有所养。养者，养好身体，养好精神，不为儿孙添负担。

吟七律一首，显我度佳节之状，不知可否应卷（诗见《班门弄斧集》）。

伍文玮

2003年2月9日晨

编号 56-2

2003 年 3 月

答马主编：

前寄一页胡编套话，居然引来大作七篇，着实合算。再寄几页给你，所写均玩笑，不必当真，随你处置。

下面是真话。

感谢老同学送来着魔之火，增添智力游戏一件。信未寄出又接“诗韵”，感激不尽，我还看不懂，不过有时间研究。

伍文玮

癸未三月

57 谢超常（书札 2 通）

（1941—），广东广州人，曾在清华大学建筑系建五一班学习，毕业后分配至广西综合建筑设计院，1987 年到广州珠江外资设计院工作，1996 年退休，现居广州。

谢超常（2023 年）

编号 57–1
1985 年 4 月 19 日

马国馨同学：

你好！寄来的信收到，谢谢！

祝建五班同学毕业 20 周年相聚愉快，遗憾的是我不能回到母校参加这有意义的活动。请你代我向各位同学问好，并祝各位同学事业上取得更大的成就。

4 月 28 日上午 9 时，清华大学广西校友会在南宁举行活动，我们将在边疆与母校分享校庆日的欢乐。如有可能，请把纪念照寄给我一张。通讯地址（下略）

谢超常

1985 年 4 月 19 日

编号 57–2
1994 年 11 月 29 日

马秘书长好：

寄来“毕业三十周年纪念活动简报一号”早收到。由于单位及家里的电话正在改动中，故等到现在才复信。

此次活动还是靠你们在京的同学多做点贡献，有什么具体事情要我们办，请来信告知。如无特殊情况一定会来参加这次活动。本人地址电话如下：（略）

谢超常

1994 年 11 月 29 日

58 谢兴达（书札2通）

（1941— ），江苏常州人，1959年起在清华大学建筑系建五三班学习，毕业后分配至核工业部第二设计院，此后去光大总公司、中国新兴房地产开发总公司、上地创业物业管理公司等处，现居北京。

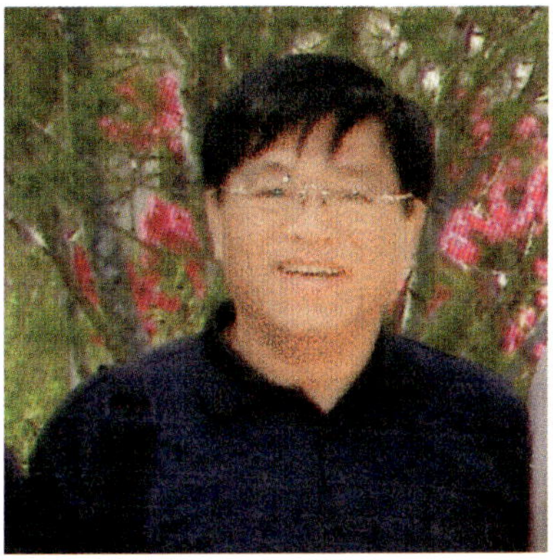

谢兴达（2005年4月）

编号 58–1
2003 年 8 月 15 日

马先生：

您好！

有几点建议：

（1）简历排版请整齐一些，如果版面不够，请用我的简约版简历（上次已一并寄上）。

（2）和吴庆林诗，后面最好附上吴庆林原诗，同样，吴庆林页面也附上我的步韵诗，不厌其烦，这样才有意思，“洗发香波应配上护发素”。

（3）有的印刷错得离谱，如敝诗有一句“真正享受在于融入自然皆大欢喜”（正）印刷成“真正享受在于融入自杀皆大欢喜”（误）一字之差，令人毛骨悚然！成了魔鬼诱惑了。

陋文见笑！编辑们辛苦了！祝全家好。

谢兴达

2003年8月15日

编号 58–2
2021 年 11 月 25 日

书收到了，谢谢！编撰精心，似有隐漏（下略）。

注：此件摘自微信，“书”指《朝华夕拾》。

59 姚娟娟（书札 7 通）

（1942—），曾用名姚坚，1959 年起在清华大学建筑系建五一班学习，毕业后分配至长沙有色冶金设计院，1990 年到厦门经济特区房地产开发公司工作，2002 年退休，现居厦门。

姚娟娟（2025 年 1 月）

编号 59-1
1985 年 5 月 2 日

马国馨同学并向马丽同学问好！

校庆已过，想必同学相会一定十分有意义。我在南昌，由于工作安排问题，科室不同意我前去参加，很感遗憾。事实告诉我，人不到一定职位是不能自己安排自己的行动的，因此像我这个做惯具体工作的人，这辈子回校参加校庆实在难啰，等哪一天“官运”来后再和老同学见面吧！在校庆之日拍的相片及通讯录一定记得给我一份。关于吴庆林是否还在长沙院，待我和长沙院同志通信了解后再转告您。

我在《建筑师》20 期中看到了您的大文章《CAD 在国外建筑设计中的应用》，不知国内什么时候能用上。我在近几年来一直是搞民用，院里建筑专业人员中能搞搞方案的人十分缺少。虽说毕业以后在工业设计院时间长了，但是学校里学的以民用建筑为主，所以自己对搞民用很有点兴趣。近年来，又开始重提水粉画，虽说和你们相比差远了，但“山中无老虎，猴子称霸王”，以后有机会到北京望您能帮忙给我开些介绍信，参观一些北京高级建筑，看看贵院做彩色图及模型。

4 月 28 日，南昌市清华校友第一次聚会，年龄最大的 83 岁，一共 200 多人，队伍浩大。现要做校友会会徽。学校校庆纪念徽有几种？若能提供就太感谢了，因为我们几个学建筑学的都有责任提供方案。

有空望来信，希望不是一句话，能够谈谈老同学的情况以给我鼓励。叶如棠是当贵院院长了吗？请代我向老班长问候。到京一定去参观你们几位的建筑作品。

向小关问好，还有您的那位听话的儿子。祝康乐！

姚坚

1985年5月2日

刚拿到第四期《建筑学报》，看到你的发言和照片，我和爱人都为你为建筑师的社会地位及冲出亚洲的干劲所感动。像我这种在设计院搞民用建筑方案的人也是工程师职称，看来领导头脑中对建筑师和工程师的区别还不甚明晰，不过我们几个能搞方案者工资都暂浮动三级，这算是很不错的了。在你们的会议发言中还有一位建筑学会副秘书长——张祖刚，我是通过朱纯华认识的（仅通讯来往），望来信告诉我您与他熟否，我有事相求。

通信地址（下略）

编号 59-2
1990年7月19日

马国馨同学：

您好！并向关滨及马丽同学问好！

收到田国英的来信，知道你已编制新的建五同学通讯录，我于6月初以前正式调离南昌到厦门，现在全家已经落到厦门的户口上，离开炎热的南昌，到气候温和的厦门安度日子。我现在的单位（下略）。总之现在告诉你为时已晚，只能作为以后修改备用了。同学们见面时请代为转告，目前只是三陵知道，田国英处我还没给他回信。

在江西搞了一个江西省体育馆，在体育馆剪彩那天我收到厦门市组织部的调令。所以是在看了自己设计的大型公共建筑的使用——国际女排四强比赛以后，和体委各位在建设中立下汗马功劳之"英雄"们合影告别。说实在的，能按我原来的构思设想建成，而且目前被人们赞赏的确是一大安慰。虽说其中会有不少心酸之事，特别是知识分子中的某些人物的小动作很有"味道"。听说王工（冶院建筑师）到北京参观，听了你的报告。回来后，王工对我讲遇到了我的同学"建筑大师马国馨”，我只能十分遗憾地说：“你走以前如能和我打了招呼多好！起码可以帮我带个口讯给马国馨呀！”据说在亚运会以后，将会在北京召开关于体育建筑方面的各类学术会议。我既然已离开冶院，这方面的消息就十分缺乏了。望有什么学习的机会能给我信息，最好能给我一个通知，以便争取到京，看看你这位亚运村总设计师的作品，听听介绍。

由于从南昌搬迁到厦门，许多杂事要办，小儿子的转学也是一个较大的问题。因为在长春念建筑学的大儿子决定今年暑假在北京度过，不回厦门。他本来很想离开南昌以前到南昌告别一趟，且可以由我们带他参观一下江西省体育馆，后经多方考虑决定去北京了。我托三陵帮忙找个学生宿舍，三陵十分热情地答应了。我想到清华，由三陵指点一下，也能提高不少。由于到了北京，如能由你帮忙参观一下亚运村，则真是一饱眼福，比到南昌看省体育馆的收获不知要大多少倍。我儿子叫姚达康，如他有胆量来拜见你，望能看在老同学的面上，提供参观的机会。这个儿子性格很内向，但只要是对建筑学习有用的事，他会去做的，到北京去找沈三陵老师，也是他只身一人去的。在我儿子决定去北京后，我才知道三陵的爱人刘老师又住院复查，不知情况如何，确实使我感到很不好意思去麻烦他。望能在方便之时给她去个电话以示安慰。我这人毕业 25 年，很少能遇到老同学，似乎越走离同学们越远了。希望你们有机会时能到厦门，一定到我家中来，在南昌时你和何玉如到我家中去过。现在我的居住条件比南昌好多了，只是湖里区离市中心较远，但交通十分方便，有小车直接到湖里，我们公司的大牌子很远便能看到。

来这里以后我将不再具体画图，原讲让我任总建筑师，现在让我暂待规划设计科，先熟悉情况，总之，我并不在乎这些了。只想到人到近五十的年龄，需要一个清闲安定一些的家和工作。也许这辈子在建筑事业上的作为将要结束，总之先保住一个健康的身体再说吧！南昌的天气实在太伤身体了。

关滨身体好吗？吴亭莉、何玉如、马丽老同学们都好否？向他们问好并转告通讯地址，但愿能收到来信。

代我爱人姚海广先生向你问好！祝：一帆风顺！

姚坚

1990 年 7 月 19 日

编号 59–3

2003 年 3 月 30 日

马大师：

您好！按“再通知”的时限，现将劣质作品准时寄出，望笑纳，并请帮助修改。

《建筑学报》第 3 期的要闻及作品选登已粗粗翻阅，经济适用住宅的实践还需努力。有机会、有可能很想请您及宋理事长赴厦门做这方面的讲座。现在住宅面积控制难，功能设计不重视，立面花哨，价格不掉，中低收入买房难的现象还会持续，所以需要宣传，对吗？

感谢您的关心和帮助。向关滨问好！向马丽、吴亭莉问好！

祝康乐！

姚坚

2003 年 3 月 30 日

编号 59–4

2003 年 8 月 18 日

马大师：

您好！辛苦了！向您如此认真而热情的工作态度表示深深的敬意！若在北京，一定去当您的“帮手”。

给您发了电子邮件，被退回，又发，不知会退否？为保险，将“打印稿”的建议寄给您：

1. 因本人短文的“诗”性太差，故被双排排版后，横、竖念不通，建议：取消！

2. 文章之名的组成仍为：简况 + 祝愿，只有两个错字，我已在文中用棕色笔改过；

3. 希望能将文中涂黄色的字加粗，如按原稿排列更佳，能使重点突出。谢谢！

向关滨、吴亭莉、马丽等问好！致礼。

姚坚

2003 年 8 月 18 日

附：原稿。

编号 59-5
2003 年 11 月 11 日

老马及在京的主编、编委们：

马大师寄的三本《班门弄斧集》收到，谢谢！辛苦了！厦门的老姚及小姚们向你们致敬！这本古色古香、朴实无华的书，家人都爱不释手，海广竖起大拇指说：100 年后是文化遗产。想必，这是我们在写文稿时没想到的深远意义。我已前后翻阅，建五同学人才众多，每篇都好看，集体传记，这是市面上独一无二的书籍，是建筑大师的又一创新。要吃晚饭了，再见！姚坚。

注：摘自电子邮件。

编号 59-6
2013 年 7 月 4 日

老马国馨院士：

您好！并向小关问好！

上周末收到您的挂号信，催促对《清华建五班五十年纪事》的修改意见，信中要求将稿本寄回，以便循环使用。

真不好意思，我在接到此稿时，粗粗地看了一遍，但要提修改，必需安下心，认真想。您写得如此仔细，五十年来的哪年哪月哪一天的事……

提意见，不好好想，难以满足您的要求。但离开了稿本，更不好提，我想：

一种做法是什么都不提了，将稿本寄回给您（自己感觉良心上过不去）；

另一种做法是将您的稿本全部拍照，贴到班级网的论坛上，这样咱们班的同学都能看到了，都能提建议了。（此事我可做，但必须由您同意）。

这段时间，我没有安心的时间，5 月下旬回上海看老母，回家前，忙着在网上找便宜的旅馆（妈妈的家已没有我可住的地方），寻找便宜机票等。好在赴上海能遇到刚从美国回沪的好大夫蔡斌，他只回国几天就被我找到，并立即到家看老妈妈，指导妈妈怎么锻炼。

回厦门后，我基本天天与妈妈的保姆联系，督促妈妈锻炼。按照蔡斌的说法，妈妈 6 月底可站起，可是，妈妈没做到，我也有点放弃了。97 岁的老人了，她不想做的事就算了，只要保姆细心，躺着不长褥疮就行了。

5 月 22 日，上海的同学知道我回沪，一起聚会（邱文在加拿大未能参加），大锺夫人沈培老师是我网上好友，出资请建五同学。大锺来我妈妈家，看望老妈妈。以往，我回上海和同学聚会，都带上我妈妈，这次，我姐代替妈妈赴宴。顺便附两张照片是大锺拍的（照片中你不认识的那位是我姐姐）。

过几天再看您的稿本，先提几条（下略，共 8 条）

暂提这几条吧，先发出，请国馨说说这样提行吗？

我的家人向您问好！佩服您的记忆和热心。

姚娟

2013 年 7 月 4 日

此信发出后被退，我删除一张照片，再发后没退，不知明天是否会被退，现将照片缩小，再发。

注：摘自电子邮件。

编号 59–7

2021 年 11 月 18 日

国馨同学：

您好！

《朝华夕拾——怀念应朝》两册和国馨昨天亲笔信收到，辛苦了老马！

出此书，真是不容易，圆了梦，也让 YC 永远活跃在我们的心中。确实，“书比人长寿”。

本想为怀念应朝的书出资，没有机会了。

书的内容十分丰富。估计是经费问题，版面有限，字小了些，很可惜，但我会戴着老花镜一篇篇认真看。

拿到书，先看了应妮、应华的文，再看李芳的文，再看叶班长简短的代序，马院士的后记。不能再看了，先给你们发微信吧。

保重！

注：摘自微信。

60 许安之（书札1通）

（1940—），浙江余姚人，1959年起在清华大学建筑系建五二班学习，1968年研究生毕业后分配至一机部八院，1984年去加拿大做访问学者，1980年起到深圳大学工作，现居深圳。

许安之夫妇（2021年4月）

编号 60-1
2021 年 11 月 28 日

下午 1：00

谢谢发给我珍贵的回忆，收到书是晚九点，看到午夜，第二天接着看。我明白了他有一年也寄给我贺年卡 / 信，我邀他和家人来深过冬，我有大梅沙海景房空着可随意住，他说谢了。我看了书全明白了，深圳的海他看够多的了，另有隐情（我猜）。

下午 1：16

今天是应朝别离三周年，愿他在天国没烦恼，永远快乐。

看应华的文章，就知应朝活得很累，从外看是开心果，心却很重。

谢谢你花了很多精力和时间出这本纪念应朝的书，我将把没有读的都读完。

注：摘自微信。

61 叶如棠（书札1通）

（1940—），出生于浙江宁波市，1959年起在清华大学建筑系建五一班学习，毕业后分配至北京工业设计院，1974年到北京市建筑设计研究院工作，后去建设部、全国人大任职，现居北京。

叶如棠夫妇（2024年3月）

编号61–1
2004年8月12日

马国馨：

我保存至今的小钢笔画不多，且不甚理想。为了凑数，选了九张，除个别标明年代的外，大体都是1960—1962年期间所画。

要说明的是，有五张课程设计（1961年秋季）的图，标明“静宜轩”的，是我按当时自己设计的造型，改画的小钢笔画。那年寒假，我选了一部分同学的香山别墅方案，改画成一批小钢笔画，其中有你的平、立、剖面图和张思浩的透视图。另一张是标明“香山双松斋”的是陆强的方案。限于篇幅，只挑这五张。

今天，我写了几幅应索字者要求的字，来不及仔细推敲，草草挥就，以便在出国前“清账”。虽写得不很满意，但尚可用于班上出书。我已将照片发给张思浩了（共计八幅，包括前面已交的那幅字）。

至此，我的任务大体完成了。剩下大量的编辑、出版事务全靠你和张思浩等去忙碌了。我当个挂名“主编”，实在有愧！不如改为你和张两位更妥当。建议你们重新研究一下。请将我的意见转告其他编委。作为“退路”，仍可将我留在数名编委的行列中。拜托！

叶如棠

2004年8月12日晚

62 尹婉秀（书札1通）

（1942—），1959年起在清华大学建筑系建五一班学习，毕业后分配至甘肃省设计院，现居美国。

尹婉秀夫妇（2024年10月）

编号 62-1
2008年

2008 新年好

尹婉、棣华

贺年卡

63 殷亘龄（书札2通）

（1930—2007），出生于北京。1959年起在清华大学建筑系建五一班学习，毕业后分配至五机部五院，退休后去深圳。

殷亘龄（1995年4月）

编号63-1

1994年9月6日

马秘书长：

上级一号简报收到，基本构想可行，拥护。忧的是名誉委员不少，办事人员不少，似乎概算没有校清或没有校准，每人300元行吗？或许有后台老板没告之，百姓多虑了。

▲除纪念画册外，最好有本“人人册”，因为纪念册易成为名人册，有他没我，有我没他，不太好，最感兴趣的是“人人录”，可由筹委会规定统一格式，每人寄来一页打印好的材料（加照片），由筹委会复印加封面（或活页夹）成册，每人寄复印费，到时人手一册。

▲论文集也可用征文装订成册之办法，当然不必每人都写文章。

▲到时每人发有一袋物，里面有：

（纪念画册＋人人册＋通讯录＋活动安排等）

不能事后再发这些留念的东西。

▲看来二号简报，应抛出一些具体办法来，如集资办法、征文办法……

殷亘龄

1994年9月6日

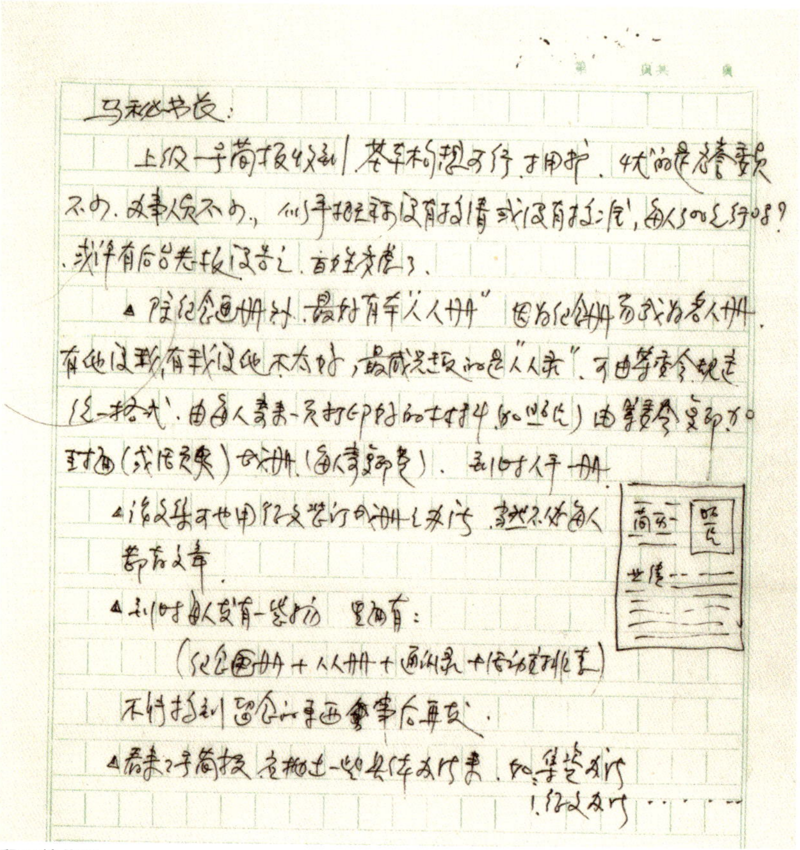

马秘书长：

上次一本简报收到，基本构想可行，[illegible]。[illegible]

不够，文章人员不够，[illegible]

[illegible]

▲除纪念画册外，最好有本"人人册" [illegible]

有他没我，有我没他不太好，[illegible]"人人录"。可由筹委会规定

统一格式，由每人寄来一页打印好的材料（加照片）由筹委会复印。

封面（[illegible]）[illegible]册（[illegible]）。到时人手一册。

▲论文集[illegible]

都有文章。

▲到时每人发有一袋[illegible] 里面有：

（纪念画册＋人人册＋通讯录＋活动安排表）

不待[illegible]

▲看来下本简报[illegible]，如：[illegible]

1.[illegible]……

殷亘龄信影

编号 63–2
2004 年 8 月 20 日

马：

1. 此次寄来碑文漫画一张，名诗配画一首。因时间原因，创作粗糙，请编审，并不一定选中。

2. 上次出书本人没有收到，请寄（下略），请一定办到。

3. 预计本人年底回北京，解甲归田。

殷亘龄

2004 年 8 月 20 日于广东

64 应朝（书札 45 通）

（1941—2018），浙江宁波人，1959 年起在清华大学建筑系建五一班学习，毕业后分配至二机部二院，2004 年退休。

应朝夫妇（2017 年）

编号 64-1

1985 年 4 月 29 日

国馨：

你好！

我赴美出差，28 日回京。今晨上班一看信封笔迹就如见你音容。一天之差，失去一次重晤学友的机会。好在附来一张凝聚着同学厚谊的薄照——尽管欣慰中又会引起我们难过的回忆。

毕业廿载，老同学都该老了，但谁能松一口气呢。如今各奔东西，闯南走北，还有出海外、下黄泉的……不过我想大家都在彼此想念着。所以“同学录”将如同一条神经，能沟通思绪，联络感情。

你很忙，工作身负重任，业务尤有建树，若编印“同学录”之类的工作需我等出力、筹款、跑腿、分发……请及时吩咐。

很长时间没有见到过叶如棠叶院长了，上次去蒋钟堉家也没见到马丽，你要代我向他们问好。祝他们健康、快乐。

顺向关滨蓉致以亲切的问候！

应朝敬上

1985 年 4 月 29 日

编号 64–2

1987 年 4 月 9 日

国馨：

你好！

三月同学相聚后，院里命我立即去深圳，同时我夫人也出差上海，所以本想去 304 探望关滨蓉未能如愿，不知她现在已康复上班。来深后见到一些老同学，陈、黄等都不时提到关于印制建五入学 30 周年纪念册之事。当然，黄更不断为某期杂志刊登您的大作，却由于编排疏漏出现不少小故障而深感歉意。

陈尚义来我处抱着十几封信，有郝允昇、韩江陵、吴书庆、丁莹莹、索奎琰、田国英、胡正凡、林桔洲、邱秀文、盛允伟等人，我阅后大致感觉如下：

（1）成本太高；（2）广告与人（同学）合刊难否；（3）内容编排需付出很多力量；（4）需刊广告几乎没有。

后来我干脆主张：

1. 以最低的成本、最快的速度、最简洁的内容介绍同学（包括小照、简历、毕业后概况……每人不多于 250 字）；

2. 基本黑白排版，不要封面插页彩影，当然由叶如棠题词（陈尚义语）；

3. 开本不宜过大，16 开还嫌大，纪念册要便于收存携带为佳；

4. 实在有精彩的个人书、画、影、刻、诗……酌情放插页介绍（我不倾向刊印什么建筑巨作杰作画影，一则难以收集，二来这类工程在我们这块土地上要树哪一位的“创作”，引起署名是非，麻烦今后想必不会少……）

总之，今年是 1987 年，眨眼就是 1989 年，说快很快，我向陈建议，若征得你最后意见，是否立即发信索取“实货”……即小照、简历、地址、近况、成果或其他什么值得刊登的东西。当然也必须立即寄钱，这样速战速决，不要忘记，起码会有 1/4~1/3 同学因种种原因不会回音或迟迟回信，那纪念册也得印他们的姓名、地址、概况，也要寄赠他们，此外还有各位老师、前辈和同学所在地方的建委等部门……

有了材料，有了 money（钱），下面的具体工作或许就好做了。对于张允冲、林丙棠或开了事务所的郝允昇等能否在信中“启发”“诱示”他们（不太好写了）。

我想要做到百余名建五同学皆大欢喜还是有可能的。你很忙，我在深圳也有兴趣为此工作尽微薄之力。上述看法，你以为如何？

祝好。

应朝

1987年4月9日

又：我4月10日至4月21日在京工作，4月22日后立即返深。

编号 64-3

1990年4月19日

国馨：

你好！

马年暮春于南国深圳建筑师学会成立大会上相聚畅谈，真是好开心。光阴流逝真快，1959年进清华与你相识，一晃三十余年了。你以聪敏善思、博学多才、谦逊好学、勤奋拓进的步伐，大踏步走在当代中年建筑师行列的前面，自强不息，成绩昭著，为我们同学、师友争得了光荣。说实话，这风风雨雨三十个春秋，我也略知人生世道，说事品人，也就是“老九爱面子，老九善挚情”。所以在我们同事中或我的年轻助手前提到马国馨都深表钦佩，而我也得意洋洋地向他们描述你学游泳、学刻章、打灯谜、吹军乐……作为有幸与你同窗六载的“不才在下”，也真有点自豪和分享荣誉的心情。好友高寿荃拍了张照片给我送来二张，不知你已收到了吗？随信寄去一张。收后盼复。

关滨蓉好吗？或许恕我心直语快，胡说八道，她也是我们同学中聪慧绝顶的佼佼者。国馨能外出公干，能承担重任，能远渡东瀛，能静心著作，能够培养出一位清华建筑鬼才（汪坦对国馨的戏谑而由衷的评语），可能都有她的一份心血和功劳，用《十五的月亮》唱词“有你的一半，也有我的一半”（请猜字谜，把答案寄来！）我想是会很贴切得体的，对吗？一家三人行，三人都是建筑大师，三人都毕业于清华大学，也是罕见而富于情趣的故事。

向二位老同学再饶舌几句本人近况：活得很累人，信仰、寄托都难理清。又那么急急匆匆，忙忙碌碌，风风火火，真真假假，爱工作，常外出，喜冒险，多

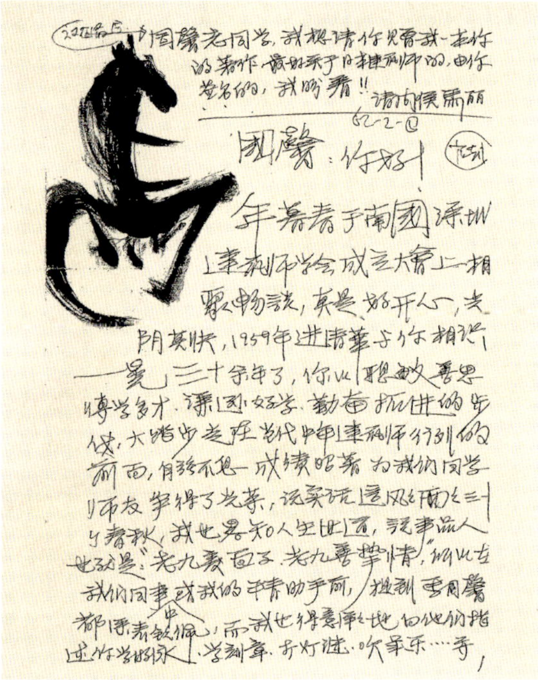

应朝信影

回忆……像国馨、关滨、大锤、育民、尚义、姚娟娟等同学经常会在梦中相见。主持核二院深圳分院设计工程至今有五年，如孤魂野鬼在外飘游，建五七君子到核二院（沈、黄、诸、陈、谢、邹、应）如今只剩我一个最不安于现状的人。业余嗜烟厌酒，写写画画，从谜语对联到游记散文，从建筑知识到胡扯论文，长长短短，大大小小也已发表300篇，看看铅印了的小“应朝”也是一种安慰与自娱。女儿17岁，应妮，在北京建筑工程学校读建筑装饰系，儿子应华尚在小学顽皮，夫人张汝莲，当初20岁北京丫头、初中生、工人，患难之交，现已“混”成CP（党员）、科长。若能写出来，也是一本小说。

高寿荃已把你深圳之行发新闻图照登13期《现代装饰》。

祝好！

应朝

1990年4月19日

又：国馨老同学，我想请你赠我一本你的著作，最好是关于日本建筑师的，有你签名的，我盼着！请问候马丽。

编号 64-4
1990 年 8 月 24 日

国馨同学：

您好！

大约深圳南国酷夏高温把我热昏头了，五月底因核电高层住宅（34 层）设计，让去香港跑一趟。回来后，就收到您寄赠的《丹下健三》佳作，刚开始一页一页读起来，忽又命我兼任核工院海南分院副头加总工，于是办执照、租购房子、联系任务，一晃一晃，连给您老兄（按年纪应该讲老弟）回信也耽误了。说了半天，无非还是“借口”，因为向您索取大作时那热情洋溢、迅速敏捷的功夫又统统到哪儿去了呢？

您 6 月 30 日给我的信，真有点“年近半百初知天命”的感触。最近看《读者文摘》（我以为国内数以千百种报纸杂志，唯此刊颇有人情味，颇不俗，故从创刊号至今都订齐了）。有一则台湾短文就是讲“50 岁随想”，与你信上简短的意思很有异曲同工之妙。你今年周岁当大约 47 岁，当然按中国习惯虚称“半百马老”也未尝不可，不过按你才华、贡献、精力以及实际上“文革”前、中所耽误了的，（谌容有一短短篇佳作讲，大家可减去 10 岁年龄，很精彩、幽默、悲怆……）我们都还是风华正茂、锐气不减，所以上次（去年年底，叶如棠来深与同学聚餐合影），我题影一诗（快板句）：

三十年前皆少年，三十年后仍“后生”。

满腹佳肴满腹言，今夜相聚今夜散。

亚运工程意义远深，您的“光辉形象”似乎也不止一次出现在画刊荧屏，至少深大讲学、杂志介绍，工作重，费神思，也许会有如你所叹“弄”伤。但是苦尽甘来，这次在深圳听张良君讲他编亚运画册，许多精美的建筑照片与设计简介等篇目得到了您的鼎力相助。不管怎么讲，诚如国馨老弟所写“有时想想都年过半百的人了，有时遇事真要想开一点，难得糊涂一点”，我也颇有同感。自己并不是很刻苦做学问的人，按本质，不大会“做官”，也有点瞧不大起做官，却有时也挺想当当大官。（毕竟日子轻松，出入有车，不用画图，圈圈点点、指指画画，……作几点指示，讲几条看法，指几处毛病，提几项希望，这点水平或许还是好练就的。）

您呢？人是 CP，上面也很想培养造就，想了半天也或许是内心深处、骨子里头的 FREEDOM（自由）意识终难抑制，放弃一切“自我”去符合一个整体的意识，又不太心甘情愿，以致还要方案亲手执笔，施工图安排进度审校，当然这也是乐趣，专业的趣向嘛。不瞒您讲，我是瞎混日子，北京总院 2000 多人，有一种压抑感。同学沈、黄、诸、邹、陈、谢全离马神庙，不出家了，我从马神庙到了深圳下埗 庙，还是如当和尚。不过，此地稍觉宽松些，小自由也多一点。同事们一本正经地称我“应副院长！”我马上纠正：对，我是“应付”院长，应付一切；叫我“应工如何如何”，我答“终有一天因公（应工）牺牲”。

今年不顺，小弟 29 岁（交大英文教师）骨癌死亡，（想起你刚入清华，闻你哥哥（数学系高才生）去世之噩耗该有多伤心）。大妹胃癌，胃切掉 4/5，父母年迈神衰，我自己也因工作、人事、性格、行为常常得罪上左下右男女老少，日子过得也累。还是您的话管用，“有时想开一点，遇事糊涂一点”，好，不唠叨了，您或许看腻发烦了吧！说几件杂事：

①老兄精心炮制同学通讯录已根据我所知的部分变更改了一点，复印给在深各位；

②从去年冬起，辛苦了大半年为核电做完 34 层住宅楼已开工建造，每层八户全向阳，通风采光尚好，很想写一篇短文附图，请您推荐去何家建筑杂志登下为宜。

③建筑学会有什么活动？我们这号人算不算中国建筑学会会员，那只会徽有地方可卖吗？

好！知你忙，不必急着回信，什么时候有空，想起来告诉一下即可。

祝忙乐！向关滨蓉女士问好请安。

应朝

1990 年 8 月 24 日

编号 64-5

1992 年 5 月 3 日

国馨学兄：

你好！

△近拜读《中国建设报》上关于奥运建筑、环境、风情评介的大作，生动、形象、有趣，读来如身临其境，实得神游之乐。

△眼下为 2000 年争取在中国申办奥运呼声日高，热气渐涨，我在深圳主持一个宝冠工业城规划设计，大老板刘冠荣 5 月 2 日业已资助 40 万元人民币与深圳电视台在深圳体育馆举办“2000 梦幻迎奥运大型文体晚会”，刘欢、张暴默、张明敏等名角都来献艺亮相，并有万人签名活动，看来民众参与意识会起到推动作用。

△ 4 月 26 日 81 周年校庆，在深港建五学友“十三太保”有小影一张，今寄去供笑阅。校庆相聚皆大欢喜，同学情谊之可贵处多半在于回忆，或许有朝一日相片褪色，但记忆却永葆清晰。

△您最近忙吗？任北京院总建筑师，任重责大，名响交广，希注意劳逸结合及保持自己多方面的业余爱好和生活情趣。

△今年 3 月，我被任命为核二院总院副总工程师（总建筑师），又兼海南、深圳二分院技术负责工作，年过半百仍漂泊在京、深、琼三角地之间，风风火火，忙忙碌碌。“赚钱”只是一点出差补助费，想想也挺乏味，好在我是经“四清”、“文革”、干校熬过来的人，天命之年，已略知同乡“阿 Q”精神的必要。去年丧幼弟，今年亡大妹，最近老父中风了，可想我心。

△若您有作品、书籍出版，翻翻有无存货，不要忘记赠记我一二，切盼。

△您主持中国建筑学会的活动，若有可能，时时给我点信息资料。若有名片，赠寄二张。

△老同学相聚，您是我们议论赞赏的一个不可少的人物话题，您与关滨不知有无遥感。

△好！写到此地，也无多大事，只是表示您的同学远在南国边陲与海角天涯，时时想念着一个讨人喜欢的马国馨……是吗？我代表在深同学向您和关滨同学表

示问候。若忙，可不回信。我 5 月 4 日去海南，5 月 9 日回深圳。再见！

应朝

1992 年 5 月 3 日

编号 64–6

1992 年 5 月 30 日

国馨、关滨：

5 月 13 日信悉，很高兴，尤其读到关滨手书格外欣慰。再过三年，若无意外，建五同学作一次聚会该是相识三十六年，毕业卅载，想想人生瞬间，弹指一挥，一定非常感慨，情趣无穷。这是 1992 年 5 月 27 日晚间在深同学欢迎范玉庆晚宴上的“大山”主题，当然诚如马、关看着照片回忆议论一样，大家也很热烈开心地追忆着建五同学的几乎每一位，例：我们的“鬼才”马国 XIN——马国 BING——马国 FENG（大一时一位戴镜数学老师点名时趣呼……）和我们的女中音、威慈并举、驱“马”扬鞭的关滨，无疑是大伙儿，一杯黄酒落肚后的赞议主角，遥隔 5000 里，被这帮家伙漫议，不知你（们）有否遥感。

向二位汇报在深各位同学近况花絮，若有不妥或欠敬，文责自负：

范玉庆，曾做脑瘤（$\Phi \geqslant 40$ mm！）切除手术，后明显嘴歪，言语欠清晰，一耳失聪，其他无多大变。之前他的爱女因心脏病夭折，现有一子学建筑。他的名片上也挂满西部建筑学会理事长等众多头衔。

侯士荣，当年由深圳市建设局处长调至福田区任副区长，现在党校深造去了上海，已久未见面……

胡运治，白白胖，头发密黑，正如马小弟所曰，似同而立，

清清白白，造福一方，共承恩泽。

日日夜夜，应览万卷，同沐朝晖。

好！还有郝老板，网架球状结构生意越做越红火，深圳设了公司，并举家南迁，自备房屋汽车，同学来往，师长接送，往往靠他。这次迎范晚宴，陈尚义张罗、点菜、发令，该付账时不知怎么广东话叽里咕噜几下，那位收费小姐又来到郝允昇面前……废话连篇，或许二位已不耐烦，信到最后才言归正传：同学相聚

晚宴上，我把马公摄影艺展一事披露，大家纷纷兴趣盎然，高寿荃说：我的装饰工业公司（兼任《现代装饰》编辑部）画廊是够办数百幅影画展了。另外，此大楼由叶如棠部长题名，高寿荃说可以请电视台拍个短镜头，印些请柬，散发宣传，同学携建筑界人士前去观赏……应该说没有问题，席间酒酣，我听高讲：“只要马老兄相片寄出，一切由他包办了，没啥问题。”我可以做的和可以描述转达的也只有这样了，希具体事宜由马国馨再直接找高商议。

惊悉顾冬梅夫婿亡故（从你们信中才知道），陈尚义闻讯后当拟进行一些“募赞”活动，以看看当今“体、脑、商”差距对老九们一旦遇到意外病变后的状态。

周末无公事，抽得半小时读读马关信，写写回执。祝二位好！

见马丽、吴亭莉等代问好！

应朝

1992年5月30日雨夜

又：白主任“广印滥发”照片，寄我散发深圳诸友，尚有多余，故寄你转给马丽、吴亭莉等看看……

编号64-7

1992年8月8日

国馨学兄：

您好！

收到你6月份信后，因急急赴沪、琼出差，没有及时回信，希见谅。（附在深学友名片复印件）。外出除为单位了解浦东开发区概况，寻求设计任务（工厂、住宅及小区规划等）外，同时还孝奉病父（78岁，高血压，中风瘫床……）一周。

打电话，沈大锺找到，又寻着何惟增，三人钻进小饭馆，从建五同学军乐队活动各人家况一直侃到倪天增、蒋钟堉、大聂等等。沈说6月份曾出差北京，没找到过你。何已离六机部九院，现在上海一家US（美国）公司谋事，高薪重任。他父早逝，后又妹亡，还刚离异，另识一铁道设计院38岁女建筑师，正筹婚事。他说很挂念你和关滨，也常在报刊、TV等处与你“谋面”。

高寿荃学兄去法参加世界幽默笔谈会。他的演讲题目是《建筑屋顶人的帽子》

云云，另外，还是为其爱女高可燕（广州美院油画系）留学法国走徐悲鸿、潘玉良、蒋碧微等人的艺术老路做铺垫工作……昨日通电话得知他已于20日回深，又赶往海南主持工程去了，故还没见面。与他夫人秦应南女士讲了关于在深筹办国馨影展之事，她说她也知道。地方就是叶如棠题字的装饰工业大厦《现代装饰》二楼艺廊，其他都较好办……详况待十天或一周高工回深后再说。

我又因东莞一个工程（20万㎡，8栋30层塔楼住宅位于（300×80㎡）三层裙房上）忙得不亦乐乎。联系人是张允冲，他挂职香港何显毅事务所，月薪3.5万港币，仍嫌少（我趣言，我们只有你的1/100也凑合了）。这工程是张介绍我院与香港伍振民事务所合作的，估计1993春节做完全部施工图。张说：祝狄英在美国经营建筑事务所公司，很有钱赚，并拟在天津投资房地产，祝9月前会来华，到时先进深圳。建五同学又可由陈尚义等张罗小聚畅谈一番了。到时，你的1995年《三十周年毕业纪念》印刷文册等建议，我定会提出来，请这些海内外“学子阔户”来些实质性赞助。又讯：林丙棠赴加，因建筑业不景气又回香港，自开事务所。

国馨，我刚寄出一份稿件（挂号）给你，写的是广东核电高层住宅，连地下带顶部共34层，4.4万㎡，平面比较普通实惠，但较紧凑、经济。此楼双塔业已启用，反应很好，是全优工程（深圳市评）。而且已有三次在特区报作为图片新闻报道，故我吃力凑写成2000字图文，请我兄代送学报殿堂，看看经过大刀阔斧删、改、剔、节等能否以“建筑实录”或“设计小得”等名义变成铅字。很惭愧，应该讲，建筑无新意，文字实枯涩，但半百YC，可以讲讲写写的民用建筑实例也仅此高层蝶形住宅，故老同学前不怕见笑。连同图、照、文字统统交你，一定请国馨小兄酌情递上去，可能的话，你帮我修修补补，润润色，点点睛……若还需要什么附件、证明、补充图纸等，也尽快来信待我备绪。若插图需重新复描粘贴，文字需重新加工，你能在京就地找人解决，所需一切费用给我一个数，我即邮汇，拜托了！

今年深圳夏景，尤以股票风潮为烈，那场面与惊心动魄实不亚于那年□□风波，我说这是特区经济金融广场上的□事件，只不过处处银行证券所前都是一个个“小□□门”。我们局外人瞧闹猛也心有余悸！

好，不多写了。代问关滨、公子好！

应朝

1992 年 8 月 8 日

编号 64-8
1992 年 9 月 9 日

国馨：

你好！

1992 年 8 月 29 日信悉非常高兴。（1）立即找陈尚义，他说忙于房地产业跑哈尔滨等，把顾冬梅之事给误迟了，于是说干就催，我俩分头由他先筹上 1500 元。（2）马上打电话给高寿荃、秦应南，谁知高由法而归即赴海南督察工地生意至今未回，据夫人讲要 9 月 12 日才能回深。再见面时与各位老同学商筹影展……

国馨、关滨，9 月 7 日我接张允冲从香港来电讲祝狄英由美国回深，召集同学小聚。许安之处也闻此讯让我张罗，于是仍借环宇酒家中餐厅欢语一堂，席间，我把你来信所提在京同学二次集会盛况予以通报，大家都感到：虽然天南地北，人各一方，但世界很小，心距甚近，我还没把你信述简介完毕，“少帅侄子”随即更正“不，不是花了 2500，是花了 3500 元……”大家哄然。

除张、祝外，许安之夫妇、胡运治伉俪、汪统成偕太太、翁玲玲及夫婿到会，此外就是黄邦杰、黎旺秋、兰柏林、孔力行、侯士荣、陈尚义、吕弘毅及我了，最大圆桌可坐 12 人，但要挤下上述十七八人，你可想而知是何等的“亲密无间”了，虽冷气开放，还是大汗淋漓。翁玲玲（苓）是毕业后第一次见面，稍发福，姿腔依旧，讲话嗲兮兮的。我打电话通知侯士荣时，她正在福田区区长办公室，故与她通话，她说：“快三十年未见，我成老太婆了……”YC：彼此彼此，我们都成老爷爷了，见一面少一面，晚上务必光临……

因大家都忙，酒过三巡，我与陈尚义立即开始“敲锣”，如相声所说“老太太……收钱啰”，于是把顾冬梅丧夫抚儿陈述，席间解决几个，其他身上不方便者此后再由我面访。高在琼缺席，郝赴徐州没来，我又复印打字一收据，内容如下，还没正式发出，抄下请兄审改：

收据（一式双份）

痛悉清华建五同学顾冬梅的丈夫——建四校友聂振升高级建筑师不幸因病去世。××× 同学因在外地，不能北上面慰，敬捐人民币 _____ 佰元，以表心谊。

建五同学会深圳分会

××××× 经手并委请北京马国馨同学面交

1992 年 9 月 9 日（图章）

知兄仍继续筹编同学通讯录，故把一些或许有更改的地址抄去，供参考。（共五人，下略）

国馨，你工作、业务活动、社交极忙，我去信叨扰甚误你宝贵时间，非常抱歉，故对我去信不必勤复。祝好！问候关滨，代在深同学祝你们中秋快乐。

应朝

1992 年 9 月 9 日

编号 64-9
1992 年 10 月 15 日

国馨学兄：

挂号信收到，厚厚的，重重的，连信带相片、文稿加一片同窗情谊。

“通知文稿”写得很好，详尽而简洁，真切也动人，悲惜过后又乐观，憧憬 1995 年大团圆，我与尚义开玩笑，好好活着，别出意外，做好准备，1995 年进京回清华园畅聚。尽管会齿危发落或鸡皮额纹，同学毕竟是同学，性格或许你还是你，她依旧是她……

寄来相片与通知待慢慢有机会分发或散寄。相片细阅，灯下找熟悉面孔太难了。（下列人名略）

高寿荃已由法国回来即去琼，一直没联系；郝允昇回徐州，空一套房子，儿子留守深圳。这二位老板还没有来得及出资，估计不日可见，收后我即寄去，其他事以后再汇报。

祝好！代深圳同学问候关、马、吴等各位。

应朝

1992 年 10 月 15 日

编号 64-10

1994 年 10 月 22 日

M. 国馨大师：

你好！

此刻东北寒夜 0℃，趁开会结束休闲写写信问候你和关滨同学，当然也遵照“三十年聚庆工作计划分配”，想想具体设施，请酌定。

这次到辽阳市是作为国家一级注册建筑师考试评分员，看见了范玉庆（甘肃省）、朱治安（航空部）近 80 名“考官”，清一色 50 岁以上，清一色男同胞！善侃能聊好吹的几乎云集。其中有我们清华校友 21 位，天大 16 位……辽宁省试点约 700 人应考，但近乎白卷者不下 100 人，其他按我估计有 1/10 通过就很不错了。

九月份与你通了电话，谈了关于“建五毕业三十年纪念册”的准备工作，我想补充一些想法：

△在清华园同窗数载本是缘分，来之不易，毕业三十年了，如能一聚，更为难得，如果仅说说笑笑，看看吃吃，一散了之，那是十分遗憾的，所以弄一本册子留作纪念，便于了解，有利联络，并可供家人、子孙笑阅，世人共晓。所以每位同学务必竭诚支持，如期交“货”。

△册子大小如同普通杂志（16 开），如本信笺尺寸或再小一些，横翻竖翻待定，封面（底）稍硬实些，至少套塑装帧，单色，请叶如棠同学题纪念册全名“清华大学建五纪念册（1959—1965）”，并简单地写数百字纪念册序。

△师长题词页（敬请清华领导、建筑学会或建设部门领导、各届班主任及主要任课老师及与建五关系密切的教职员工等写一些……）

△同学页次，基本上每人一页，酌情调整。

有下列内容：1. 入学时照片一张（以标准相为好，其他亦可）。

2. 本人近影一张。

3. 本人写这三十年“自我道白”的文字。内容、主题、文体不拘，但为篇幅规限，以 800 字为宜。

4. 个人作品展示（建筑设计、建筑画或其他书法、金石、工艺、摄影等业余可赏……）

5. 基本情况请填下表：

姓名		性别		籍贯、民族		出生年月日	
工作单位		永久通讯地址				邮编	
技术职称		工作职务				电话	
						身份证号	
配偶姓名及工作单位					子女姓名、出生年月		
家庭住址							

6. 其他值得入册的有关文字、证件和荣誉性录件……

▲同学页次以姓氏笔画为序。

▲没有上述内容的或外国留学生、调修生、退学生及已故世同学等则列姓名、简况。

△集体照：毕业时集体留影（1965 前后）。

近年在京、深的几次南北小聚合影，选出 2~3 幅。

纪念册中留空白一页，预贴 1995 年大聚会时的合影照。

△跋：1. 对本册编撰、设计、题名、印行、捐资、赞助……表示致谢的文字。

2. 对 2000 年再次相会进行预告勾画前廓。

3. 建五同学联谊会工作干事的名单组成。

国馨，或许上述想法早已由你付诸通知各同学，如果以 1995 年 4 月校庆时团聚为期，那么印刷至少一个月以上，所以要在 1994 年底前收齐一切资料进行编选撰辑与大致排版，我想在东北的会下旬结束，再往上海开一个核工业部建筑设计交流会，下月中上旬回北京找你面谈相商一次。不知届时你有工夫吗？好！啰啰唆唆写到这里。

祝近安。全家康乐。

应朝敬上

1994 年 10 月 22 日

编号 64–11

1995 年 2 月 26 日

高寿荃 1995 年 2 月 26 日上午电话传联：

（借《满江红》词句）

（上联）一下三十年饱尝酸甜苦辣后来功就名成

仍为楹柱添新对

（下联）九个八千里踏遍亚美欧非前去评章立说

且论星空建大庭

YC 电话回联：

（上联）清风绿华夏

（下联）建树济五洲

注：为清华大学建筑系三十年拟联。

编号 64-12

1995 年 3 月 18 日

△国馨学兄：你好！因院内要我紧急出差宁波（约一周），一时手头又无你家中电话，只好就近找张罗、赵监二位转达信物了。

△你若日理万机，百忙中刻一章，肯定十分有用，届时如集邮展盖邮戳大家可自盖……思浩已着手干上了，我想了一句十字上下联，你给改一改如何？刻一刻有可能吗？

（清风绿华夏 建树济五洲）

△随信寄去黄邦杰交的 1000 元，单时晓交的 1000 元（即浙江科特装饰板厂）。汪统成不知沈三陵账号，所以他寄款不出。希你转有关财务。

△前日白福恩来电，因料理老母丧事（80 岁仙逝）加政协开会，故和大家暂无联系，其照片、书法、作品等均已寄出，我告诉他若有事就给马大师打电话，他更关心有几人去保定，他可派车前接云云……

△收到的所有同学纪念册素材已如数交张赵，并边看边编排起来，你说的极是，只要我们在约 190 mm × 280 mm 的白纸上编排粘贴好照片，留有文字说明或短句散诗……，只要打印出 5 号小字即可完成一制版稿，以后若送印刷厂，只送这页白纸，彩贴植字即快速统一了。深圳已来电讲“编排制版前的工作就绪，光印刷至少 20 天，若印 1000 册，成本是 40~50 元 / 本，黄与许安之也谈过，许觉

得似有些难，即世界导报社印制费也有财务与核算，他们系主任发一句话！几万元印费不会不了了之吧……

△不少同学有些很有意思的文稿，专版每人一页不够，是否酌情另排印一本黑白杂志式的文集或通讯录……这花不了多少钱也快，北京都可以办。

△我以为：剪裁——相片均可剪裁，但不能伤脸面、建筑主体。信件均可摘选但不应入专版！可登“杂志”。

问关滨蓉好！祝安好，问候各位！

应朝

1995年3月18日

编号 64-13
1995年4月17日

国馨大师兄：

你好！

30年聚庆即临，大约把你忙坏了吧，希注意劳逸结合，有些活动到时候可随机、酌情、自然成行，反正都是老同学，过多的细节安排会苦煞你……到今天4月17日夜，我可以吐一口气告诉你：制版完成，稍再修改即送印刷厂，若无意外，4月28日下午黄邦杰等数人抵京可随身托运去，开会分发每人一册没啥问题。

制版打样稿我又校核一遍，照片几乎每张都电子分色，色泽清新粒度细，黑白照片也4次分色，有的效果竟比原照还佳，总之，你会觉得拿得出手，对得起同学们的一片热心。

适才接范玉庆电话，知你已来电话，提到梁公塑像落成，款项寄出……我们都很高兴。听说清华学生毕业纪念画册建2、3、4都曾想搞，但像样的印刷集子似没有多见。这次建五在你“主谋”下，终于一激动，趁热打铁地搞了出来，尽管有时在此夜里加班时十分难熬，曾也自怨太多事儿了，现在看看116页原本样稿百花齐放，琳琅多姿，想想也蛮有意思。

我把最后全书内容编排作简单再介绍：

封面：银灰色基底，白色中线，天蓝色字“清华大学建五纪念画册”，朱红图章，浅浮灰白色“1959—1965”及汉语拼音字母。210克进口铜版纸，封面、封底各折包边宽6厘米，上塑胶封底：色调同上，左角上浅浮“1965—1995”下增图章“建五纪念册”。

书脊：约8毫米宽，朱红色，黑体字书名与日期均为黑色。

目录：班长代序……………………………1

师长题词……………………………2~7

集体照选…………………………… 8~13

同学专页……………………………14~104

厂家贺讯……………………………105~107

同学寄言……………………………108~111

编后絮语……………………………112

按制版规范、印刷条例，完全重新弄到符合要求再送去即制版，把样稿自粘成样书，再送印刷厂加班印刷、装帧（线、胶）成册装箱。

那日接你电话关于“朱纯华”素材有人来深送至，但一直等到4月15日仍无音讯，黄等催询无着落，为不拖延印刷，还是由我编选了一个专页，把手头朱1965年相片及朱学习照、旅游照，或美化或放大用上，写了几句简历……另外，又编选侯士荣页（因为他一直觉得“没意思！”）。同学专页共91页，91人（叶如棠占2页，主要为了邓大人、江书记、李主席、贝大师……周美培、蒋钟堉合一页，最后絮语按你指示又加了“我们也十分惦记未能收入本册专页的顾冬梅、丁莹莹、倪德先、吴庆林、宋修业、范青宵、阮日清、拉卡沙、张永珠、和虞庆余老师等”。

因调动了黄邦杰、黎旺秋、胡运治、范玉庆、张允冲（从港赶来）等人的业余时间，帮助一道粘贴、校对、处理杂务等等，于是编委会以马兄为首的成员，又多了不少人，责任可以由更多的同学来分担，苦劳、疲劳、功劳也可以由更多朋友共享，对吗！

为联系制版厂、印刷厂，几乎都做到货比三家，看报价、看质量、看速度，最后由高寿荃们裁夺定下，我认为是合适的。只是对高工《现代装饰》杂志同人们所给予的鼎力相助，要考虑如何报答，这是件将来该做的事，好在高寿荃27日坐火车去京（他很惜命，怕坐飞机出事……）。

制版，每版按300元计（仅包括三张彩色分色，多余酌情加钱每张约50元计），印刷按每本近40元计（印刷，纸张、装帧费），印数1000册，加班赶时间都算在内，不另计。到写信时，《现代装饰》杂志社会计对我讲，还没收到汇款（已去过银行查询），他们先作了部分垫付……

好，啰哩吧嗦情况就是这样，“同学寄言”有4页朱红边、黑体字、墨绿色名字，每人100多字（摘取书信文稿内有点意思的话、诗……）大约有50多段，这样原定搞一本黑白版文稿杂志也就暂先告吹了。国馨你极应写一段或吟一首，可是临行匆匆没有“逼”着你要，最后“同学寄言”压轴有一段话：同学到北京，常找马国馨，这倒并非仅仅欣赏马大师的英才美名，而是更喜欢他的义气、热心。这次建五毕业三十周年活动，他操劳勤、苦劳多、功劳高，如果要封其头衔，聚庆“总策划”，节目“总导演”，募捐“总发起”，编册“总创意”，通信“总枢纽”……总之，人称马总，当总无愧！这么一段大白话，不知妥否？（来不及盼指正了！）

祝一切顺当，希向组委会其他同学作一个通气，问马丽、吴亭莉好！向“我老了，但建五永远年轻”的关滨蓉请安！

北京见！

应朝
1995年4月17日夜

编号64–14

1996年10月12日

DEAR国馨：

您好！

欣逢清华建筑创系、建院华诞，10月11日电话里聆听到“高手”“全联”和马国“新对”，都很大气精妙，如你所讲作联挂气球，悬空示众，还是句短字少，意明，读易，更实用。所以读您撰上联：

梁师建系育人忽而已知天命

我试凑下句：门生聚院思变喜庆成果空前

全联可嵌入梁公全名，建筑学院头头们多为梁师门生，思变即意喻改革时尚……虽不工仗欠规范，但写下就寄给您审处。

这几天忙于乔迁，累乏不堪，15 日赴沪出差，23 日在郑州为我部优秀工程设计评选开会，匆匆写上几笔。

祝国馨、关滨金秋忙乐健康！

同学应朝敬上

1996 年 10 月 12 日，周六

——张思浩出什么妙对，前些日子闻其老岳母病重在他家养病，可能很忙，烦……

编号 64-15

1998 年 10 月 26 日

马国馨学兄：

您好！

早收到"范玉庆来京小聚"的同学合影，很开心，谢谢你们的忙碌。

前两天去"华航"施清生处见赵欣然（退休，被施聘用）聊天，得知您的公子已在美国立足，真是好男儿走四方，让你感到世界越来越小。

马小兄辛苦编印"通讯录建五"功能卓著，前不久姚坚由厦门来京，她说全靠这本"联络图"找人"上吊（调）跑步（部）"。正巧我又收到张允冲近信，他已叶落归根定居深圳，或许你已知他通信话址，我不妨再抄下：深圳文锦南路金安大厦。（下略）

"足球之夜"很好看，《新神雕侠侣》也可打发辰光。下月仍要去沪、成都出差，再坐守深圳分院，所以你忙不必回信了。

问候关滨蓉同学。碰上马丽、吴亭莉代为问好！

YC

1998 年 10 月 26 日

编号 64–16
2001 年 11 月 11 日

国馨同学您好！

2001 年 11 月 11 日去办公室加班，收到兄寄赠《建筑创作》两册，精美封面，翔实内容，令我高兴之余马上拜读大作《刍议》，正好我院两个建筑室做东北某高校体育场馆方案，立即复印散发传阅学习，反应：眼界开阔了，获益匪浅。

那次施清生为陆强夫妇接风在九头鸟酒家畅聚，你和关滨赶来使大家更开心，好像我还讲“……还为你们俩践行，因为你们将远游北欧”，对么？估计你和关滨访览巡游，虽余兴未尽，已顺舒而归。怎么样？所到之处，所见所闻，所思所想，一定颇有心得吧。寻思这些国家虽不大，但很富，福利公益，自然环境，建筑名胜，风土人情都有特点，加之正值金秋气爽，二位会心旷神怡的。在下打趣：马关伉俪，年逾花甲，远走欧罗巴，去补偿蜜月“花季”了……

突然由此想起如今名人出书蔚然成风，我这里无论正版、盗印的像赵鑫珊、刘心武、冯骥才畅书建筑，或赵忠祥、白岩松、倪萍等写散文，或崔永元、黄健翔、杨澜……写的大实话，都是很好看的消遣读物。国馨作为当今华夏建筑界年富力强，学识人缘、作品影响均属“拿摩温”（NO.1）的“天南海北山东人”，除了撰写建筑著作、专业论文，是否开始动笔写尚义兄式“我这一辈子”般的实话实说自传故事。其实这如同出口成章聊天侃山，不必有什么大主题切入点，信笔放缰，心有华章，至少我非常期盼。你写出来的东西会图文并茂，庄谐皆全，中外兼蓄，古今俱新，老少都宜，内行、外行齐拜读，熟悉、陌生不冷落……看，我又不是出版商，煽动鼓动倒蛮瞎起劲。或许深受家父写一辈子杂文的性情中人之“恶劣”影响，关滨细腻关怀，她的文笔也很棒，当可助你在不远的日子杀青问世！

好！打住。祝健康忙乐！看到建五同学吴亭莉、马丽代问一个好！

应朝

2001 年 11 月 11 日，夜里

你忙，不必回信，我即出差太原，为部内专家评研高去开会，另又接着去济南批改一级注册 A 试卷，年底返京。

编号 64-17

2001 年 12 月 25 日

国馨同学：

您好！

辛苦了，又要编撰建五同学通讯录——真是必要且及时，先让我代表附近的老同学向您表示感谢！我自己近况地址如下。（下略）

兄近信收悉，照片亦读，维也纳皇宫前老街黄菊伴国馨关滨分外精神，尤佩服你居然在北欧深秋还短袖敞胸……诵“拔牙诗”忍俊不禁，忽遥忆清华何惟增游泳丢失衣裤，您也有打油诗记志，常阅兄大作，如忆张镈、念陈占祥也配以佳句，言简意赅，义深情长！

钦佩折服之余，亦步你韵脚和几句，以赠关滨同学。

年逾花甲齿渐松，修补剔拔难奏功。

但求翻新高科技，上下满口皆克隆。

应朝和诗：

年犹花季常青松，修身奉侍亦奏功。

但求曲新献歌技，上下满堂和声隆！

估计你们收信时正迎元旦，拜年了！

（也附几张老同学、朋友合照供乐阅）

应朝敬上

2001 年 12 月 25 日

编号 64-18

2002 年 11 月 15 日

马国馨同学：

怀着同学情谊，搞点文字游戏，凑出那么两则东西，滥竽充数，亦表心意！请劳驾关滨一起帮帮，把关指正修改……尤其打油新诗第六句提及您的话句还望包涵！（灯谜一打及谜底略）

我月底会去深圳大亚湾核电站开会，一定抽空相帮，催催特区同学的诗文手稿……

祝冬安身健，康乐！

应朝敬上

2002年11月15日夜

编号64–19
2002年12月17日

马国馨大师院士：

前年SDTV（山东电视台）看“天南地北山东人”很被你“热泪涔涔泡乡音”所感动，今又连连收看BTV（北京电视台）世纪之约科学家有你“光辉形象”与美女主持珠联璧合。建筑学作为应用性工程科学，有你为代表登上荧幕，很鼓舞。

12月17日晨电话中又被你“动员表扬”一番，故又添上“谜联”可供选用（共12则略），老有所作，老有所乐，老有所思，老无所索吧！

对了，一定请关滨帮助修改删减指正。一种直觉，我特佩服她的文学功夫！非凡目光！也很想拜读她的文章。

又该祝新年好！

应朝

2002年12月17日

编号64–20
2001年12月

国馨、关滨同学：

奔马驰迎马年新春，
入关指点关山旧月！

应朝拜年

2001年12月

编号 64-21

2003 年 2 月 12 日

MGXBR：

春节长假肯定休息得很好！？至少可“懒觉 · TV · 书报 · 闲聊……”

节前收国馨“再通知”两页，这标志咱建五文集进入正式运作时段，我也接崔克摄老师电话，他居然兴致十足，猜出同学姓名谜语，并勉我再“炮制”，于是又续编一打，自感越发浅拙了！（人名谜 12 则，成语口语谜 14 则，均略）

拜读韩光煦妙联稍改：

二屉桌下白发仰看黑发脸（甩晃飘）
三尺台上后生讲课（授演解）先生听　　袁镔除外

1. 讲课人很来劲，黑头发甩起来……以“甩”对“听”，都是动词；

2. “讲授”对“仰看”，全是动词，对仗工整词性一致更佳！

（对联征对七楹略）

某年正月十五有“绝对”较难，抄下供思索：

元宵宵夜元宵（上联）

____________（下联）

好！打住！祝元宵节快活！

YC

2003 年 2 月 12 日

编号 64-22

2003 年 5 月 14 日

马国馨同学：

您好！

SARS（“非典”）放假，你这“忙碌命”能否也可歇息偷闲几天呢？因“航天—中核”一路之隔，常与施清生走动，催出三篇游记散文。此类题材述景抒情，天人合一，回归自然，也蛮有意思，与施君一道商榷改毕。今寄上由您定夺、取舍再润色……

关于建五诗文的书名，国馨近见福恩、国英、思浩、江陵……诸兄都各抒高见，坦诚评述，我特高兴：1. 大家态度积极，热烈响应着马兄倡议，纷纷献计策谋；2 确实“新婴”未出世，起名几十则，或许还有更好的英名佳字产生哩，可供选取余地大大的有；3. 依我拙见，上月接你电话，告诉我“班门弄赋”还有点意味，在下十分赞成国馨意见，在此也絮叨几句：

班门弄赋

BANMEN-NONGFU

清华大学建五班（1959—1965）同学师①友②诗文集

班门：建筑行业，祖师爷鲁班，同出建五班，京城有崇文门，我们曾出入二校门……鲁班门下建五班门生，文科班门外汉……

弄：舞文弄墨，弄潮儿……涉猎写写文章吟吟诗文，却并非科班文化人，挺好！

赋：总括了诗、文、词、曲、歌、谜、联、章、剧……“赋”本身也是文学一体，更何况有成语“班门弄斧”音近，以示谦虚，但更切合书的内容。

书名本来是“广告”式标题，管它“通俗，庸俗，恶俗”，有寓意，较诙谐，“稍动一字具新意”即可。加汉语拼音，一可与“斧”通音，二使封面带几个字母，有些生气，有些现代感……废话重弹意下如何？问候关滨蓉女士！

应朝

2003 年 5 月 14 日

注：①建五的老师文采好！

②像刘心武先生等国馨老朋友同学都可入华章，添彩增兴。

编号 64-23

2003 年 9 月 12 日

国馨同学：

您好！

△兄召集 2003 年 9 月 8 日编委会，务实高效，大家欣慰。后我又致电韩光煦等，他们都感到全书风格快人快语，理应快印快出，不必求全求齐，尽善尽美……韩

教授特别提到建五是大集体、大家庭，时过四十年，小班概念淡化很自然。无论从何角度，马（GX）叶（RT）主编名副其实，众望所归。按我装帧方面拙见，还建议此书封面折边（或封底）来两幅马、叶小照简介，使书更正规、更丰满、更有趣些。

△另外，您写的《文集编撰始末》，是否对黄邦杰小说未正式付梓作些小注（例如小说题名，创作年代，多少字数，已出过清样稿……今后再另做建五文集续编问世……）

△这样，全书少了四十余页（主要是文章《绿色的梦》），同学应朝、思浩等忆写您和关滨的打油诗和祝贺词，虽不怎么样，但也是同窗由衷心声，还请马主编高抬贵手，烦请关滨一起修改润色，最好也能一并挤上去。吆喝，戏唱，热闹一点，开心一点，用张教授浩子的话来说："我们诚心诚意给马国馨敬贺的'拍马屁诗'，连发表的机会也……"

△最后啰唆几句"亲兄弟明算账"的经济话，出书是要钱的，出版社承编、协编，有你的影响、关系，或许多少可以节省若干，但成本还得核计。将来，每个同学需要自阅、珍藏、馈赠等的册数也绝非每人几本可打发。各尽所能，量力而行，您还得花点精力做做，大家来筹措、分摊、负担，是行之有效的法子。

好！再接再厉，趁热加速出版，辛苦即见成果了！

YC

2003 年 9 月 12 日

编号 64-24

2003 年 9 月 13 日

马主编国馨同学：

刚发出一信，又打电话给崔国樑、张寿海、赵春生、盛允伟、王惠章……学你"呼诱""催逼"，都得到"立即动笔写出后寄你"的肯定回诺，所以超过 60 多人的指标大约可以达到。

周六（9 月 13 日）致电关滨，她戏称你最初张罗文集似发神经病云云，我当即"严词驳斥"，欲以陈景润、凡・高……比喻。她认为黄 BJ《绿色的梦》

可用小号字排附在后，我觉得是很合适的。人家风风雨雨为此文倒霉，认认真真抄印投寄，辛辛苦苦校对修饰，理该欢欢喜喜付梓出版，你是主编完全有权责处理，若无多大妨碍，我建议采纳关滨的意思吧，反正多一点页数，多数万字而已。

对了，二年前张思浩、赵欣然乔迁车公庄中里新楼时，我有一则贺诗，现抄上权且作为我对这位“求全完美爱挑剔”教授的奉承之句吧。（《我爱你家》诗略）

祝秋安!

YC

2003 年 9 月 13 日上午

编号 64-25

2003 年 5 月 12 日

张教授思浩小弟（向赵欣然致敬）并呈马国馨大师（向关滨问好）：

恕我无聊，又要念经：

春雨纷飞　信笺飘随　六字佳句　马派韵味　同窗多年　兄弟姐妹
四十年别　东西南北　容颜照相　九五册内　诗文传吟　“弄斧”钝锐
趁热打铁　书画印汇　国馨费神　乐此不疲　呼而诱之　精神咖啡
广而告之　心领神会　思浩出手　操持筹备　知难而进　已骑虎背
大功不成　不会滞退　教授心细　尽善完美　期短任重　甘苦受累
四月清华　主楼聚会　此为议题　击鼓重捶　字稀画少　响应疲惫
巧妇难为　无米之炊　紧急动员　思浩张嘴　先扯大旗　老马虎皮
务虚务实　情理一堆　央请投稿　不要推诿　技术帮衬　电脑助陪
书法诚贵　签字亦美　画风不限　只求白黑　你夸他捧　打气鼓吹
少作不悔　拙作莫卑　新作不吝　功力不退　无它苛求　只盼快给
品杂调味　人多告慰　原班编委　组稿首为　众说纷纭　人声鼎沸
见仁见智　燕瘦环肥　就地午饭　快餐乐胃　出书印画　也得干脆
依愚拙见　两集同类　书名配对　颇生兴味　《班门弄斧》　诗文荟萃
《艺海弄潮》　书画集汇　《艺池拾贝》　妙笔生辉　诗文书画　本似兄妹
画若诗配　主次点缀　版式风格　二者相随　封面装帧　大体同规

封面改色　可不重绘　书名题签　大笔叶挥　浅纸浓图　相映见辉
八一截稿　还得紧催　酌情后推　或许也对　只争朝夕　百折难回
自己搜罗　翻箱倒柜　临阵画枪　居安思危　书非经典　何苦憔悴
题材多多　笔破囿围　设计草图　方案勾绘　电脑作品　漫画智慧
工具徒手　各有品味　黑白夹灰　简洁而美　动物小品　人物花卉
工艺图饰　环境室内　抽象无稽　仙女神鬼　服装饰件　景观山水
建筑入画　当为首推　其他杂类　有趣信字　不拘一格　统统收归
同学近百　出版公费　人凑过半　信心加倍　习作丰碑　大伙砌堆
立此存照　文化人类　作者寥寥　欲哭无泪　三三两两　功亏一篑
余话皆废　画稿累累　基本照登　尽量不退　四字打油　信口胡嘞
告诉浩子　咱正准备　回应馨语　续貂狗尾　二〇〇五　笑画再会！

（特抄送韩高工江陵诗仙过目）

应朝于 2003 年 5 月 12 日夜吟

编号 64–26
2004 年 8 月 16 日

国馨：

与思浩难得（8 月 13 日上午受你接晤并赏以书法、书籍、杂志、音响……时间不紧张，可能还飨以饺子）很快活。

你出了跋题命我作文，也不知该写些什么，先胡言乱语凑出几段，看看是不是太离谱，不像话，与你做的序有无出入？有无过多重复？……反正白纸黑字印成册子，你们再修改增删处置妥办吧。（为思浩编排及时，我也把此稿寄给他了）

祝好！问候关滨夏日安康！早些、多些书画作品出来……

应朝

2004 年 8 月 16 日

8 月 17 日取施清生稿又到思浩家，已基本做到“以人为本，名下录珍”，还是蛮精彩的，只是你的钢笔画（建筑、人物、速写、随笔类）少了点。

2004 年 8 月 17 日，下午又及

编号 64–27

2004 年 10 月 25 日

国馨如棠，功德无量，主编在上，大家捧场。

建五同窗，“自拉自唱”，诗文墨香，书画琳琅。

《初稿》捧读，心花怒放，非常过瘾，老当益壮！

（1）又想到几点：我觉得此书“砖基玉宇”已基本构筑成形，“主旋律”蛮强，不担心过杂太散，所以同学雅兴不宜轻扫，来稿不拒，多多益善，歌曲、漫画、随手书写、签字……都尽量收入。怕书太厚，有的书画可适当缩幅，更显精致丰富，“袖珍迷你”犹为大作！

（2）上周邂逅刘海泉与夫人小蔡，恳谈乞求，他允交稿，但无下文……怎么没看见许安之幅栏，能否催催凑凑……

（3）福恩剪纸“‘文革’风俗”，能否加些“评注”，毕竟画面上的“红卫兵”“斗私批修”“革命三结合”连同“文革”都已遭历史否定……

（4）如棠书赠的“石广生、屈培青、范耀邦”等名人，要不要极简约地介绍一二；

（5）亘龄的漫画建五一班人名中少了大锺、耀明，重复了姚坚（娟娟）、超常，稍改一下可以完美：文明俭增贵……钟坚朝杰令……

（6）国馨您专撰长序，而“跋”类结束语可不拘一格，多些人再写，人众言广，有趣闹猛，好吗？

（7）去年此刻深秋夜，《班门弄斧集》首发时，到场京区同学有汇签扉页，附上供主编看看能否作为“历史一页瞬迹”，补用在后凑兴聚众……祝好！

应朝

2004 年 10 月 25 日夜

编号 64–28

2004 年 12 月 26 日

马院士国馨同学：

新年好！

日子飞快，2004年又没了，岁终盘点还算忙乐。尤其这一年趁开会屡晤国馨，聆听妙言高见，得暇又坐你处，置身书柜壁立、报扎成堆的“文化仓库”，既休憩又享受，临别还受赠获益多多，岂不忙乐？

对了，上次欣赏（我以为的）“独家正宗马体书法”——我兄书录小平巡察亚运体育建筑一席话，字精彩，文精邃，亟应收印咱《班门弄斧续集》，以飨读者。伟人早有高明预见，可憾未见怎么宣扬流传，否则百姓戏谑的“土豆蛋、麻雀窝、肉皮冻、歪凳裤……”一类洋垃圾也不至如此“倾倒”京华了！上周出差在外夜读《画品人品》，写得感人，心香一瓣，泣诉如歌，娓娓道来，亲切逼真，前言结语更是凤头豹尾，写得格外动情揪心……

近访施清生，把你操持毕业四十年聚会计划传达一番，他设计的航天培训中心（雁栖湖畔）容200床位及餐厅、会厅、舞厅，他说同学聚郊不成问题！而且附近还有不少农家院饭菜调剂口味，森林公园，荒野风情，逃脱城嚣，不过如何洽谈争取优惠尚未落实，老施蛮有把握的。（下略）

按旧时习俗，过年要贴对联，知道我兄也颇有兴趣，所以贺年信尾附上几则。有空时做做文字游戏，据我感觉除您“语言亦大师”外，关滨、寿荃、福恩、亭莉、光煦、江陵、国英、思浩、凤岐等等都是欢喜弄弄对联的。如2005年聚会，弄些笔墨纸砚，请叶班长挂帅做东，大伙即兴凑趣，出对征联，信手拈写，或许也是一项高雅的活动。

一、借您印章文为上联：

书到用时方恨少

（言在醉际不嫌多）YC对

二、借反腐倡廉规肃作上联：

官个个管好子女

（人日日倡议义言）YC对

最后再祝新年快乐，关滨和你健康安好！

应朝敬上

2004年12月26日夜

编号 64-29

2005 年 4 月 26 日

国馨、关滨同学好！

先预祝五一节长假过得轻松快乐，好好歇歇吧！

建五聚庆“筵席”已散，人一走茶未凉，至少您等还得方方面面了结善后。满以为同学聚聚蛮简单，没想到痛快开心的同时，就有那么多烦琐、细致、纷杂、麻烦的大大小小事务。4 月 24 日我在思浩欣然家与寿海、允冲、统成、惠章、崇礼及治安、福恩等人电话聊天时颇有同感，并一致慰问您：马国馨啊，您辛苦了！日后还有何杂事零活，召唤我便是，在下定会出工尽力。

对了，这次我们又发现好些“没想到”——会有九十多人来；被你临时抓差者那么奉命尽责；同学“高官”架子不见了；生日蛋糕人情味足；特区欠特，深圳十八勇士似乎缺勇隐士了；少许同窗手足的腿足蹒跚艰步了；个别仁兄举止神态略显异样呆僵了；三位书法家被逼如机器人般炮制墨宝条幅；老照片“马”上配解释词，那么令人忘情忘怀；我有“打油”见证即景：

一

屏幕跃现学生娃，风华正茂十七八。

席间鞠躬正作揖，哄堂白头你我他。

二

一人一段话外音，即兴旁白仗国馨。

画龙点睛脱口秀，妙语连珠难忍俊！

还有，没想到“我们建五聚会”似乎更像人文园地、感情纽带、学术平台、互助协会、休闲沙龙、沟通桥梁……民间团体了！故情不自禁又贩“打油”：

清风华夏故地游，建树五洲退未休。

四月杂忆四旬秋，三班偶念三亡友。

老照片中模样小，新书画里功底旧。

相见不易别亦难，何日再聚盼〇九！

应朝敬上

2005 年 4 月 26 日

编号 64–30
2005 年 12 月 21 日

一晃半年未见，特撰联向老同学恭贺新禧！

“齐鲁”小马形神矫健

中国大师德艺清馨

核二院总工办应朝

2005 年 12 月 21 日

我凑拙联向你拜年！

（昔景“忆苦”）

血缘关三族，江滨满泪汉。

小学转八校，芙蓉蒙落莫。①

（今况“思甜”）

关山岁月新

滨水蓉花美

核二院总工办应朝

注：①意指关滨蓉有满蒙血统。

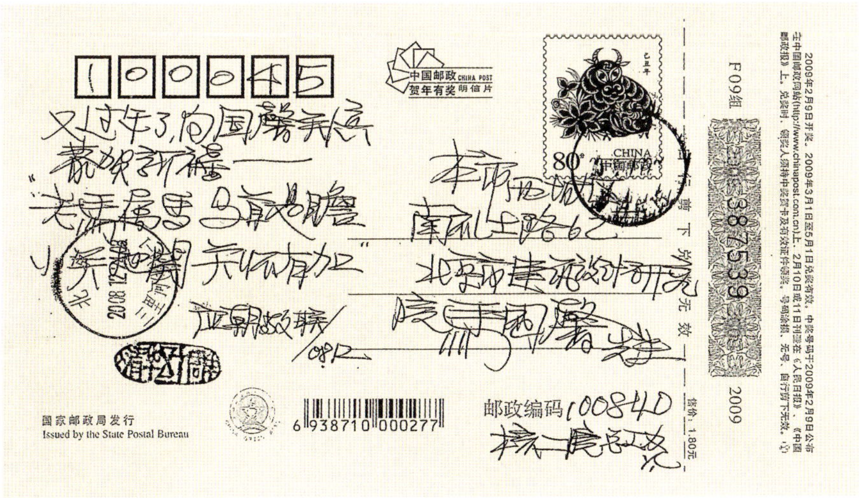

应朝明信片

编号 64–31
2009 年 1 月 1 日

马国馨大师弟同学：

盼你 2009 年一上班能见到此信，并再祝新年平安、健康忙乐！

遵您所嘱，我又炮制了一则《不得不结束语》，并工整抄上请过目修改。几次开会讨论弄斧三集言犹未尽，随信讲讲，主要是结束部分的内容：

1. 不仅仅是一则“结束语”加以了却。

2. 主编、编委或其他同学也可再写点类似“结束语”的短文。

3. 附上“一个也不能少”的全体编委合影及京处编委聚照（过年发贺卡，我也分别通告高寿荃、陈尚义、黄邦杰了……）

4. 你已收集到了很多关于《班门弄斧集》《班门弄斧续集》的读后感及反馈，不妨摘要、分条、成段附在书后结束部分篇页内。

5. 除如棠封面题词外，其他关于《班门弄斧集》书名题词的同学书法、图章、诗联也可凑兴添彩，“大家来写班门弄斧”，已约收到有桔洲、福恩、崇礼、埜瑶……当然马体书法会不吝笔墨，高寿荃也能大笔一挥，在下也蠢蠢欲动想写副趣联：

班门弄斧七年摆弄三把斧①

同窗作文一律别作八股文

费了些力气拜访了海泉，寄我短文信稿，今复印寄你一阅，原稿我均寄思浩了。

顺向关滨问好！

应朝

2009 年 1 月 1 日

又：我再固执己见，若来稿太多、过长，自节删改仍不尽人意，还是酌情用小号字压缩页幅，但仍可刊印，我想国馨您一定会同意的。八九十号人全部能留点文字名字在书里，不容易！可牵记。

注：① 2002 年你发六言征稿令，至今为七年！出成了三本诗文，书画集，综合“三把斧”

编号 64–32

2009 年 3 月 21 日

马国馨：

你好！

翁苓寄来信稿，“只有身体健康，才能安享晚年”[①]，已转思浩，她也写了班门弄斧篆字；你的“马体字”与关滨阳刚气甚浓的硬笔字十分棒，请百忙中也写写“班门弄斧”四字，与大家同乐，共热闹……

YC

2009 年 3 月 21 日

注：①附翁苓信（略）。

编号 64–33

2010 年 10 月 18 日

Dear 马国馨同学好！

上周四上午你与老田等畅谈画册、读稿时我曾去电话告诉你：我十分开心的，很快就收到了你寄来的珍贵画稿，看得我很亢奋，如读“简史列传”。人物画你妙笔传神，简练幽趣，很有历史沧桑感；而建筑画也形态端正，笔法老辣，速写疾笔，犹如能闻风声。全部大作构图尤令我钦服，我看你把毕加索、齐白石们的“布排”几乎都活学活用了……马上去文具店买回一本 A4 活页夹，我珍藏的 MGX 第四本快塞满了。对了，还是上周四，下午我即遵你所嘱去了浩然处，看其网上文光、巧儿、风岐、翁苓……画作都很精彩，只是网上 MGX 画远不及我收集的多，你的画我坚持“一幅也不能少”，全部要送印，有的建筑画也可以一页多放几座。ZSH 的电脑画我给其评价：“人物惟妙惟肖，一点儿也不像电脑画。若出画书只能放在最后‘压轴’做标准答案‘用’。”正与浩然聊笑时，你又来电“指示”我们都轮流守电话筒一一聆听商讨。我记得你提及“主办方”已出一本叫《清华风云》的书，主述大事要闻；而咱们画册你提到的一些书名都很可取，若与其对应简单一点还是《画忆清华》较为贴切，你意下如何？我也按你命题思路强调“真”字，故抽周末与单位同去西柏坡、白洋淀红色旅游下榻 hotel 中，写了一些留言类文字，看看能否经你和 ZSH 等修改后，用在什么地方……你定夺处置吧。

赵欣然已勉强同意抓紧时间作业，至少一幅。你动员的沈三〇、吴 TL、ML 战果怎样？关滨交差了吗？此画书内千万不能“阴衰阳盛”，这不符合我国、我班“阴盛阳衰”的现况，连故人比例都 6 ∶ 1 了！

你在信封上还特注“还有时间，抓紧画作”八个大字。所以又干了几张，凑满早些时候你发通知时要求我至少十幅的“上级压下来的指标”，现把“梁林叶宋”拙画歪诗寄上，供笑阅。信寄出前，又自读了一遍“后语”，猛觉颇有“宿命”灰色意味，很不像百年吉庆应有的感觉！？

应朝敬上

2010 年 10 月 18 日夜

MGX 以你的精力忽悠再号召叶如棠、许安之、林丙棠、盛允伟、王惠章、韩光煦等一齐再画出点东西来呢，反正还有十来天。YC 又及

编号 64-34
2010 年

Dear 马国馨大师弟，

您好！

遵你所嘱“百年清华纪念”让建五供画作集册、收集素材，我利用国庆长假闭门造车，终于炮制完成了，你给我信里说 YC 至少十幅，但挖空心思只干了九则，反正先交差再说。

你复印提供我素材全部抄用，钱学森改成刚回国时照片，张仃则背景稍作移动，再有清华名人、要人、老贵人、大人……得仗你或 ZSH 等去动笔敬画了。我别出心裁又弄了几幅今人、熟人、才人……希望你这第一关“审处”不要把它们删除。说实话那么多人头，在下自以为画的最能入眼可人的就是五位大师“拉郎配合家福”，尤其是画你 MGX，虽我并不很用心，但你的笑容风采，照相机，咧虎牙……都跃然纸上了，不信你让“一字师”关滨看看是不是形神兼备，“笔”简意赅呢？

从前你赠我的“清风华年”艺友合唱团赴台放歌访游的小小相片中，找了一张新竹国立清华大学“二校门”，作为我撰联“百年清华旭日上，两岸桃李满天下”的插图，不知可否。反正都是东抄西袭，右描左仿，拼拼凑凑。人心齐，画作多，你再多忽悠忽悠，建五同学都再出把力。您这画册“主经纪代理人”又是一桩功不可没、让大伙开心的苦差使哇。

祝秋安（收到不必回信），但要寄你的画。

应朝

2010 年

重点：你画够 20 张了吧！方便的话也寄我一份复印画稿（要盖 MGX 章）。YC 又及

编号 64–35
2011 年 4 月

老信新寄

Dear 马国馨同学大师弟：

清华百年吉庆，估计所有校友中你大概是最忙乐的。写字、作画、出书；开会、座谈、受访；唱歌、校友、“艺友”；聚会、班级、文工团、各社团……还有家务、看护……这一年你也难消停，因为“建党九十周年”，你又作为北京“政协”一要员，辛亥革命百年也会有活动……

对于上了一点岁数的人来讲，忙忙碌碌，多找些事干干这就是最好的养生补药。从 4.24 夜演出中 CCTV–3 出现院士合唱和校友演唱，都看见了国馨西装笔挺，朱唇明眸，英气袭人的唱姿与身板，好年青，好年轻啊！让人心仪，令众倾倒。要马总，多保重，永远“忙”，不老松！

在这些人间四月天里，我做了些打油诗，今抄上，请国馨小关笑阅指正：

看 MGX 赠我大作《清华学人剪影》后留言：

校友形象脸谱册，
单枪匹马国馨摄。
一百年中三十载，（从 1981–2010）

廿万人先两百个。（暂先入 241 人）

白发青丝皆正气，

赤子红颜尽本色。（男多女少，平均高龄 YC 统计约 71.38 岁）

母校四月美缘何？

莘莘学子匆匆客！

补记一则：MGX2010 年 11 月中旬约浩然、YC 商议《画忆百年清华》编稿事宜，做拙句题照留念：

古稀闲忙各管各，虽居西城聚难得。

清华百年出画册，“毛遂三编”进角色。

母校景物走马看，父辈英杰铭心刻。

岁寒情暖留张影，理应拍照（赵）欣然摄！

又见 MGX 编印“建 5 同学通讯录”中有马丽生日为“41.4.14”，此数字读起来不算太吉利，但正读反读都一式一样，颇有趣意、巧妙。拟作藏头七律打油八句，贺古稀大寿！

马兰开花四月春，

丽景定格二校门。

同称“文体弼马温”，

学成“建筑艺术人”。

生性随和质高洁，

日夜勤勉本贤能。

快步鄂尔多斯舞，

乐得健美精气神！

2.2011 年 4 月 23 日建 5 同学携家眷共约 60 人聚谈系馆：

母校百年育桃李，建 5 手足聚情谊。

寒窗岁月昨夜梦，热门话题今朝议。

人到七十忆十七，事遇一万怕万一。

最美不过夕阳红，“回光反照”亦壮丽。

2011 年 4 月 25 日下午观“艺友合唱团”演出后，我发短信至 WTL，她的回话是“谢谢！”

清华大学百年庆，听歌北京音乐厅。

男女高低声部齐，中外雅俗曲目精。

白衣蓝裙“校歌”颂，黑装紫衫“思念”吟。

激动最是建五人，莉蓉秀丽吐清馨。

（尤以吴亭莉领唱给力出色，有两拨“托儿”送上三大堆鲜花……）

2011年4月27日访允冲后，与孙凤、惠章、国英、S浩、×然等一同拜访“往哪撞”师（指王乃壮师），老师给每人一条幅和一部“鸿篇画册”，YC做了一幅趣联备忘：

书画称王乃壮志！
翅翼开张允冲天！　（师生亦友）

祝一切顺利健康快乐！

同学YC敬上

编号 64–36

2011年6月13日

国馨：

你好！

谢谢你让我周一（6月13日）上班就送来欣喜——两册清华三宝画册，我即以拙联短信致意：

祝大师弟荣任中国科技委员（TV观悉）

谢国馨君快递清华三宝画书（邮件收读）

正如馨言：在下近日确有些繁忙，你早就通知我前去取书，我也曾打过几个电话但没人接听……后来因母老年疾症偏执妄想，弟妹催我折腾返沪，而久居东北的大哥又犯“心梗，脑梗，房颤”，住院急救令我北上。有时思忖，真的长寿非福，平安是吉啊……。

言归正传，“清华三宝”书名虽“另类”也别致。我忽然联想东北三宝：人参、貂皮、乌拉草，又回想起蒙古族一家三口唱红的“吉祥三宝”，俚俗亲切，耐人玩味……而书封装帧典雅肃穆，明明是清华盛典，百年喜庆，却搞得这般素缟黑白，庄重淡墨，或许还是在下老话："癞痢头儿子自家的好"，我更欣赏咱快马勾画，叶龙飞字，那浅暖米色"班门弄斧版"的《画忆百年清华》之大家匠意。当然"三宝书"纸张厚实考究，印刷也精细，如 MGX 画的前辈肖像，经浓缩后更如辞书插图，邮币画像，很耐看、雅致。

编者们或许仓促，可能马虎，也大概建 5 人画风相似，画者姓名常有"张冠李戴"之纰漏，反正"宝书"到手，爱不释手，编者"失手"，咱来几句指手画脚……在今夏酷热天之前，我曾写过一封信，今一并寄去，供笑阅。另外请帮我再找几本《画忆百年清华》可否？

祝暑安，健康，快活！

应朝敬上

2011 年 6 月 13 日

编号 64–37

2012 年 2 月下旬

国馨大师弟、同学：

你好！

▲先在纸上祝寿，估计你收信时正值 2 月 28 日前后，你可算是正式满 70 岁的骁（小）伙子了，虽然按学问、智商、成就你无疑可称为"马老""大家"，但按出生年月实际年龄你在我及浩然、白、叶、黄、王、沈、何、宋还有玉、丽、莉、蓉……面前还是"弟弟"。同学如手足嘛，但是你虽今已至古稀之年，你还得做好多好多事，还能写好多好多字，还可出好多好多书，还需善待好多好多"粉丝"。正如你屡次在短信中所嘱的"多保重"，我们老同学能到这把岁数都要彼此提醒和落实马国馨的"多加保重"叮咛，具体做法如：常健身，多养生，重提神，忌好胜，钱别省，逛名胜，对吗？

▲龙年伊始，我读到的第一本书就是你寄来的《礼士路札记》，以下八个字是愚兄拜读大作的全过程——"过目，动脑，开心，满足！"，因此情不自禁下手落笔写点什么感觉余味之类的……这比收到好书后干巴巴写"谢谢"二

字要更丰满些吧。打开快件，一眼看到你自画的书封，浅浅“萌”绿色调，很清爽淡雅又简洁醒目，仿佛看着你坐热气球居高临下空中鸟瞰徒手速写那北京院楼错落有致的景观，连“科学技术是第一生产力”的警句名言也被你挂上墙入了画。加之封面宋春华流畅行书的题名“礼士路札记”和封底你那“拙匠门下”方圆规矩古朴苍劲的印章，前后呼应，相得益彰。这悦目可人的书帧也似乎蕴含着这本《礼士路札记》内容的勃勃生气和淡淡挚意，挺棒！看起来特舒服。

▲因《礼士路札记》在综述评写同道中人（事、物），所以你能博采众长显得信息量大，而有根有据娓娓道来，叙述性强，“兴亡事里”寻求，历史感重，还有“知行博涉”专业面广；“朴实无华”文化味足；更熟悉的是马氏文风偶尔流露“激情蓝调”，可读性强。对我而言，龙年新春开卷有益，此刻再补上“谢谢”二字，或许比较合情合理，而不只是礼仪客套了。

▲尤其有趣的是我有三个小小的“发现”在此啰唆几句：

1.《礼士路札记》全书四十三篇华章，竟然超过70%的篇名题目是七言佳句，可见咱国馨老弟的诗情天天见涨，诗兴时时迸发，诗意处处显露。

2. 被你作评写序的有头有脸的资深建筑师们，好像都要比国馨年长！以前我只晓得为一本书作序的人，多半不是作者的前辈、师长，便是什么领导、头头……所以又想起黄永玉的《比我还老的老头们……》，而你也恰好认真且卖力地为比老马还老的老建筑家们写评作序呢。

3. 在沪侍母20天，弟、妹上百度、搜狐，见有“应朝”及简介，似无重名，有的也只是“我们应朝前看”“联大应朝要求为金正日默哀”“大学生做家政也应朝九晚五”。从前想班（部）长叶如棠不会有重名，后见电影《姨妈的后现代生活》，斯琴高娃饰演的主角名赫然与叶如棠一模一样，把剪报赠叶，他也甚乐。从来没有想到这马国馨，尤其是繁复难写的“馨”字，如今后生们谁去取此字起名呢？但看到《礼士路札记》P152，我愕然了，这世界之大真无巧不生，无奇不有！一模一样的“同姓同名”外加“同性同行”，真令人惊欣，甚至久久还在感叹居然当下这地球上，在华北地区干建筑行当的还有一个叫MGX，太巧了，多逗呀！即便“真假美猴王”也有缘哪！当读到咱马国馨不吝笔墨，在文章结束“祝这位同名者在今后事业中一帆风顺”时，老汉我又被感动了。

▲而另一个感动，则是来自国馨在“建筑设计历甲子”中所提出的诘问：当代中国发展难以离开建筑支柱，而新中国成立 60 年官方评定双百英模人杰和 300 名候选人，竟无一个是从事建筑业的？这着实也让人纳闷，惊讶，构筑“人类文明纪念碑”的人被遗忘了吗？……

不多写了，抄上一则日记

2012 年 2 月 12 日，晴，寒

收读 MGX《礼士路札记》后感：

序评均精湛趣篇，品评看僧面佛面。

自评谦“学习充电”，借评则发挥主见。

好评当皆大欢喜，批评似心慈手软。

短评咱国馨集作，妄评乃打游戏言……

▲最后请向能“应对黄苗子 / 关联红线女”的滨蓉同学致以亲切问候，希望她好好健胃，慢慢强腿，悠悠安睡，看看京戏，曲不离嘴……

▲再用两则趣联恭贺马国馨七十大寿并结束此信：

1. 上联：“小山东”首都娃会讲上海话，还通晓英日俄等语

下联：“老清华”京院总走遍中国地，又访游欧美亚非洲

横批：老马识途

2. 上联：建筑大师，书、画、诗、文、音、摄、刻……才艺倾国

下联：工程院士，德、智、体、美、劳、驾、藏……德望垂馨

横批：马首是瞻

▲另寄来刘心武忆国馨 & 师洁琦、郭先生的散文与《中华英才》刊文安国介绍也欣阅。

应朝敬上

2012 年 2 月下旬于京西马神庙 1 号

希生日快乐，不必回信，好好休息……

编号 64–38
2012 年 3 月 1 日

Dear 马国馨同学：

你好！

是不是 2 月 28 日前后不少建五手足都去“跑马溜溜的网上”给你美言贺寿，衷情忽悠，想必你生日一定过得相当快乐，因拙句曾趣言：

有福之人是有人惦念，

无聊的病就无病呻吟。

正如 2 月 24 日你信提到“每年体检……有点小毛病不大去管它……”几十年来，其实咱们都是这样在对付凑合，你复查所列血压偏高、眼底黄斑、肾功能……在我看来都是不具“特色”，没有“亮点”的微恙。我恃健逞强，体检终评列有一摞动脉硬化、前列腺增生、咽炎、白内障……毕竟七十岁的人喽！用你的诗句“境由心造常忘岁”放在首位，接下来我诌“病出体检无所谓！”现在反省思忖，还要相信科学，听从医生，能早防、早治，没啥坏处。你一贯倡议的“保重保重”，对咱同学而言，大约保持适当营养身体别太重，保护好心脏血管尤要注重！！

但这把岁数的老九更容易太热衷体检、复查，再细测各指标，这份在意“数据”，不大在乎自我感觉，查来查去，依赖药物，甚至弄得神经兮兮，人心惶惶，这也未必有用。我现在开始谨慎小心，每天一片拜阿司匹林，相信最普通常识，注意自己身体适应感受，基本顺其自然，吃些医嘱必须服用的药或许更合理现实些。记得有高僧妙联曰：

药医不死病

佛度有缘人

讲穿了，人已“古稀”。虽不稀奇，但能活着的都没有理由再不得意或再用什么病来吓唬自己。从前听得设计纽约“世贸中心”的雅玛莎基年逾五十岁时就瞠目结舌，这么老了，还能干 NO.1 摩天楼……曾几何时却人寂楼灭！如此“美，利，坚”的钢筋铁骨，庞然大物都被“本・拉登”们弄成“稀・拉痢”般烂糊面条……一翻到你“札记”所写的“世贸绝唱”，塔影遗照，更觉得世上绝无永恒，活着才真叫好。

而像国馨还如老蜜蜂似的忙忙乐乐，快快干活，酿蜜劳作，给同龄、同道一种充实、自豪、甜美、盼望，这样岂非更幸福美好。人生苦短，记得六年前你吟唱的“去日早比来日多，年华老大祈祥和”足以归纳并化解我曾有过的不少困惑与难堪。

不得不再说一声：“谢谢侬，马国馨！”好了，不胡思呓语了，本来在你七十大寿，想请 ZSH、YJJ 等发出一段“硬造”的实在“十才”，羡你“太有才了”，后思忖有肉麻之嫌，忍痛未发，这里情不自禁又抄下来供你笑阅并请把“关”的批判：1. 乖才是姥姥的外孙；2 秀才出杏林寒门；3 人才乃清华学生；4. 鬼才常出奇制胜；5 将才率弄斧班门；6. 通才写大著成捆；7. 口才吐妙语逗人；8 雄才自驾车京城；9. 天才靠好学勤奋；10. 全才非无所不能？！虽无文化含量，但对我来讲能凑足马老“十才”，还要押韵，且客观公正……地唱了一段打油快板，绝非插科打诨。

信写至此，该静下心来尊你所嘱去琢磨《建筑学人剪影》这六个老大难字了。承蒙国馨抬举，赶鸭子上架，我这个向来不大会正规学书写字的人居然也拿起铅笔、毛笔、竹笔、马克笔，铺开报纸、稿纸、宣纸、复印纸，香烟一支接着一支，真是黔驴技穷，不择手段的勾、描、摹、仿、添、画、书、写着，从收你快信促我“万勿推辞”起，断断续续五天间，耗用五十张纸……终于颤颤巍巍地写出来这五幅欧体、马体、篆体、仿宋体，去交差了，实在不好意思，但用套话讲“重在参与”（应老头也算是努力过了……）。你正式出书，颇不容易，看到 YC 这种字，万万不要有恻隐之心，不能用，就算了！！这才是作为老同学老朋友本该有的务实精神。而让我练练学写这六个字，或许给了一点以后再入老年大学好好学书法的动力。

最后提醒：早、晚抽空放下汽车，同小关可以在你们家边上莲花池公园多走走步，练练脚筋，每天慢走半小时与树林、花草、湖水为伍，深呼吸，练练歌，吼吼叫叫也通气息，有利健康！

信写完了，字交差了，咱也可松快一点了！祝健、安、悦。

应朝敬上

2012 年 3 月 1 日，夜

编号 64–39

2012 年 3 月

一、铅笔加深不知还“字不像人”否？

二、铅笔写的还顺手，用毛笔就露怯了。2012 年 3 月 4 日。

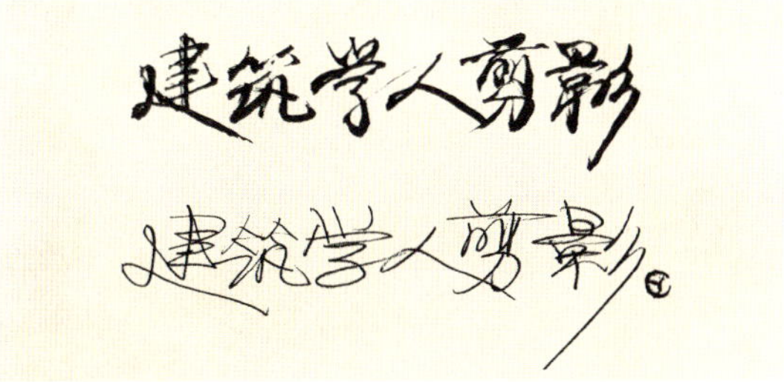

三、我年轻辰光蛮喜欢“宁斧成”这种怪体的。2012 年 3 月 3 日。

四、篆字其实可以“糊弄”一点事儿了……

五、释义如下。

1. 讲建筑学的人文、理性、科学、才艺……在下，出于对老同学偏爱，一直言此行当为本书作者 MGX 马首是瞻，故奉命即兴随手涂鸦，欲求有点轻松、趣兴、另类。

2. 书名诸字不能拆开，前后相关，彼此连贯，是否可以祈喻建筑学人能并肩携手，沟通交流……团结共济？

3. 我实在不会规规矩矩写点正式的字，只能连描带画，可以供人“挑眼的猜揣”，是拙稚无法的某种别（蹩）脚之图解。——例六个字互联成排，“建筑学”字首藏有 M.G.×，“影”字内有相机支架、镜头圆盖或斜射光线等符号。

4. 我辛苦卖力写了不少，回话是“字不像人”，要我“随便一点”，弄成“应体”……天知道，鬼晓得又是什么体，连着几天如走火入魔，正如你刻过的石章佳句：

书到用时方恨少（MGX）

字待写后才知难（YC 对下联）

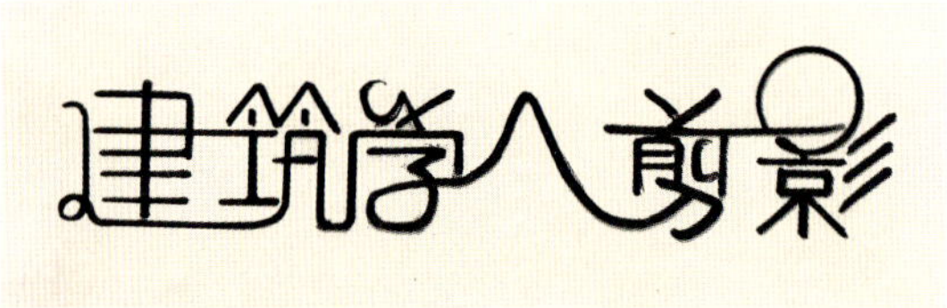

马克笔体

2012 年 3 月 5 日，学雷锋日子

六、……宣纸太差，毛笔也如“扫帚”，字未写好，“拉不出屎怪茅坑”了。但相比较这些字稍接近我平时随便习惯性的硬笔写法了吗？

2012 年 3 月 5 日

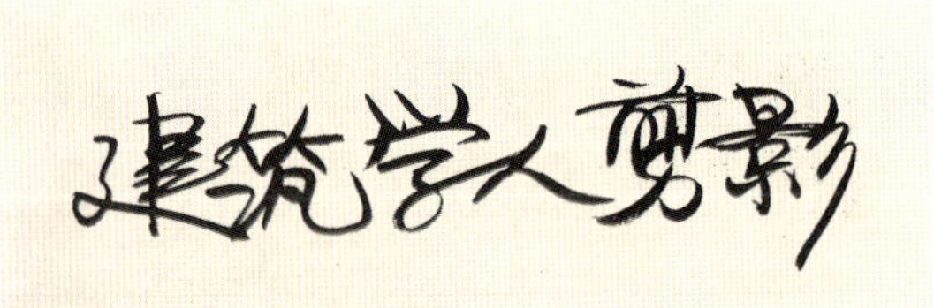

七、遵 MGX 短信叮嘱：“实话说，想要率性而为的字体”、“随便点，写着顺手……”。最后涂出来的还是你直言的“字不像人”，很对！令我忖思我究竟是啥人了？

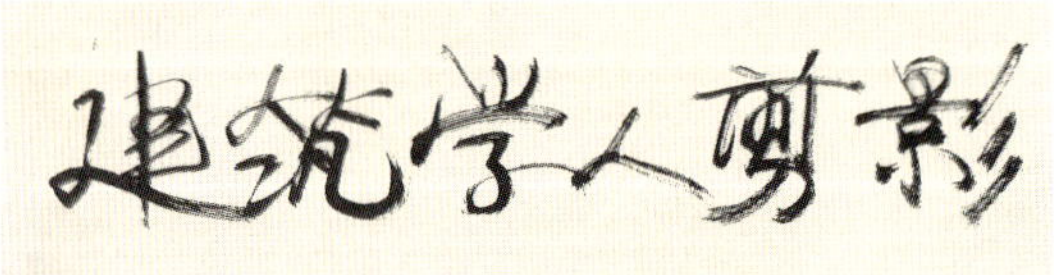

八、……也算是一口气写下来的毛笔字。2012 年 3 月 6 日。

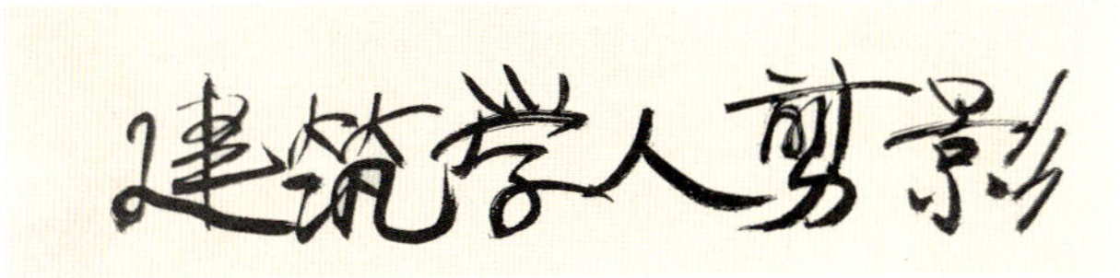

九、黔驴技穷，鬼画符了。2012 年 3 月 7 日。

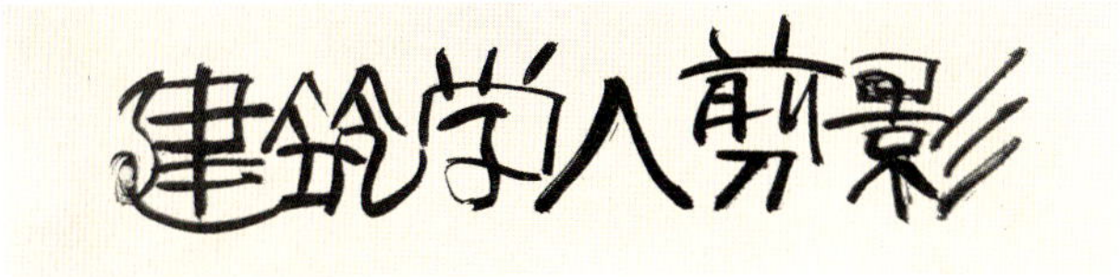

十、（1）用毛笔写的。

（2）尽量“率性而为”了！

（3）千方百计保留 MGX 字痕。

（4）比较符合拙体丑态……YC 于 2012 年 3 月 8 日节。

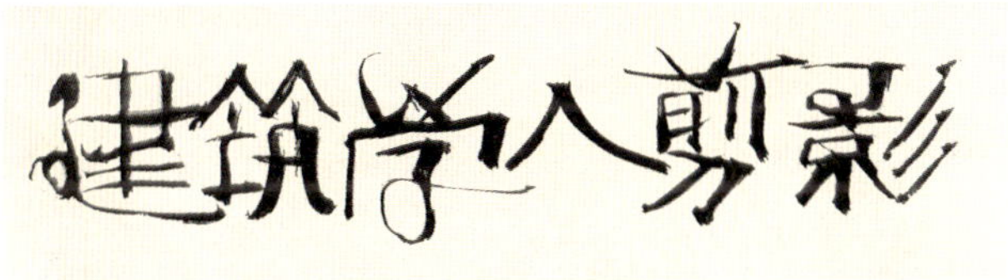

注：此幅为最后选用。

编号 64-40

2013 年 1 月 15 日

Dear 国馨同学：

你“天马行空”远走高飞一百多天了吧？先问候你三好：

一、2013 年春节好！

二、马老汉当上了爷爷好！

三、出门远行又回归或许还是自己家里好……

你与关滨赴美照顾儿孙一定其乐无穷、乐不思京吧！人们常讲到此岁数隔代更亲，就如我们同学施 QS 天天接送外孙上学风雨无阻乐此不疲；于 HW 也讲每周一、三、五要看护第三代宝贝，而二、四、六归亲家老头老婆子；咱们清华毕业金奖获得者“金嗓子”抱着小外孙那疼爱呵护的慈容，被光煦兄画得何等传神！侯增俭无论近出远行，若不带着侯翔辰就总觉得少了什么似的……由此推断马、关初为人爷爷奶奶，又是喜得双驹，我们建五人当时处京师、深厦或宝岛台湾及全国各地，都为这“捷报喜讯”与马爷爷、关奶奶一道分享给了这份快乐。

这段日子虽未见面也常惦念，我偶尔能从浩然处知悉你“诸事马迹”，例：

我真惊奇——国馨你如何从美大海里捞针般的在大洋彼岸寻访到似乎“蒸发”多年的崔克摄老师，并驱车前往拜晤吃喝照相……

我真佩服——你尽孝顺善始善终，仁至义尽地侍奉岳丈，送他老人家至百岁高寿，安抵天国后，又不知疲倦地风尘仆仆赶赴美国“关”山千里“马”，甘为孺子牛，为儿媳孙孙们当起“大管家”、级别极高的“勤务员”，国馨你再“全才”，看小孩儿哺育孙孙关滨行，非你强项，但购物、采办、烹调料理，干脆麻利地一日三餐做饭就依仗你了。我记得有次咱们做对联寻趣，似乎你所对的都离不开咖啡，酱油……（天井中有井，井中有天）（马注：当时对“酱油里有油，油里有酱”）食物佐料，好厨子往往就是美食家。你往日开会受请，应酬饭局，聚餐做东……机会多多，名副其实“马家大厨”！

我真感动——你一直在关照愚兄我 YC，劝勉我写东西出书出画。这回致浩然的游台杂絮又引发你带头起哄，美言点评。你的“逗哏”如三九天红日暖咱人心。后来，“龙凤山人”江陵兄又来函告知，在马 GX 忽悠完了关于 YC 信件“读后感”后，有清华教授孙 FQ、浩然、尚义、林桔洲、亭、娟、邹瑚、叶头头等都相继跟帖，附言“捧哏”，这实在令我十分开心。万分感动之余，不禁回味……让老同学出面友情张罗去弄一本什么书信集子出版，总觉得有点怪怪的，莫非“那个人”已经先走了一步……走了，那就算了！即兴的情趣记抄，过时就索然乏味，一切全成“历史”。还是趁大家尚健全，还“存在”，也没有太严重的老年痴呆，用文字能消磨闲暇时光，彼此会心一乐就足矣！对了，去年冬天我为宁波征集市徽寄去画稿，老家当大夫的二妹今天为我寄来当地报纸新年专版，其标题、报道赫然为：“年过八旬的宁波籍建筑师，北京的应朝，清华毕业阔别家乡五十余载，他一口气寄来五幅手绘作品，幅幅包含了对家乡的深深眷恋……”读报，先开心，我应朝小名终于上了故乡报刊上了；细忖又“伤心”，莫名其妙的我怎么好像成了快要告别尘世“年过八旬”耄耋临终老者了呢？！开个玩笑，至少目前还不太在乎生死攸关的事。

已经2013年，日子太快，21世纪的头一轮12年都过完了，新年伊始找些开心事儿，亦来伤心事！——王景慧他走了！你没有在京，所以我要不吝笔墨，稍微啰唆汇报一二：2013年1月3日，不抽烟的王景慧同学，“建设部机关副局级干部”，因肺癌在他本命年龙年走了！他党龄27年，享年72岁。1月7日，星期一，天寒地冻0℃以下，上午告别，祭奠，火化……建五班同学近20人前往，约占所有来宾的5%。他当过副局长，又因名城保护、文化申遗等业绩卓著，所以除京区外，还有各地政府、城规、文物景区部门的唁电、悼文、花圈、挽联……密密麻麻地摆满厅堂、廊道。景慧生前活动留影也展列公示，一幅在清华跳高的越竿雄姿又引起“巧儿”感慨，“王景慧跳得比我高多了……”旧照上还清晰可见稚气幼嫩的赵CS伫立一旁，建五班送的大花圈醒目排立在左门第一位，建五默送的队伍滞立在最末位，收尾。

八宝山昔日西郊火葬场，令人毛骨悚然的圣地，如今在五环内、京西闹市区，被万达广场、八角游乐场所包围，这儿活人住的房子都已逼近每平方米4万元了！在八宝山东大厅门口，凛冽寒风中，露天设置了签名报到台，我们在这儿可以领取一份3000多字的“王景慧生平”及一支素菊鲜花。

治丧办公室写的王景慧生平介绍，文笔颇好，面面俱到，评价挺高，令咱们同学都很自豪。最后一段结束语，短短两百来字，就两次提及“王景慧同志努力学习，实践了……主义，……思想，……理论，和……代表，……发展观”云云，仅此足见景慧老同学的政治品性之优了！

咱同学签到时，小广东要代诸YM，邱×W，姚JJ等留名，她要我顺手替在沪手足沈DZ，何WZ，王HZ等签名，刚列队步入奠厅时，不知听浩然呼喊还是闻“艺友”亭莉叫嚷“快去帮马GX，关BR也要签到一下……”这差使又落到我“快手飞毛腿”上，即跑出队伍，奔回柜台，又拿起马克笔，仿“马体字”在厚厚的三大本签名册的最末页，疾笔敬写上马国馨、关滨蓉你俩“压轴”的大名！

想到去年夏天，景慧住进马神庙西边“北大肿瘤医院”，我与他电话慰藉聊天，听他底气甚足嗓音洪亮。王兄讲他已二次住院，即将出院，经数次化疗，未作放疗，头发没掉，睡眠还行，胃口不好……我只言：“你声音高亢，唱歌一定好听，你的大作《好在我们还有中轴线》在《北京青年报》发表，我拜读了，还剪贴珍藏在册，你写得很棒，有中国特色、北京风味，挺有趣，稿费不多吧？！”他谦虚一番说：“这是报社特约我写的，就一个小段儿，也算为京城申遗出一把力”听他说话，言犹在耳，可是，如今，他怎么就突然躺在这里了？！

我们轻轻地步入奠堂，目睹景慧睡姿确实在大吃一惊。这会是王景慧吗？怎么头发没了，脸刷白了，容枯瘦了，连整个身躯也似乎缩小了一圈。真难以置信静静躺在绸被花丛里的，闭着眼睛的仁者，就是曾为我二机部同事，后又远去包头下放劳动，到包钢工作，转辗又回京，步步高升的那个我们熟悉的“跳高将、男高音、画高手、部高参”王景慧吗？建五前来送他一程的近廿位同学就这样拖着沉重的“古稀”碎步，蹒跚而行，徐徐绕景慧卧榻，凝固住某种思索。而时弱时强的立体声哀乐又在悲鸣呜咽，催得我们这伙寒窗六年的老同学，几乎个个难以自制，热泪涔涔。同学队列终于来到坐在椅子上的王夫人跟前，彼此均已泪眼模糊，难以成声，悄悄握手，嚅言节哀保重。王景慧家人在场列队不下十人，也人人悲痛，男女老少几乎个个潸然泪下。

建五就是人文建五！浩然们伤心但不粗心，我与浩子排队尾，教授高举相机拍下这最后“景”象遗容。告别仪式前，大家在寒风中肃立大台阶，又从贵宾室暖气屋中把早就来了的叶 RT、宋 CH 请“拉”出来，留下一张集体照，背景是八宝山东大厅“王景慧同志告别仪式”黑幅横匾。虽拍的都是众生相、集体照，但此刻没有听到“茄子——”这样的口令声。

国馨，你此时远在海外，但我们确信，你肯定早就心系班上，在为景慧兄遥遥默送。你为王景慧写的《画为心声》书序，令王景慧说：“诚哉斯言，我就用此语作为这本速写画集的名字”。再则曾与你一道也在艺友合唱团，高歌放声过的景慧，肯定会十分安详、欣慰地西逝远行。此时无声胜有声……告别会结束，送了老同学王景慧，大家各自分手，朱小广东说：“诸 YM 现在不愿到这种告别场合，他心理上有点难以承受这样悲戚的景象了……”，朱 MQ 又借用侯 ZJ 的话:

“大家还是‘慢慢地活，快快地死’吧！”而马丽即言：“活着也要健康才有意思，咱们国家又不兴安乐死。”我又搭腔：“唉，我死了，烧掉，骨灰拿回来，扔掉！”李平更坚定：“我连灰都不去拿，任凭火葬场处置，反正也回归大自然”……都是妙言。刚要听听同行吴 TL 高见，到地铁站了，大家都已走到地下，没话了！回家了……所以马 GX、关 BR 我的信也写完了！预祝春节好，再问小关好！

同学应朝敬上

2013 年 1 月 13 日，于马神庙 1 号灯下

新年又悉：谢 XD 获“兴达影视机”一种影视播放装置的发明专利证书；高 SQ 出 2013—2014 年画作台历，黄 BJ 欲出小说《寸心微言》，20 万字；宋 CH 在沪、深、京发雕塑、摄影巨著三厚本，18 公斤重；白 FE 每周唱两次京剧，周日还加演；《韩江陵文存》60 多万字已出版发行；刘 HQ 开始潜心研佛，电话里一通禅语，比“南无阿弥陀佛”还要深邃；旺秋身健无恙，与太太在舞场乐池出双入对；黄 BJ 讲：小黎子对其小说评语是不好看！何 WZ《上海老建筑掠影》出版在即，而沈 DZ《中国核电工程相关消防安全》专著早已脱稿……建五余热热气腾腾矣！ YC 又及。

举行王景慧告别仪式的东大厅的门口挂了一些挽联，很长也很全面，但有的对仗似乎欠工整，听叶 RT 兄讲他写了一幅已面交王夫人，肯定很有深情文采，或许网上已呈现，在下不才，2013 年 1 月 5 日夜写了下列两句：

看王城古镇重展景姿；
哭班门老兄难合慧眼。

1 月 9 日，韩江陵在给我的来信中附了他的佳句：

彼岸风景呈千姿不然兄何匆匆去；
此生智慧留古迹或者君在款款来。

（横线为江陵所加）

1 月 9 日，YC 又读“王景慧生平”，知其 2005 荣获法文化部“艺术与文学骑士勋章”，及 2007 年被山西省政府授予平遥古城的“申遗功臣”称号，故又撰一副对联（难言工仗，平仄不合……）

“申遗功臣”护古景；

“骑士勋章”闪颖慧。

江陵兄又寄我网上吴 TL“咏柳”与关 BR 唱和及龙凤山人的“柳之咏叹调”，仔细拜读都十分细腻、委婉、俏丽、典雅，真佩服我班的韩、黎、三吴（吴 TL、吴 QL、吴 SY）、关、马、黄、白、高、袁……一伙的国学修养与古文功底，若马 GX、关 BR 有什么对联、诗词、谜语、笑话……有空抄寄一二赠我欣赏学习吧！

YC

2013 年 1 月 15 日匆匆

编号 64–41
2013 年 2 月 26 日

LM70 后国馨同学好：

你寄出的快件有大作《学步三稿》书信三笺及“建五大事记稿”三十页，我 2 月 26 日下午收读并回电话了。

对你关于毕业五十周年册集的策划及工作提议，我很赞成，拍手称快。你说是“最后努一下力了”，记得大约十年前，我们花甲之年操持《班门弄斧集》时，你就讲过意思类似的“结束语”。谁知我奉你命执笔跋时成了“不想结束语”，而《班门弄斧续集》完成后又干脆变为“还不想结束语”，到六七十万字的《班门弄斧三集》，封底是“不得不结束语”。看起来到毕业五十周年大家都七老八十了，再弄一本册集，可能就是彻底的绝唱、绝响、终极版本，建五出书到了“最后努一下力了”的时候。我想大伙也都到了这个岁数，无论如何，拼一下再最终折腾一回，给这个班集体，给我们每个还存在的个体，抑或是给后人一个“句号式”的交代，还是值得的。虽然也辛苦吃力，我想参与者应该也是开心的。关键你要把在北京的七零八落干将召集招募，由你、叶头等好好激励忽悠，让大家务虚、落实、分头工作，按拟定进度向“终极目标”前行。你初步定 3 月 6 日“编委会”碰头，老同学老朋友又可见面了，挺开心的。若人来不齐，能否考虑一下让编委会“扩大”一点，如常为建五一班联络通知杂事的小广东，如朱启钤外孙、张学良亲侄、祝狄英老公，曾与王乃壮、高寿荃、白 FE 稔熟并相助过的张允冲

（建五二班），以及为我班台湾游砍成4000多元出访低价的巧儿（建五三班）。众人拾柴火焰高，除外地编委深圳三杰外，上海也算一个大地方了，深沪诸友的“大事”记录由他们当地汇集，或许文章更多、更细、更趣。

最笃定的是你胸有成竹，在美国“度假”时就着手准备酝酿许多，还写了那么几十页文稿。有这份稿子，搭好了支架就轻车熟路，大家尽量再去添枝加叶或开花寻果。反正我若没收到你这几十页马体亲笔文稿，对所谓建五大事记编年体文章怎么做下去，还真一头雾水哩！

“建五大事记”这“大事”很重要，鸡毛蒜皮小事则要看有没有意思。你初拟草稿中，主线很鲜明，即同学中“大官、大师、大款……”的踪迹依稀可寻，但是作为八九十位成员的班集体的个人，尽可能去挖掘、寻求采访、回顾其某一时段的“大事”（对其个人而言是大事，但对建五大集体可能是“小情”，或是被遗忘佚落的某种曾经的存在），例：××车祸死里逃生；××乔迁“回龙观”又开始研佛；××们“洋插队”援外“打工”……诸如此类红白喜事，不一而足，因为我一直觉得过于“正经”并不一定严肃，太仿照什么“大事记”那种教条形式，或许离建五人文情愫的表白较累，也容易乏味，但体裁绝对可行，只是内容需添油加醋，五味杂陈，适当有点并非胡编乱造的花絮点滴、小品趣段也不妨。

《学步三稿》初拜读，我很喜欢看你的诗章、书法、刻印、注释，兴许多少多少年以后，诚如现在我们知道李白、杜甫、白居易、李贺、王维是因为他们做的诗，而根本不甚清楚他们当过什么官，画过什么房子。国馨自谦为“打油式”，其实深入浅出、妙趣横生，是你真情实感用谐文妙笔在做愉悦的游戏式唱吟。也可能我们都踩到了岁月垂暮边缘，我尤其欣赏国馨你似乎左右手都搭在陈寅恪、聂绀弩俩先生的肩上，踮起脚用你的男低音哼着经过你“改编配器”后的关于“生老病死”的咏叹小调，好！精彩！不容易！耐人寻味！很合咱胃口！谢70后老马！

你是不会让自已“消闲、轻松、无所事事”的！从美国回来，一百几十天中的来信、来书、来刊、来电……该你处理的就忙不过来，你又不请助理小秘什么的，该累，忙乐吧！祝一切都好！也向小关问好！

应朝敬上

2013年2月26日夜

（把下午电话中余言未尽的内容写下来）

编号 64–42
2013 年 3 月 10 日

Dear 马国馨同学：

在下步你后尘，东施效颦，拉拉杂杂抄写如下建五班人往昔的琐事记趣，你将就看着。反正有用没用，大伙儿提供素材，多多益善，确保建五最终的一本册集成功！摘录过程中我萌发几句对联，凑了打油诗给《学步存稿》《学步续稿》《学步三稿》的马大家，看看好玩：

爬出“摇篮”时，（清华曾有“红色工程师摇篮”之称）

姑娘小伙子。

九十八个人，（按马 GX 你编的建五通讯录，2010 年班上的同学人数）

一万八千日。（毕业后半世纪，50 年乘以 365 天，约 18000 多个日子）

“老九”脚下路，（老九是“文革”中对知识分子的贬呼，如今又是我们调侃自己的昵称）

建五班上事。

白纸凑黑字，

赤心映青史。（若经关滨国馨帮忙修改润色，用在此书什么地方，我会很开心的。）

对了，你写的建五同学在校参加文艺社团一章节内，别忘了我参加了民乐队吹唢呐（当然“动机不纯”，是为增加粮食定量，吃饱肚皮，学着吹着，从前儿时印象中是别人家做丧事才悲吹的这种刺耳喇叭）。最后我也混上清华礼堂参加民乐大合奏《人民公社万岁》的正式公演呢！

再一次非常感谢国馨，你和叶头想为我出一本书信集。但我细忖实在没啥意思，都是时（事）过境迁、心情多变的即兴调侃胡扯，故咱们还是开足马力，努最后一下力，把“建五大事小情记图文”或“给老师造像册集”好好弄弄，要我做啥希尽盼咐即可，你事多，会忙，不要为 YC 书信集去分心、劳神、耗时了，好吧！

快件寄出这三十多张字，我轻松一些了！祝安康！问小关好！

我家人同事见马、关抱孙照片都夸美！

应朝敬上

2013 年 3 月 10 日，礼拜天，于马神庙 1 号

2013 年 4 月 1 日收到马国馨寄来的文稿，一气读完，不容易，一年都不漏下，

一个字也不能少。

几个建议：（一）1. 把 MGX 手稿曾写到的留学生姓名后注以国家名；2. 中途退学者简述；3. 同时毕业的丁莹莹、吴庆林、顾冬梅、朱商瑞、兰柏林、谢超常要注上；4. 推迟毕业的……；5. 东北农学院的代培生。

（二）同学名字姓氏的“正宗表示”（改名可用括号……）

（三）有些文字还可精炼。

国馨手迹我本要留念珍存，但 6 月 19 日快信催我交回供其他编委再阅，故只好悻悻呈上。

编号 64–43
2014 年 5 月 10 日

Dear 马国馨同学：

你好！

对不起，我这傻瓜的数码傻瓜相机实在太糟，把您及师、生、网友们的光辉形象拍得实在不像话（画），凑合看看还能辨认，故匆匆寄上。

知你百忙中为我刻了一枚石章，非常高兴，至少建五班习刻图章的高手，如国馨、思浩、福恩的佳作我都有了，而且是与俺名字联系在一起的篆刻。你若有空先在白纸信笺上拓印若干方。我有空去你处开会或拜访时专程去索取。再次感谢俺国馨金石圣手的妙作，你的篆刻与你的速写一样，与你的书法一样，“马记”独此一家别无分号，像我想学、想仿、想描都难以得其精、气、神、韵、形……

小关没去 64 社区网友联谊会，否则我会起哄让她唱《橘子熟了》或其他苏联歌曲……，或许这些破照片经你诠释忽悠也可让她一乐一笑一叹！

请多注意保重身体，你人清瘦了，但气色精神都极好，这让我和同学们都非常欣慰！

应朝敬上

2014 年 5 月 10 日于马神庙 1 号

编号 64-44
2014 年 7 月 17 日

Dear 国馨大师弟老同学好：

7 月 14 日在浩然家为《建五编年纪事》忙乐一天，还有马院士送新著两部、为我刻印一方，令我欣慰难忘。那天是咱四个老友挑头，都光脚穿一双拖鞋，全神贯注对着电脑、书册，有看有叹，有说有笑，有吃有喝，有坐有卧，自由自在，真是“邪气”开心（沪语 XIAQI，“非常”的意思）。

我想咱“草根”编委人数近半，辛苦干了一整日，若议而不决，可能对“加速推进”不利，何况咱叶大 B（班、部）长已发旨表态了“大致如此，基本可行”，所以把那天达成共识的若干“结论”列个清单，你都记在脑里不会忘的，但写在纸上更明白些，对吗？

①纪事内容要涉及 2015 年；可在春节前打住或 1 月份止。

②书名暂定为《清华建五编年纪事——清华大学建筑系建五班毕业五十周年纪念（1965—2015）》。

③务必请风岐等抓紧恳求 92 岁高龄的吴良镛师题写书名（横排字……）。

④书的尺寸、大小同《画忆百年清华》（宽 21 cm，高 24 cm）。

⑤书的封面沿用 MGX 作的《班门弄斧集》设计。浅淡底色待定。

⑥封底中间用 ZSH 新作的“篆印”。书的最后几张空白页为同学留记 2015 年 2 月后的趣事或贴照、留字……空白页左上有小红印一方，中间如水印般极浅的大图章纹理或笺页。

⑦全书厚度估计达 365 页，厚度与《班门弄斧三集》相当。

⑧纪事的文字内容，若无个人正式表示异议，基本尽量不删节、大改动了。

⑨除网上公示，打印稿复印诸编委，拟定 8 月份开会终审定稿。

⑩拟再尽量搜求各种照片以复现各位老师的光辉形象。

⑪近百位同学的姓名、学号……专页在前，而姓名、照片继后，每人两照左为大学时（黑白照），右为近影（彩照），以便半世纪对照一目了然。（极个别缺少相片的也可留框空白）

⑫几个重要时间节点的照片还可以加补增多，如入学、毕业几十周年，如集

体出游至某某胜地，如校、系大庆……

⑬编年纪事文字页，每页左右一分为二，由上到下记事，力求每年一张（两页），逐月记录事情，字号不小于5号，若有空白处可酌情插入篆刻或图案。

⑭有意思的照片，还可注释简介，体现时间、地点、人员或事件特色（此项由浩然、YC来做）。

⑮为节省时间、节省费用，拟由MGX请金磊等在天津大学出版社出版发行。

⑯作为建五班集体出的最后一本书，除班费支出外，还“忽悠”咱班大官、大师、大款、大腕等热心班员献“血”资助。重点人员如孔善人……

⑰此书具时效性、即兴性，还求资料性、可读性、文艺性、时代性、学术性……作为备忘纪念，所以纸张要坚韧轻薄，不宜用厚、重、光、滑、惨白的所谓“铜版纸”。

再次感谢国馨为我刻的“应朝”大印，我非常喜欢，阳文粗犷、古朴，“没框无边，正直挺立”，多少蕴喻俺的“德行”，而乍一看，犹如阴文治印，特别有趣耐看。我写这封废话连篇的长信，就是想在信尾盖上这枚名章，然后寄回给治印高人MGX回味他自己的“雕虫小技、友情大作”。

前几天开中国工程院中国科学院院士大会，CCTV播放时，我还凝视屏幕要找一找咱MGX的镜头，但都是华发沧桑脸容，看着都挺像，难以确认。今天见到国馨两本新著，才弥补了这个遗憾。《院士剪影》很生动，拍摄时段跨越30年，而“学人”年龄可相差六十岁，会聚一堂共溶一书，很难得、很精彩。而《求一得集》更需细细拜读，才有心得。不过你小舅子书法确实属行家笔迹，封面设计也简约直白，颇有东邻“和风”的书封设计味道。首页MGX近照谁拍的？特棒，让我一下子想起外国某记者给周总理拍的那幅肖像，又令我想起顾城写的“黑夜给了我黑色的眼睛，我却用它来寻找光明……”

祝好！

应朝敬上

2014年7月17日夜

（你忙，收信一乐，不必回信）

编号 64-45
2015 年 4 月 27 日

祝姚娟娟们山西览胜一路平安，愉快！

YC

2015 年 4 月 27 日

手写微信供旅途解闷一乐：

致崔克摄先生

美国“美男子”，好人好老师。

回家回京华，想啥？想往事……

致林丙棠兄

老脸都在你画中，深情都在你心中。

感动都在我们笑中，佩服都在我们话中。

聚庆在这香山中，再会在今后梦中。

致崔国樑兄

轮椅车由儿女推着，风尘仆仆……

你竟走过了大半个中国，你坚贞强大的气场，

让这三天成了五十年的浓缩。

你的乐观豁达，你的情义演说，

我们读懂了，我欣慰地笑了，

但不知为什么，又有一点点想哭……

YC

2015 年 4 月 25 日

65 应朔（书札1通）

（1953—），应朝的小妹，安徽插队后任中学教师。

应朝和妹妹应朔（2007年2月）

编号65-1
2021年11月24日

还有三天二哥离开我们就整整三年了，说快也快，像是眼前的事，竟已过千日。我准备27日这天帮二哥烧锡箔币时告诉他，他的同学好友们几经周折，费尽心神，出钱出力帮他出书了，他的在天之灵真是得以告慰了。因为没有几个人能有这个待遇和福分的，尤其要感谢马大师，他是这个工程的总策划、总设计、总监理、总编辑，一肩挑多担，其辛劳可想而知，其能力更不是我们可评价的。

注：摘自微信。

应朝的母亲与她的5个孩子（2012年5月4日）

66 俞靖芝（书札3通）

（1942—），1959年起在清华大学建筑系建五一班学习，毕业后留校，1984年去德国进修，现居北京。

俞靖芝（2005年4月）

编号 66-1

2003年9月26日

马大师：

感谢您对我的促进和帮助，写诗确实不行，写点经历当然不好推辞。

不管文笔水平如何，写了两页，请指教，可删改。

近来可好？还那么忙吗？请代向关滨问好！

祝好。

俞靖芝

2003年9月26日

编号 66-2

2014年6月9日

马院士：

你好！顺问关滨好。

《建五纪事》草稿已录入，请查收。

大致情况如下：

1. 名单格式有所调整，并注上小班名。

2. 党员名单、文艺社团名单集中单列一页，以便灵活调整。

3. 按日期调整顺序：按年份——有月有日、有月无日、无月无日，无年、月、日者在最后。

4. 对文字作了调整，如有不当之处，请指正。

5. 自作主张加了三处，不妥请删：（略）

对十份同学反馈意见的处理：

1. 能插到《纪事》中的已插入，应朝的都已解决。

2. 黄邦杰、刘宝侠、韩江陵无具体意见。

3. 白福恩、姚坚、吴塾瑶、吴书庆无日期的列在最后。

4.1990 年后的请插到相应时间段：郝允昇一条（1996 年）、邹瑚莹一条（1993 年）、吴塾瑶一条（1993 年）、白福恩一条（1993 年）。

祝夏安！

俞靖芝

2014 年 6 月 9 日

编号 66–3
2014 年 6 月 9 日

马院士：

您好！

感谢赠书。我已遵旨拜读了《建五纪事》的第二、三部分，并顺势做了以下改动：1. 标点符号；2. 文字小动；3. 不理解处用括号、问号做出标记；4. 在不知何人提供的带研究生与德国合作一事上，顺势将人大会堂小礼堂项目加上。

由于脑子、眼睛均不好使，加上对情况又不了解，因而有些内容未能仔细核对，只好请明白人费心了。（4 条建议略）

关于党员名单，我记不准了。（说明略）

三部分草稿、两张文字条送至北京院，请查收。

祝马院士、关滨好！

俞靖芝敬上

2014 年 6 月 9 日又

67 爱居（书札3通）

1959年起在清华大学建筑系建五二班学习，毕业后分配至水电部北京勘测设计院，1980年到西安电力勘测设计院工作，1998年退休，现居西安。

爱居

编号 67-1
2002 年 3 月 3 日

马国馨同学，先拜个晚年！

春节外出，迟迟收到来信，故至今才复信，请见谅。

通信地址按要求回复如下。（下略）

问关滨蓉好，再见！

爱居

2002 年 3 月 3 日

编号 67-2
2002 年 7 月 3 日

马大师：

不好意思得很，诌了上面一点，给寄上，不知是否符合要求，如不合适请再来函指正或自行修改。（文稿略）

问关滨蓉好！祝你步步高升！

爱居

2003 年 7 月 3 日

编号 67-3
2014 年 8 月 10 日

马国馨：

《清华建五纪事》收到，同学们付出那么多辛劳，拜读后我十分感动。我和大家联系较少，也提不出什么意见。

我的情况是从 651 工程返校后，于 1965 年 1 月初与暖五同学罗传泰（至今仍有联系），一起到水电部北京勘测设计院报到，随即奔赴刘家峡水电站工地劳动一年，挖基坑，抬石头，劳动强度极大，男同学一顿饭能吃二斤馒头。一年后，刘家峡设计处参与现场设计，“文革”期间打派仗，夜晚抱着木棍睡觉……此后刘家峡上游几个黄河上的大中型水电站建筑都是我们搞的。真正一待十五年（罗传泰后来因施正玲关系调北京轻工业设计院）。

“文革”后要重建水电西北院，我们联名给钱正英打电报要求东迁，于是来到西安（原定兰州建院，已征地）。我来主持参与本院的规划设计工作，直至建成。1998 年退休，至今只能颐养天年了。

我在东郊买了一套房子（地址略），距原来设计院家 8 站远，老家仍保留，有时也可回去住，老地址还有效。我有一固定信箱，但送快递时我不在，只好让同事代收一下，不一定马上到我手。这一次不知怎么在快递上写了个火炬路咸宁东路北口，倒还真是送到我手上了。就这样，代问在京同学好！

爱居

2014 年 8 月 10 日

68 张孚珂（书札2通）

（1937—），浙江宁海人，清华大学建筑系1963年毕业，后在二机部二院工作，现居北京。

张孚珂

编号 68–1

2014年12月6日

应朝：

谢谢你提供不少你班资料。

你班姚娟娟是一位性格开朗、心地单纯、直率善良的学友，我下午寄贺卡，晚上就能收到回信。

黄邦杰、谢兴达、陈尚义均退回，可能网址有修改，但发现都是核二院的，别人还会以为我搞小圈子（诸耀明、沈大锺未退）。

寄清华的退回较多，可能他们有屏蔽网。

出乎意料，叶如棠大部长也有回信，部长退休不以首长自居，难能可贵，不敢多打扰他，顺便请转达向他问好。

张孚珂

2014年12月6日

编号 68–2

2016年7月1日

国馨学友：

知道你已收到我班《曹峥速写集》，很高兴，也放心了。这次我们向你班寄了六本，分别给马国馨、应朝、张思浩、叶如棠、姚娟、沈三陵，不知是否合适，请你提出，我们再努力。你这次提出，希望给“杜 ××”一本，我查你班通讯录以确认，不知是否是“杜文光”，反正由你处理就是。

这次我寄给你两本，其中另一本原计划给韩江陵，韩江陵曾给过我他的文集，我班“Number One”刘洵蕃希望还能给他一本，他很欣赏韩的文采，但我一直拖了。这次你能否帮我寄一本《曹峥速写集》换他一本他的文集给刘洵蕃。

我写上曹、刘地址如下（略）。

请告知刘益蓉电话，因我们与建一无联系，这次没有书给他们，我设法去争取几本（但请暂不告诉他们）。

祝全家好。

孚珂

2016 年 7 月 1 日

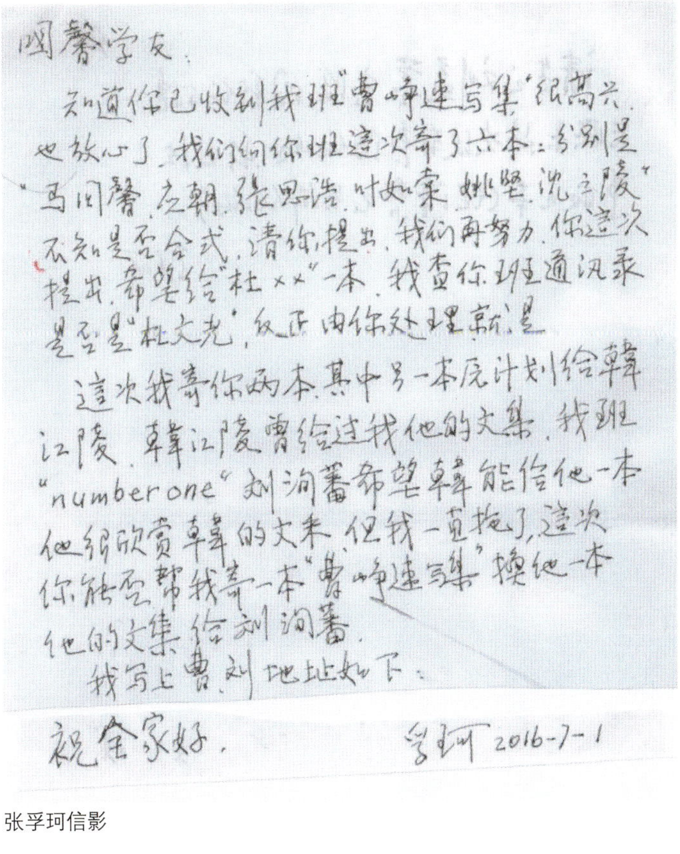

问馨学友：

知道你已收到我班曹峥速写集，很高兴，也放心了。我们向你班這次寄了六本：分别是“马问馨、应朝、张思浩、叶如棠、姚望、沈江陵”不知是否合式，请你提出，我们再努力。你這次提出，希望给“杜××”一本，我查你班通讯录是否是“杜文光”，反正由你处理就是。

這次我寄你两本，其中另一本原计划给韓江陵，韓江陵曾给过我他的文集，我班“number one”刘洵蕃希望韓能给他一本，他很欣赏韓的文采，但我一直拖了，這次你能否帮我寄一本“曹峥速写集”换他一本他的文集给刘洵蕃。

我写上曹、刘地址如下：

祝全家好，　孚珂 2016-7-1

张孚珂信影

69 张汝莲（书札1通）

张汝莲（2005年）

应朝前妻，现居北京。

编号69–1

2021年11月27日

今天是11月27日，是应朝离世三周年之日。感谢马院士在此前出版了《朝华夕拾——怀念应朝》，出力又出资，院士辛苦了！感谢叶部长和其他为书出资出力的同学；感谢建五同学对应朝的怀念！应朝在世时，只要谈起建五，为建五办事，心情最好。怀念应朝，让我们记得他光辉的一面，了解他为核工业做出的贡献，记住他热情、愉快的为建五做的事。人难免有错，书难免有误，人已走书已出，一切不再追究。让斯人安息吧。

注：摘自微信。

应朝与前妻及儿女合影

70 张思浩（书札4通）

（1941—），1959年起在清华大学建筑系建五二班学习，毕业后至南京工学院读研，后经建工部一局、机械部三院、五院后，1992年到北京建筑大学任教，2003年退休，现居北京。

张思浩（2024年12月）

编号70–1
2003年1月30日

致　贺

马大师并诸位同窗：

昨晚看近期《建筑学报》，喜闻大师获大奖。晨起草成一篇，凑个份子。

2003年1月30日

2003年1月29日读《建筑学报》，闻学友马公获第二届梁思成奖，致贺：

大师院士马国馨，梁思成奖捧进门。
功立名就犹未老，壮哉清华建五人。
遥想当年同窗事，一嘻一笑如有神。
同是哲匠门下辈，我等唯有愧望尘！

注：摘自电子邮件。

编号70–2
2003年12月12日

国馨、应朝二位仁兄：

惠书收悉。对《诗文集》的各方反应颇能让人振奋。但不知前辈和文化人怎么看它。

关于继续出书画印集之事，如果出版发行没问题，那么主要就是组稿和编辑了。马公要我先提个操作方法，想了一下，暂提以下意见，就教于二位方家：

1. 组织编委会。主编当然还得拉上马、叶二大旗。编委沿用《诗文集》人选，也搞南北两部，或再加中部上海地区的何惟增、王惠章。

2. 组稿是最主要的，也最难。首先不清楚能有多少同学投稿。我想，既然以建五名义出集子，就得有一定的普及性，作者总不能少于一二十人吧？如将书画印放一块出，可能成气候，但又会招来“杂”的评论。我看不妨像上次一样由马公发个通知，趁着余热，没准儿会有意外收获。待东西有了，再决定出什么样的集子。

3. 稿件收集方式，建议尽量利用互联网。原作就不必寄来寄去了，可以一律用电子文件传递。作者可以自己复印或扫描、拍照，稿件按地区集中后统一做成数码图像从网上传到北京。如有困难，当然也可把复印件或照片寄来（注明原件尺寸）。我可以做“责编”，负责扫描、整理、排版。

4. 关于征稿范围，建议开编委会讨论一下。这和出版印刷有关，也和大家拿出手的作品有关。一种可能，出单色或二色的，那就以书法、篆刻、素描作品为主。如果出彩色的，就可以包括彩墨画、油画、水彩画、建筑画，甚至摄影和电脑绘画了。这样做是否成本较高而更为杂乱呢？

想到这些，不知算不算马公所谓“操作方法”，请讨论。顺问近安！

思浩

2003 年 12 月 13 日

注：摘自电子邮件。

编号 70–3

2005 年 1 月 8 日

封底篆刻

主编、各位编委：

你们好！

为保持原体例，作《续集》封底篆刻方案三，请审定。

张思浩

2005年1月8日

注：摘自电子邮件。

编号70–4

2021年12月1日

下午2：40

今天翻检电脑中编辑《清华建五纪事》时收集的图片资料时，发现一套应朝自编的图文，忘记当时为何没有采纳于成书之中。现在看来这对了解应朝一生颇有意义，不知道当年您是否见过，现发给您过目，并讨论可否转发到建五同学群里。

下午3：42

这是2014年编辑《清华建五纪事》时应朝自制的一套12幅图片，当时没有公开发表，现发到群里大家过目，算是对应朝的怀念吧。（手机上看时注意打开原图）

下午3：51

仔细看下来，感觉将这些图文发到建五老同学群里并无不妥，对纪念应朝离世三周年颇有意义，我就直接转发了。

注：摘自微信。

71 张寿海（书札6通）

（1938—），1959年起在清华大学建筑系建五二班学习，毕业后分配至解放军某部，1969年转业，1979年回到部队，现居无锡。

张寿海

编号 71–1

1985 年 4 月 30 日

马国馨同学：

因接到请柬已是四月廿七日，来不及准备北京之行了。现遵嘱将本人地址告知。（下略）

阔别廿年，重新聚会，真是太有意思了。此次未能到会，实为终身遗憾。为此憾事得以部分补偿，我等未到会者要求得到一张大家的合影照片及新的通讯录。另外，再写一篇关于廿年前同学间的要闻，能搜集到多少算多少，可载于“校友通讯录”上，亦可内部发行。

听不少老同学说，你是建五班在业务上的出类拔萃之辈，是我们建五的骄傲。望有空来信介绍介绍你的经验和成绩，这对我们大家也是个激励和鼓舞。另有一事相烦：我们单位要自己设计一幢 8~9 层约 7000 ㎡的较为现代化的办公楼，本人参加方案设计，三月下旬、四月上旬去广州、深圳、珠海出游一圈，看了不少南方大型宾馆、饭店，但办公楼实例很少，书面资料更少。听说北京市建筑设计院有不少办公楼方面的资料（如“国外办公楼图集”等），您是否能给我提供一点（借、购均可）。本人不胜感激。本来计划到北京搜集资料，只因时间来不及安排，只好请老同学帮忙了！谢谢。

关于茶话会等纪念活动的盛况，可写份报道，送《清华校友通讯》刊登。我们这些未到会的同学也可分享一下久别重逢的欢乐。

代向关滨蓉同学问好！祝你们全家幸福！

现将陈尚义地址告知（下略）。祝快乐。

同学张寿海

1985 年 4 月 30 日

编号 71–2
1991 年 5 月 6 日

马国馨：

你好！

校庆 80 周年你们肯定返回母校了。张孝文校长于 4 月 30 日到达无锡，5 月 1 日参加了无锡校友庆校庆活动，详细介绍了北京清华园校庆盛况。望有空来信介绍咱们建五同学们的活动。

今有一事请教：现无锡市规定，框架结构填充墙必须用轻质墙体材料。目前在无锡地区大多使用的是黏土空心砖，其容重仍然有 1400 kg/m^3，加气砼仅 500~700 kg/m^3，而且离无锡不远的南通硅酸盐制品厂生产的加气砼在全国首屈一指。我目前为无锡地方某学校设计的 5000 ㎡实验楼准备采用加气砼。目前内墙采用的比较多，外墙采用的比较少，我主要心中无底，想问问你们在这方面有什么宝贵经验和资料。我这里有一本你院 1987 年出版的《加气混凝土砌块墙建筑构造》（87SJ139），目前你们有无补充和修改材料？外墙采用可能会出现什么问题？可采取哪些方法处理？主要是加气块与砼两种性质材料的热膨胀系数不同，交接处今后可能会出现裂缝，构造图集上有的地方砼构件被加气块包围，但有的地方没有完全包围，而是采用钢筋拉结。如果我们严格按图集构造做法，设计施工会不会出现问题？因为你们图集上写的是“试用图集”，不知几年来有无反馈意见和修补内容，盼尽快来信告知。听说北京对加气砼的使用还是有一定数量的，积累了一定的经验。

无锡市各有关单位正在分期分批组织去北京参观亚运建筑工程，每人交 500 元，历时两周。我们单位只有一个名额，不知你有何门路？如果我们到北京出差，能否挤进参观者的行列？（当然不一定现在，以后什么时候也行），有无这种可能？

俞靖芝在无锡有规划业务，去年曾来过，今年还要来，但我们都没有照过面。

另外，我想要一份建设标准《蒸压加气混凝土应用技术规程》（JGJ-17-84）、建材标准《蒸压加气混凝土砌块》（JC315-82），以及其他有关加气块的设计资料。

代向关滨蓉同学问好！经常找你麻烦，抱歉！

（上次“亚运建筑”我们这里一共买了六七本）

张寿海

1991 年 5 月 6 日

编号 71-3

1991 年 7 月 4 日

马国馨：

你好！

《名家集》我订购了贰本，款已汇出，谢谢你给我寄来订单。

关于《加气砼技术规程》，我已经搞到，不必再费心了。

上次随信寄上的人民币十元，收到否？

北京市部队设计单位对外设计是否可以？无锡建委不让我们部队设计室对外承担设计任务，理由也说不清。我想打听一下北京的做法，关滨蓉是否知道这些情况？

有空常联系。

祝好。代问全家好！

张寿海

1991 年 7 月 4 日

编号 71-4

1995 年 2 月 21 日

马国馨：

今查得毛林芳下落，特告之（略）。

你们筹委组辛苦了！应当充分挖掘同学中“当权派”的潜力，这样事情会办得更好些。

我们最近不算很忙，待四月份，若有可能，尽量争取赴京参加庆祝活动。能以出差名义，当然最好，□□□□，□□□□□。这是难得的，甚至是唯一的。请筹委会考虑发函邀请 ××× 参加“×××× 活动”，什么活动为宜？笼统称之为学术交流恐怕还不够，应再说明：提供最新信息、资料和商讨有关搞活建筑设计市场的事宜，这是各单位所感兴趣的。现在不少单位对纯学术的活动并不感兴趣，只有同具体业务，能产生经济效益的活动联系起来才可能有人问津，故建议在邀请函中注明有关活动内容时，写进这方面的内容。

关滨蓉请代为问好！顺祝春安。

学友张寿海

1995 年 2 月 21 日

编号 71-5
2021 年 6 月 12 日

马国馨同学：

您好！向关滨蓉问好！

所写材料不知是否合用？用不用你看着办！二张照片，用后能退我最好！

那封应朝的长信我没有找到，见谅！我特地问了张思浩，他也找到几封长信，说发给你看看，不知对否？恐怕没有我的那一封。此致，问好！

张寿海

2021 年 6 月 12 日

编号 71-6
2021 年 11 月 9 日

《朝华夕拾》二本收到，十分感谢。大概翻了一下，编得很好，辛苦了，作为应朝好友，非常感激和高兴，谢谢啦！

注：摘自微信。

72 张允冲（书札 2 通）

张允冲（2010 年 7 月）

（1935—2015），朱启钤的外孙，1959 年起在清华大学建筑系建五二班学习，毕业后分配至水电部海河设计院，1977 年到中国建科院建研所工作，1979 年去香港工作。

编号 72-1

1995 年 3 月 9 日

马学兄：

来的传真收到，昨天正好林峰在香港，我已将 10000 人民币及祝 400 美元（折人民币）请他一并带回。另照片及说明也交给他了，他回京后会和你们联系。

此致，敬祝。问候大家好。

张允冲

1995 年 3 月 9 日

编号 72-2

2008 年 6 月 11 日

马大师：

您好！过节好！全家好！

来信收到，关于通讯录，我和狄英的都有些错误，我更正如下。

一、祝狄英（下略）。注：她不希望将以上内容登录在班级的网上或清华网上，请通知有关负责同学将此内容取消，谢谢。只需刊登同学录内即可。

二、张允冲（下略）。

问候关滨蓉好，并祝身心愉快！

张允冲

2008 年 6 月 11 日

73 张永珠（书札 1 通）

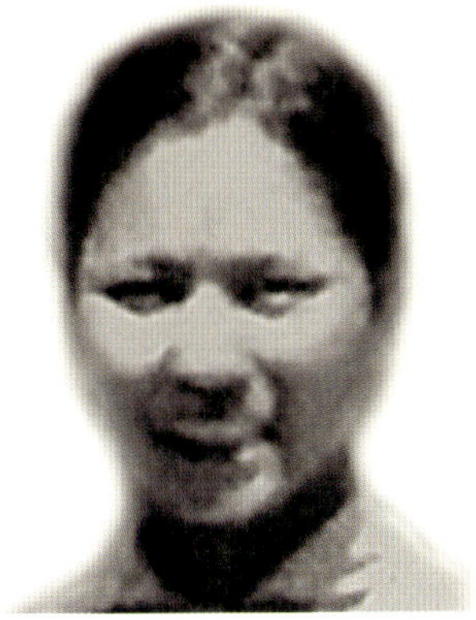

张永珠

1959 年考入清华大学建筑系建五二班，后因病休学，并失去联系。

编号 73–1

1964 年 9 月 23 日

亲爱的滨蓉同志：

您好！

我今天寄信给您，是为了感谢您对我的帮助。事情是这样的，为了让医生对精神病进行研究，我把大学时期的笔记给医生看了，在本子里发现了您的题词，您当时是这样说的，您说“朝气蓬勃是作为一个革命青年所必需的，这是我们伟

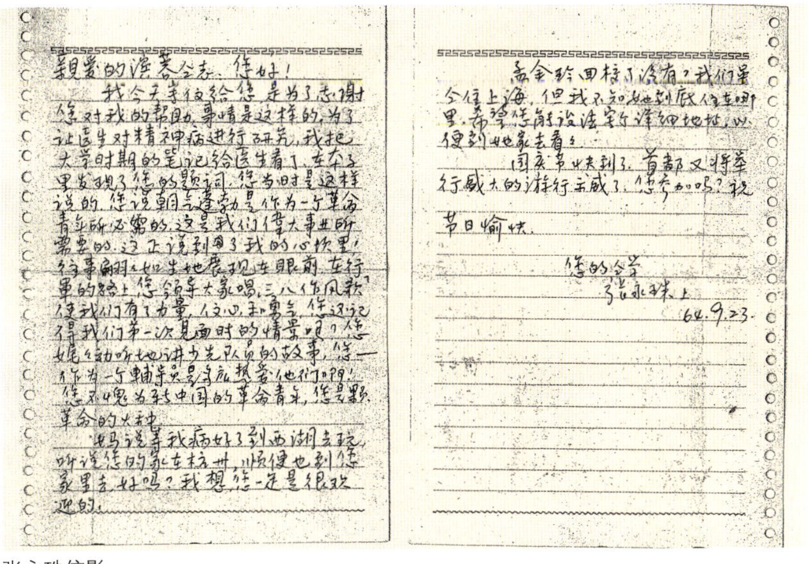

親爱的滨蓉同志：您好！

我今天寄信给您，是为了感谢您对我的帮助，事情是这样的，为了让医生对精神病进行研究，我把大学时期的笔记给医生看了，在本子里发现了您的题词，您当时是这样说的，您说朝气蓬勃是作为一个革命青年所必需的，这是我们伟大事业所需要的，这正说到了我的心坎里！往事翩翩如生地展现在眼前，在行军的路上您领导大家唱三八作风歌，使我们有了力量，信心和勇气，您还记得我们第一次见面时的情景吗？您娓娓动听地讲少先队员的故事，您作为一个辅导员是多么热爱他们啊！您不愧为新中国的革命青年，您是[illegible]革命的火种。

妈说等我病好了到西湖去玩，听说您的家在杭州，顺便也到您家里去，好吗？我想您一定是很欢迎的。

高金玲回校了没有？我们虽同住上海，但我不知她到底住在哪里，希望您能设法寄个详细地址，以便到她家去看看。

国庆节快到了，首都又将举行盛大的游行示威了，您参加吗？祝

节日愉快。

您的同学

张永珠上

64.9.23.

张永珠信影

大事业所需要的”。这正说到了我的心坎里！往事生动地展现在眼前。在行军的路上，您领导大家唱“三八作风歌”，这使我们有了力量、信心和勇气。你还记得我们第一次见面时的情景吗？您娓娓动听地讲少先队员的故事，您作为一个辅导员是多么热爱他们啊，您不愧为新中国的革命青年，您是颗革命的火种。

妈说等我病好了到西湖去玩，听说您的家在杭州，顺便也到您家里去，好吗？我想您一定是很欢迎的。

孟金玲回校了没有？我们虽同住上海，但我不知她到底住在哪里，希望您能设法写个详细地址，以便到她家去看看。

国庆节快到了，首都又将举行盛大的游行示威了，您参加吗？祝节日愉快。

您的同学张永珠

1964年9月23日

张永珠（左一）、祝狄英（右一）1960年在200号工地

74 张增贵（书札 1 通）

（1940—2010），河北定县人，1959 年起在清华大学建筑系建五一班学习，毕业后分配至水电部华北电力公司。

张增贵

编号 74-1

1985 年 4 月 23 日

马国馨同志：

您好！

收到了您发来的通知，十分高兴，感谢您及其他的老同学筹备此项难得的聚会。届时我将遵照通知事项准时与会。

我的通讯地址（略），请按信封所示记录和整理。

谢谢！

张增贵

1985 年 4 月 23 日

75 赵春生（书札1通）

（1941—），河北唐山人，1959年起在清华大学建筑系建五三班学习，毕业后读研，1968年毕业后分配至六机部602所，现居北京。

赵春生（2023年）

编号 75–1
2013 年 7 月 13 日

马大师：

您好！

看过初稿，再配以图片一定是很精彩的纪念册！

仅补充几点，望酌情采纳。（下略）

汪问关滨好！

春生

2013 年 7 月 13 日

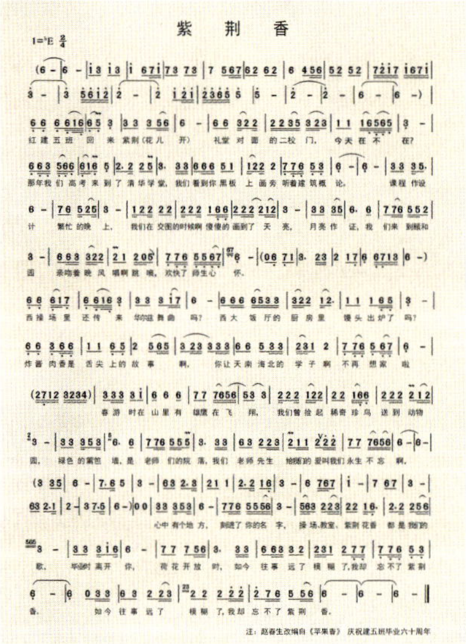

赵春生填词“紫荆香”

76 赵泽堃（书札 3 通）

（1940—），出生于哈尔滨，1959 年起在清华大学建筑系建五三班学习，毕业后分配至五机部五院，现居北京。

赵泽堃（2024 年 9 月）

编号 76–1
2003 年 8 月 18 日

国馨兄：

您好！

来函收悉，经校对确认文字无误，有两处应空一行，已指出，现寄回。

建五文集的出版是一件大好事，让以您为首的编辑同学们辛苦了，谢谢！

敬礼！

赵泽堃

2003 年 8 月 18 日

编号 76–2
2004 年 8 月 20 日

马总：

您好！

前后两函均收到，本着重在参与的原则，我已于 8 月 15 日将学生时代的几幅剪纸和速写快递于张思浩处。

最近迁入新居，现将地址和电话告诉你，请在通讯录修订时更改。（下略）

有一事相求：珍贵的建五《班门弄斧》文集，被同事传看而不幸失踪，至今

查无下落。如有可能，请再给我一本，将不胜感激！麻烦您了！（若有就打电话，我去取）

祝愉快！问关滨蓉好！

赵泽堃

2004 年 8 月 20 日

编号 76–3

2014 年 8 月 5 日

国馨兄：

个人资料已整好。无照片的即在该时间段以“>”插入补充；有照片的有编号与其对应。如何取舍，全由编委会决定。

《建五编年纪事》以班级重大事项、活动；师生、同学交往，聚会；个人成长、人生经历重要节点；同学对社会、对建筑界所做贡献及成就等作为主要内容，无疑是正确的。

我建议按“一个不能少”的原则，无论多寡，尽量让每个同学“历史留痕”，并将失联的同学和已去世的同学年轻时的影像作为附录。

《建五编年纪事》的编辑出版工程浩大，且同学都已年迈，为此本人愿做些力所能及的事，需要请吩咐。

《建五纪事》字犹香，有幸少年恰同窗。

无愧岁月霜染鬓，多彩人生谱华章。

前年国馨送我《学步存稿》时曾短信回诗一首，今略作改动，以表胸怀。

问关滨蓉好！

赵泽堃

2014 年 8 月 5 日

77 郑文箴（书札1通）

（1936—2017），福建春江县人，1958年起在清华大学建筑系学习，毕业后分配至北京市建筑设计院，1984年到深圳中深建筑技术发展中心工作，1991年到香港三湾公司工作，1997年退休，退休后专注于木化石艺术雕刻。

郑文箴（2008年10月）

编号 77–1
2005年7月15日

国馨、滨蓉：

你们好！

我从你们寄给我的《班门弄斧续集》才知道，建五在深圳的同学竟有18位之多，而建四除我和施正莉之外，只有王立民、宋玲娣、汪琛升几位。因此我于上星期六晚托尚义替我联络清华建五同学吃饭，大家聚一聚。但由于忽促，只来了七位同学（除尚义外，还有柏林、统成、允昇、运治、旺秋和翁苓），其他人或出差、出国，或联系不上。大家聊得很高兴，互通了情况，我又每人送他们一本画册，请他们到匠心斋看看雕刻品的实物，提提意见。大家普遍认为应努力走向市场，意见是不错的，但我又不是个善于运作市场的人，因此只能听其自然，反正我不是以此谋生，多找些朋友切磋探讨，找一点认识之乐也就是了。

今年一月至六月，我又雕了十几件，经拍照，编排已经完成，又打印了一份画册增页，共35面，现将其中部分寄给你们，请你们提提意见，并给熊明大哥看看。这个增页是否印刷，尚未决定，如印刷，当然是会寄给你们的。

这些新的作品中有几件是尺寸较大的，每一件都在百十来斤重，而化石都为非洲进口的，价格比较贵。其中，《郑成功》这件雕刻作品花的工夫较多，披风利用化石的天然纹理，感觉比较有气势，此设计利用石形，姿态与已有的郑成功雕像有所不同，颜色也完全为天然。《邓小平》这件雕刻作品也比较大，细部雕刻很费功夫，因肖像的雕刻更难于一般的人物。《齐白石》也是利用一件细长化石雕刻的，除头手外，其他保留天然，你们感觉是否像？

举杯就菊花是利用一件硫黄结晶矿石，此件矿石十分完整，没有破损。因硫黄结晶一簇簇好似漫山黄花，因此我利用遍下部结晶稀少的地方刻了两老友举杯就菊花的意境，是用孟浩然《过故人庄》诗情的延伸，许多朋友很喜欢这件作品，你们以为如何？其他一些就比较一般。另此次还雕了一套完整的十二生肖，共是二十多件。这次打印因色水也用完了，未及再买，先寄去请你们提提意见。

不多读了，有空请来信。

顺问暑安！

郑文箴

2005年7月15日

郑文箴木化石作品

78 郑小筠（书札2通）

（1936—），湖北长沙人，1960年毕业于清华大学土木系，后留校任教，长期负责学生文艺社团工作。

郑小筠夫妇（2010年12月）

编号 78–1

1988年12月17日

小马：

现在周春田他们把在校的几个乐队队员组织起来，练几个曲子，你能参加吗，若能来，请来电话给我。他们大约会在星期二晚上练习。

小关：

你得回来参加女声小合唱，唱什么歌你提提建议吧！ 25日下午练习在音乐室（老校医院）。余面谈。

（附）请　柬

马国馨、关滨蓉老队友：

到今年，清华文艺社团已经成立整整三十年了。三十年来，整整两代人的辛勤耕耘，使咱们的社团从小小的大礼堂走进了国家剧院，从小小的清华园走到了祖国的大江南北。您是否还记得当年您在社团中那每一次排练的默契，每一次演出成功后的欢欣和激动，您是否还记得那些与您朝夕相处的老队友们？

在庆祝建团三十周年的系列演出中，我们准备请文艺社团的老队员们组一台节目。欢迎您带着当年在社团的精彩节目重新回到清华的舞台上，回到老朋友们当中，重温您青春时节那一段美好的时光。演出时间定在12月29日晚，届时还将组织新老团员之间的座谈。

联系人：赵燕秦老师

地址：人事处学生科

文艺社团团支部

1988 年 12 月 5 日

请 12 月 29 日下午 2：00 到二教会议室集合

郑，12 月 7 日

编号 78–2
1989 年 1 月 28 日

同志：

你好！

春节既至，祝你阖家春节愉快，工作更上一层楼！

借清华文艺社团三十周年庆祝活动，我们欢聚一堂，畅叙二三十年来之奋斗、坎坷、艰辛、欢乐，振奋了精神，增进了友谊。愉快激动之心，至今尚未完全平静。今寄上当时照片几张，以资纪念。望查收。

这次聚会和演出，给学校广大师生及校领导留下了较为深刻的印象。看完演出，有学生说："没想到五六十年代的生活，还这样丰富多彩"，"那时的人也是这样活泼风趣？！""今天看演出，不仅得到娱乐，而且受了教育"。文艺社团的学生则说"真棒""没想到这些老将的余热都这么厉害，可想当年的能量有多大"。"三十年后我们是否也能来这么一场——但那时，我们有什么歌是可以和大家包括校领导在内都能一起唱的呢？！"……学校领导则一再表示，希望 1991 年（校庆 80 周年）时，能再组织一次。

考虑到这次聚会只有在校、在京的部分同志参加，还有许多热情的团员未能赶上这次活动，同时，这次活动由于时间仓促，准备工作太差，有许多缺点，未能充分表现我们当年的精神和水平。我们准备接受学校的建议，在 1991 年时，再组织一次活动，不知大家的意见如何？

我们衷心希望你对下一次活动是否组织，如何组织，以及平日老团员间如何联系等，提出宝贵的意见和建议。初步决定今年校庆日下午 2：00 在现音乐室（体育馆南侧灰平房）集合商讨。

这次活动的照片，我们仅为每人送了几张，还有其他许多照片（共有三卷，各人情况不同，多少不一）以及录像带一盒，录音带两盘。有需要者请与我们联系。

再次敬祝春节愉快！

在校部分老社团团员

1989 年 1 月 28 日

联系人：郑小筠、赵燕秦

清华大学文艺社团成立四十周年纪念（1998 年）

79 朱霭敏（书札3通）

（1942—），1959年起在清华大学建筑系建五一班学习，毕业后分配至北京工业大学任教，后到北京建筑大学任教，现居北京。

朱霭敏（2024年3月）

编号 79-1

1985年4月21日

马国馨：

你好！来函及全班的照片均已收到，很感谢！

4月28日校庆日，如无特殊事由，我会来参加，与老同学们一聚（除非因目前有一工程任务临时出差，恰好冲突，目前还不知道这项工作未来的日程安排）。20周年纪念，总是乐于和大家聊聊，很感谢你们的热心组织和筹备。

代问全家好！（下略）

朱霭敏

1985年4月21日

编号 79-2

2002年2月11日

马国馨同学：

咱们班通讯录来函收到，我的信息如下：（下略）

谢谢为咱们班辛苦的各位同学。

祝新春愉快。

朱霭敏

2002年2月11日

编号 79–3

2002 年 12 月 29 日

杰作收到，谢谢！戏作，请指正。（下略）

祝新年快乐，万事如意！

朱霭敏敬贺

另附：打印一张，打印机故障，字位又偏离，修理无术，只好将就吧。

2024 年 3 月精神抖擞的朱霭敏（右三）在养老院

80 朱纯华（书札 7 通）

（1942—），1959 年起在清华大学建筑系建五二班学习，毕业后留校任教，1992 年离校。现定居美国。

朱纯华（2024 年 4 月）

编号 80-1

1995 年 2 月 20 日

马国馨先生、关滨蓉女士：

你们好！

谢谢寄来的《清华大学建筑系 1965 届毕业卅周年纪念及学术活动简报（一、二、三号）》。组委会的工作开展有序，想必活动一定会有声有色。

今附上支票一张（$100.00 元），作为经费捐赠，因不知中国银行如何操作美国支票，因此抬头没有开，随你们开什么好了。

孙凤岐在波士顿，我们去机场接了他，又陪他参观了波士顿中心以及肯尼迪图书馆，待天气暖和还可以带他出去看很多地方。听到马先生已是“建筑大师”，很高兴，也推想你们一定很忙。孩子好吧？还在北京吗？

我在美国的“Lingnistic Systems”公司工作，一晃已过去四年有余，天天与计算机打交道，搞版面、图像和文字，也搞管理、翻译，计算机软件年年在变，因此要不断学新东西，以跟上潮流。小孩子已在斯坦福大学上研究生，每周一个电话。祝你们全家幸福！

朱纯华

1995 年 2 月 20 日

张钦哲向你们问好！

初步考虑到时我会去北京参加卅周年活动——又及。

编号 80-2
1995 年 4 月 1 日

马先生：

接你传真（3/31/95），十分感谢！晚上打电话你不在，马丽正好在，她是否已告诉你：我已于 3 月 14 日给应朝寄去二张照片和说明，以及一小段“感想”，不知你们是否已收到，希望应朝能及时去查阅一下（如果没有收到的话）。如果丢失了，没有办法查到的话，请你能找一下建四的索树文，他那里有去年建四准备搞纪念册的张钦哲提供的二张照片，虽然纪念册至今未见，但那二张照片应该还在，索头应知道在谁手里，只能劳驾你去问一下了，抱歉增加了你的工作量。

希望不久在北京见到你，请代问关滨蓉女士好，向马丽代为致意。

朱纯华

1995 年 4 月 1 日

编号 80-3
1995 年 11 月 26 日

马、关先生：

校庆一别至今又是半年有余，光阴如箭日月似梭也。回美第一周生病高热，

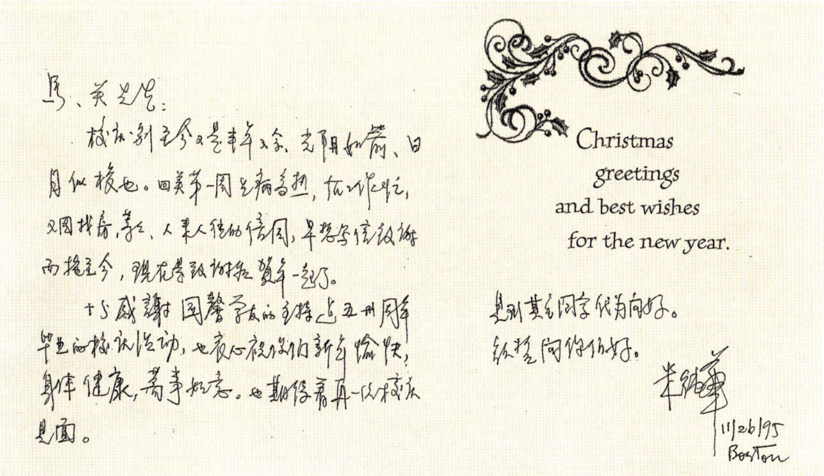

朱纯华信影

后工作忙，又因找房等等，人来人往的（地）陪同，早想写信致谢而拖至今，现在是致谢和贺年一起了。

十分感谢国馨学友主持建五毕业三十周年的校庆活动，也衷心祝你们新年愉快，身体健康，万事如意。期待着再一次校庆见面。

12 月，我们要搬到新居，地址如下。（下略）

见到其他同学代为问好。

钦哲问你们好。

朱纯华

1995 年 11 月 26 日于波士顿

编号 80-4
2000 年 12 月 16 日

马先生及夫人：

祝你们新春快乐！

在新的一年里，身体健康！

生活愉快！事业更上一层楼！

钦哲、纯华

2000 年 12 月 16 日

马先生及夫人：

北京见面实属 2000 年值得回忆之时事，很高兴见到你们，关滨蓉还特地从家里赶到西单，谢谢！

今年回国较 1995 年那次印象为好，北京，尤其是上海，从城市环境上来说，慢慢与国际接轨实属不易，令人欣慰，这里面有马大师的辛勤劳动和成果，当然也有马夫人的。

我们回波士顿后进入了日常工作、生活，忙忙碌碌。由于儿子在纽约，又买了房子，常常要去看看，给他出出主意，进行适合他使用的改造，因此周末在家里也很忙。

圣诞节他要回来（指我儿子），故约了马翼星夫妇来家一聚，年轻人可以谈得来一些，也约了建四方启武女儿夫妇一起来。世界是属于年轻人的，他们都可以大有作为。

随贺卡寄上照片，请代为分给马丽、吴亭莉他们，并致以节日问候。

有机会来波士顿请来家小聚片刻。

钦哲、纯华

2000 年 12 月 16 日

编号 80–5
2003 年 2 月 12 日

滨蓉、国馨学兄：

值此新年之际，遥祝你们身体健康，新年快乐，家庭幸福！

11 月底从沪返纽约的第二天，喜收惠书二册，十分感谢。钦哲和我人手一册在晚间翻阅，一篇篇，一首首，有的飞扬洒脱，有的典雅简朴，有的妙语连连，充满了坦诚之情、动态之美，昔日往事、淡忘的回忆让人又回到了四十多年之前，深感作者和编者的热情和活力仍不减当年，可敬，可贺！

忆 11 月在沪，建五七人聚会于上海新锦江的“天九皇”餐厅，席间大家对惟增学兄“我们的年龄现已进入一日之中的下午 2~3 点钟”之论深表同感，但从《班门弄斧集》一书看，此言差也，大家还是早上十点钟的太阳，热力奔放，后劲十足，可贵，可畏！

本人因时间、地点等原因，未能为《班门弄斧集》添砖加瓦，望见谅。愿在第二、三、四集时有所贡献。（下略）

请代向其他同学祝贺新年！再一次感谢你们的寄书。

纯华

2003 年 2 月 12 日

前日与殷一和先生共进午餐，席间谈起他曾担任过建五大一、大二的班主任，他还是北京地区建五的招生老师，亲自把你、孙凤岐等招入清华，同时滨蓉兄好似他的远房亲戚等等。特写此消息告诉你们。我把你们寄来的一册书将转寄给他。纯华又及。

编号 80-6

2004 年 6 月 6 日

国馨兄：

接二月来函，得通知“八一”截稿，赶一篆书，为电脑最后合成之作，并按函意，附“题介”，以“欣赏理解方便”。因时间，不能“多送”，抱歉！

今借钦哲几篇建四专集的资料给索文学长之时，托树文兄与你同在礼士路上之便，请他转给你，并请转给思浩兄。想来可以赶上需要。

你在百忙之中，寄书，寄通知给我，现又要转寄此书，实在十分感谢和抱歉。

闻三陵上月痛失老伴，心情黯然。

再问滨蓉兄近安！

纯华于 2004 年 6 月 6 日

又：建四九月在上海有毕业 40 年庆典活动，故钦哲与我计划八月底赴沪，到时有机会再联系。我的通讯处请见信笺下部即可。（略）

编号 80-7

2005 年 12 月 10 日

国馨兄、滨蓉兄：

你们好！

11 月底去京，能够见到你们非常高兴。这次见面虽然与上次相隔了五年，但大多数人变化不大，仍是神采奕奕，健谈活跃，生活也丰富多彩，特别是五年后的北京城市和建筑变化不少，尤其是建筑物显得比以前挺拔亮眼，感觉很好，想到这也是你们大家不断努力的成果，让人感动。

回沪后，由于来来往往匆匆忙忙，加上天气变化，故感冒了几天，但目前已基本正常，准备过几天再与王惠章他们联络，想与上海同学见一次面。

滨蓉兄虽在家，但任务并不比上班的轻。望自己多保重。

我们从纽约搬到新泽西州，地址见信笺下方。如果你们儿子有空，可去我处一玩。如果你们安排去美国探亲亦可来我处小住。来时可与我们电话联系。

这次见面的照片已印出，今寄上，烦请你们方便时转交吴亭莉与马丽，并代为致意。

在这新的一年即将来临之际，祝你们全家身体健康！生活幸福、快乐！

如你们来上海游玩，亦可住我处（如我在上海）。

祝你们一切均好！

朱纯华

2005 年 12 月 10 日

2024 年 4 月朱纯华夫妇（右二、左三）与建五同学

81 祝狄英（书札3通）

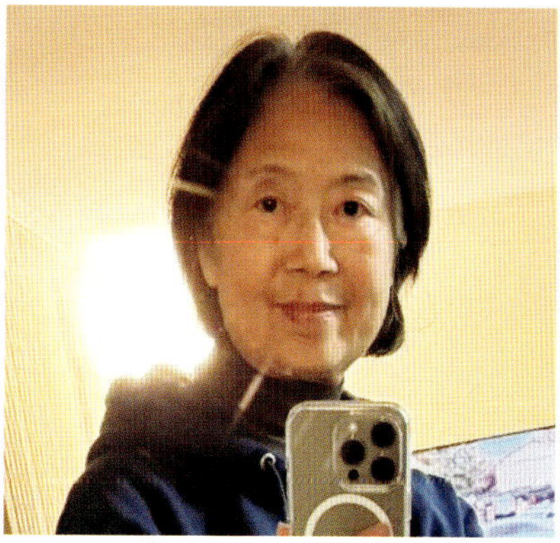

祝狄英（1995年4月）

（1943—），1959年起在清华大学建筑系建五二班学习，毕业后分配至邮电部设计院，1969年到水电部海河设计院工作，1977年到中国建科院建筑设计所工作，1979年去美国，在SCI-Arc（南加州建筑学院）获硕士学位。2003年退休，现居美国洛杉矶。

编号 81-1

1995年3月9日

马国馨同学：

你的两次传真都已收到，谢谢。

上周我才从香港回来，钱及其他的资料都给了允冲，他会给你们寄去。

希望到时有时间参加二天的活动。

问马丽、吴亭莉、关滨蓉及其他所有同学好。

祝狄英

编号 81-2

2003年4月18日

马国馨：

谢谢，又寄来了同学们的大作，实在不好意思了，随随便便写下了一些感触。我现在中文及英文都成了二百五，句子颠颠倒倒，请帮忙顺顺。我对册子的名字中意于“老天真闲聊实情”，此名朴而不俗，这是受到我儿子的启发，在他们眼中，我们这些老家伙还在搞这些玩意儿，真是“老天真”。但大家写的都是人生的实情，也许可去掉“闲”字，这样更为简短好念，再加副题，指出是建五。

谢谢！问关滨蓉好！

狄英

2003 年 4 月 18 日

编号 81–3
2003 年 8 月 26 日

马国馨：

谢谢！寄去修改过的稿件，盼着能见到全集。

我与朱纯华从未联系过，所以没有她任何的信息。

我将在九月中搬家，新的地址为（下略）

问关滨好。

狄英

2003 年 8 月 26 日

1965 年毕业前，祝狄英（左二）与设计组

82 朱曼茜　诸耀明（书札2通）

朱曼茜（1942—），广东人，1959年起在清华大学建筑系建五一班学习，毕业后分配至一机部一院，现居北京。

诸耀明（1941—2021），江苏常州人，1959年起在清华大学建筑系建五一班学习，毕业后分配至二机部二院，1970年到一机部一院工作。

朱曼茜、诸耀明夫妇（1999年9月）

编号 82-1

1985年4月25日

马国馨：

你好！

来柬收到，本想不写信，打个电话省省事，可是电话打不通。

我28日参加，耀明前天出差武汉了，28日不能来。

还要我办些什么事望来电话。

此致

敬礼！

曼茜

1985年4月25日

编号 82-2

2001年12月26日

国馨、滨蓉：

新年快乐！身体健康！万事如意！

曼茜、耀明

2001年12月26日

马大师：

你好！

我们院已改名，见信封，不过我们所还有传真，见下页。

几次打电话你都不在，太忙了吧？关于奥运村项目投标的事，你有信息吧？原来香港有一家公司曾算入围方案，他们关心单体招标之事，望抽空帮我打听一下，谢谢！

曼茜

想打听的单位：HMBCC International（香港）

单位：中元国际工程设计研究院建筑工程二所

2024 年 12 月在英国伦敦，朱曼茜与家人在一起